采桑子

叶广芩

文集

北 京 出 版 集 团
北京十月文艺出版社

目　录　Contents

谁翻乐府凄凉曲

别馆接莲池　谱来杨柳双声　古乐府翻新乐府

故乡忆梅事　听到鹧鸪一曲　燕王台作越王台

——某戏台楹联

一

我老想跟谁说说我大姐金舜锦的故事，却又总是犹豫。毕竟这是个很陈旧、很一般、很平淡，又很不值得一提的故事，让人觉得除了老生常谈的重复以外似乎并没有什么新意，当然更谈不上深刻的现实意义。现在之所以把这个引不起别人兴趣的话题贸然提起，是因为我知道，我不道出，她的故事便永远无人再道，连她那划过夜空的刹那灿烂，也将随着岁月的流逝逝于记忆的沉沉黑暗。

她走得远了，太远了。

现今年纪大些的老北京人当中，或许还有人能记得北平 40 年代那次很轰动的名媛京剧义演，或许还记得演程派青衣的金舜锦，记得那个美妙动人的女子。彼时，金舜锦以其精湛的表演赢得了观众，报上登了她的大照片，电台请她去清唱。总之，她非常地有名，非常地红火，成为票友界一时的骄傲。而对金舜锦以后的情况，知之者就甚少了。一代名票，有始无终，难免让人觉得遗憾，让人觉得不完美、不满足。出于手足之情，我有责任将她的结局道出，以给喜爱过她的人们一个完整。她无儿无女，没有后人；她有过短暂的辉煌，有过属于她自己的充实；她追求过，奋斗过，也失望过。倘若活在今天，她应该是一个造诣精深的艺术家，一个慈祥善良的老祖母。中国戏曲舞台上应该有她亮丽的一笔，金氏大家族里应该有她的一席之地。但是，什么也没有。没有。动人的音律已经散尽，六合之内再无处寻觅，留给我们的只有空白。

她是我的亲姐姐，虽然我们非一母所生，虽然我们年龄的差距太大，大得我们在金家只是擦肩而过。但那血脉终究是连着的，拆也拆不开。

在金家偶然的一次腾房过程中，我在厢房拾到了一本残旧的戏本，是一出老旧的《锁麟囊》。七哥舜铨说，这是大格格的东西，烧了吧，她在那边说不定还有用。我则有些舍不得，将这个发黄的已被蠹虫侵蚀大半的戏本拿到窗前细看，发现里面不少地方都做了圈点记号，标了工尺。从那娟秀的一丝不苟的小楷可以推测出，这当是大格格的手迹，近六十年前的手迹。

书上手痕诗里字，点点行行，总是凄凉意。

翻看中，一股清香飘来，说不清是来自窗外还是来自书中。抬头望，窗下几棵榆叶梅花瓣已经凋落，海棠的新绿已经泛起，蜜蜂的嗡嗡声让人胸臆间荡起一股淡淡的思念。故乡忆梅事，古乐府翻新乐府。乐府翻开，那凄凉之曲娓娓溢出，红雨纷飞中，袅袅婷婷地走来了韶秀哀婉的金家大格格金舜锦。

二

在说大格格之前，应该先说说我们家。

我们的祖先曾经跟着皇上打过江山，老先祖科尔哈赤是努尔哈赤的胞弟，他们的祖父觉昌安是宁古塔贝勒之一。1583 年的时候，老贝勒和儿子，也就是努尔哈赤的父亲死于兵火。我们的老先祖和他的哥哥努尔哈赤为报父祖之仇，起事于五月，以“兵不满百，遗甲十三”攻打图伦城，兄弟俩与敌众艰苦卓绝一场血战，大获全胜。从此，努尔哈赤开始了统一女真各部的大业。先祖与努尔哈赤一起，为争取刚哈部落、计杀诺密纳、收编萨尔浒，立下了汗马功劳，成为其兄的得力臂膀。1593 年，在反击九部联军时，先祖为掩护其兄，左颊中箭，壮烈牺牲，时年三十一岁。先祖在世时，被赐封正白旗主和硕贝勒，参与政事，与其他七位旗主“共治国政”。这道“汗谕”，《满文老档》里有记载，保存至今。顺治入关，我的祖先科尔果摧坚陷阵，直入中原，更是战功赫赫。康熙十四年，在平定三藩叛乱中，懋建功勋，被封为郡王，世袭罔替，一脉相承。到我祖父，尚有镇国公头衔，镂花金座红宝石的顶子，片金海龙绣蟒的朝服，威凌显赫，难以言尽。彼时，大清江山虽然已经风雨飘摇，国势衰颓，再难提得起来，但祖父的俸禄是一点儿也不少的。因为有公爵衔，岁俸银是八百八十两、米八百八十斛。当时朝廷正一品官员内阁大学士的岁银不过一百八十两、米一百八十斛，与祖父相比竟低至若此。为了保障满洲宗室和八旗世爵的利益，看来皇家宗室与一般官员的差距之大，实在是难以服众了。

我的父亲生于光绪十七年，祖父死时，父亲二十四岁，当时他正在国外留学。按清朝例制，承袭爵位，代降一等，为镇国将军。但溥仪小朝廷的册封已经没有任何权威了，在国外的父亲听到此信，连回也没回来。辛亥革命以后，我们这个爱新觉罗的家族改姓金，因为家底儿殷实，父亲属社会名人，在政府又有职务，所以家道并未见怎样败落。

父亲一生娶过三房夫人，生养过十四个子女，男女各半，取名以舜字排辈。以“钅”字旁赐名，比如大哥、二哥、三哥、四哥就是舜铻、舜镈、舜锠、舜镗，大姐、二姐、三姐、四姐就是舜锦、舜镅、舜钰、舜镡，等等。父亲给我们取的名字太复杂，又拗口。家里人管儿子们一律呼之为老大、老二、老三……将女儿们唤作大格格、二格格、三格格……这样一来倒也很简单明了，好记又上口，而且轻易不会搞错，特别是对我那个稀里糊涂的父亲来说。因为母亲有三个，所以孩子们的生日并不像一般人家儿的孩子那样起码相差一年。我们家的兄弟姐妹常常有相差三五个月甚至三两天的，说谁是谁的哥哥，也可能他只比那个弟弟大几天。

至于母亲们，我在这里不想多说，她们跟我父亲的恩恩怨怨、是是非非，不是三言两语就能说得清楚的。我们管父亲的嫡妻叫额尼，其实两个字的发音一样，是 nène，大概是满族话。额尼瓜尔佳氏，她的父亲即我阿玛的老泰山，是朝廷责任内阁的成员之一，“掌参与密务，朝夕论思，并审议洪疑大政”，是个炙手可热的人物。那权势自然要传递到女儿身上，因此瓜尔佳氏母亲在金家是个说一不二的人物。不苟言笑，派头很大，就是跟我父亲说话，她也有一副降贵纡尊的劲头儿。孩子们都怕她，不亲近她，包括她自己生的老大、老五和大、三两位格格。二娘张氏是安徽桐城人，世家出身，文采极佳，规矩也不少。一个大家闺秀何以做了父亲的妾？其中隐情当然也很曲折。张氏母亲我小时见过，一年四季不出房门，脸色苍白肿胀，老是歪在炕上大口地喘气，老是咳嗽吐痰，老是说她要死了。上她的屋里去必须要给她请双安，逢到特定的日子还要磕头。而她特定的日子又特别多，包括一些八竿子打不着的文人们的忌日，老太太都记着。自己尚顾不过命来还要惦记着别人，真难为了她。三娘陈氏是我的母亲，用我父亲的话说，母亲生于北京齐化门外的穷杂之地，是南营房的穷丫头。母亲的小家出身，注定了她的亲切与随和，注定了她的善良与善解人意，这正是大宅门儿里严重缺少的东西。我想父亲之所以娶母亲，大概是因了她的美貌，因了她的活泼、年轻，她比我的父亲小了近二十岁。这在外人看来实在是件不太好办的事情，特别是我的舅舅，一直为母亲捏了一把汗。好在大格格金舜锦并没有因父亲与我母亲年龄的相差而对母亲有所怠慢，当着人的面，她也将我的母亲叫作娘，礼数周到得让人说不出什么。背地里，她对我母亲却是连正眼看也不看的，那种冷漠与不屑毫不掩饰地全挂在那张难得有笑模样的脸上。大格格长得并不难看，她有着旗人姑娘的清俊与修长。我们家至今还有不少她当年的照片，面庞清秀，身段苗条，凤目轻盈，隆准圆润，在金家的女孩子当中别有一番风韵。

大格格是我父亲的第一个孩子，是金氏一门的长女，自然得到全家人的惯纵，加之满族人家里最重的是女孩，姑奶奶的权威高于一切。所以我这位大姐的性情就有些孤傲，有些不合群，在宗亲中是位没有人气儿的格格。跟怵她的母亲一样，大家也怵大格格。实话说，大格格也并没有跟谁怎么过不去，但大家不知怎的，就是怕。下人们说，金家大姑奶奶只要往院里一站，连正跑着的叭儿也吓得钻了沟眼。她那个势太压人，有点儿像西太后。

像西太后的大格格没有什么其他的喜好，就是爱唱戏。她的青衣真是唱得绝妙极了，只要我们家的子弟们在家演戏，唱大轴儿的从来都是大格格，别人上谁也压不住阵。亲戚们来家里，听不到大格格唱《锁麟囊》里“春秋亭”一段决不离开，这似乎已成惯例，足见大格格的唱功好。谁都知道，有事求大格格，十回有十回得碰钉子；唯独求她唱戏，十回有十回答应，从不推诿。也只有在这个时候，大格格才变得笑容可掬、平易近人，才成为她下面十几个兄弟姐妹的可亲的大姐。

其实也不单是大格格爱唱，我们家上上下下的人都爱唱，而且唱得都相当不错。我们的家里有戏楼，戏楼的飞檐高挑出屋脊之上，在一片平房中突兀耸出，迥然不群。我们住的这条胡同叫戏楼胡同，胡同的名称当和这座招眼的美轮美奂的建筑有关。我们这个戏楼胡同与京城雍和宫东墙的戏楼胡同不同，那个戏楼是指雍正幼时所住的王府中的一个建筑，后来因战火而被焚毁。我们家的戏楼较之那座潜龙邸的戏楼和宫里的漱芳斋什么的戏楼，规模要小得多。但前台后台、上下场门，一切均按比例搭盖，飞檐立柱、彩画合玺，无一不极尽讲究。特别是头顶那个木雕的藻井，五只飞翔的蝙蝠环绕着一个巨大的顶珠，新奇精致，在京城绝无仅有。据说，整个藻井是由一块块梨花木雕成的，层层向里收缩，为的是拢音，音响效果不亚于北京有名的广和楼室内舞台。这个木雕的藻井1958年在拆除西跨院时被文化馆的人卸走了，从此再没见它在世间出现过。

清末和民国年间的风气，宗室八旗，无论贵贱、贫富、上下，咸以工唱为能事。有人形容其情景说：

子弟清闲特好玩，出奇制胜效梨园。
鼓镟铙钹多齐整，箱行彩切俱新鲜。
虽非生旦净末丑，尽是兵民旗汉官。

这首诗我读着好像中间少了两句，少便少，不影响意思的完整。它说的是社会上的旗人子弟“效仿梨园”达到的一种轰轰烈烈的演出效果。而我们家的“效梨园”则又效出别一番模样来。

金家的人无论干什么都要讲究一个字——像，用现在的话说就是“到位”。别的到位均不很难，唯这戏曲的“到位”却是不容易。它一讲的是艺术功底，二讲的是头面行头，缺了哪样也不行。金家从高祖就喜欢京戏，那时家里养着从高阳乡下买来的孩子，即家班子。有正旦一人，生三人，净一人，丑一人，衣、柔、把、金锣共四人，场面五人，掌班教习二人，锣鼓家伙、铠甲袍蟒，无不齐全，在东城也是数一数二的班子。逢有谁的生日、满月，喜庆节日，家里都要唱戏，邀请亲戚朋友来观赏。亲戚们也都是爱戏懂戏的，往往借了各种由头来我们家看戏。那时候我们家里永远是高朋满座，永远是轰轰烈烈。

戏班的孩子们都是从小练的，功底很扎实，戏也演得很有水平。道光时候，皇上崇尚节俭，大减开支，将宫里掌管演戏的南府改为升平署，连戏班都撤了。皇上如此，下头自然纷纷效法，且凡是效法都是有过之无不及的。听说各王公大臣为了表示自己也谨身节用，争先恐后地穿起打了补丁的旧朝服，一时皇上上朝，丹墀上一片叫花子般的破衣烂衫，成了道光年间的一景。我的祖先是否也鹑衣百结地夹在众臣之中山呼舞蹈，不便考证，反正从道光七年以后我们家就再不豢养戏班了。家班子里那些唱戏的孩子们或遣散回家，或留下听差，也有卖与外头戏班后来成了角儿的。那些留下来的孩子们在金家代代相传，至我们这辈，家里还有不少会唱皮黄的老妈儿、能打旋子的听差，传带得我们家也从上到下都能唱、能演，那一招一式，都非常的规矩，跟科班训练出来的一个样。

到了我哥哥们这个时候，把戏又演出了新花样，青出于蓝而胜于蓝。他们打破了京戏的传统剧目，在传统的基础上尽兴发挥。常常是现编现演，或古或今，牛头不对马嘴，把好好儿的一出戏闹得不伦不类，面目皆非，诡谲不足信，荒诞不可闻。参与这些胡闹的也有我的父亲，这大概与我父亲多年留洋海外，颇具民主意识有关。只要是演戏，金家的一切尊卑、上下就全乱了套，变作了混搅的一锅粥。甭管演什么戏，父亲出台，爱用唢呐大开门，奏的是诸葛亮升帐的曲牌，以壮阔场面，大布雄威。初时大家都很严肃，父亲迈四方步走出，精神抖擞，弟兄们龙套配场，煞有介事。看来是要演一出正戏、大戏，不知是《群英会》还是《金锁阵》。大家正在威武雄壮之时，台侧一通儿小锣，急促的碎锣声中不知怎的跑出了老五。老五穿着大格格的女黄蟒，黄蟒短，只到他的膝盖，看上边很庄严，看下边两条腿却光着，白丝袜上蹬着三接头皮鞋。见大家笑，他索性把黄蟒一张，露出里面的大裤衩来。后头父亲威严的一声“嗯！——”他吓得赶紧把蟒掩了，钻入后台。母亲在下头说，这个老五，又是他捣乱，乱七八糟地胡穿，怎么把大格格的衣裳穿出来了！瓜尔佳母亲说，老五也不是胡穿，戏里男角儿穿女蟒的也大有人在。《水帘洞》里的猴王，还有程咬金，都穿女黄蟒。一来为扑打方便，二来也说明他们不是正经帝王。我母亲唯有点头称是的份儿。

我父亲除了演老生，有时还反串花旦，常演的是《拾玉镯》里的孙玉娇。与孙玉娇相配的那个风流公子傅朋，则由看门的老张担任。老张演傅朋的时候已经六十二了，牙齿松动，说话漏风，还要张罗着演俊小生，任谁替换也不让贤。没办法，只好由这个六十多的老小生去和孙玉娇调情，也很有意思。父亲唱着唱着忽然冒出一句真嗓儿，插白说：你们的妈让我出东直门给她雇驴去，她说了，今天雇不来驴就骑我，让我趁这机会赶紧跟着小傅朋顺房上跑了呗！下头一阵哄笑，有人叫好儿，父亲越发得意，极尽扭捏之能事，下头也越发笑得厉害。瓜尔佳母亲说，难为他说得巧，赏两大枚。就有人将两个铜板扔了上去。那时两大枚只能买一个烧饼，瓜尔佳母亲的参与更是带了戏谑成分在其中。父亲欣喜若狂地将钱捡了，向下一道万福说，谢太太赏。下头又是笑，夹杂着弟兄们的怪声叫好儿。

父亲真正拿手的是老生。他学的是谭派，认为谭鑫培的唱儿悠远绵长，有云遮月的韵味，跟他的嗓子很对路。父亲似乎没怎么下功夫，就把戏唱得很好了。有一回他在后花园吊嗓子，招得隔壁沈致善扒着墙头往这边看，还以为真是谭老板上我们家来了呢。姓沈的是袁世凯的亲信，有戊戌的结怨，我们家很是看不起他，虽住邻居，彼此素无来往。沈家几次递话，要过来拜访，要过来听戏，都被父亲很坚决地挡了。父亲说那种溜须拍马、辜恩背义的人，金家人不想沾惹，怕的是有朝一日也被送到菜市口，嘁里喀嚓掉了脑袋。而那天，因为沈致善称赞了父亲的戏，父亲竟破例向他拱了拱手，给了个笑脸，不过从此以后父亲再也不在后花园吊嗓子了。

我大哥舜铻也是唱老生的，他不如父亲唱得好，常常跑调儿，使拉胡琴的老七舜铨很为难。老大的调儿，唱着唱着就走了，他能从二黄倒板“听谯楼打初更玉兔东上”一下蹦到四平调去，而且一遍跟一遍唱得绝不一样。害得老七很被动地跟着他跑，有时就不拉了，由着他自己去发挥，去瞎唱。只要他一张嘴，他的母亲就要离席，说是怕岔了气，不如及早回避。父亲说老大唱戏不走心，说他唱外头的流行歌曲《三轮车上的小姐》唱得也很准，一点儿也不走调儿。老大和三格格一样，热衷于政治，两人是一对水火不相容的冤家对头。三格格对戏是外行，分不出青衣和花旦，搞不清西皮和二黄，对家里动辄就吹拉弹唱十分反感。说现在的时局都成什么了，日本人都打进北平了，金家院里一帮男女却还要涂脂抹粉、粉饰太平，真是“商女不知亡国恨”，没出息极了。老大则不然，老大不喜欢戏，但大面上很能应酬得过来，他蜻蜓点水似的演唱谁都看得出那只是一种即兴的敷衍、一种性格的遮掩，不能不说这是他处世的老练。三格格一针见血地指出，她大哥在笨拙浑然的背后是深不可测的诡计多端。实话说，他不是个好东西。老大和三格格舜钰是一母同胞的兄妹，张氏母亲说他们俩的八字相克，不是两败俱伤，就是一个灭了一个。真让这位母亲说着了，没有几年，在蒋介石对共产党的“戡乱”动员令下达以后，所杀数千中共党员和进步人士中，金舜钰的名字赫然在列，国民党具体负责此项工作的就是金家老大金舜铻。

老二舜镈擅长老旦，稳重老辣，不瘟不火，韵味纯正，浑厚动听，很有李多奎的味道。他母亲二娘张氏生日那天，他登台为母亲献艺祝寿，张嘴一句二黄原板“叫张义我的儿啊，听娘教训”，竟招得台下不少老太太们掏出了手绢。二娘张氏在屋里炕上隔着玻璃说，这个老二啊，他就不能唱点儿喜庆的吗？……我的二姐在旁边说，二哥哥的《钓金龟》今日唱再合适不过了，您听听，“丁蓝刻木、莱子斑衣、孟宗哭竹、杨香打虎”，说的都是儿子行孝的典故。二哥哥的心思全在您身上呢，有这样的孝顺儿子您该知足了。二娘却说，《钓金龟》里那个张义终归还是让他兄长给害死了，听这段唱儿我怎么总觉着娘儿俩就要分手似的？二姐让二娘再不要胡思乱想，好好儿听戏，给老二多包点儿赏钱。现在想来，二娘的预感没有错，二十多年后，老二在这座院里用一根绳子结束生命的时候，追查元凶，罪魁祸首正是他的弟兄们。

老三舜锡的铜锤花脸是金家的精彩，他和老二合作的《赤桑镇》可以拿出去与戏园子里的角儿媲美。行家说，花脸宁美勿媚，花旦宁媚勿美。老三的花脸就美得很有讲究。他演的曹操与众不同，一般人演曹操，多勾一个大白脸，再在脸上加几道黑纹，吊死鬼一样地在台上晃来晃去，直让人厌恶。我们家的老三是个有文化的人，文人眼里的曹孟德自然跟一般艺人眼里的曹孟德不一样。老三说，曹操在历史上是个人物，才华绝代，光彩照人。其气魄之大，无论孙权还是刘备都无法相比，要不人家也不会在三国中势力最强。所以，老三扮演曹操，在勾脸的时候非常讲究，他在白粉里加了鸡蛋清儿，画出来的脸清爽明亮，透着一股活气。生活中的老三是个很善于钻研的人，于学问上很有建树，他和老二同出于张氏母亲，两人的性情却大相径庭。在弟兄们中间，父亲最喜欢的大概就是这个老三了。父亲说他决事如流，应物如响，不轻诺，不二过，心胸坦荡，有长者风，将来必定为金家的中坚。

老四舜镗擅长演青衣，人长得五大三粗，一脸壮疙瘩，演戏却很温柔细腻。他扮的苏三、虞姬、杨贵妃什么的，往往要比外头戏班同类角色大一号。他在台上一走，瓜尔佳母亲就要说，苏三这腰粗得像水桶，真难为了王三公子，怎么搂得过来！但是老四唱得好，他学的是梅派，梅派的大气优雅、雍容舒展，老四学得惟妙惟肖。你若是闭着眼睛听他唱，在那曼妙轻歌中，你一定会想起“有美一人，清扬婉兮”“娉娉袅袅十三余，豆蔻梢头二月初”这些很美好的句子来，但你千万不能睁眼。

老五舜锫小生唱得好，他专门拜过当时的名小生程继仙为师，认真学过戏。演小生是他的看家本事，可受大家公认的还是演丑，在金家的戏台上，他演丑的机会多于演小生。此位兄长在家里从来不是个安分角色，提笼架鸟熬大鹰，吃喝玩乐逗蛐蛐儿，干不出一件正经事情。唯独唱戏，他却很正经，把个《苏三起解》里的老丑崇公道演得活灵活现。他的蹿步可以与专业水平媲美，功夫不在当时名角之下。跟外头戏班丑角地位最高的规矩一样，在金家的戏班里，老五的地位也最高。在后台，他不先勾脸，别人不许动，哪怕他的戏在最后，他也得象征性地画两笔，老大老二们才敢上装。只要是在后台，要演戏，我父亲见了老五也得打千儿。老五也只有在这个时候才人五人六地敢在我父亲跟前晃悠。一卸了装，他哧溜一下就钻了，怕父亲训他，因为他干的坏事太多。老五唱戏上瘾，一门心思想下海干专业，遭到家里反对。我们家的原则是当票友行，怎么折腾怎么闹都行，就是不许进梨园行。瓜尔佳母亲说，唱戏是下九流的，谁家有唱戏的，往下数三代都不许进考场，下贱极了。不能去唱戏，就是街头的叫花子也比唱戏的有身份。老五的理想不能实现，心里就窝着火，整天在外头瞎胡闹，纠着一帮大宅门儿的阔少爷，净干些出圈儿的事。他是瓜尔佳母亲最小的儿子，他母亲对这个末生儿子偏爱有加，含在嘴里都怕化了，舍不得管教训斥。老太太的原则是，你只要不下海唱戏，其他一切百依百顺。但是老五偏偏就要唱戏，不想干别的，所以娘儿俩老别扭着。你不是说唱戏的下九流、叫花子有身份吗？我就给你当个叫花子，丢你们金家的人！时不常的，老五就要披挂一番，破衣烂衫地走出家门，专门找前门、大栅栏这些热闹地方去讨要。公子哥儿要饭，看新鲜的很多，他要饭，身后头总要跟着一帮起哄架秧子的有钱子弟，有时闹得警察都出动了。有人把外头的情景向瓜尔佳母亲诉说，他母亲气得心口疼，从此落下病，后来就死在这病上。依着老五的意思是，你们只要答应我下海唱戏，我就不装要饭的。但是他的母亲也很坚定，我宁可让你装要饭的，也不能让你下海唱戏。

老七舜铨不会唱，会拉胡琴，我们家能整出整出拉戏的也就他一个人。老七的琴是很有名的，如果说金家这几位爷只能在院里折腾的话，人家老七却是干到外头去了。他给程砚秋、孟小冬都操过琴，有些名媛唱戏也特意托人来请金七爷。这其中老七琴拉得好固然是一个方面，但也不乏有他名气身份的因素。老七当时在京城就是有名的画家，他的花鸟画清新秀拔，追崇自然，跟恭亲王的孙子溥心畬并称“王孙画家”。唱戏有王孙画家来操琴，那当然又是别有一番情致了。逢有人来请，老七大部分都推辞，他是个好静的人，不愿意去凑那个热闹。老七在金家老实本分，从不多言，干什么都很认真，就是给这一帮胡闹的爷们儿伴奏，那琴一送一递也是绝不含糊的。大家唱得高兴，就近找乐子，往往就爱拿坐在台边的敦厚的老七开涮。老大在台上有板有眼地唱“八月十五月光明”，唱得很有味儿，也没有跑调儿，赢得了台下以厨子老王为首的一片叫好儿。他母亲说，还行，今儿个这门儿还把住了。但是下头一句就不对了，老大唱道：“金老七在月下拉胡琴哪——”他母亲说，这就不对了，应该是“薛大哥在月下修书文”，怎么扯上老七了？老大接着唱：“我问他好来，他不好；再问他安宁，他也不安宁……”猛地后台冒出一句嘎调：老七他跑肚拉稀啦！接着蹿出一只贼眉鼠眼的黄鼠狼来，那是老五。于是《武家坡》变作了《红梅山》，文戏变作了猴戏，悠悠清唱变作蹿毛儿开打。一切均围绕着老七不离主题：《老七大闹盘丝洞》《老七夜战风洞山》《老七散花》……台上神鬼乱出，妖魔毕露，人兽混杂，乱作一团。弟兄父子争相献丑，姊妹妻妾共相笑语，锣鼓喊叫之声传于巷外，一直要闹到半夜。而这些玩笑于老七似毫不相关一般，他只是一味地拉琴伴奏，不受任何影响。母亲感于老七的老成憨厚，说，还是老七好，不似这帮爷，只知道疯闹。

到末了，大格格一出场，一切就静下来了，这就预示着金家的戏曲晚会到了尾声。别处的晚会是以高潮结尾，我们家的晚会一向以沉静告终，这都是因了大格格。大格格着青衫，拂水袖，款款上台，容华舒展，清丽无限，未曾张嘴，便碰了迎帘好儿，一时将那些群魔乱舞的爷全比下去了。带头喊好儿的是厨子老王，老王别的本事没有，就会喊好儿。也是在金家待得时间长了，耳濡目染，他一个山东人竟把个京戏爱得不行。山东人的粗声大嗓，山东人的豁然豪放，都汇集在一声“好”上，短促而有力，点在拍节上，恰到好处，与那唱腔浑然一体，成为演出的一部分。老王的好儿喊得很投入，他喊好儿从不顾身边有谁，哪怕你总理大臣、王公显贵也好，文雅公子、太太小姐也好，他照喊他的。不脸红，不畏惧，那眼里分明只有台上的角儿和他自己。二娘张氏说，这是一种物我两忘的境地，看戏跟读书是一样的，如入无穷之门，似游无极之野。情到真处，击节叫好儿，无不心旷神怡，宠辱皆忘。桐城张氏母亲能从老王的叫好儿上读出庄子的《在宥》来，这不能不让人佩服，到底是世家出身，跟别人就是不一样。

今晚看大格格这扮相，是要唱《武家坡》了。这是一出王宝钏和薛平贵严丝合缝的唱功戏，老七见状，赶紧调弦，拉出二六，准备接王宝钏的“手指着西凉高声骂，无义的强盗骂几声”。正好老大揶揄“金老七在月下拉胡琴”的薛平贵戏装还没有下，也凑上去充任角色，可尚未张嘴，便被大格格轰下台来。

这下老七迷惑了，他不知大格格要唱哪一出。大格格指着头上的蓝巾说，看不出来吗？也亏你拉了这些日子琴。老七还在犯蒙，瓜尔佳母亲在下头对大格格说，你就给他提个醒儿。大格格不吭声，只在台口站着，成心寒碜老七。还是厨子老王冒出一嗓子：先倒板后回龙！老七这才明白他的大姐今日不唱王宝钏要唱秦香莲，就又慌忙改弦更张，拉出慢长的二黄倒板过门儿。接下来秦香莲就要唱“这一脚踢得我昏迷不醒”，然后换回龙“秦香莲未开言珠泪淋淋……”孰料，老七拉完过门儿却不见“秦香莲”出声了，抬头一看，台上已经空无一人，人家“秦香莲”早赌气下去了。

老七被干在台上不知如何是好，连角儿的扮相也看不出，这无疑是他的错。他的嘴笨，也说不出什么，就知道发窘。瓜尔佳母亲说，还不赶紧去叫！早有刘妈过来说，大格格说了，今儿不唱了。瓜尔佳母亲就让老七去赔不是。老七下了台要往东院去，被父亲拦住了。父亲说，算了吧，唱戏凭的是兴致，她这样，你让她上台也唱不好。

老五对他母亲说，也就是她敢在金家这样吧，这都是您惯的，要是换了我们，您得把我们吃了！瓜尔佳母亲说，这话是怎么说呢？我惯谁了？手心手背都是肉，你们这一帮浑打浑闹的都是我的心尖子，我对谁都是一样的，你以为你就是省油的灯吗？你到外头整天地装疯卖傻，我说你什么了？老大说，咱这位大姐马上是要出门子的人了，还使小性儿，就这样到了婆家，只有吃亏受气的份儿，闹不好连命都没了。瓜尔佳母亲听了说，谁敢给我闺女气受，我敢派人把他的家砸了！

大家就都不说话了。在场的人都知道，大格格未来的婆婆是有名的母老虎，那位北平警察总署署长宋宝印的太太脾气大得出奇。据说她的房间里永远备着枪，那枪不是为了防身，是为了发脾气用的，动辄拉过枪来就放几下，也不管跟前有谁。说是有一回把宋署长的肩膀穿了一个窟窿，再往上一点儿，署长的脑袋就飞了。至于署长宋宝印，逸闻更是不少。该人昏庸暴戾，集腐恶之大成，胸无点墨却爱附庸风雅。宋被北平某学校推为名誉校长，前往致辞曰：我宋宝印学没上过几天，大字不识几个，就认得东西南北中发白。×他姐，今天也轮到我当校长了，我很高兴。既然大家看得起我，我也绝对对得起大家，往后谁要欺负你们，就是欺负我的孩子，我就×他妈！×了他妈还不答应他，还要×他姥娘！……这亘古未有的训词使学校师生哗然，堪称当时风化一绝，在北平的教育史上留下了一段生动的“佳话”。

说到大格格的婆家，大家都觉得有些丧气，不欢而散，各自回去睡觉了。

三

大格格的这门婚事是我们家舅老爷给说的。所谓的舅老爷就是瓜尔佳母亲的哥哥，是北平罗素学说研究会的骨干。关于这个罗素学说研究会，我一直闹不明白是怎么个学会，问过不少人都说没听说过，所以很长时间我也没搞清它究竟是研究文艺的还是政治的还是科学技术的。前不久听党校一位教授说起这个学会，才知是一个很“无产阶级”的学会，是社会主义学说的一个派别，这里面牵扯到了基尔特社会主义的理论问题。有个叫罗素的外国人来中国做过讲演，影响很大。令我遗憾的是，我的舅老爷研究的是基尔特社会主义理论，他没有研究马列社会主义理论，数字之差竟使他和我们的命运有了巨大改变。我想，倘若他老人家研究的是马列的社会主义，那当是中国参与共产主义运动的先驱了，至少他不会那样碌碌无为，晚景凄凉。作为后代的我们，也不会是今日这般模样。命运的安排真是阴错阳差极了。

研究基尔特社会主义的舅老爷到后来不知怎的跟警察搅到了一起，而且是日伪时期的伪警察署长，称兄道弟、勾肩搭背之外，就是把自己的外甥女说给了这署长的三公子宋家驷。这位三公子是北平德国医院的副院长，留学德国，医术精湛，品貌端庄。我的舅老爷就是看上了这技术这人品，才把大格格说给人家的。初时瓜尔佳母亲还不同意，认为宋家行伍出身，祖上是东北完达山里的胡子，杀人越货，粗劣不堪，是提不起来的人家儿。但舅老爷不这么看。舅老爷说他看的是人，说无论世事怎样变，技术是最要紧的。只要有了技术，人就有了知识，有了知识就有了档次，就上了规格，这样的人就是社会的中流砥柱。让舅老爷这么一说，瓜尔佳母亲不再坚持，她相信她哥哥的眼光大概是不会错的。舅老爷说，别犹豫了，人家德国医院的阔大夫，是多吃香的行当啊，多少名媛追还追不上呢！金家的几位爷倒是世家出身，可有几个是像人家宋三公子那样有真本事的？吹拉弹唱倒是行，能当饭吃吗？

舅老爷说得有道理，大格格的亲事很快就定下来了。

我父亲那位未来的东床快婿也上我们家来过几回，很文静，很拘谨。跟我这一群疯哥哥们比，就像是一只柔弱的小洋狗混到了一群土著的黄狗黑狗中间，显得那么扎眼，那么不合群。倒像我们的祖先是土匪，人家的祖先是皇亲似的。瓜尔佳母亲对这个文弱的女婿基本满意，就是嫌他身上药水味儿太大，不知她的女儿将来能不能受得了。

大格格跟宋三公子出去了几次，回来也没提什么药水味儿的问题，瓜尔佳母亲也就不说什么了。但在她心里还是不放心那位会使枪的亲家，担心公子他妈的火暴脾气。

亲家母知道瓜尔佳母亲爱听戏，就请她到吉祥剧院去听马连良的《甘露寺》。人家选这样的戏，挑这样的地方，是表示对这门亲事的认可，是希望金、宋两家就跟吴、蜀两国似的，联合起来，共图大业。其实宋亲家这笔账是算错了。瓜尔佳母亲认为，其一，他们不能把自个儿跟刘备比，他们一个完达山的土包子，跟皇亲国戚是搭不上一点儿界的，硬以皇叔自居，未免不自量；其二，刘备在东吴招亲的时候，家中已经有了甘、糜二位夫人，这个皇妹孙尚香再嫁过去算作老儿呢？似乎也并没有给正宫的名分。因此瓜尔佳母亲拒绝去听戏，她说她要跟那个警察的粗娘儿们坐在一个包厢里实在是太高抬了她。尤其是不能听《龙凤呈祥》这类的戏，谁是龙，谁是凤呀？咱们心里得有谱儿。金、宋结亲，明摆着宋家在高攀金家，搁过去，皇家的格格怎能下嫁给一个汉人警察的儿子？门儿也没有！当然，这些话瓜尔佳母亲并没有当众说出来，对方不管怎么说也是她大女儿的婆家，她得为她的女儿维护点儿面子。她对送请帖的人只是说不习惯上戏园子听戏，宋太太要是爱马连良的戏，可以上金家来听，把马连良叫到家里来唱比在戏园子里听得真。

谁想，瓜尔佳母亲一句推托的客气话，宋家那位太太还真就来了。时间就定在五月二十，人家也不知从哪儿打听来这天是大格格生日，很热情地要过来祝贺。按金家本意，大格格今年的生日是不过的，今年是大格格的本命年，太岁当头，一切都不便张扬，还是收敛平静些为好。现在，大格格的婆婆提出在未来儿媳妇的生日这天过来，就不能不另做准备了。对宋太太这种上赶着的热沾皮做法，大家都觉着缺少矜持，可一想她是警察的太太又觉得情有可原。为宋亲（音 qìng）家的到来，金家特意请马连良来唱《甘露寺》。但宋太太又说不听马连良，单要听金家兄弟们的演唱，说这样才有意思。

我的几个哥哥在瓜尔佳母亲房里听到这个消息时，一时竟没人说话，大家你看我，我看你，面面相觑，各自挂了一脸苦笑。老二说他最近在闹嗓子，连喝水都困难，更别说唱戏了，到时候嗓子拉不开栓，难免扫贵客的兴；老大说他的野调无腔，登不了大雅之堂，在家自己玩玩儿可以，拿出去让人笑话；老三不吭声，只是跟炕上卧着的花猫较劲，把那根猫尾巴绕来绕去，逗着让猫去咬；老四说他那天另有应酬，要随着洵贝勒府的小九上二闸去放鹰，怕伺候不了这差事；老五说那天白云观有庙会，他跟武道长约好了，要研讨“采战”之术，就有几个人捂着嘴哧哧地笑。老大说，五兄弟倒也直率得可爱，连“采战”这样的话也敢拿到妈跟前来说。老四说，他这是倚小卖小，故意在妈跟前撒娇。老五说，撒娇也轮不到我，下头还有老七呢，我是姥姥不疼舅舅不爱的主儿，不比你们……

老五的话音未落，只见瓜尔佳母亲把眼一瞪，脸一下就沉了下来，厉声说，你们不要跟我耍贫嘴，五月二十那天谁也不许给我出门！大家一见老太太翻了脸，都垂手而立，再不敢说什么了。这个家里只有老五敢跟他妈顶，老五说，不让出门也不唱戏，我们哥儿几个堂堂大老爷们儿，犯不着给一个傻娘儿们逗乐。瓜尔佳母亲说，放肆！谁是傻娘儿们，你是说我吗？老五见老太太动了真格的，赶紧解释说他说的是姓宋的，他是想金家的爷们儿为一个警察唱戏太掉价儿。瓜尔佳母亲说，我们演戏绝不是冲着宋家，而是为了大格格。她一个当大姐的，过个生日，图的就是个喜庆热闹，她是马上就要出阁的人了，走出金家门儿想听你们唱也听不着了。你们当弟弟的，难道就不能为姐姐卖卖力气，博她个高兴？再说，那天你们的姥姥家也要来人，大格格的同学们也要来。人家都知道你们唱得好，有老祖传下来的功底，都憋着要看呢，你们总不能一个个地打了退堂鼓吧？

瓜尔佳母亲这样一说，大家便没了话。这时一直在一边抽烟的舅老爷站起身来说，你们的妈说得对，演戏就是助兴，让大家都觉得愉快，甭管他是谁，从人格来说都是平等的。这点你们的阿玛就比你们强，你们的阿玛就不像你们这样爱端架子。其实人家宋家的儿子也是有学问、有身份的人，人家有自个儿的专用汽车，还雇了洋司机，用洋人给自己当差，人家的派儿比你们几个大多了。你们也就是耗子扛枪——窝里横罢了，还装得挺清高。老大说，我们不是清高，我们也不是要猴的，要我们唱也行，宋家的儿子也得上台。大家都说这主意好，要唱大家一块儿唱，唱都唱，要不大家都不唱。

依着哥儿几个的想法，那个姓宋的三公子是绝不敢上台的。宋家的儿子不上台，金家的儿子自然也就不上台，谁也别挑谁的眼。从外头叫几个角儿来凑一台堂会，把那个警察和他老婆打发了也就算了。

没想到，不几日，由宋家传过话来，说宋家的三个公子将跟大伙儿一样登台献艺，为金家大格格祝寿。这样一来，就把我的几个哥哥将到这儿了，他们不上也得上。

五月二十这天，家里来了不少人。戏台前搭了棚，园子里摆了二十几个大桌，桌上铺着白桌布，上头有中西点心、水果、糖果和一瓶瓶的香槟、葡萄酒。这一切都是舅老爷的安排。舅老爷说宋家公子是新派人物，所以咱们也不能显得太陈旧、太中国了。得让人家看看，我们金家的老爷子也是留洋回来的先辈，在观念和做派上一点儿也不落后。二娘张氏对这些很不满意。她说，这叫什么呀，白嚓嚓地铺了一院子，没点儿热乎劲儿，哪儿像是过生日……

平日耀武扬威惯了的北平警察总署署长宋宝印，这日也变得极为谦和。为了向金家靠拢，特意穿了长袍马褂，在胡同口就把警卫打发回去了，自己只带着太太和儿子们进入金家，怕的是金家人看见穿警服的反感。随同宋家人进门的还有四抬礼盒和一百盆玫瑰。玫瑰是宋三公子给大格格的生日礼物，红艳艳的花朵将戏台围了几个圈，一时园子里立即花团锦簇地火爆起来。宋家的三个儿子一律西装革履，腰板笔直，没有洋场恶少的影子，倒很有德国党卫军的做派，使不少前清遗老们眼界大开。三位倜傥青年在院里一出现，立时就把我那一群吊儿郎当的哥哥们比得没了颜色。二娘直纳闷儿，他一个破警察怎的就能生出这般齐整的三个儿子？父亲说，老倭瓜也有串秧儿的时候，何况是人！舅老爷很是得意，说这一切只能说明他的眼力好，以后他所有外甥女的婚事都由他包了，他命中注定就该是外甥女们的月老。亏得我们的舅老爷没有活得地久天长，否则我们的下场都将和大格格一样。还是我母亲说得对，有时候好心不一定能干得出好事。

瓜尔佳母亲和爱打枪的宋太太坐在主桌，寿星老儿大格格是今日主角儿，被安排在她母亲和宋太太中间。宋太太短而胖，一脸的横肉，一身的珠光宝气。大约是怕金家看不起她，把值钱的真货都披挂出来了，坐在瓜尔佳母亲和大格格旁边光芒四射，整个儿的一个喧宾夺主。宋太太为了表示自己快乐，就不住地大声笑，主动地跟瓜尔佳母亲说话，一口响亮的东北腔在人群中飘荡，无论你走到哪儿都能听到她的声音。瓜尔佳母亲很有分寸地应酬着，礼貌地保持着距离。这样一来反显得有些木讷呆板，有些不知所云的被动。宋太太将大格格使劲往身边拉，攥着手不放，嘴里不住地夸赞大格格是三春的牡丹、月里的嫦娥。这些俗不可耐的比喻，清雅的格格怎受得了？只说是还要去扮戏，借故从宋太太身边走脱了。有人看见，大格格离开宋太太的时候，手上多了个镶着巨大绿翠的戒指。也有人看见大格格没走到后院，就把那个戒指给了厨子老王。那天，厨子老王为大格格喊好儿就分外地卖力。

父亲和警察署长及舅老爷在另一桌。警察无话，只在那里赔着笑，倒是舅老爷一个人在不停地说，说他的基尔特社会主义，说国家的无阶级性，说应该和平地用基尔特社会主义代替资本主义剥削制度，说社会中应该有两个平行的组织，以便施行产业民主和产业自治……没人听得懂，却又不得不听，还是父亲不耐烦了，催促着快开戏。

请的是外头的小班子来演，没有名角儿，为的是别压了金家弟兄们的戏。戏班班主拿来戏单让瓜尔佳母亲点戏，瓜尔佳母亲让宋太太先点，两人推让了半天，瓜尔佳母亲就点了一出《状元媒》。《状元媒》说的是宋朝新科状元吕蒙正出面做媒，将皇室成员柴郡主下嫁给武将杨六郎的故事。瓜尔佳母亲点这出戏可谓用心良苦，既说明了我们的身份，又抬举了舅老爷，也没扫了宋家的面子。轮到宋太太点时，宋太太把戏单在手里揉来揉去，只说是爱听诸葛亮的唱，却又说不出是哪一出。警察在一边提醒说，诸葛亮就是《空城计》嘛，下边还有《斩马谡》，把马谡的小脑袋咔嚓一下就……见大家都在看他，警察突然意识到什么，猛地打住了，大家都有点儿不自在。戏班的班主很聪明，说太太点的就是《失街亭》《空城计》《斩马谡》了，可惜这儿出今天我们没备下，您就着戏单上的点，想听哪一出都行。戏单上的戏都是头一天我们家管事的和戏班班主商量好了的，因为是带有相亲性质的做寿，挑选的都是《凤还巢》《诗文会》《四郎探母》一类的吉庆戏，像"失、空、斩"这类又打又杀的戏一般都应该避讳。宋太太不懂礼数，张嘴就是《空城计》《斩马谡》，实在是让戏班为难了。这是得罪主家的事情，人家就是备了，也不敢演哪！宋太太拿出了署长太太的身份，拉着长声问道，怎么叫没备下呢？班主说，行头没带过来，角色也不齐。宋太太说，我们的车子就在胡同口等着呢，让你的人坐车回去拿一趟不就得了吗？气氛有些僵，班主看看瓜尔佳母亲。瓜尔佳母亲说，既然亲家爱听诸葛亮，也不必麻烦戏班子了，家里的孩子们就能演。给亲家太太凑一台"失、空、斩"也不难，只是孩子们的玩意儿您看得别太认真，权当逗个乐子吧。当下就着人告诉老大老二们扮戏。一会儿，管事的过来悄悄对瓜尔佳母亲说，大格格听说待会儿要演"失、空、斩"，在后台闹气呢。瓜尔佳母亲朝父亲使了个眼色，父亲站起身对警察抱了抱拳说，失陪了，我得到后头招呼一下，这出戏没我不行。警察惊奇地说，怎么还得劳动您的大驾？父亲说，我们家老大了（音 liǎo）不下这出戏来。宋太太见金家当家的也上台了，就很兴奋，抬起身子大声说：家驹、家骝、家驷，你们也来凑一出啊！

只见三匹“马”应声而出，走上台去。大“马”从小匣子里拽出个葫芦样的东西来，架在脖子底下，试了几下，声音很好听。瓜尔佳母亲没见过这乐器，也没听过这声音，正疑惑间，宋太太凑过来说，拉琴的是老大，那个琴是他从国外带回来的玩意儿，叫作小提琴，他们家老大在外国学的就是这个。瓜尔佳母亲很奇怪，还有让孩子出国学吹鼓手的？这样的事大约也只有宋家这样没有根底的家庭才做得出来。瓜尔佳母亲朝台上望了望，古老的中式戏台上，出将入相的缎子戏帷子前头，站着三个油光水滑的西式人物，很像天桥拉洋片里头的景致，只让人想起滑稽二字来。瓜尔佳母亲赶紧用手绢将嘴捂了。宋大公子拉了一段曲子，二公子、三公子就开始唱了，他们唱的是外国歌，是分两个声部的二重唱，那词儿一句也听不懂。唱完了，下头竟然掌声热烈，鼓掌的多是大格格的同学们，年轻人喜欢这个歌。有懂英文的对瓜尔佳母亲说，三位公子唱的是英吉利民歌，说的是青年男女的爱情故事。瓜尔佳母亲噢了一声，没说什么，很礼貌地拍了几下巴掌。三位公子一下来，就被年轻人围住了，被一帮人拥到后花园子的假山石边，有说有笑。瓜尔佳母亲注意了一下那群人，发现里头没有大格格。

戏班演的戏平平，接下来就该金家子弟们上场了。

这天是老大的马谡，老二的王平，老三的司马懿，老五的赵云，老四和看门老张的二老军，老七胡琴，打杂的茂林司鼓，四格格月琴，阵容十分整齐。挑大梁的当然是父亲，他演诸葛亮。这次的戏演得很有水平，众弟兄碍着大格格的面子，没有胡来；马谡的唱不多，也不存在跑调儿不跑调儿的问题，总之很为金家争了脸。戏班的班主不住声地说，遇上了真把式，算是开了眼，以后再不敢来金家唱戏了。宋太太为诸葛亮拍红了巴掌，警察为了捧场，不断喊好儿，每每遭到厨子老王的白眼，因为警察喊得不是地方，瞎喊。宋家三位公子不懂戏，对京戏也没有兴趣，坐在那儿一碗接一碗地喝茶，跟一帮女孩子们调侃。

还好，大格格没有因为不高兴而撂挑子，专攻程派青衣的她这回却破天荒唱起了梅派看家戏《宇宙锋》里“金殿装疯”一折。《宇宙锋》是说秦二世胡亥荒淫无道，见宠臣赵高女赵艳容貌美，欲纳为妃，女矢志不从，装疯哭闹，胡亥纳妃之意乃罢。戏里面有大段的唱和大段道白，以疯女之口痛骂欲娶她的胡亥。大格格在今天这种场合选择了这出戏，在金家不少人心里投下了不祥的阴影。席间，看得高兴的只有警察夫妇，他们没见过还有小媳妇在台上疯说疯闹的，“将乌云扯乱，抓花容脱绣鞋扯破了衣衫，倒卧在尘埃地信口胡言”，一反青衣的端庄静雅，而变得披头散发，癫狂无羁。大格格演得实在是好，那段大段道白，“哦，我笑得你的无道！列位大人老哥听了：……我想这天下，乃人人之天下，并非你一人之天下，我看你这江山，未能长久了!”说得更是声情并茂，字正腔圆。一句一句喷发而出，博了个满堂彩。

宋太太不明白为什么连说话也要得好儿。舅老爷解释说，大格格这口韵白极好，甜而丽中有一股深沉的辛辣，给人一种不可言说的细腻，典雅而传神，美极了！宋太太问什么是韵白。舅老爷说，就是戏里头的一种道白，说开了就是一种糅合了京腔与吴语或其他地区方言的新国语。不是贫而碎的京片子，那京片子让人一听就厌恶、肉麻，上不了大雅之堂。宋太太说，我觉得你们家的女孩说话跟外头的不一样，敢情就是这韵白的缘故？瓜尔佳母亲说，平时说话怎能用韵白，那样不把人家的肚子笑疼了？我们家孩子们说的是官话，这也是有来头儿的。在康熙年间皇上就要求所有官员必须说官话，宗室子弟也都是要讲官话的。当年金家的老祖母领着孩子们进宫给皇太后请安，也得讲官话，绝不能带进市井的京片子味儿。在宫里，皇后太妃们讲话用的也是近乎官话的京腔，只有太监才用纯北京话说话。看一个人家儿有没有身份，从说话就能听出来。

宋太太的东北腔一下低了下去。

我没有亲耳听见过瓜尔佳母亲有关官话的论述，但我相信她的话是没有错的。我们家是老北京人，却至今无人能将北京那一口近乎京油子的话学到嘴，我们的话一听就能听出是北京话，而又绝非一般的“贫北京”“油北京”，更非今日的“痞北京”。这与家庭的渊源或许有关——这是题外话了。

四

下面就说到了40年代的北平名媛义演。义演参与者多为大家闺秀：有清朝大官端邡的女儿；有名誉九城的春山馆主，她也是名门望族之后，是当时国务参赞周令山之妹；还有个叫臧玉凤的，据说是驻欧洲某大使之女……我们家大格格也在其中，她的积极支持者就是她的婆婆，那个根本不懂戏的警察太太。

以我现在的思想来分析，宋太太支持大格格到社会上去演出，绝不是出于对京剧的喜爱或是对大格格爱好的赞许。她完全是从自己出发，是一种很自私很狭隘的沽名钓誉。她企图用大格格的社会活动，用大格格的名气来提高他们宋家的地位身价，以改变人们对于他们的偏见和挑剔。警察的家族，在力争向文明靠拢，向进步靠拢。

大格格为义演准备的剧目是她拿手的《锁麟囊》。为“春秋亭”那一场新婚的装束，宋家特意着人从苏州购来绣着花卉禽鸟的红帔。试装那天，大格格着上那红装，做了一个身段，盈盈少女，绝代风华，真如同一个美妙的、画上走下来的人儿。当时宋家公子也在场，三公子为大格格的光艳所倾倒，竟激动地说出“得此美人，不枉此生!”一类的话来。

《锁麟囊》这出戏说的是登州富女薛湘灵出嫁之日遇雨，在春秋亭避雨时与另一贫女赵守贞的花轿相遇。赵女因贫穷而啼哭，薛女仗义相助，将装有奇珍异宝的锁麟囊相赠，双方未通姓名各自离去。若干年后，登州大水，薛湘灵无家可归，到赵守贞所嫁的卢家做用人，再见锁麟囊，百感交集。薛、赵重新相见，大团圆结尾。整出戏薛湘灵全是主角，配角人物不过是三两句唱，金家子弟完全可以胜任，那个调皮捣蛋、又刁又势利的丫鬟就由老四来担任。男角演丫鬟配俊小姐，不但能起到很好的陪衬烘托作用，也可以插科打诨，增加些噱头，有着女角达不到的效果。为大格格的演出成功，金家全力以赴，投入到紧锣密鼓的排练中。宋太太没事就过来，端把椅子坐在一边看大家排演，久而久之，竟把戏也记得滚瓜烂熟，很有点儿把场的资格了。

令人担忧的是大格格和老七舜铨老是配合不好。若是在家随便演演，倒也没什么，这可是拿到社会上去表演，是出不得一点儿差错的，稍不在意就砸了。人们看名媛演戏，比对角儿的要求还严格。角儿一旦有了些资历和名气以后，就可以演得很随意、很自由，不受任何限制。有位名老生，唱到半截儿忽然咳嗽不止，台下观众竟不以为然，后来还有学他的，唱到这儿也咳嗽，真是地道的东施效颦了。而名媛们演戏，带有玩儿票的意思，跟她们配戏的又多是名角儿，往往这些角儿又爱逗弄这些小姐们，既博观众一乐，又可衬托自己的洒脱。这样一来就常常让小姐们提心吊胆，开戏如临大敌一般，想想也真是可怜。当时社会上流传着一段故事，有位叫陶默庵的女士，请马连良跟她配戏，演的是《武家坡》。这回马连良大概也想开开玩笑，就像我的大哥拿老七开涮一样，也拿这位女士开涮了。他唱完"八月十五月光明"，张口就问人家小姐："昨天晚上打麻将手气怎么样啊？"把小姐问得站在台上回不过神来。于是台下大乱，叫倒好儿的大有人在，人们不是哄马连良，是哄那位小姐，其实小姐有什么错？另一位名小姐跟杨宝森唱这出戏也遭到类似情景，杨在末尾的收腔时故意又加上了个"哇"，这就占了人家小姐的板槽，让人家张不开嘴了。观众大概想看的就是这样的乐子，就巴不得名角儿们玩点儿花活，让小姐们当场出丑，当场下不来台。也有些有根底、有经验的小姐，有"兵来将挡，水来土掩"的本事，上得台来不慌不乱，在气势上和那些角儿一般齐，唱腔好，扮相好，身段好，做派好，这样的女票友观众就很捧。中国的男人捧女戏子是天经地义的，捧唱得好的名媛则又高雅又神圣了。为名媛叫好儿，更当花力气，花精神。有许多人来戏园子不是为了听戏，纯粹是为了来喊儿嗓子的。说这样可以疏肝泄郁，祛燥排焦，是极好的养生之道。我想，那时中国是因为没有足球，这就不得不逼得一些男爷们儿把精力和热情都扔到戏园子里，扔在那些可怜的戏子们身上，从某种意义上说，昔日的戏子与今日的球员真有着异曲同工之妙。试想，今日的万千球迷在某一天都进了剧院，那真是没有唱戏的活头儿了。但那时候的“球迷”们，的确就都凑在戏园子里，在戏场小天地、天地大戏场中极力抒发着他们的感情。

大格格担心的不是配角成心晾她，而是老七的琴出纰漏。大格格唱的是程派青衣，而老七对程派极为陌生，使得大格格常常有跟不上趟儿的感觉。眼看演出时日将近，大格格忧心忡忡，连饭也吃不下了。父亲到外面聘请名琴师，一时却又寻不到合适的，全家都很着急。

不想，这日宋太太领来个瘦弱青年，来者穿着破长衫，夹着把旧胡琴，被胖太太推到众人跟前。宋太太说，这人姓董，叫董戈，是德国医院的杂役，专干些为病人跑腿送信、买东西的杂活儿，有时也为太平间的死鬼穿穿老衣，替丧家联系联系杠房什么的。大家不明白宋太太为什么要领这么一个人来。宋太太解释说，有一天家驷听见他在太平间拉胡琴，拉得有板有眼的很流畅，就想起大格格这边的事儿来了，让我把他带来，拉一拉让金家的爷们儿听听，成与不成先试试。大家听了，都觉得宋三公子办事太唐突，把个杂役弄来给大格格操琴，这不是开玩笑嘛！再看这人这没伸展开的模样，穷门倒相的，料也不是什么高手。

那个叫董戈的青年站在众人当间，敛目低眉，任着人们的目光在身上审视扫荡，没有任何表情。老四说，亲家太太，您踅来的这宝也会拉胡琴？宋太太说，我不是说过了吗，让他试试。老五说，扮相不错，我上前门要饭，跟我搭伴儿倒挺合适。老三绕着来人转了一圈，哼了两声没说什么。老二问来人，您会定弦吗？被叫作董戈的人低声说会。老七说，拉一段儿让大伙儿听听。父亲也说，对，拉段儿听听。于是有人给董戈拿来个凳子，董戈调弦，屏气，拉了一段二黄回龙，也没见怎样高明。老七说，你拉的是反二黄。董戈赶紧站起来回答说本来二黄该用正工，他用的是小工，因为调低，所以上下宽度大，有五度的跌宕。父亲说，听你拉的也罢了，还不如我们老七。董戈又低头不语。老七问董戈是跟谁学的，董戈说是跟父亲。老七问他父亲是干什么的，董戈说是乐亭说书的，父亲已死，眼下只有他和母亲在北平。老五说，倒是个苦出身，还会拉胡琴，难为了你。父亲说，这你就不明白了，看来他的祖上才是真正的票友。大家问何以见得。父亲说，清入关以后，曾编制唱本，宣传清朝制度多么优越，皇上多么清明，然后派滦州、乐亭一带的说书人学唱。学好后，经官场考试合格，发给薪水，派往各地演唱。出京时给龙票一张，所到各处由县中供给吃穿，这就是票友的来由。眼下两地的许多说书人，都是当年票友的后代，世代相传，很有些真人在其中。老五说，阿玛您别扯远了，依您说这个人算不算真人呢？父亲说，这个嘛……宋太太说，要是不行咱们打发他回去就是了。父亲说，给点儿车钱，让人家走吧。姓董的听了如释重负般，给我父亲请了个安，就要告退。刚走到门口，只听大格格说，回来，我让你走了吗？大家都看大格格。大格格指着董戈说：这个人，我留下了。

这个叫作董戈的人就成了大格格的琴师，也说不上是师，就是为大格格操琴罢了。谁也不知大格格看上了他的哪一点，说留就给留下来了。大格格让他搬到金家来住，董戈说不行，说他每天得回去照看他的母亲，他要是不回家，他的妈会操心。董戈住在城南，我们家在城东，董戈每天天不亮就得赶到我们家，为大格格吊嗓子，天黑才走，天天是两头不见太阳。为了他的母亲，他刮风下雨也往家赶。他的辛苦让金家的母亲们看了感动，说我们家七个儿子，抵不上人家一个孝顺，董家老太太不知烧了什么高香，得了这么个好儿子。

董戈早晨到金家来的时候，往往大格格还没有起床，大格格有睡懒觉的毛病，要是这天没事，她能睡到中午去。但是自从留下了董戈，她就睡不成懒觉了，每每还在睡梦中就被丫头叫醒，告之操琴的董先生来了。大格格说，来了就来了，让他等着去吧！翻过身就接着睡了。董戈也不说什么，就在窗户外边死死地站着。大格格又睡了一觉，想起吊嗓的事来，就在被窝里懒懒地问，那个姓董的走了吗？丫头说还在院里傻站着呢。大格格一边嘟囔着这人死心眼儿，一边慢腾腾地穿衣服，梳洗完了吃完早点就到了十一点，这才叫进琴师董戈。董戈已经在太阳地儿里晒成了红虾米，进来的时候还不住地冒汗。大格格看了有些不落忍，对丫头说，给董先生倒碗凉茶来。董戈说，茶倒不必，大格格赶快抓紧时间练唱儿吧。大格格让董戈明天晚点来，别这么打更似的吵人。董戈说不行，要想人前拔份儿，就得背后受苦，这是他爹生前反复教导他的。大格格说，你的爹又不是我的爹，你不能把你爹的教导用在我身上；再说了，我们又不是科班出来的，不是专门吃这碗饭的，我们能唱就已经很不错了，何必那么认真！董戈说，科班也罢，玩儿票也罢，面对的观众可是一样的。大格格说，我的嗓子天生质地好，用不着天天吊。董戈说，嗓子必须天天吊，好嗓子是吊出来的，不是天生的。不常吊，唱腔里那些偷腔换气、抑扬顿挫、拖板抢板及脑额鼻咽颊膛等等的共鸣是运用不好的。这样一来，反倒把大格格弄得没话说了。自此，董戈每天清晨四点准时来到大格格的房前，先是轻轻地咳嗽一声，告之他来了，就在外面等。久之，大格格的懒觉就睡不成了，外头一咳嗽她准醒，再也睡不着了。睡不着就得起来，起来除了吊嗓没别的事干。后来，董戈不唯将大格格拽起来吊嗓，还要拉到东直门外的护城河去吊，说这样吊出来的嗓子带水音儿。

从我们家到东直门，这段不近的路程每天大格格都是和那个董戈一路小跑跑去的。董戈夹着琴在前头，大格格小步紧捯在后头，后边是丫鬟坐着洋车跟着。以往，我那个娇贵的大姐就是上两站地外的姥姥家也要坐车，现在她好像让这个姓董的给制住了，什么都听姓董的。许多年以后，我的母亲跟我说过这样的话，她说，什么是缘分哪？董戈和大格格就是缘分，她就是听他的。为什么？什么也不为。到最后人们也闹不明白，那个寒酸的穷小子到底有什么魅力使娇纵的大格格百依百顺地听他的。有人说是爱情。但大格格在临死前明确地否认了这一点，说她和董戈来往正大光明，没有丝毫的暧昧成分在其中；也有人说是活力，是另一种陌生的生活对于陈旧的吸引，而这种吸引是不可抗拒的。但话又说回来，为什么不吸引别人，偏偏吸引大格格呢？还是老七总结得好，老七说，什么也不为，就为了一个字：戏。

东直门外的护城河边，烟霞蒸蔚，旷寂无人。在这里，大格格彻底将嗓子放开了，从慢板《三娘教子》中的“王春娥坐草堂自思自叹”开始起吊，循序渐进，一直吊到《女起解》那句高亢响亮的“苦哇——”大格格与董戈，唱随切磋，日日如此，从不懈怠，成为护城河边的常客。

名媛义演，广和楼的戏码已经排出，大格格排在第三。前边两位分别是关静仪和秦蓝薇两位女士，唱的是《四郎探母》和《贵妃醉酒》。不知谁从哪儿打听到，这两位，一个是梅兰芳的高徒，一个跟着尚小云学过三年，论水平不亚于科班。本来程派唱腔在旦角行当中就极不易得好儿，学唱难，能欣赏者也不多，如今又排在第三，使得平时果敢自信的大格格这时也有些犹豫了。演戏最怕的就是怯场，为了这个，家里人轮流给大格格鼓劲儿，好像都不太奏效。宋三公子几次约大格格出去，逛北海，吃西餐，以减轻心理压力。大格格还是觉得信心不足，甚至有了打退堂鼓的念头。

这天练完唱，董戈对大格格说，您唱得很不错了，完全没必要犯怵，也别把那些角儿们跟科班出身的看得太神圣了。从清末数，唱出名来的有几个是科班出身的，大部分还不都是半道出家的票友？拣有名的说吧，与程长庚齐名的张二奎，下海前是前清的官员，是工部水司的经丞；名老生张子久是张二奎的车夫；连编带演的卢胜奎，在早不过是个下人。再有，灯笼程是北京廊房头条做牛角灯的，汪笑侬是拔贡知县，许荫裳是齐化门外粮店的伙计，张雨庭是眼镜铺的掌柜，冰王三是夏天卖冰的，刘鸿生是卖剪子的，麻穆子是卖私酒的，红极一时的名老旦龚云甫也是玉器行的工人出身。所以，您千万别迷信什么科班不科班的。与科班比，票友有票友的优势，特别是像您这样有学问的大家小姐，不一定就比那些角儿们差。当然，票友是不如科班徒弟学得扎实，但科班出来的不一定有那个感觉。京戏其实是一种很难的玩意儿，它所要求的各方面知识不是一两日就能积累得起来的。即便是科班出身，要是那个感觉跟不上，说白了也只是个表演的傀儡罢了。既然是真玩意儿，那就不是仅靠学力所能成功的，它靠的是六分修养、两分天才、两分勤奋。就说富连成班，前后四五十年，培养出来的徒弟在千名以上，唱出名来的不也就是有数的几位吗？这么一想，您还怵他什么呢？

不能说平日沉默寡言的杂役董戈的这番话说得没水平，就是在今天，细细品味，他的话也是很耐人寻味的。在我们强大的文学队伍中，真正靠大学培养出来的作家占的比例毕竟不多，所谓的中文系是作家们再进修的场所，而绝不是作家的摇篮。大学中文系培养不出作家，大概就和富连成培养不出真正戏曲艺术家一样，这里面有个严酷的艺术规律在其中。这个道理出自几十年前一个医院杂役之口，不能不让人吃惊。这些话在当时对我大姐的触动想必也是很大的。能出此深切之语的，绝非常人。大格格问过董戈有过怎样的经历，董戈低眉含颦，面色惨淡，似有难言的家世之悲。既不便说，也不便再问，琴师董戈的身世对金家来说一直是个谜。

自此，大格格精神饱满，勤奋练习，面孔红润，神采焕发。从我们家跑到东直门，半道不歇，到地方停下脚步张嘴就唱。音域宽阔，底气十足，让人听来没有一点儿急促大喘气的感觉，这就是功夫了。我父亲说过，唱戏的必须有边舞边唱的功底。倘若你舞得很带劲儿，张嘴唱不出声或是哈哈地喘，那就倒观众的胃口了，闹不好就有被轰下台的危险。大格格的精神状况、体力状况都让人满意，这当是董戈的功劳。瓜尔佳母亲说得好好儿谢谢人家，不能让人家白白出力，让管事的给些赏钱。管事的说给过了，姓董的不要。瓜尔佳母亲说，这就怪了，他一个穷小子，难道就不见钱眼开吗？让管事的去问。管事的回话说，董戈说了，他虽然在金家拉琴，但在医院的薪水照拿，宋院长还给加了薪，给了车马费。他拿了那边儿的，就不能再拿这边儿的了，两头拿不合适。瓜尔佳母亲说，这孩子还挺仁义，别看是个下人，家教却不错，那边的老太太想必也是个通情达理的。

瓜尔佳母亲包了一大包穿不着的衣裳，让董戈带回去给他的母亲。第二天董戈特意到上房给瓜尔佳母亲请安，替他的母亲道谢，传他母亲的话，说那些衣裳都是上好的衣裳，让大夫人这样破费实在是不安。董家小门小户，能进金家干差事已经是极有脸面的事了，儿子有什么不周到的地方请大夫人多多担待。待她身子好利落了，亲自到府上来请安。瓜尔佳母亲问董家老太太有什么病。董戈说，痨病。瓜尔佳母亲说，这可是个累不得的富贵病，营养一定要跟得上。瓜尔佳母亲就让丫头把她的几听美国奶粉给董家老太太带去，董戈对此也没有过度推辞。事后大家都夸董戈是个孝子，瓜尔佳母亲也常拿董戈的例子来教育我的那些混账哥哥们。

五

演出这天，父亲调动了金家的全部实力，组成了阵容强大的啦啦队，除了领衔叫好儿的厨子老王以外，还以每人一块大洋的价儿雇了些戏混子。并明确告之，只许给《锁麟囊》叫好儿，其余剧目不许出声，当然也不许起哄。彼时，名媛唱戏，与角儿们不同，叫好儿的是五花八门，好似唱戏的不是正规军，叫好儿的自然也不必正经一样。故而，逢有这样的演出，一般都要在剧场四处贴上“禁止怪声叫好儿”的纸条。父亲为雇叫好儿的花了二百大洋，也就是说，在那天的剧场里，至少有二百个人是专为捧我大姐而来的，其中还不包括金、宋两家的亲眷和署长调动来的大批警察。后台的一切由舅老爷照料，后台老板自然要打点到，给银元二十封，每封二十。上下场挑帘的也得送大洋，你总不能让角色自己掀开门帘钻出来，再起范儿演唱吧，那样还不让下头乐死？所以挑帘的也很重要，也不敢怠慢，也得给钱。除此以外，打鼓的、弹琴的、看门的、跑堂的、扔手巾把儿的、管电的，无不得一一送礼。落下一个，保不齐就得出点儿什么事。其实，在这众多人里，舅老爷忘了一个最最重要的人物，那就是操琴的董戈。在前台后台，在哗哗的大洋声中，董戈一直抱着琴默默地坐在后台不起眼的角落里，充任着可有可无又必不可少的角色。也不是舅老爷没想起他来，是舅老爷觉得这个医院的杂役，料他也没有撂挑子、使坏的勇气。懂得“社会主义”的舅老爷看人看得准极了。

鼓乐响起，头场关静仪女士的《四郎探母》唱得不错，到底是梅兰芳的弟子，一招一式、一腔一调，酷似她的老师。那段铁镜公主与杨四郎的对唱更是炉火纯青，俩人一个上句一个下句，针锋相对，随着矛盾的加剧，唱得速度越来越快，情绪呼应越来越紧，盖口处严丝合缝、滴水不漏。场内好声大起，就连父亲雇的那些“不许给别的戏喊好儿”的人也情不自禁叫起好儿来了。可不嘛，好戏人人听着过瘾，甭管是不是拿了人家的钱。

铁镜公主刚唱完，下边还有杨四郎的唱，就有人端着个小茶壶上台，给关女士饮场了。杨四郎很有激情地在唱，他的媳妇在旁边端着茶壶喝水，这从情节上说总有点儿荒诞，但那时就是这么个习惯。有身份的角儿都要饮场，并不是为了渴，也不是为了润嗓子，就是为了一种派，唯此才算够份儿。不但喝水，有的还要擦脸。武生打着打着突然架住，有人送上手巾，抹一把，接着打。著名戏剧家何希时先生曾经讲过这样的笑话：有回一个角儿，架住之后两个跟包的上来，替他提靴子；还有一位名武生，架住之后，在台上现换了一回裤子……至于饮场，那实在是小菜一碟了。这大约是三四十年代北平演戏的风气，一些与剧情毫无关联的人可以在戏台上自由地走来走去。越是名角儿，伺候饮场的越爱上去捣乱，以向众人炫耀他是谁谁的人。那个时代北平的观众对这些也是极宽容、极有耐心的，这就是看戏人的脾气好了。搁现在恐怕不行——现在甭说在台上换裤子，就是换布景也得把大幕拉上再说话。

听我母亲说，那位唱得很好的关女士，砸就砸在她的饮场上。她的老师是梅先生，梅先生演的是青衣，本人却是个男的，他在台上饮场，怎么对着小茶壶喝茶都是不足为怪的。而关女士就不同了。关女士是女的，女的在台上当众嘴对嘴地嘬茶壶，台下当时就是哄笑一片，怪声一片。有放浪子弟尖叫着大喊：小乖乖别撒嘴！……把关女士闹了个大红脸，连那个演杨四郎的也为此而笑场，唱不下去了。我是从母亲的诉说中才知道女孩子是不能对着茶壶嘴喝水的。为什么，小的时候不明白，大了以后才知道。

第二出是秦蓝薇女士的《贵妃醉酒》。演得雍容华贵，行头好，扮相也好，举手投足都很到家，但也是要饮场。只见她唱一句“这才是酒入愁肠人易醉”，喝一口水；唱一句“平白诓驾为何情”，又喝一口水。让人感到这贵妃一会儿是酒，一会儿是水，怕要灌成大肚子蝈蝈了。所幸，这位女士没用小茶壶，用的是金边细瓷小碗，才没有引起下头哄场。但是，随着贵妃上台的还有一个小木桌，上面摆满了各样化妆品和一个很时髦的藤皮暖壶。贵妃喝一口壶里的水就要扑一次粉，抹一回口红，台上就老有两个穿大褂的人在一群花花绿绿的宫女中穿来绕去，将唐朝和民国紧密地联系起来。有眼尖的人看见，藤皮暖壶上竟然还写着“参汤”字样，便知秦女士喝的不是茶而是参汤了。演戏如此摆谱显阔，当也该入梨园之最。不过作为女士的身份和贵妃的角色，或许尚不失之太远。倘若是要演《荒山泪》，演那位逃奔山野的贫妇，不知道是否也得喝人参汤？演得虽然好，终归是使人分神、别扭，以致气沮，弄不清是来看戏还是来淘神。

这时，董戈在后台找到已扮好戏的大格格，对大格格说，待会儿您上去了，千万别饮场。大格格说，家里把饮场的人都给我预备下了。董戈说，预备下了也别饮，您听我的没错。大格格说，万一我的嗓子要是干了，提不上去了呢？董戈说，绝没这事儿，您每天上东直门护城河也没饮场，不也唱得很滋润吗？唱得好不好，绝不在这会儿喝不喝这口水，全在平时的练习。大格格还有些犹豫。董戈说，您放心，万一有什么，我的琴给您兜着呢！大格格便对邱老板说她待会儿上去不饮场，邱老板伸着大拇哥说，金格格，您懂戏！

大格格演的是《锁麟囊》“春秋亭”避雨一折。当薛湘灵穿着大红嫁衣，坐着绣有双凤的红轿一出场，那红色的喜庆加之我大姐的美丽立即将台上台下的气氛烘托起来，人们的眼睛为之一亮。不待唱，便举座欢呼，得了一片迎帘好儿。厨子老王兴奋地说，我说咱们家的大格格没得比，就是没得比。瞧，用不着我领头儿，会听戏的都捧她。父亲的心却是一直提到嗓子眼儿。他一来担心操琴的，那个医院的杂役能不能把这出难度很大的戏一点儿不出差错地了下来，二来担心大格格中途闹脾气。倘若那样，金家真是面子砸到家了。

悠悠的胡琴声中，大格格缓缓地唱出了西皮二六：

> 春秋亭外风雨暴，何处悲声破寂寥。
> 隔帘只见一花轿，想必是新婚渡鹊桥。
> 吉日良辰当欢笑，为何鲛珠化泪抛。
> 此时却又明白了，世上何尝尽富豪。
> …………

歌一出喉，四座皆惊，互相打问，确认是金家大小姐，方有始识庐山真面目之感。父亲听了大格格的唱腔一时也蒙住了。经过这段时间的练习，大格格的嗓音、唱法竟然大变，变得宽阔婉转、深沉凝重，实实地托出了角色的富足、沉稳、多情、善良。大格格圆润的嗓音，那些裹腔包腔的巧妙运用，一丝不苟的做派，华美的扮相，无不令人心动。加之那唱腔忽而如浮云柳絮，迂回飘荡；忽而如冲天白鹤，天高阔远。有时低如絮语，柔肠百转，近于无声；有时又奔喉一放，一泻千里，石破天惊。真真地让下头的观众心旷神怡，如醉如痴，销魂夺魄了。董戈那琴也拉得飘洒纵逸，音清无浊，令人叫绝，有得心应手之妙。琴声拖、随、领、带，无不尽到极致。如子规啼夜，迂曲萦绕；如地崩山摧，激越奔放。琴与唱相糅，声中有字，字中有声，如风雨相调，相依相携；如水乳交融，难离难分。感人至深，使人如入化境。父亲说，没想到董戈拉得这样地道，以前真小瞧了这小子！瓜尔佳母亲说，大格格唱得也出奇的好，像换了一个人儿。老七说，关键是两个人配合得默契，难怪我大姐不让我拉。厨子老王说，这个份儿，名角儿也比不过！宋家太太一会儿站起，一会儿坐下，东张西望，向四周环顾，以便让人们知道台上的美人是她未来的儿媳妇。至于那位警察，则只张着大嘴，目不转睛，死盯着台上，清音袅袅中，那魂魄整个儿地走了。

整折戏没有饮场的干扰，一气呵成，连贯完整，不拖泥带水，使人觉得干净利落，极富艺术感染力。演出完毕，掌声雷动，喝彩不绝，盛况空前。宋家公子送上一对大花篮，摆在台口，艳丽夺目。大格格谢场三次，观众仍不作罢。有人说，金家小姐谦恭谨慎，敬重角色，也敬重观众。不似有的人只知在台上撒娇摆阔，极尽显摆之能事。人家这才是大家风范，才是真正的有谱儿！大格格听了这话，心里不禁感激董戈，四下寻找董戈，却已不知去向。回家时，剧场外观众皆欲一睹大格格之风采，人头攒动，比肩接踵，途塞不能举步。多亏有那些警察维持秩序，荷枪实弹，蹚开一条人胡同，才使我的大姐得以进车。

当日宋家在万国饭店为我大姐举行庆祝酒会，金家的人除了瓜尔佳母亲和有病的二娘张氏之外都去了。瓜尔佳母亲还是不能和那个暴发的警察家族一起在大庭广众当中平起平坐。她那傲慢的禀性是轻易不会向任何人屈尊的，特别是对宋宝印这样在官运上正走红的“无名鼠辈”。

酒会上，宋家太太在众人的夸赞中连干数杯，面色红润，说大格格为他们老宋家可是争了脸面。又说还要给大格格再置两套上好行头，以备下回演出。宋太太拽着大格格挨着桌敬酒寒暄，大格格让这位太太闹得坐亦不是，站亦不是，恨不得找个地缝钻进去。席间不少人是为听戏而来，大家让大格格再唱一曲。拗不过众人情面，大格格只好强提精神，再润歌喉，待要开唱，才发现操琴的董戈并没有跟来。警察大怒，让两个手下“去家里把他提溜来！”父亲说算了，说来饭店庆祝本来就没叫人家，何苦又到人家家里去兴师问罪？归根结底还是我们不对。警察说，他是个打杂的，他得随时伺候着，哪有跑得不见影儿的道理！×他姐，明天就打折了他的腿！

听到警察这粗俗的叫骂，这不讲理的犯浑，我的大姐脸色一时变得煞白。眼泪在眼眶里直打转，当下就要走，被我母亲悄悄拉住，说怎么也得给我父亲和儒雅的宋公子一个面子。她这唱主角儿的走了，下边的戏让别人怎么唱呢？大格格想想，留下了。接下来让老七操琴，她有一搭没一搭地唱了一段《女起解》，就算应了差事。谁都听得出来，大格格的这段戏唱得真不怎么样，连那个不懂戏的警察也听出不是味儿来了，他用惊异的眼神看着大格格，大格格的脸越发变得难看。偏偏这时不谙世事的老七又多了一句嘴说，还是要董先生来拉才好，董先生熟悉我大姐的路数。警察对他的儿子大声说，明天把那个姓董的给我开了！他好大的架子，我让他的脑袋还在肩膀上扛着就是很便宜他了！宋三公子诺诺，看了一眼大格格，没说什么。

那天晚上，大格格回来得很晚，回来后照直回到自己的房里就睡了。第二天，她母亲问她晚上干什么去了，她说去了南城。瓜尔佳母亲说，你是去了董戈那里？大格格说是。瓜尔佳母亲看着女儿，叹了口气，娘儿俩就愣愣地在屋里坐着。半天，大格格说她从来没见过那么贫困的人家儿，穷成那样，还能把心搁在琴上……瓜尔佳母亲说，其实人活得都不容易，像咱们这样不愁吃不愁穿的人家儿，不多。大格格说，往后董先生再来咱们家，咱们得按钟点儿给钱，不能亏了人家。瓜尔佳母亲说，只怕他不要。以前也给过，他说不能拿双份儿。大格格说，他医院的差事下午让那个警察给蹬了，他今后是走投无路了。

六

后来，董戈就隔一天来我们家一回。大格格问他前一天去做什么了，他不说。很长时间以后大家才知道，他是到崇文门里的麻家杠房去给人做吹鼓手了。挣俩吃俩，挣仨吃仨，以维持娘儿俩的生计。吹鼓手的生涯是很凄惨、很低贱的，为世人所看不起，董戈隐瞒他的行径也情有可原。他到我们家来拉琴，从来都是穿长衫，从来都是把自己收拾得干净利落，将前一天的风尘扫荡得不见一丝痕迹。看得出那长衫都是前一天压平了的，想必是他母亲帮他做的。厨子老王爱听他的琴，也爱听大格格的唱，拾掇完了饭就蹭到大格格院里来听戏。有一回他包了几个剩馒头，想让董戈拿回去给他们家老太太，又怕董戈面皮薄，寒碜了人家，在院里出出进进几趟，不知怎么办好。我们家老五见了出主意，让老王在没人的时候偷偷塞给他就是了。老王照老五说的做了，董戈果然没再推辞。这往后，老王把爱戏的心都放在救济董戈上，在他的权限范围内，米面油盐什么都送。有时还故意把饭往多里做，肉包子一蒸蒸十笼，全家人吃两天也吃不完，明摆着是要送董戈的。对此，我父亲和母亲们都睁一只眼闭一只眼。大家知道，董先生是个孝子，对于孝子，怎么着都不过分。

董戈来了，几乎没有多余的话，也不提他和他母亲的事情，只是拉琴练唱，神情圣洁而专注。他把与大格格练唱看作是一种艺术享受，一种对严酷现实的逃避，一种神思独驰的追求。董戈的到来对大格格来说也不啻一个节日，大格格只有在董戈到来之后才快活，才能找到自己，才觉得充实酣畅。看得出他们彼此深深地依恋着对方，这种依恋诚挚而痴迷——谁是琴，谁是董戈？哪个是戏，哪个是大格格？分不出来了。他们已经没有了现实，艺术的唯美性在他们之间表现出来的深刻共识与和谐，实在是一种诗化了的感受，它让艺术家着迷的同时也蕴含着悲剧的到来。

大格格到东直门吊嗓，时间长了，那些在戏园子里未睹名媛台下风采的追星族们就早早地候在城门洞里，等我大姐一过来，哗啦一下就围过来，有让签名的，有点名听唱的，有专为看美人的，赶也赶不散。这时候，董戈就成了保镖。他拨拉开众人，领着大格格一路“杀”出重围。或许是大格格的名声太大了，没有多久，社会上就传出金家大格格和她的琴师有些说不清道不明的话来。

这些流言蜚语我们家当然是不知道的，即便知道了也不会很当回事。大格格和董戈，相差毕竟太远，一个是大宅门儿的格格，一个是南城的吹鼓手，风马牛不相及。宋家太太来我们家问过董戈的事情，当她得知在医院丢了差事的董戈还继续在我们家做琴师时，对我们家的做法就很有些不以为然了。她说，北平会拉胡琴的人有的是，不一定就是一个姓董的，外面已经很有些说法了。瓜尔佳母亲问有什么说法。宋太太支支吾吾也没说出个所以然，只让我们家把董戈辞了。瓜尔佳母亲说，怎好说辞就辞了，您不是也说让大格格还参加下次的义演吗？没董戈大格格怕是唱不了的。宋太太提出了希望尽快将大格格娶过门的话。瓜尔佳母亲强调说大格格从小在金家娇纵惯了，过了门必须要另立门户，不能跟公公婆婆住在一处。不能说这个条件提得不苛刻，从瓜尔佳母亲来说，还是憷宋家人的脾气。既然咱们看上的是宋家的三公子，那就只和三公子过，跟那一帮流氓加浑蛋们不掺和。没想到，宋太太却一口答应，说他们宋家是极开明的人家，人家国外儿子们结了婚从来都是分出去另过，没有和父母亲待在一起的。她这个婆婆也尊重儿媳妇的意思，要单过就出去单过，小两口和和美美的自成一家也很好。

对方答应很痛快，并很快在阜成门白塔寺附近买了一院房，修缮一新，让金家的人前去过目。瓜尔佳母亲再提不出什么，就通过舅老爷商定好日子，准备嫁女出门。

对这些，我的父亲从来都是不管不问的。我现在想，我的父亲除了他的事业和他的玩乐以外，对我们这个家其实并没有担起一家之主的责任。应该说，他对于他的妻子——我们的几个母亲——和他众多的孩子，没有起到一点儿丈夫和父亲的实际作用。对于金家，他不过是个点缀，一个辉煌的点缀，这大概也是八旗子弟的共性。倘若父亲以他的聪明才智，以他的博学见识，对大格格的婚姻稍有干预，命运的棋子也会有所改变，一切或许不会像实际的结局那样让人揪心。淡漠于事态的糊涂父亲，推波助澜的偏执舅老爷，刚愎自用的主观瓜尔佳母亲，加上沉湎戏曲的懵懂大格格，就这样稀里糊涂地摞在一起，向着未来迈步了。

娶亲时日定下来以后，大格格还在唱戏，我们家也还在歌舞升平，《状元媒》《春秋配》《贵妃醉酒》照旧在金家上演不衰。太阳照旧东升西落，日子没有任何改变。

这天是重阳，是董戈该来的日子。天刚亮大格格就起来了，推开房门，并未见琴师在庭院等候，便独自舞了一会儿剑，寻寻觅觅地来到前院。前头管事的和看门的老张正在忙碌，在验看才送来的一套金丝楠木家具。老张见了大格格，赶紧请了个安，说是给格格道喜了。大格格问道什么喜。老张说，格格忘了吗，下月的今天就是格格出阁的日子呀，是舅老爷和太太挑的好日子。管事的也说，这套家具是大格格的陪嫁之一，特意从南边办来的，下个月就跟大格格一起抬到阜成门。大格格听了竟没什么表情，只是问董戈来了没有。老张说，他一大早就候着门，没见董先生进来。大格格说，这就怪了，都这时候了，怎么就不见来呢？管事的说，董先生保不齐是觉得大格格这几天忙，不便打扰，就不来了。大格格说，我忙什么？这套红木家具与我有什么相干？前天董先生跟我说好了，今天要排《梅妃》那段二黄慢板……说着，大格格边舞边唱地在院里做起了即兴表演。老张小声对管事的说，您听见了没有，她说这套红木家具和她有什么相干……到现在了她还不知道她在哪儿呢！

董戈一天没有来，大格格一天失魂落魄。

又过了一天，董戈还是没有露面。大格格待不住了，两顿饭没吃，一双眼有点儿发直。瓜尔佳母亲心疼女儿，让老五到南城跑一趟，说无论如何也要讨个实信儿回来。瓜尔佳母亲安慰大格格说，准是董家老太太有了什么闪失，那老太太岁数大了，又是个病秧子，董戈是孝子，他哪儿离得开！……等几天，事过去了，他董戈还得来不是？大格格听不进她母亲的劝慰，一味地催老五快去，说戏搁了几天，已经生得很了。

老五走了以后，大格格一直在她母亲房里等。瓜尔佳母亲让她吃也不吃，让她喝也不喝，在屋里一刻不停地走来走去，外头稍有响动，就以为是老五陪着董戈来了，赶紧出去迎。瓜尔佳母亲说，孩子，你这样怎么行？你得记住，世间没有不散的宴席，你和董戈这个架子早晚得拆，你不可能跟他这么厮混着在一块儿唱戏，你得过日子……

那天老五在外头疯玩到半夜才回来，大格格就在她母亲的房里一直等到半夜。

迷迷瞪瞪的老五被瓜尔佳母亲叫到房里的时候，已经忘了让他出门的缘由，他问他母亲半夜三更为什么叫他来。瓜尔佳母亲一听这话，伸手就抽了老五一个耳光说，就为这个叫你来！大格格顾不得许多，急切地问，你没上董家去？老五这才想起早晨那档子事来，捂着脸说，去了，董家没人。大格格说，怎么叫没人？老五说，没人就是没人，还怎么叫没人？瓜尔佳母亲问，门锁着？老五说，门开着。瓜尔佳母亲问，董家老太太呢？老五说，没见着。瓜尔佳母亲说，搬了？老五说，不知道。大格格问，屋里还有没有手使的家具？老五说，家具好像都在。瓜尔佳母亲问，你没问问街坊？老五说，周围没街坊。这下瓜尔佳母亲没话了。老五问还有什么事。瓜尔佳母亲看了一眼失望的大格格，对老五说，这大半天你上哪儿了？不忙着回来报信儿，害得你姐姐在家里着急。老五说他上安定门茶馆听大鼓去了。瓜尔佳母亲说，你又是去找那个唱“王二姐思夫”的赵粉蝶了吧？我跟你说多少回了，让你远离那个妖精，你就是不听。老五说，我就爱听那妖精唱，她一唱，我浑身舒坦。瓜尔佳母亲气得踹了老五一脚，老五借机滚出去了。瓜尔佳母亲回头再看大格格，大格格的神情整个儿着了魔怔一般，瓜尔佳母亲不安地说，孩子……咱们明天让老七去找，老七比这个畜生靠得住……

那天半夜，大格格突然使劲敲老五的门，把老五硬从睡梦中拽起来。大格格站在院中，冻得有些哆嗦，她问老五到董家看没看到琴。老五问什么琴。大格格说是胡琴，就是董戈老不离身的那把胡琴。老五想了半天，也不敢肯定胡琴是在还是不在，他说他的心思在找人上，没在找琴上。大格格说，要是琴在人不在，就是董家出事儿了；要是人琴都不在，就是走了……老五坦诚地说他真没留神琴的事，过几天不妨再去看看，说不定董戈就回来了呢。大格格自言自语地说，回什么呀，已经没了好几天了……

后来，老七舜铨陪着大格格去过一趟南城，已代董家而居的是一户卖炒肝的小买卖人家。大格格进院的时候，那家的一家老小正围着一个绿瓦盆翻肠子，黏兮兮一盆腥汤，臭烘烘一地脏水，让人掩鼻。对于原来的住户，翻肠子的人家是一问三不知，并说他们搬进来的时候这房子空空如也，别说家具，连耗子也没有一只。大格格又问有没有琴，那家人说，耗子都没有，怎会有那东西？我们来的时候，这屋里连炕席都给揭了。这一切让大格格想不通，她不相信把戏看得比命还重的董戈会扔下心爱的玩意儿一走了之，她也不相信一对配合默契的搭档就能这么莫名其妙地分道扬镳了。大格格颓然坐在那肮脏的台阶上，迈不开步，风扬起地上的灰尘，向她扑打过去，将她那张失望的脸埋藏在昏荡沉暗之中。一只老鸹落在院里枯叶落尽的枣树上，枣树枝颤了两下，终于托住了那份沉重。沉重的树枝衬着背后初冬阴惨惨的灰云，那里是一片虚空……

老七从台阶上拽起大格格的时候，只感到她浑身发僵，轻飘飘的身体好像只剩下了一个躯壳。

董家母子就这么消失了，在以后的几十年内，再没有出现过，也没有过他们的一点儿消息。

大格格恍恍惚惚地嫁到宋家去了，那天临上轿，还在问董先生来没来。

七

婚后的大格格，每天早晚照旧到护城河去吊嗓练唱，这已成为习惯，所不同的是将东直门的护城河换作了阜成门的护城河。她对董戈仍抱有希望，她对戏也仍抱有希望。之所以能日日坚持，是坚信有一天董先生来了，她能以最佳状态迎接那渐臻至妙的胡琴，以精熟完美的唱腔面对她的琴师。现今的大格格没了琴师护驾，也没了那些驱之不散的追星族，红粉凋零，青衣憔悴，一切都变得很是惨淡凄凉。但大格格感受不到那凄凉，她的心灵永远为她的戏曲，为那激扬的胡琴所感动着，鲜活而充沛。这是她人生的根，是她幸福的核心。那时候的阜成门外，还没有立交桥，没有栉比鳞次的高楼大厦。我想象不出来，一个温婉持重的少妇，面对一条凝滞的护城河，一片迷蒙的烟树，背靠厚重沧桑的城墙，悠悠唱起“明日里洛川前将君来等，莫迟疑休爽约谨记在心”，该是一种什么样的情景……

宋三公子在与大格格结婚以前便与医院的德国某女护士有染。后来女护士回国了，三公子原以为娶了大家闺秀以后可以填充空隙，孰料，大宅门儿的格格竟是这般情景，感情平平淡淡，生活虚无缥缈。说得好听是超脱，说得不好听是神经。这也怪不得公子像戏文中唱的那样“抱琵琶另有别弹”了。三公子很快联络上昔日旧好，毫不留恋地丢下已经有了一个儿子的大格格，丢下了国内的一摊儿，独自一人上德意志去了。

没过多久，日本投降，日伪警察总署头目宋宝印自然在劫难逃，作为铁杆儿汉奸，他接受了国民政府的审判，在河北被处以极刑。那位以暴躁和肥胖著称的宋太太也病死狱中，宋家的一切财产均视为逆产而被官方查没。树倒猢狲散，大格格在阜成门的一院房，只剩下了西屋两间属于她自己，每日蜷缩其中，艰难度日。其时，瓜尔佳母亲已死，金家几次欲将大格格接回来住，都遭到大格格拒绝。她说她那儿幽静清寂，是绝好的栖身养性之所；说娘家离护城河毕竟太远，她已经跑不动了，还是阜成门好，练唱方便。我母亲看不过眼，就常把大格格的儿子，一个叫做宁馨的小男孩领到家里来。那孩子应该是我们金家的嫡外孙，但那个外孙长得獐头鼠目，尖嘴猴腮，细脖大脑袋，走道儿打晃儿，也不知道像谁。宁馨每回到我们家来的时候，模样都跟小叫花子差不多，两个乌黑的脚后跟老在外头露着，袜子和鞋老是破的；头发擀了毡一般，乱糟糟长得盖住了眼睛；破了的衣裳不补，用线扎一扎，将窟窿揪住；裤裆极大，裤脚毛着边儿，仔细一看，是用宋三公子的礼服呢西装裤改的，所谓“改”也不过就是将裤腿剪短了，让孩子直接穿上罢了。宁馨一见了姥姥家的饭，就如同饿狼一般，什么都是好吃的。问他在家都吃些什么，他说他母亲给蒸一锅窝头，他饿了就拿一个，饿了就拿一个，什么时候拿完了，他母亲就再蒸一锅……问有菜没有，宁馨摇头。二娘张氏听了直掉眼泪，在场的人也无不为之动容，说大格格还会蒸窝头，这搁当年真是想也不敢想的事儿。大家问宁馨他的母亲平时都干些什么，宁馨说唱戏，除了唱戏他母亲什么也不干。宁馨的确没有瞎说。后来我母亲见到那院里的邻居，邻居们也说，宋太太每天打扮得齐齐整整，穿了长旗袍，化了妆，到护城河边去唱戏，一天早晚两回，雷打不动。孩子也不管，每天放羊似的捎带着喂喂，小小孩子，饥一顿饱一顿，到天冷了还穿着夹袄，比个外头的花子还不如。你们家这位大姑奶奶该不是有病吧？母亲只有给邻居说好话，说给人家添麻烦了，请人家多多关照一类的客气话。母亲说我们家大姑奶奶没有病，就是太喜欢戏了，喜欢得有些过。邻居说，这就是戏痴了，跟花痴似的，还是一种病。

我的大姐没有活在现实，她是活在了戏里。

这个论断也表现在了她儿子的死上面。她那个豆芽菜般的儿子，在一个春天死于猩红热加营养不良，也没见做母亲的大格格怎样地悲哀。她在房门外的蜡梅树下浅浅地用小煤铲挖了个坑，就把孩子搁进去，用土掩了。邻居为此事不答应，找到了我们家，家里就派老四料理此事。老四来到阜成门，看到院子里树底下半掩半露的死外甥，只是有气，问他的大姐为何如此草草处理。大格格说，梅花树下是绝好的安息之地，只怕她将来没有她儿子这样的福气。《红梅阁》里的李慧娘，《江采萍》里的梅妃，《牡丹亭》里的杜丽娘，死后都是埋在梅树下的。"索坐幽亭梅花伴影，看林烟和初月又作黄昏"，多好的意境啊……老四不睬大格格，刨出死孩子，装进火匣子（一种专装小孩的棺材），让人夹到城墙根儿埋了。老四回来后说，咱们的大姐，你说她是明白还是糊涂哇，埋宁馨的时候，她还在一边唱哪。母亲问唱什么来着，老四说唱的是《黛玉葬花》。母亲说，唱个《失子惊疯》还差不多，怎么会想起《黛玉葬花》来？老四说，她整个儿人都有点儿不着调了……那天，老四的眼圈红红的，想必是为了他早夭的外甥和神情痴迷的姐姐伤心。二娘念及大格格到底是金家的大姑奶奶，就让身边的刘妈过去伺候，让账房月月拨过些钱去。

对此，大格格也没说什么感激的话。

娘家的周济毕竟有顾不到的时候。那个刘妈是二娘从安徽带来的，她只对二娘忠心，对别人却不肯下功夫，加之大格格脾气古怪，往往相处不好。刘妈今天去，明天不去，说是伺候大格格，其实大部分时间还是在金家。大格格从来不为生活上的事情向家里张嘴，不是她不肯张嘴，是她就想不起张嘴。多么清苦的日子对她来说好像都不苦，她就这么餐风饮露般地活着。这使人觉得，嗜好一种事物，一旦到了一往情深不能自拔的痴迷程度，那么这个人多半已经不是这个世界的人了。

那一年，我三岁，阜成门那边有人带过话来说大格格已经落了炕，怕是撑不了多少时候了。母亲就抱着我去了，同去的还有老七。本来应该叫上大格格一母同胞的兄弟姊妹，但检点所存，竟找不出一人。

对于和这位大姐的短暂相见，我已经没有丝毫印象，据说那是我们唯一的一次见面，也是最后的一次见面。她是金家女孩的打头，我是金家女孩的末尾，头与尾的相接在阜成门顺城街破旧的西屋里围成了一个完整的圆。大格格或许对此感到欣慰、兴奋，在那间阴惨暗淡的小屋里，她挣扎着伸出瘦骨嶙峋的手抚摩着我的脸蛋说，这个妹妹长得像我……将来可以唱青衣……找个好琴师……

我自然是以哭来抗拒的。母亲嫌我碍事，将我拎出，撂在院中的树下，自己又进屋去了。我后来想，那一定就是埋葬过宁馨的那棵梅树了，也就是说，我与我那位外甥曾经在同一棵树下待过，这怕就是我们唯一的缘分了。

母亲、老七和大格格在房间里说了些什么，我不知道。在我三岁的不完整的记忆里，在那棵散着清香的梅树下，我好像听到过轻轻的、断断续续的吟唱。但那吟唱绝对被我无遮无拦、肆无忌惮地哭号所压倒，也就是我那倾其全力的哭，成为了金家大格格上路之时最完美的挽歌。我敢说，在金家，我的任何一位手足辞世，都再没有接受过我的那种撕心裂肺、惊天动地地哭。

曲终人散，时过境迁。十几年后，有一天我和老七在母亲的房里喝茶，由外头盛行的样板戏说到了过去的老戏，我问老七，大格格在我号啕的时候是不是唱了什么？老七想了想说，记不得了。我说，是唱了，我在院里听得清清楚楚的。老七看着我，不知说什么好。我问是不是《锁麟囊》。母亲说，弥留之际，她已经什么都不知道了，魂魄早已走了，还说什么唱不唱的话。老七说，怕是在董戈走的时候就已经跟着去了。我说，大格格的魂魄一直嵌在戏里……

八

1998 年夏天，中国京剧院来西安演出，其中有《锁麟囊》剧目，主演是程派青年演员张火丁。当演员在台上唱出后半部的大段唱词时，我仿佛突然感觉到了什么，我想，我的大姐在临终时所唱的可能正是这一段：

> 一霎时把七情俱已味尽，参透了酸辛处泪湿衣襟。
> 我只道铁富贵一生铸定，又谁知人生数顷刻分明。
> 想当年我也曾撒娇使性，到今朝哪怕我不信前尘。
> 这也是老天爷一番教训，他叫我收余恨、免娇嗔、且自新、改性情、休恋逝水、苦海回身、早悟兰因。
> 可怜我平地里遭此贫困，我的儿啊——
> 把麟儿误作了自己的宁馨。

“众里寻他千百度，蓦然回首，那人却在灯火阑珊处。”台上演员且歌且舞，那已不是什么张火丁，分明是我的大姐。

是的，我的大姐应该如此清丽，如此辉煌！

再看操琴的琴师，是一个英姿飒爽的小伙儿……

风也萧萧

一

“君子矜而不争，群而不党”，这是金家历代祖宗对子弟们的要求。是要求便成为一种理想化的约束，博之以文，约之以礼。想的是后代能“内圣外王”“明体达用”，为国为家成就一番修身齐家治国平天下的大事，能成为一批克己复礼的正统人物。但事实似乎与老祖宗的要求反其道而行，特别是到了我们这一辈，到了金家舜字辈的弟兄之间，“内圣外王”已经彻底发生了变化：内不圣，外便不王；体不明，用则不达；不但争，而且党——争得脸红脖子粗，兄弟反目，有如路人；党得身陷囹圄，花样翻出，死去活来。

兄弟七人中，尤以老二、老三、老四为甚。这三位爷从 40 年代到 70 年代，直闹得金家近半个世纪不得安生。及至他们各自成了家，搬出了金家旧宅，那战争也未停止。仗当然都不愿意在自家打，就像日本与俄国打仗把战场选在中国一样，稀里哗啦打完了，拍拍屁股走人，自有人出来收拾烂摊子，赔偿损失，双方不过在别人的地盘上过了回战瘾。三位兄长的战斗，一般都在戏楼胡同的老宅里进行。既是战争就必定动武，于是随着感情的激发，逮着什么摔什么，光是条案上二尺高的胆瓶就摔过七个。反正不是自己屋里的，摔起来得心应手，毫无顾忌。“战神们”借助那脆亮的粉碎声得以增加勇气、显示豪壮、获得快感，使战争气氛向更高层次发展，以至于只要老二、老三、老四中的任何两人同时在家里出现，母亲就叫我赶快收拾东西，连八仙桌底下的铜痰盂也要藏到卧室去，免得成为壮威的铜鼓。

“战神们”所使的茶碗都是特制的，是从东直门外土窑里趸来的粗瓷，屋后存了一筐，随时伺候，随时补充。曾经有一度，我和老七舜铨承担过茶碗的专买工作，半年时间里，我们俩三出东直门，去顺福的窑上买碗。

那时东直门的城楼还没有拆，那门洞高大敞亮，有股飕飕的穿堂风。每回从门洞里穿过，我都要大喊几声，为的是听那回音，人在洞里无论喊什么，声音都显得特别亮。我跟老七坐着三轮出城，一进门洞我就冲着那高高的拱形砖顶喊：“驴肉——肥呀!”拱顶上就蹦出许多“驴肉肥呀”的合唱。老七就扯着我坐下，说留神闪下去。女孩，出门得斯文些，这不是在家里。蹬三轮的回过头来说，您这闺女挺开通，什么都不怵。舜铨说，她不是我闺女，是我妹妹，七妹妹。蹬三轮的不信，直摇脑袋，但是后来当他知道我们家有十四个孩子的时候，就直夸我的父母有福气，说我们祖上一定是积了阴德，这兴兴旺旺一大家子人不是一世两世能修来的。我想，蹬三轮的要是知道我和老七出城是为买粗碗供那哥儿几个做不炸人的手榴弹用，一定不会再说我们的祖宗是积了阴德这样的话了。

儿十年前，东直门外东坝河那儿还是荒郊野地，以大宅门儿的坟地居多。据说北部燕山自西而来，至此远远地回了一下头。平川行龙之地，回头必定聚气，内中定有真龙结穴，有神鬼不测之妙。我们家坟地在坝河以东一个叫太阳宫的地方，离城不远也不近。我跟老七下了三轮得雇驴，靠我们俩的两条腿到天黑也到不了顺福那儿。东直门外路北永远聚集着许多小驴儿，有黑的，有灰的，晃着大脑袋傻乎乎地站在那儿。这些驴是专供城里人出城踏青、上坟驮脚用的。我之所以一进城门洞便“驴肉肥呀”地吆喝，与这些驴不无关系。我一见那些驴就很激动，挣开老七的手朝它们跑过去，拍拍这个，摸摸那个，仿佛它们都是我熟识的兄弟一般。驴们对我也有表示，有的龇龇牙，有的仰仰脖儿，有的咴儿咴儿叫两嗓子，有的索性撒一泡热尿。驴群中所有的雇主都在和驴主砍价，但老七舜铨不会，往往人家说多少就给多少，驴主牵过哪头就骑哪头。我则不然，我得挑驴，我爱骑小黑驴儿，就像在庙会上见到的那种耍“跑驴”的小媳妇骑的那种驴，白肚皮，白嘴唇，白眼圈，大眼睛，长耳朵，那样的驴有人气儿。挑好驴，驴主拿条花格褥子往驴屁股上一搭，把我抱上去，看我坐稳了，一拍驴屁股，小驴儿就自个儿乖乖地走了。小驴儿通人性，不胡闹也不偷懒，更不欺生。赶驴的有时跟着，有时不跟着，无论跟与不跟，小驴儿都低着头一声不吭走自己的道儿，决不会错。两头驴之外还得雇一头驮碗的驴，那头驴虽然闲着身子，也很自觉地跟着我们，一步不落，像个小伙计。驴给我的印象颇佳，我认为驴是世界上最通人性的畜生。我爱驴。

骑驴走出六七里地，路边上有个冒烟的小土窑，那就是我们家看坟老刘的侄子办的窑场。老刘的侄子叫顺福，不爱种地专爱烧碗。他烧的碗又笨又粗还不圆，烧碗的土是他的把兄弟由门头沟山里给运来的。从京西到京东，百十里地一通儿折腾，费人力又费财力，实在是赚不了几个钱。舜铨问顺福为什么不把窑搬到门头沟去。顺福说还是这儿好，窑址接着地脉，天地定位，山泽通气，风雨不相驳，水火不相射，烧窑的讲这个。可是后来我听我们家老四舜镗说，顺福之所以要在死人堆里烧窑自有他不可告人的秘密。他和一批掘坟的串通好了，那些人掘出的财宝不但他有份儿，连那骨头他也要。他把死人骨头研成粉，掺到土里去，烧成各式盆碗，名曰骨灰瓷。正因如此，那些盆碗摔起来便格外脆亮，非景德镇的薄胎细瓷能比。所以由顺福窑里出来的家伙，指不定哪件晚上就会说话。老四的话使我对顺福做出的那些黑不黑、灰不灰的茶碗很有戒备，不敢轻易去触碰哪一个，生怕一伸手碰着哪个死鬼，让我帮它去打官司。舜铨见了就劝我别怕，说这都是老四舜镗故意编出来的。老四是受了京戏《乌盆记》的影响，分不清现实和戏了。《乌盆记》这出戏我看过，说的是一个生意人让人杀了，那人把他烧成了乌盆，那盆就鸣冤叫屈，直上了包公的大堂。

其实顺福烧窑也是后来的事，在早他当过警察，当然是旧社会的警察，腰里别着枪，打着绑腿，挺神气。他的局子在东城，离我们家不远，老进出我们家。父亲不欢迎他，嫌他的打扮扎眼；母亲却喜欢他，说他憨厚老实。他就管我母亲叫表姑，父亲不高兴了，说一个看坟的侄子，终归是下人，怎能跟金家攀亲。母亲就劝父亲不必那么较真儿，说有个穿警服的进出金家，也给金家拔壮了，三教九流都维着，不会有坏处。就这也不能说服父亲，每回他来，父亲都不给他好脸色。但顺福很大度，不计较这些。

顺福当警察那会儿，跟老二舜镈和老四舜镗关系最好。舜镈是个对一切新鲜事物都很上劲儿的青年，也是个崇尚洋派儿的人，不似下边几个兄弟，老穿着长衫，走道儿老低着头。他老二是要穿西服扎领带的，白衬衣每天换，还要用米汤浆，以达到今日高温定型的效果。他能容忍顺福是因了顺福的那支枪。顺福一来，他便要了那枪去，骑在房脊上瞄家雀儿。穿西服的金家二爷在高房上舞弄手枪，四处比画，街坊四邻都害怕，怕那没准头儿的枪关照到自己。所以只要老二一上房，各院大人就悄没声儿地把孩子拢到山墙后头藏了，以防不测。

后来顺福的警察差事丢了，薪水没了，就回家烧碗了，以现在话说是受了开除公职的处分。究其原因，据说是受别人所累，而且是属于那种没吃着鱼还沾了一身腥的瞎掰，开除的处分于他实在是太冤枉了。

每回跟老七去买碗，我都为顺福那穷苦的生活而揪心。不大的土屋里除了一摞摞的大糙碗以外连条像样的被子也没有，一帮孩子，小猪崽一样缩在一堆破絮里面，见我和舜铨来了，越发往里钻得深，只露着几双眼睛怯怯地随着我们转，任人怎么喊也不出来。不出来的原因是都是光屁溜儿，没穿裤子。顺大奶奶人虽穷但却胖——虚胖，老喘，脸肿得没了人形，见着我们就淌眼泪。她身上的衣裳从里到外都是我母亲的，那些衣裳穿在我母亲身上还是件衣裳，到了顺大奶奶身上却都走了样，有些不伦不类的滑稽了。我和舜铨说是去买碗，不如说是去送钱送东西，最让我看不惯的是顺福接受钱物时那份从骨子里渗透出来的卑微之相。他捧着那些东西，将金家的人一个个问遍，包括女猫黄儿和胖狗阿利。提及最多的自然是我的母亲：问三大大好，替我跟坠儿他妈给三大大请安，盼三大大硬硬朗朗的……这时，顺福已不再管我的母亲叫什么表姑了，他很知道形势的变化。问遍的金家人中顺福唯独不提老二舜镈、老三舜镇和老四舜镗，那三位爷的不睦，似乎与他有着直接的关系。临走，我必定要传达母亲的嘱咐，让顺福来家吃春饼。母亲别的饭做不了，唯有烙春饼那是无人能比的。烫面加香油烙成双合，配以甜面酱和葱丝儿，卷酱肘子、小肚儿、摊黄菜、炒黄花粉、炒菠菜、炝豆芽，等等。只那豆芽讲究便很多，必须用桶菜第二层的“二菜”或盆泡的豆芽，其余掐头去尾的老豆芽是绝不能上桌的。吃时将各式菜用双合饼卷成卷儿，吹喇叭般，咬起来不散不流，才算会吃的。这饼是金家哥儿几个和顺福最爱吃的，每逢哥儿几个和顺福一聚齐，就得让我母亲烙春饼。听到我母亲请吃春饼的邀请，顺福一连声地答应着，被烟熏得烂红的眼里似乎有泪光在闪，说真难为三大大还记着他爱吃春饼的事儿。但实际上，当了烧窑工的顺福一次也没上金家来过，尽管我的母亲一次次邀请他。

回到家我常跟老四舜镗谈到去买碗的情景。老四说甭提东坝河那个顺福了，他是五百年前的黄鼠狼。我不明白顺福怎么是黄鼠狼，又去问舜铨。舜铨说老四又进戏了，清末俞派名剧《金钱豹》里，红梅山前铁板桥下有只修炼千年的豹子。有一天，金钱豹西朝王母娘娘回山，见到一位美佳人后魂魄乱飞，方寸大乱，立誓非她不娶，让军师去说媒。军师先期纳彩时自我介绍是五百年前的黄鼠狼，想必舜镗指的就是这个了。我说既然顺福是五百年前的黄鼠狼，那么谁又是铁板桥下的金钱豹呢？舜铨笑而不答。

我以后稍稍长大了些，脑子里也装了些男女的事情，才知道与俞菊笙演的《金钱豹》不同的是，我们家有三只金钱豹：老二、老三、老四——舜镈、舜镇、舜镗。这让一只黄鼠狼难以招架也是必然的了，只是让金钱豹们魂不守舍的美娇娘又是谁呢？

母亲说，除了黄四咪还能有谁！

黄四咪，人我没见过，但她的照片我们家有不少，都是老二给照的。新派儿老二不但玩枪还玩照相机，也常照些莫名其妙的照片，让人难解其衷。在老二的镜头里，不惟有肥狗阿利巨大的臀，还有厨子老王脸上长着寸长黑毛的肉瘤，格调之低让人不敢恭维。于是在狗臀与肉瘤之中常有黄四咪的笑靥在闪亮。

黄四咪是演文明戏的，大概就是今天的话剧了。从照片上看，四咪弱眼横波，风韵无限，是属于那种增之太肥、减之太瘦的无可挑剔的美女。她与金家最初的相识当归结于警察顺福。当时顺福是个警察卒子，包管着东区三条胡同的治安。顺福是个脸儿热的人，走街串巷跟谁都熟。那日鬼使神差地串到斜街黄四咪的住处，恰逢一帮演员在排戏，便坐那儿看了半日，喝了四咪两碗花茶。四咪在那出戏里演的是韦皇后，举手投足便带了一股皇后气派，把个顺福看得目瞪口呆，简直不知今夕是何年了。自此顺福无事常去斜街看排戏，渐渐地谁该说什么词、怎样动作便都已烂熟于心。

由警察变为话剧戏迷这也不能说不是个进步，渐渐地顺福说话也变得咬文嚼字儿起来，肚里也多了些韬略，长满疙瘩包的黑脸上也常抹些雪花膏之类的东西，用母亲的话说是比初来时瞅着顺溜儿多了。

顺福也窥出，那些演戏的红男绿女看似奇装异服，实则都很穷。演太子那个小生，身上那套白布西装足足穿了半个月没见换样，女人的丝袜不少也跳了丝，悄悄用针缝了。这些人吃的也简单，俩大子儿买俩烧饼，熬一锅冬瓜汤，呼噜呼噜吃喝得也很香。久而久之，顺福对这些人竟同情、热爱得不得了了，特别是那个常给他茶喝的黄四咪，排戏的时候只要朝他瞄一眼，他立即头脑发蒙，腾云驾雾般不知所措。

到金家来自然得将这感觉与跟他借枪的舜镈说，舜镈托顺福从中作伐结识黄四咪，那情景跟京戏里的金钱豹托黄鼠狼去做媒是一样的。戏里面金钱豹的四句定场诗非常有气势：

豹头环眼气轩昂，
红梅山前自为王。
洞中小妖千百对，
轰轰烈烈震山冈。

或许是受此影响，老二舜镈与黄四咪的相见也被安排得非常有气势，非常有意境，很有金钱豹带着千百对小妖下山冈的劲头儿。那天舜镈约了黄四咪去北海划船，身边特意带了老三、老四和顺福当随从，以壮声势。老二西服革履，老三扛着照相机，老四背着暖水瓶，顺福则别着枪，几个人不伦不类地等在柳暗花明之中。一个小时以后，黄四咪才领着一位姓柳的女伴沿着绿荫款款走来。三位爷见了两个女明星，都如那“西朝王母驾回归，一见佳人魂魄飞”的金钱豹一样，笨拙得连话也说不利落了，反倒显得黄、柳二位女士很轻松自在。一队人呼啦啦上了小船，女士们在小船上优哉游哉地品着老四背着的冰镇酸梅汤，摆姿势任着老二左一张右一张地拍摄，又将纤纤玉指伸入碧波分开水流，真如那梅兰芳的洛神一般，“今日里众姐妹同戏川滨，众姐妹动无常若危若稳”。众姐妹兴致很高，她们一会儿要去琼岛，一会儿要去五龙亭，只苦了几位爷，抡着胳膊一通儿猛划，除了挣一身臭汗别无其他。

老二将黄四咪和她的女伴柳四咪引进金家的时候，已是几个月后。那时黄四咪的名声已在北平大噪，韦皇后妖冶轻盈、熠熠逼人的形象已通过小报记者展现给万千读者，追星族无计其数，以至黄四咪平时说话也如演戏一般，常常是高八度，拿腔拿调地使人一听便知是演话剧的。四咪来的那天老三、老四恰巧不在家，五百年前的黄鼠狼也正在局子里当值，金家当时只有老七舜铨在窗前作画，我的母亲在廊下缝制夹袄。舜镈将黄、柳两颗星星引到我母亲跟前介绍说，这两位是朋友剧社的台柱子，社会上红得发紫的大明星，一位是密斯黄，一位是密斯柳。母亲听了说，敢情是咪家的姐儿俩，难得都出落得仙女似的，像从天上掉下来的。舜镈听了说密斯是英文称呼，人家外国人都把名字放前头，姓氏搁后头，中国现在的新派儿也是这样。母亲问二位姑娘姓什么，舜镈说一姓黄、一姓柳。母亲恍然大悟地说，倒过来念就是黄四咪和柳四咪了，这两个名字倒是新鲜好听，比金家十几个“舜”好记。于是演文明戏的黄、柳明星在金家便被永远地喊作了黄四咪、柳四咪，直至今日。

柳四咪性格沉静，不好言语，来过几次就迷上了老七舜铨的画。另外哥儿几个也嫌她太冷，待人不活络，而把精力全集中在黄四咪身上，这倒成全了不善交际性喜淡泊的舜铨，成就了当时人们觉得还算是郎才女貌的佳话，当然后面还有故事。我现在要说的是老二、老三、老四围绕着黄四咪发生的事情。

二

应该说与黄四咪接触最多的还是老二舜镈。他上大三，还有半年大学就毕业了，课程都已学完，只是在家等文凭，闲散得恨不得去拆火车。黄四咪的出现于他只觉相见恨晚，一门心思都投在了黄四咪身上，好像天下除了黄四咪再没有别的女人了。与女明星交往是需要银子做基础、做铺垫的，所以家里的古玩字画动辄便无缘无故地消失。父亲发了几回脾气，均无效果。不过谁都明白是怎么回事，只是不敢跟父亲说。

有一天，父亲在琉璃厂的隶古斋发现我们家收藏的雍正时期的一件牙雕和一个匏器鼻烟壶摆在货架上，以珍品高价出售。问其由来，掌柜的跟父亲打哈哈，拒不直说。那时大宅门儿的公子哥儿偷家私出去卖是一种普遍的社会现象，掌柜的怎肯轻易将卖主端出，断了财源来路？父亲问不出所以然，便扯住掌柜的不依不饶起来。掌柜的心疼才上身的那件春绸大棉袄，于是便将警察顺福推出做了牺牲。

父亲一到家就着人叫来局子里的顺福，追查鼻烟壶的事。顺福的脾气很像东直门外驴窝子的那些驴，貌似憨厚老实，实则很有主意，驴脾气一上来谁也不认。父亲问不出结果，就把儿子们招集一处，逐个查询。父亲说，鼻烟壶价值本身在其次，首要的是不能惯金家子弟这种盗卖家私、无视祖宗遗物的败家毛病，“吾恐季孙之忧，不在颛臾，而在萧墙之内也”，这话简直再英明不过了。今天就是要在萧墙之内把事情弄个水落石出，这是关系到金家兴衰存亡的大事儿，我知道你们几个谁也脱不了干系。说吧，你们谁先招……

任凭父亲苦心劝诱几乎将嘴皮说破，大堂之上，金家众爷们儿自是无人认账。于是父亲又谈了些知耻近乎勇，只要承认了便可免于论处的话。众位兄长亦垂手而立，洗耳恭听，却无一人言语。

父亲自然知道几个儿子的弱点，当下采用孙子用间之计，扯出老三舜锟，施之以威，恫之以刑，一通儿逼供。老三胆小，便开始交代，说老二偷着将家里那个明朝茶晶花瓶送给了黄四咪。老二说这是效仿老七，老七将花厅案上的钧窑大红双耳瓶作为定情物给了柳四咪。接着老二又咬出老四偷着当了一对白铜雕花的紫漆鸟笼子和桃花雪洞鸟食罐。老四说老三也不是什么好鸟，将父亲赏给他的乾隆仿汉玉圭拿出去卖了换钱，请黄四咪在长安大戏院听了出戏。老三说卖玉圭是实，那是父亲给他的，他想怎么处理就怎么处理，不似有些人，偷偷摸摸不正大光明，自己拿了东西却让警察进古玩店出手。这一说老二的脸就挂不住了，反嘴又说老三和黄四咪去六国饭店开过房间……

瓜蔓所及，牵引愈多，贼咬一口，入骨三分。哥儿几个彻底撕破了脸面，一通儿混战。父亲的这一招儿可谓灵验，五间俱起，以逸待劳，不动声色地将儿子们那些鸡鸣狗盗之事了解得彻里彻外、清清楚楚。通过分析，父亲认为祸首当是老三，陪黄四咪听戏的是他，与黄四咪去六国饭店的还是他，便把他的媳妇、洙贝勒的大格格静蕴叫来一块儿听训，扫舜锟的脸面，以儆效尤。孰料老三媳妇却犯颜直谏，说父亲以偏概全，循名责实，抓了个老实的垫背，跑了真正的元凶。父既不慈，子便不孝；兄既不友，弟便不恭。金家兄弟间以后难免不恭不敬，亲情疏冷，事变百出，到那时便一切都无可奈何了。

果然，自父亲训话之后，最先出事的是顺福，他的枪丢了。按顺福的说法是老二借了他的枪和黄四咪去德胜门外打野兔子，兔子没打着，枪也没了。但老二却说枪是借了，可是回来就还了，是顺福自己从黄四咪手里接过去的。扯来扯去终是说不清楚。关于枪的疑案，解放后“文革”时作为专案又被提起，重点追查对象就是老二。那时老二、老三、老四和顺福都被关入牛棚，于是彼此之间又重现了昔日在父亲面前互相撕咬的场面。只不过这场撕咬是背靠背的，以写材料的形式互相揭发。于是枝节横生，又弄出许多意想不到的新奇来，这些自然都是后话了。

总之，因了黄四咪，金家几个兄弟从此视若仇敌，谗口嗷嗷，大有割席分坐、夙世冤家的劲头儿。黄四咪在弟兄之间却游刃有余，周旋巧妙，或跟老二去什刹海溜冰，或陪老三去开明戏院听戏，有时也和老四逛逛京西妙峰山什么的。黄四咪手段的高明在于她让哥儿三个都认为她和自己是真心好，所以也都拿出真心来待她，仅她生日那天，金家的寿桃就送了三份。三个兄弟中，老三舜镆知书达理，行为上多少有些检点收敛。但他的媳妇静蕴却是个满不在乎的人，她认为丈夫捧女戏子乃“文明”之举，是在给金家长脸，她丈夫就是把黄四咪娶进门来也不是什么大错。她娘家的父亲有福晋一个、侧福晋仨，收房的丫头又有三四个，妻妾再多，她的母亲照样是贝勒府说一不二的女主人，这才是家族兴旺的表现。就是在金家，小偏院里至今不是还住着一位祖父遗下的无人理睬的小妾吗？在她与舜锟的婚姻中，她的嫡妻位置是任何人也动摇不了的。这点她很有自信，所以她对于舜锟的所作所为，向来是睁只眼闭只眼，从无过多干预。

父亲曾有一段时间在南方工作，这就给了哥儿几个恣意放纵、自由驰骋的天地。那段时间他们与黄四咪的来往频繁而热烈，常有夜不归宿的事情发生。只要一聚首便是争吵，为黄四咪而争吵，于是就发生了摔碗的事情。据母亲回忆说，北平一解放，黄四咪就销声匿迹了，老四曾去斜街找过几次，那座大院早已换了主人，变作了军管会的办事处。后来哥儿三个都成了家，都搬出去了，但逢年聚首的时候只要父亲不在，仗还是要开的。而且每回开仗都打得莫名其妙，谁也不将原委言透，似乎也不尽然一切全是为了黄四咪。

三

战争在“文革”时期达到白热化程度。

那时亲戚们对金家都避之犹恐不及，连篇累牍的檄文，大轰大嗡的气势，搞得人神魂不安。

一天下午，天很冷，有风，顺福来了，穿着件黑棉袄，花白的头发蓬着，眼角仍旧烂着，胳膊上那个鲜亮的造反红袖箍让人十分触目惊心。母亲不知顺福所来何为，心里七上八下的没有准谱儿，但顺福一声“表姑”，却叫得我母亲差点儿掉下眼泪来。母亲让他快别这么叫，免得受牵连。顺福说他不怕，他是贫农，解放时划成分，他房无一间地无一垄，只有几个孩子跟一筐碗，连那虚胖的老婆也没能留住。他这样的人不当贫农谁当贫农？母亲提醒说他还做过伪警察。他说不碍事儿，政府有政策，旧社会的一般警察共产党不予追究，当过队长以上的才算事儿，他那时不过是最底下的小喽啰罢了。母亲说没事就好，接下来就张罗着为他做炸酱面。顺福说有日子没吃母亲烙的春饼了。母亲说，春饼不是一半天能做出来的，什么时候那哥儿几个凑齐了给你们好好做一顿吃。

顺福听母亲提那哥儿几个，这才说明来意。原来他是找舜镈，让舜镈写个条子证明枪的确是丢了的事，要不他在造反派跟前说不清楚，就是他的贫农身份也保护不了他。母亲一听，当时脸色就变了，说金家成分高，这次运动受冲击是难免的，劝顺福不要雪上加霜再提什么枪的事。顺福说不是他要提，是事情逼到这一步了。那个一解放就没了影儿的黄四咪实际是个国民党特务，斜街那所大院，曾经是国民党东城党部。解放军刚一围城，黄四咪就随着党部撤到台湾去了，演文明戏不过是一种职业掩护。黄四咪在金家发展了老二、老三、老四三个三青团员，这是众人皆知的事情。现在共产党追查黄四咪的事，要过关的不只是他顺福，他实在算不得什么，按老四的话说，他不过是五百年前的黄鼠狼，要紧的是那几只见天儿跟黄四咪鬼混的金钱豹，他们要说清自己恐怕得费点儿精神。

顺福走后，母亲有些六神无主，天快黑的时候让我赶快将老二、老三、老四叫回来。看母亲那阴沉的脸色，我也体味到事情的严重，不敢耽搁，在北京东西南北一通儿猛跑，晚上十点来钟的时候才把那哥儿三个攒回金家老宅。应该说那是一次“反革命的串联”，是国民党向共产党负隅顽抗、订立攻守同盟的黑会。以我后来检查交代的话说，是我充当了国民党反动派的联络员，立场已经彻底站到阶级敌人一边去了。我至今认为以后对我的一切惩罚都不冤，亲情和政治相比，后者比前者更主要，但那时我却是真真地忘了政治。《四郎探母》杨延辉入赘番邦，等于投敌叛国，回来探望母亲，母子虽然相认，终归还是挨了一个大嘴巴——不能因了亲情便使得一切都变得含混不清，这个道理该永远记着。

那天晚上，听了黄四咪的事，老二、老三、老四的脸都显得发青发绿，你看我，我看你，十分地无可奈何。舜锜胆小，自从知道要追查黄四咪的事就开始浑身发抖，衣裳索索的，连那椅子也跟着吱呀呀地响。舜镈不说话，绷着脸坐在那里只往嘴里灌酽茶，老四舜镗问他枪的事，他也不言语。在我的印象中，整整一个晚上，他没有说过一两句完整的话。我由此做出推断，这个老二大概摊的事儿最多。老四舜镗像只狼一样在屋里转来转去，从桌子到门，又从门到桌子，没有一刻停歇。母亲说，老四你别转了，你这么转我眼晕。舜镗这才坐下来，坐也只坐了一会儿，不到两分钟他又站起来开始转了。母亲看他的样子可怜，便说，早知今日何必当初呢？为这个黄四咪你们的父亲也给你们开过会，敲打过你们，竟没人听他一句话……

三个人都不言语。

夜已经很深了，起了风，后院那些树在风中发出呼呼的声响，院中立靠在墙上的洗衣服大盆被刮倒了，咣啷啷的一声，吓得人一震。舜镗说他要回去了，明天一大早还得上班。舜锜也说走。母亲没留他们。屋里只剩了舜镈，他说他想在家里住几天。母亲知道，他才离过婚，回去也是一个人，便让我在后花园小屋为他安顿铺盖。

我一边铺床一边对舜镈说，二哥，你们真的参加过三青团呀？舜镈说，见他的鬼，我知道三青团是谁？我说，黄四咪值得你们哥儿三个这么费精气神，可见魅力之大，一定是个了不得的女人。舜镈说，我倒真没料到她是那边的人，她不像特务啊！我说，她要像特务，也不会当女特务了。舜镈说，黄四咪是个很随和的人，比那个姓柳的随和多了。我说，这话我信，能让顺福也为之倾心的女人足见心理学学得好，她能使自己适应各个层次。换句话说，她是受过训练的。舜镈说抛开政治来说，黄四咪还是个可人的女子。他这一辈子也就遇上黄四咪这样一个真正能让他动心的女性，偏偏还是个特务。那晚在小屋里的交谈，是舜镈跟我说话最多的一次，但总共归纳起来也不过七八句。他死以后，我仔细分析过这七八句话，竟寻不出他为年轻时的荒唐而懊悔的成分，寻不出成为以后诸多罪名的根据。他内心深处，还是被那个黄四咪迷惑着，所以那枪的事，我也料定是他和黄四咪把顺福装进去了。

大字报、专案组随着萧萧的秋风而来，老二、老三、老四和顺福，都以极快速度进入了各自所属单位的专政队。顺福的贫农身份如纸做的保护伞，在急风暴雨中屁事不顶，他成了“阶级异己分子”，性质比原来就是坏人的金家哥儿仨更为严重。为此他很愤怒，为了证明造反派抓错了人，为了证明他是无产阶级的一员，他开始了全面彻底的揭发。不会写字的他，口头交代后只知在记录上按手印，按了多少印他已记不清了，因为他的记忆力很差。专案人员提出上午交代的与下午交代的相互矛盾，他也不管，一切都顺着办案人的提示与想法走。比如专案组的人让他回忆舜镈有无血债问题，他会不假思索地说有。而且有鼻子有眼地说舜镈与黄四咪借他的枪不是去德胜门外打兔子而是去打共产党，并且那枪至今私藏在舜镈处。人家问在斜街的大院里当年都有谁在排戏，他也会立即列举出一大堆平日向往已久又见不着的名人，如杨月楼、马连良什么的。他所提供的人有的在光绪年间就已作古，却又在国民党的党部出现，风马牛不相及，让人哭笑不得。

直接受顺福信马由缰之害的是金家老二、老三、老四。顺福说老二跟黄四咪拿枪打过共产党，而且有时间有地点有情节。老二便只得承认打过共产党，承认自己私自藏过枪，承认是三青团骨干，否则皮肉之苦是熬不过去的。高压之下必有冤鬼，老二又交代出老三在六国饭店与黄四咪会晤了国民党特务头子某某人。由于某某人的出现使案情变得更为重大而神秘，老三也由大棚群居而转为小间单练，一日三餐有专人伺候。常有“人物”级的领导来关心，生怕这条网中的大鱼脱钩而逃，当然目的是从这条鱼嘴里扯出更大的鱼来。老三怯弱的秉性使他对这一切不能正确理解，他认为这是人们对生命即将结束者的宽恕与怜悯，生命即将离去，其他也就不必太在乎了。在单间里，他挥挥洒洒地写了十余万字与黄四咪相识相知的经过，内中对黄四咪的倾慕思念之情尽溢字里行间。专案组逐字逐句对这十万字进行分析，摘出有关老三、老四及顺福的部分，作为弹药对其他单位进行友邦支援，于是老四与黄四咪去妙峰山又成为重点击破的情节。老四说他与黄四咪去妙峰山是与共产党游击队秘密联络，但外调人回来说妙峰山压根儿就没有过共产党游击队，金舜镗的“游击队”不知所指为何。猛攻之下，老四只好交代是与黄四咪去妙峰山参加国民党三青团组织的东城青年春游野餐会，而不是去会什么共产党的游击队。将共产党的游击队与国民党三青团混为一谈，严重地混淆了阶级阵线，老四挨一顿臭揍是必然的。夜晚，老四痛定思痛，认为这顿皮肉之苦源自老三的揭发。老三不该把当年在父亲面前兜出来的老底儿又亮在外人面前，以别人的苦痛换取自己一时的苟安。想到此，老四大呼：拿纸来，我要揭发！

案情因老四戏迷式的想象力，因他经常将戏曲与生活难以分清的头脑，变得热闹复杂，变得真伪莫辨。老四揭发顺福不但是五百年前的黄鼠狼，还是受蒋介石亲自指挥的、潜伏在东直门外以烧大碗为掩护的特务，他有十八般变化，他化装成的美女可以以假乱真；老四揭发老二舜锊也是奇人，不但会开飞机，有随时投奔台湾蒋匪帮的可能，还掌握着发报技术，能利用雷电传出无线电电波与全国的美蒋特务联系；老四揭发老三貌似胆怯实则贼胆包天，更有鼓上蚤时迁的飞檐走壁之术，多次盗窃国家机密不说，还配制毒药，毒死结发之妻静蕴，因为他的这些行径都被静蕴发现了……

“文革”中舜镗想象力的丰富完全超过了当今某些不入流作家胡编乱造的极限。或许也如体味创作的快感一样，在揭发中充分享受到了写作的愉快，从而越发变得不可收拾，以至人们开始怀疑他的神经是否正常了。总之这场使造反派觉得越打越觉荒唐、越打越没味儿的战斗终于以一个集体联合批斗会的召开而匆匆收场。

批斗会是在金家旧宅举行的，连顺福也在内，挨斗者按各人的角色装扮好了，便开始挂牌登场。台下头站的都是抬头不见低头见的老街坊，都是金家哥儿几个曾在人家面前要“派”的基本群众。如今基本群众变成了基本观众，金家几位爷的威风彻底扫地了，特别是在房顶上使枪的老二，往日的意气风发早已荡然无存，一张脸惨白得像张纸，没有半点血色，身子晃晃悠悠的，随时有倒下去的可能。他们每个人依次交代了自己的罪行，所谓罪行就是他们彼此揭发的内容，造反派并没给增添一点枝叶。台下的街坊听得木然，许是这样的会参加得太多的缘故，九号院的罗大爷甚至说，这会开得没精神，金家的哥儿几个像瘟鸡，不如前几天斗一贯道白癞子连喊带蹦的好看。大家也说没甚意思，想回家做饭，又碍着造反队的情面，只得在太阳地儿蹲了晒太阳，跟着造反派喊些口号，好容易盼着游街开始了，才觉着有了些希望。游街时，老二打头，老三、老四紧跟，顺福断后。老二和顺福背上像唱戏的武生一样各插了四面白旗，以使这支特务队伍的首尾有所呼应，四个人每人一面铜锣，那锣也是出自我们家的库房，是昔日弟兄们开戏用的家伙。依着造反派的规定，四个人要敲一声锣骂一句自己……

那天的北风刮得很猛，“特务之队”在风中走得很艰难。老二的脸色让人联想到僵尸，那腿只是在机械迈动，他已经没了自己；老三在机警沉着地应对指挥者发出号令的同时，注意将小堂锣打出了花样，让人想到了小丑出台的锣鼓点儿；老四咧着大嘴发出几声含混不清的吼，使劲敲击着大锣，大有装疯卖傻之势；顺福到底是警察出身，时刻没忘自己的管理角色，诉说自己罪行的时候仍忘不了低声吆喝前面三位步子走齐了，保持着队伍的一条直线。风吹得队伍首尾的小旗猎猎作响，队伍绕着破旧的金家宅院转了一圈又一圈。街坊们看得没劲，终于散了，最后只剩了三五个观众，多是半大孩子。“特务之队”仍在转着，因为造反派没有让他们停下来。我看着疲惫不堪的哥哥们，只想起“门户凋残宾客在”“西风吹尽王侯宅”这些很悲惨的句子。我遵照母亲的吩咐，将精力集中在排头的老二身上，母亲说其他几个问题不大，就怕老二吃不住劲儿，他的心气儿高，怕受不了这个。所以我和舜铨做好了准备，只要老二一倒下，我们俩立刻就过去把他架住……

那是金家兄弟最难忘的一次聚会，这一切真应了死鬼静蕴说的兄不友、弟不恭，亲情疏冷，事变百出的预言，只是没有想到结局会是这样的惨烈，这样的残酷。

当晚，老三、老四回去了，老二仍住在后院小屋里。母亲熬了一碗小米粥让我给他送过去。

我端着粥来到小屋，门开着，老二正在灯下呆坐。他的四周是沉沉的夜色，阴冷、寂寥。他的表情僵硬木然，眼睛已不会转动，一只手半握着，仍保持着白日握着铜锣的姿势，而在我看来，那手握着的只是虚空，是风。我将粥放在他面前，想说什么却什么也说不出，词汇在此刻变得太苍白，语言也变得太无力。我只是目不转睛地看着他，看着我的哥哥。虽然无言，透过老二的神情我也能感受到他那微弱、绝望、受伤的灵魂在颤抖、哭泣。或许他不再逃避什么，不再怕什么，因为他已然经受了一切，体会了一切，他已经无所谓了。

风中裹挟着一股让人难以抵御的寒气，我闻到了血的腥气。

我说，二哥，喝点儿粥吧。

他没有言语，也没有看那粥。

许久，他用极轻的声音说，我想吃春饼。

听到“春饼”，我有种不祥的预感，那温馨的饼与这寒朔的风距离毕竟太遥远。我想，老二在想什么呢？这种时候要吃春饼，他大概……我不敢将这种感觉告诉母亲，在我心的深处，还怀着一丝侥幸。

其实那天晚上，他尽管人还在，灵魂已离我们而去了。

第二天清晨，老二舜镈以一根绳索，将自己的生命结束在后花园的桑树上。我看见，舜镈的身体树叶一样地随着风荡来荡去，不明白他的身体怎会那样轻，——为了一个叫黄四咪的女人，为了一把不知下落的枪……

不值!

那碗粥还原封未动地搁在桌子上，已经彻底凉透了。

这是我亲眼看到的第一个远去的兄长，他的死最直接的原因是兄弟间的相煎，这实实是让人痛心的。舜镈生在老宅，长在老宅，将西去的起程点也选在了老宅，他对这座宅、这个家倾注了深深的爱，怀揣着家的气息，怀揣着满腔惆怅与不解，走了。四周都是风，萧萧的风从树上的舜镈身上吹过，又吹到我们身上。惶惶然的人，惶惶然的心，望着身似飘零树叶的舜镈，大家相对无言。我看到站立在一边的舜锖、舜铠那恐惧无助的眼神，真正读懂了兔死狐悲、唇亡齿寒的内涵。一阵酸楚由心底涌出，我又强迫自己将泪水咽下，努力地咽下。哭泣者只有母亲一人，操持者有我和舜铨，至于舜锖和舜铠，完全是傻了。

依着造反派的要求，舜镈尸体所盖的衾单必须写上“国民党特务金舜镈死有余辜”几个大字，操笔者便选中文人舜锖。舜锖与舜镈是同胞兄弟，同出于第二个母亲张氏，在牛棚里持笔揭发亲兄长时那种愤怒、敌忾，那种不共戴天，那种不将对方置于死地决不罢休的精神，此刻已完全被软弱、空虚、失落、悲伤所替代，那支被造反派蘸饱墨汁的笔竟重得使他拿不起来。在外人的胁迫下，老三拈着笔向着亲哥哥的尸体走过去。

老二舜镈静静地躺在小屋的土炕上，面色已变得像昔日骑在房脊上打鸟般的红润与活泛。当舜锲的笔在他所盖的衾单上颤抖着落下去的时候，我分明看见炕上那张脸竟露出了讥讽的笑。

大约老四舜镗也看到了死者奇怪的表情，他大叫一声歪在炕沿下，口吐白沫，人事不省。

老三舜锲在布单上勉强写完那几个字，丢了笔直向门外奔去。他这一走便是十几年，再没回过老宅。

四

我曾努力回忆过金家兄弟的再次聚会是什么时候，却怎么也想不起来。在我的印象中，好像自老二死后，老三、老四就再没碰过面。母亲不同意我的说法，她说怎么没碰过面，碰过的，在北新桥船板胡同的亲家那里，刚见面五分钟就打起来了，摔了人家的暖壶……

母亲的提醒终于使我想起，70 年代末老七舜铨娶亲那天发生的事情。舜铨娶的是北新桥的织袜女工李丽英，李丽英小舜铨近二十岁，貌丑又没文化，令舜铨十分勉强。舜铨之所以同意娶李丽英，完全是冲着母亲药石无效的病痛才答应下来的。舜铨原先的恋人是与黄四咪一同光顾我们家的柳四咪，可没待解放，柳四咪就嫁了军统少将老大舜铻，后来又移居台湾，给痴情的老七空留一个念想，空留一番惆怅。老七娶丽英的时候已年近五旬，女方说了，不嫌舜铨年龄大，只图一个老实本分，图一个世家子弟的名声。母亲觉着李家的黄花闺女嫁个半老的舜铨，又木讷，又没什么本事，只知拿几支笔在纸上涂抹颜色，李家姑娘实在是吃了亏，便有意将婚礼办得排场些。腾出花厅的西套间做新房，找棚匠将房间糊得四白落地，又请人打了大立柜和沙发，收拾得很像那么回事。舜铨性格内向，不愿抛头露面，这点新媳妇也能体谅，从彼此并不富裕的经济考虑，就决定喜宴在家里办，只请几位至亲，图个喜庆就行了。饭菜也不必准备过多，两桌足矣。届时让九号罗大爷在北京饭店当厨师的老儿子过来帮忙做几个菜，谢人家两条烟也算说得过去了。

一切安排妥当，跑腿送信儿的任务自然由我承担。走了几家亲戚，人家都欣然接受，除了给我母亲道喜以外还说了不少吉利话儿，我的心情也变得很愉快。

出乎意料，事情在老三舜镇那儿打了绊子。他说他不去参加婚礼并不是跟舜铨有什么过不去，而是东城的老宅他是永远不会再回去了，尤其是后院，那里树太多，阴气又重，给人的不是安宁而是凶煞。还劝我们快快搬家，说那宅子于病人很不利。我知道他是怵头老二自缢于彼，便说喜庆时，鞭炮一响，什么阴气也给冲了。老三仍不让步，他说他们单位的食堂也承办婚宴业务，他愿意为舜铨联系。若在食堂吃，什么心也不用操，吃饱了一抹嘴走人，省了多少事情。我说这事儿得跟家里商量，得跟亲家商量，不是你我能决定的。他听了把眼一瞪说，我是老七的哥哥，金家七个弟兄当中，在世的数我最长，难道还做不了老七的主？说着抓起电话就订饭。我一看事情不妙，赶紧就往外撤，走到楼梯口被老三抓住，老三说，饭订妥了，饭钱我出，算是我给老七添的份子。说着又拿出两盒人参往我怀里塞，说让我给母亲带去。我说老太太没多少底气，哪儿架得住人参？还是您留着自个儿用吧。舜锳说这是去东北出差时特意给母亲买的，想让儿子金昶给送过去，偏巧金昶毕业考试，我来了正好带走。我说，您月月给妈寄钱，妈老念您的好儿。不如这样，人参我替妈拿走，喜宴还是在家吃吧。舜锳不干，说他与舜铨自小相投，让梨推枣，如埙如篪，该他花的一定要由他花，该他张罗的一定要他来张罗。我说，您这么办让我这送信儿的为难了。舜锳说这有什么为难的，该怎么说还怎么说，换个地方就行了。

出了老三家来到老四家，我刚一提舜锳要在单位食堂为舜铨办喜酒就遭到老四的反对。他说，谁娶媳妇？是老七，不是老三，凭什么在老三单位办喜酒？我说，三哥可是把宴席订了。老四干脆地说，不去！看来事情有些棘手，我说要不还是按着妈的想法，在家里办。原以为老四会答应，不料他更干脆地说，不去！两个“不去”把我撞到南墙，碰得说不出话来。挺好的一件事到了老三、老四这儿就变得这么别扭、各色，这么矫情、邪性，我真怀疑金家兄弟的神经是否健全，性格是否病态了。舜镗看了我为难的样子，正儿八经地说，我一闭眼就看见老二在树上吊着，心里就发紧，就喘不上气。这样的情况，你说我还能回那个家吗？不可能的！我说家您也不回，三哥那儿您也不去，七哥结婚请不来您，我怎么回去跟妈交差？老四想了想说他倒有个折中的办法，我问有什么折中的办法。老四就叫来他上中学的儿子三虎，让三虎在北京市地图上，在他和老三及老宅之间找出一等距离的点，说在那儿办婚礼。三虎的数学大概学得不怎么好，拿尺子，拿圆规，后来又找来线绳，在地图上横横竖竖地一通儿比画。我看了好气又好笑，转过脸不去理睬老四。我认为老四是在成心斗气，成心把事往黄里搅，将他与老三的矛盾转嫁给老七，哪里还有一点儿当哥哥的样子？实在让人敬重不起来。我又想到他在牛棚里那些戏剧式的“揭发”，什么“借着雷电发报”“有蹿房越脊的本事”，等等，便觉得他在地图上找这三点相交处就一点儿也不奇怪了。这样的生事儿只有金家老四才干得出来，别人谁也不行。只是难为了他的儿子，小小的中学生竟使抽象枯燥的数学在为叔叔选择结婚地点时派上了用场。许久，才听得小家伙如释重负地说，找着了。舜镗赶紧凑过去看，三虎用手指头点着那个点儿不敢撒开，生怕一撒手好不容易找出的点又丢了。见我也过去看，他才小心翼翼地挪开手指，用笔尖点着某处说，就是这儿，我是用垂线法求得的。我看那地点，竟是天坛的北墙根儿，心里就有点儿幸灾乐祸的劲儿，但看老四怎样决断。孰料舜镗毫不退让，他说北墙根儿就北墙根儿，科学把老七的婚礼安排到那里也是天意。天坛好，大哉乾元，万物资始，天地之道贞观者也，求也求不到的吉祥之地。我看着他那兴奋的样子，实在不愿再理这个半疯，他的疯劲儿一上来，也就无理可讲了，最好的办法就是离去。

舜铨和他未婚的小媳妇遇上了难题，他们不可能去老三单位的食堂，更不可能去天坛的北墙根儿。李家姑娘未过门便已领教了在大宅门儿当媳妇进退维谷的两难境地，不，应该说是三难境地。老三、老四都坚决地表示了不到老宅来，他们怕见那棵桑树，怕再触动那仍旧敏感的创痛。最后亲家母提出了一个“几全其美”的办法，结婚的酒席在新媳妇的娘家举办。对这个不是办法的办法，母亲是一百个不乐意的。她说这不合规矩，金家的舜铨又不是入赘北新桥的李家，怎能让亲戚们去陌生的媳妇娘家去吃喜酒？舜铨倒是不在乎，他说在哪儿都一样，不过是个形式，依着他是连客也不请的。老三、老四在我的劝说下让了步，都说去李家不合章法，却又提不出共同能接受的地点来，只好点头应允。母亲见事已至此也不再说什么，叹了半天气，骂了半天老三、老四不是东西。

婚礼那天母亲没有出面，全是女方的娘家妈在忙活，看样子大有李家白捡个儿子的劲头儿。老四到得比较早，一看这倒插门的架势心里就犯病，碍着兄弟的大喜日子又不好发作，只好一人坐在那儿喝闷茶，谁也不理。李家人见来的这位黑塔似的四爷不苟言笑，也不敢招惹，只赔着小心伺候，生怕有所怠慢。既是在李家办事，娘家的亲戚就来了不少，小门小户的亲戚们围着舜铨调笑，言语自然也上不了什么档次，说不出老四那“大哉乾元”的高雅之语。老四心里越发堵得慌，正憋得没抓挠时，老三来了。老三在大面儿上较老四能顾得住，笑嘻嘻地跟大伙儿打招呼，还特意到亲家太太跟前去请安道喜，乐得李老太太一口一个“孩子”地叫。李家人不知道金家兄弟之间的事，理所当然地把老三安排到老四坐的房间来，让弟兄俩得便说话。

我对这一安排暗中叫苦，本能地预感到会发生事情，所以老三前脚进屋，我后脚就跟了进去。

果然战事已经开始了。老四说，那老娘儿们一口一个“孩子”，你还答应，她的岁数不准有你大，你掉价儿不掉价儿？老三说，我是冲着老七来的，她是老七的丈母娘，老吾老以及人之老，掉什么价儿！

老四说，在装洋蒜方面我得服你，什么时候你都能做出人模狗样的假招子，受过黄四咪的真传，戏也是越演越精了。老三说，再真传能赶得上你吗？愣把三青团说成共产党，还说老二会开飞机！老四说，事出有因，查无实据。老三说，问题是事出无因，老二不但不会开飞机，他连坐也没坐过。我真纳闷儿你怎么会编得出来？老四说，我还纳闷儿你的那些坏点子是从哪儿来的呢！老三说，我揭发你的那些事都是有根有据的，说你跟黄四咪上了妙峰山就是上了妙峰山，并没添油加醋，是你自个儿又扯出什么三青团的。老四说，你别为自己开脱，没你老二也死不了。从根儿上说，是你在咱阿玛跟前率先揭发老二的；你不把他跟顺福的事儿亮出来也不会得罪顺福，不得罪顺福就不可能有后来的牛棚。所以罪魁祸首就是你！我说，祖宗们，有话咱们回家去说，别在人家家里较劲儿。不提家尚可，一提家，老四的疯劲儿就上来了。他说，那个家能回去吗？贼风飕飕，鬼影憧憧，老二的阴魂压根儿就没散。老三说，那是你心里有鬼。老四说，你心里没鬼你怎不回去？老三说，我没害老二，没往他身上栽赃。老四说，说这话你不亏心？人都死了你还往他身上写字，你还有人味儿吗？这一说，击到老三的最痛处，他一反常态，抄起身边的暖水瓶狠命朝地上砸去，借着那声砰的巨响咬牙切齿地说道，老四，以后我要再见你就像这个壶！老四说，话别说这么绝，咱哥儿俩还有一面之缘呢，那是在你的追悼会上……

李家的人已经围过来了，舜铨的几个小舅子脸上带有明显的不快。李家老太太说，刚才不是还好好儿的嘛，大喜的日子，这是怎么了？我说是三哥没留神把壶碰倒了。舜镆也自觉失态了，赶紧打圆场说是不小心……李家老太太是精明人，一看这阵势就明白了，不紧不慢地说，金家是大户人家，治家有道，母慈子孝，我们就是冲着这个才把闺女给了的。俗话说福善之门和睦，以后的日子还长，将来丽英过去，你们哥儿几个还得多提携指点才是，她那不管不顾的脾气一上来就让人怵头。往后在一块儿，得互相包涵着点儿！老太太说的是她的闺女，点的却是金家的爷们儿，老三、老四都站在那里没言语。酒席上，老四只象征性地喝了一杯酒就走了，老三倒是一直陪到底，脸上虽不显山露水，心里的不平静是可想而知的。

母亲知道了这一切，气得手直发抖。她说，老三、老四是给金家散德性呢，要是他们的亲妈还活着，能饶得了他们才怪！还说，记着，以后别让那两个东西碰面儿，咱们丢不起那人！我说，只两个还好说，至多摔个暖壶，要是东坝河的顺福再搅进来，这场乱仗不知要打出什么花样来呢！

母亲说，也怪，那只黄鼠狼自打“文革”以后怎就没了影儿呢？

五

是改革开放以后的事了。有一天，老三舜锖的儿子金昶约我在北海仿膳吃饭，我就去了，席面上却意外地碰见了老四的儿子三虎和顺福的儿子德明。金昶在电影厂做编剧，讲起话来常常是妙语连珠，论黄数黑，给人一种聪明外露的感觉。曾经光着屁股在破絮里缩着的德明现在已一身名牌，西服革履地挺拔起来了。德明递过他的名片，名片很精美，散着甜腻腻的香气。金昶说德明是安提特陶艺公司的总经理，大款，这顿饭就是他特意请七姑爸爸的。我问安提特是不是中外合资，德明说不是，是他们几个爱好陶艺的哥们儿合资在门头沟办的厂子。我问为什么偏偏取了这么一个非常西化的名字。德明说当时三个人想不出好的厂名来，便一人翻一页字典，把第一眼看见的字联起来并做厂名，就出来了“安提特”这个很奇怪却又很顺口的名字。德明说，安提特好，安提特给他们的厂带来很大效益，大伙儿都说安提特有神气。我想告诉他安提特是希腊魔鬼 Atenago - ras 的译音，那是一个大鬼，与撒旦同级别的大鬼，竟被顺福的儿子捡来了，看来父子两代烧窑都与鬼有着不解之缘。我问德明的陶艺公司都烧些什么。德明说烧大碗，烧有中国特色的大糙碗，土釉蓝花，写着“吉庆有余”的字样。我说，这样的碗也卖得出去？德明说，怎的卖不出？这样的碗只有中国有，这种返璞归真的乡土气息正是生活在高科技快节奏中的人们所怀念向往的，在国际市场很吃得开，人家一看就是中国的，假冒都冒不出。我真不敢小看昔日光着屁股在破棉花堆里滚的经理了，同是烧大碗，他和他的父亲已经有了根本的不同。德明请我吃饭，以往日的经验我感到，大凡这类人的饭都不是那么好吃的，葡萄美酒的背后绝不是单纯的友情。三虎有些腼腆地叫我姑爸爸，他和金昶还是依着旗人对姑奶奶的称呼叫我，这使我感到亲切。想起当年他用垂线法为老七在地图上寻找结婚地点的事，我突然觉得很好笑。三虎不好意思地说，姑爸爸您甭乐，我知道您想起什么来了。我说我想起你画地图的事儿来了。金昶就问怎么回事，我说了，金昶与德明都笑得直不起腰来。金昶说这倒是个好素材，可以用到电影里头去。

跟小辈们在一起总是愉快的，不知不觉中喝了不少酒。金昶说，姑爸爸您说，当年我爸他们跟黄四咪一块儿逛北海那是一种什么心情？我说，能有什么心情？公子哥儿捧女戏子，胡闹罢了。金昶说，我爸是胡闹，黄四咪可不是胡闹，她是国民党，带有发展组织任务，所以“文革”才把金家老哥儿几个都装进去了。德明赶紧补充，还有我爸爸。我说，这些事儿，老辈儿都不提了，你们不要再翻腾。金家好不容易不打仗了，你们千万别再点火煽风。金昶说，干吗不翻腾？现在才是翻腾的时候。您想想，当初说我爸爸在六国饭店会见了国民党要人某某某，是谁牵的线儿？是黄四咪！这么看，那位黄四咪就该是咱们这边时刻不忘的统战对象，我爸爸既然有这关系干吗不充分利用？别人想跟台湾那边儿搭关系还搭不上呢。我问金昶怎么利用这关系。金昶说，凭着这，也该闹点儿政治资本，比如进个政协什么的。德明在一边敲边鼓说，男人就得参政，不参政的男人是窝囊男人。我刚想说他爸爸昔日当警察也算参过政，照样窝囊了一辈子。不料却听三虎说，我爸是货真价实的三青团，去妙峰山参加过活动。我说，参加过三青团的活动不见得就是三青团。三虎说，我爸当初都承认了，您还替他遮着干吗？德明说，关键人物是黄四咪。黄四咪临去台湾发展了这么多人，这些人“文革”也为她吃了不少苦。俗话说苦蒂甘瓜，咱们到今天总不能结个苦瓜。苦蒂苦瓜，真那样我们的亏吃大发了。我说，你们三个把话说明了，翻老账究竟是什么意思？金昶说，动员我爸爸，充分利用一切有利因素。我问，什么是有利因素？金昶说，只要承认与某某人有过来往，别人就得刮目相看。我说，你真相信有那事儿？那些高压之下的胡咬你们也当真？金昶说，不当真怎么能定案？我说，“文革”时定的案那也叫案？什么叫捕风捉影啊，那些不着边际的事儿就叫捕风捉影。德明说，有些人也想捕风捉影呢，问题是他们无风可捕，无影可捉。咱们以前既然为这个受过整，今天总得有个结果。现在的人都巴不得外头有关系，以前也没听说谁是什么，现在门户一开，好，吴三桂的三孙子、袁世凯的干儿子，什么都出来了，是与不是也无据可查，但谁也否定不了。否定不了自然有人另眼相看，自然也就有好处等着。

我问德明他爸爸对黄四咪这些事是怎么看的。德明说一提黄四咪他爸就哑巴了，不吐半句实情。他爸是叫"文革"整怕了，怕牵连，怕引火烧身，一点儿也不知道手里这张牌的价值。他今天找我的目的是让我劝劝他爸和那老哥儿几个，还是当年那些事，咱们也并不因形势变了而添什么加什么改什么，至少属于咱们的就应该给咱们。我问，什么是应该属于咱们的？三个人都不愿回答，似乎也不好回答。我说，你们可以直接去找你们的爸爸，他们能给你们一个说法。金昶说他爸说以往那些不堪回首的事都只因了两个字"年轻"，他爸说，"操千曲而后晓声，观千剑而后识器"，表面看起来老爷子是大彻大悟了，实际上是稀里糊涂。三虎说他爸爸近来只是玩儿鸟，也不是不关心台湾的事，所关心者无外乎是真的一国两制了那钱怎么算。整个儿一个小市民头脑，哪儿还有大宅门儿出来的气魄。

喝完了酒又划船，小船荡在悠悠绿水中。老三、老四和顺福的儿子轮番操桨，水晃船晃人也晃，就有些昏昏欲睡。朦胧中我觉得时光好像倒退了几十年。小船上载的分明是另外一批人。那些人也在这汪水上挥动双桨，也看着那白塔、龙亭的缓缓移动……

历史的近似让人忽地猛醒，我赶紧坐直了身子。三虎脸上冒着细汗笑着对我说，姑爸爸一通儿好睡。我说，我睡着了吗？德明说，您都打呼噜了。我说，今天喝得是有些过量，你们三个把姑爸爸灌醉了。金昶说，这么说吃饭时候我们给您说的那些事您都当酒话听了？我说，你们都说什么了，我怎么一点儿也记不起来了？金昶嘿了一声说，您真行，揣着明白装糊涂，真上道儿了！

我说我跟他们的爹一样，老了。

小哥儿仨觉得很丧气。

六

母亲的身体日差一日，灯尽欲眠时她常常披衣而坐，聆听窗外飒飒的风声，那神情分明已经走得远了。

有一天，母亲说，立春那天把老三、老四跟顺福叫来吧，我烙春饼给他们吃，这是顺福盼了多少年的。老七舜铨说，把他们凑在一块儿怕又要闹起来，咱们家已经没碗可摔了。母亲说，都七十的人了，能闹到什么份儿上？自老二一死就相互都不见面，难道还至死不见不成？趁着我还有一口气儿，这里还是个家，还有理由聚聚头。我一死，他们找谁去哇……

舜铨点头说也是。于是像当年搞“反革命串联”一样，我又从城东跑到城西，挨家去通知老三、老四和顺福，说母亲请他们立春那天来吃春饼。

母亲没生过儿子，但她为人善良随和，对金家的孩子各个从小就疼，所以很得孩子们的爱戴。老一辈儿的一个一个地走了，只剩下了母亲。母亲为金家扛了几十年的风风雨雨，不知不觉中，哥哥姐姐们也都管她叫妈不叫娘了。“妈”与“娘”这个微妙的变化，大概只有我们金家的人才体会得出来。妈还真想着他们，常常一个一个地跟我说起他们。

老三住在干面胡同，已经退休，在家里抱孙子。退休后的舜镇言语也不多，一看就是个安分守己、胆小怕事的人。他见了我第一句话就问后院那棵桑树锯了没有。我说早锯了，妈看着它伤心，就让七哥找人锯了。舜镇说还是老七孝顺，不似我们，一去不回头。又说真是的，有那么多种类的树，后院栽什么不好，偏偏栽棵桑树，真不吉利。我知道他由桑树想到了老二，便说，家里变化也很大，前头的房连大门都被拆了，盖了楼。咱家只留下后花园的花厅和那间做堆房的小屋了，花厅老七两口儿住着，小屋妈住着。妈也是老得厉害了，病病歪歪的还念叨着你们，想着给你们烙春饼。舜镇听了眼圈有些红，说做儿子的举足出言，应该不忘父母，如今这大年纪却还让妈惦记，真是连畜生也不如。也早想回家看看，只是怕见着那棵树……我告诉了他请他立春回去，他马上问老四回不回。我说，回，妈想一块儿见见你们。

舜镇听了，久久没有说话。窗外有风，少时又增加了许多点滴的声音，玻璃上出现了水痕，下雨了。我感到这场借风而来的雨到得早了些。舜镇拉过一本书。随意地翻动着。我知道他是在掩饰他纷乱的心绪，思考着弟兄见面何以相对……我静静地等待着，等待着他说回还是不回。他没有回答，站起身踱到窗前，望着外面在风中摇晃的树枝对我说，我早已是土埋到脖子的人了，心固可使如死灰，残骨却依然肮脏人间。几十年悲欢顺逆，无不可告人或不足与外人言之事，却落得个兄弟反目。论根结，这一切都是为着什么呢？……我说三哥也不必沉湎于过去，时间的冲刷又何尝不是抚平伤痛的最好办法呢？妈盼着见到您，盼得望眼欲穿了，您该回去看看她老人家。目前金家几十口人，所剩的老辈儿就她一人了。老三说，谁说不是呢？是该回去看看了。我说，这回您见了四哥，千万别再吵。舜镇转过身来说，要吵得起来就好了……

我又去找老四。老四去年搬了家，住在城北德胜门，即老二当年与黄四咪打兔子的地方。今日的老四已非昔日的老四，他老虎一般的三个儿子都已长大成人，儿子们往他身后一站，势震山河，足压得住黄天霸、窦尔敦，使得任何人在金四爷跟前都不敢造次。所以舜镗也就变得十分的气壮，脸儿也仰了，肚儿也腆了，举着个鸟笼子大爷般地在街上遛。看我颠儿颠儿地跑来，他忙问妈是不是得了病，我说是妈叫他立春回去吃春饼。他听了回身对他的三个老虎儿子说，我妈叫我呢，让我回家吃饭。别看我七八十了，当了你们的爹，可在我妈眼里仍旧是儿子，是姥姥不疼、舅舅不爱的杠头。说完他自己也笑了。儿子们看着爹突然冒出的娇憨之态，也扑哧笑了。我心里却一阵发热，一股手足亲情油然而生。舜镗与舜镇一样，亦非我母亲所生，他对我母亲感情的真挚与依恋，实则也有对家的依恋，对老宅的依恋，对往事的依恋。或许这依恋也包含着黄四咪的一部分在其中，割也割不开，忘也忘不掉了。正因为难以忘怀，所以他二十几年没有回家，永不愿再踏进那使他肠断心碎的地方。

在老四家里落了座，四嫂问来日去吃春饼的可有老三，我说有。嫂子当下没说什么，半天才说，那疼我们是忘不了的。我只好搭讪说，古人雅量可师，唾面自干。亲兄弟之间，狗皮袜子似的，还论什么反正。老四说，这不睦由来已久了，也非全由“文革”而起，从偷着卖家底儿，互相栽赃到醋雨酸风地厮打争吵，家里的碗砸了大概也有百十来个了。金家有了这一帮不肖子弟，怕也是祖坟跑了风水，气数已尽了。老四说这些话的时候，他的三个儿子就在一边听着。我想，老四的话大半是说给他儿子听的。可不嘛，老四也面临着我父亲当年面临的问题了。老四说，金家兄弟姐妹，三母一父，算起来十又有四，如今存活者也没有几个人。这仅存的几个还彼此淡漠，互不往来，简直是一般人家儿所不能理解的。若硬往一起凑，难免旧恨重提，如若那样，再聚也没什么意思。我说，老辈儿的恩怨该了就了吧，小辈儿们早混到一块儿去了，前几天三哥的儿子和三虎还请我吃了一顿饭呢。小的都如此了，老的何苦再僵着？再说了，看看妈总是应该的，她老人家想你是想得很呢。舜镗说那倒是，妈当初最疼的就是我。羊羔跪乳，乌鸦反哺，蛇雀有知，我竟不如，无论如何是该回家看看老妈的。四嫂突然说，看妈也不能与那狗屎老三同去，沾一身晦气。

老四眼一瞪说，老娘儿们家你懂什么！

后来，我又去东坝河找顺福。东直门外，热闹欢快的驴窝子早无处可寻，取而代之的是一排排汽车站，车站站牌的数量绝不低于昔日驮脚之驴的数量。寻找顺福的家费了不少周折，那些使人眼花缭乱的高楼汽车哪里还有半点萤飞狐窜、枯树荒冢的坝河影子？依着顺福儿子德明在北海给我留的地址，总算在一个小区的二十五层楼上找到了顺福。顺福已俨然是个威严的老爷子了。我进去时，他正坐在阳台上抱着猫晒太阳，这座二十几层高的建筑就建在他当年的碗窑旧址上。

他见了我说有几十年没吃过表姑烙的春饼了。我说我今天来就是为了吃春饼的事情。顺福说，你妈今天才想起请我吃春饼，其实那年我去你们家找舜镈说枪的事儿，表姑要是给我烙春饼把我的嘴堵住了，我也许就把什么都担了，偏偏她给我吃了炸酱面！炸酱面谁没吃过，既然你们金家跟我这么公事公办，我也只好公事公办了……

不跟儿子谈论往事的顺福见了我张口就是往事，可见这往事已在唇边徘徊很久了，见了我，由不得脱口而出。有风自西而来，扬起一片尘雾，尘雾在阳光下弥漫着，扑打着人的脸面。风声在高处显得分外响亮，有振聋发聩之势。顺福对我说，进屋吧，起风了。我说，这风邪，无缘无故就刮起来了。顺福说，楼高就显着风大，住平房那会儿哪儿见过这么大的风？我问他坝河这儿还有没有黄鼠狼，他指着下面车辆川流不息的三环路说，黄鼠狼这个词儿小辈儿们都快不知道是什么东西了，您还上哪儿找黄鼠狼去？我说，打解放以后好像就没看过《金钱豹》这出戏，《西游记》的戏看过《安天会》，看过《十八罗汉斗悟空》，怎的就见不着那个五百年前的黄鼠狼了呢？顺福夹着猫眨巴着眼睛看着我，那目光里满是狡黠。我说，戏里头金钱豹就擒，那黄鼠狼又哪儿去了呢？顺福说，丫头你别绕我，我还没糊涂呢。就你们金家那几位爷，哪个也不是省油的灯，一个赛着一个当情种，遇着黄四咪活该有此一劫，跟黄鼠狼有什么关系？我说，因了那场“革命”，老三、老四至今互不往来，其实也没什么事儿了，就是磨不开那面子。

顺福没接我的话茬儿，像对我又像对他自己说，黄鼠狼实在也不是什么好东西……

无论老三、老四还是顺福，对以往的事情似乎都牢牢地记着，也似乎都彻底地忘了。他们对过去变得既不在乎又很计较，既超脱又很狭隘。纵然老三对他的儿子高谈什么“操千曲而后晓声”，而那声真由他自己唱起来的时候却依旧是分辨不清的陷入。老四看似豁达得不计前嫌，实则肚子里的肠子仍在千萦百绕，这从四嫂子决断的语气里可以看出。我总觉得这件事在哪儿别扭着，模模糊糊地理不清晰，至于子侄辈那些带有功利色彩的算计与设计，在老辈人看来都是乳臭未干的瞎扯淡。至少我是这样认为的。

不能笼统地说谁对谁不对，也不能生硬地勉强谁该怎么做。

各有各的活法。

七

说是立春，却是隆冬的天气。

风又刮起来了，还是很冷，屋里生着炉子，炉子上烫着酒。母亲看着表，责备我不会办事儿，跑了三家，约了三个人，却没有一个落在实处，究竟来与不来，谁都没有准话儿。我说那三位，一个念着土埋脖子，一个念着蛇雀有知，还一个念着黄鼠狼，都是答非所问、言不由衷，让人揣摸不透。母亲说应该让舜铨去叫。我说让那书呆子出面他连答非所问也讨不来，他压根儿就找不着门儿。舜铨在案前一边画画，一边说那不见得，上个月他连卖豆汁儿的李麻子家那样难找的地方都找着了，更何况什么老三、老四。后来大家就都不说话，听着表在墙上嗒嗒地走，听着风在外面呼呼地吹。我听那风，似多部重奏，狂猛之中又夹着细微，夹着凄凄切切的如泣如诉，仿佛谁站在窗外娓娓诉说着什么，令人从内心发颤。

舜铨在吟“……风也萧萧，雨也萧萧，瘦尽灯花又一宵”，母亲问他说什么，他说在品画上的题款。母亲叹口气说，也不知来不来，这三个孽障啊！

快一点钟了才见舜错慢慢腾腾地走进来。舜错提着一盒点心，盒子上印着嫦娥奔月的图案，顶上还盖着一张红纸。老派儿的舜错送礼也是老派儿的样式，亏得他还能在现代化的北京淘换到这些。母亲见老三进来，赶忙要下床，被舜错抢上几步挡了。舜错给母亲请了安，问遍了家里一切好，这才转身落座，接过我端上的茶，接受舜铨和我的问候。舜错的一举一动渗透着旗人的礼数，渗透着从容不迫，渗透着大宅门儿的教养，这点为我所羡慕又不及。母亲问了他一些情况，他回答了，又说，等天暖和了接妈去我那儿住几天。母亲说她已是有今儿没明儿的人了，晚上脱了鞋早晨不知道还能不能穿上。在这有限的日子里就盼着能见见哥儿几个，了却当老家儿的一番挂念。舜错说他不是不想回家，实在是怕……正说着，老四拎着鸟笼子从院门晃进来了。母亲见了赶紧嘱咐老三，你是哥哥，可千万别吵哇，凡事儿都让着点儿。舜错看了我一眼，苦笑了一下。

看老四腆着肚子，晃着鸟笼，大大咧咧的样子，我不禁好笑。探望亲戚，尤其是探望母亲，哪有提鸟笼子的？这样的事也就是舜镗干得出来。老四进门，顺手把笼子往我怀里一撂，三两步奔到母亲床前，沉沉地叫了声妈，就把脑袋低下去了。妈攥着老四的手，只说老了，泪便噗噜噜落下来。母亲说，都在一个城里住着，这些年你们就不知道来看看我。这一说，老三、老四脸色都有些阴，就一齐往窗外看。

院子里的杂树仍有不少，干枯的枝干在西北风的摧撼下颤颤地晃动，发出瑟瑟絮语。昔日桑树的位置被母亲扣了一口大缸，那上面高高地码着过冬吃的白菜，往日的痕迹已经全没了。

老三、老四的脸似乎都有些失望，也都闪过一丝不易觉察的怅然。

老四的鸟在笼里扑扑棱棱的不老实。我夸笼子做工精巧，老四说这是老祖玩过的笼子，有年头儿了。老三接过笼子挂在铁丝上说，这笼子是土挡五道圈五十六根条，腻子底，铁抓钩，一看便是内务府造办处造就的大内用品，现今已极为罕见。以文物来说，笼子的价值高于鸟的价值。我想起母亲告诉我的，当年老二在父亲面前咬老四把一对白铜雕花紫漆鸟笼子偷出去当了以讨好黄四咪的事，想问是不是就是这只鸟笼，又怕犯了兄弟们的忌讳，只好忍住不说。舜铠见舜锖贬他的鸟，便说舜锖不识货，说他这只红子是花八百块买来的顺德产上品南路红子，是去年夏天逮的热红儿，是一茬毛。舜锖就说他的邻居也养了一只红子，颜色却有些发暗，叫的声音叽儿叽儿的，像小油鸡。舜铠说，发暗的红子灰地儿黑章，叫自在黑。黑子根本不是正经鸟，小孩才养它。你忘了，咱们小时候老阿玛从戒台寺给咱们弄回两只黑子来，也叽儿叽儿地叫唤，差点儿没把猫给招来？舜锖说他还记得老二上房掏了几只黄嘴无毛的小家雀儿，搁在水磨细竹笼子里养着。那笼子是父亲花十二块大洋从太监手里买来的，让咱们养了老家贼，差点儿没把父亲气死！舜铠说，咱们那会儿也是真淘，哪家摊上咱们哥儿几个，算哪家倒了霉。正说着，笼里的鸟啾啾叫起来，舜铠立即打住了话头，全神贯注地听，直等到鸟唱完了才对老三说，听见没有，跟你街坊那只黑子叫得绝不一样。黑子只能叽儿叽儿叫单音，我这红子叫的是子母腔，时不常儿还能打嘟噜。舜锟就说，过去胡同东口那位正蓝旗的郝爷，为只鸟舍去一套三进四合院，简直走火入魔了。舜镗就说他现在为鸟也走火入魔了。他说人融到什么世界里就会变成什么，他常常半天半天不错眼珠地看着他的红子，就觉得自己也是一只鸟了，在笼子里跟他的红子一块儿吃食、喝水。舜锟说，你要变鸟只能变猫头鹰，变不了玲珑剔透的红子。舜镗说他们早晨遛鸟的伙伴里有个养画眉的老朱，老朱的鸟学脏了口，学了一嘴夜猫子叫，气得老朱连笼带鸟全扔了……

直到饭桌摆齐，老三、老四还在那里谈鸟，鸟的话题使他们彼此又成了兄弟，成了似乎不曾有过任何芥蒂的至亲手足。两个人都小心地回避着什么，好像谁也不愿提及那个时刻萦绕在心头、萦绕在嘴边的话题。我突然感到貌似粗笨的老四实则是个极其细腻聪明的人，他持鸟笼而来的举动本身，就是经过深思熟虑的，金家的爷都是有心计的爷。

母亲已做不动春饼，实际是我操作的一切。我将那饼做得空前绝后，卷饼的菜做了十几样。暖暖的酒，温温的情，旧宅老屋，环绕在母亲身边，兄弟们如孩提时代一般双手捧着卷饼撕咬，嘴流油，手流油，实在是一幅承欢膝下、伯歌季舞的家庭欢宴图。没有谁提到过去，也没有谁说到将来，品味的只是春饼，只是家的味道。

顺福一股风般地旋进来了，手里提着两摞碗，那碗用草绳细细地捆着，大约是他儿子公司里的产品。桌前的人都站起来，招呼顺福。

顺福见了老三、老四，欲说什么，却嘴一咧扑通一下跪在母亲床前。母亲慌得让我和舜铨赶紧扯起他来。我和舜铨一左一右往起拽，哪里拽得动？

母亲说，顺福有话你说，别这么着，这方砖地又阴又潮，留神再坐下病。顺福抽泣半天仍是不说话。母亲说，我知道你想起了老二，人已经殁了，再伤心也是无益。他临死那天晚上要吃春饼，可那是什么时候啊，我没往心里去，到走……他也没吃上。什么时候想起这个来，什么时候我这心里就跟猫抓似的，我这个当妈的对不住他……顺福呜咽着说，表姑，我是只五百年前的黄鼠狼，您狠狠地打我吧……舜镗说，你甭瞎说，这都是我看完《金钱豹》拿你开心的话，谁也没认真，你别往心里去。顺福说，我要不是黄鼠狼我怎么干了那么多坏事呢！母亲说，谁说你干坏事啦，可别净自个儿跟自个儿过不去！顺福说，黄四咪是我给金家引来的……母亲说，黄四咪是你给老二引见的不假，也是老二不善自省，紧赶着往上扑。顺福说还不止这些，母亲让他站起来说，他说他说完再站起来。顺福说黄四咪是国民党完全是他的胡说，是他瞎编出来的，为的是给他丢枪做开脱。因为丢枪那件事国民党要追究，共产党也要追究，枪的散落，对哪个社会的治安都是隐患。他当时说黄四咪是国民党，是考虑共产党的专案组总不会查到台湾国民党党部去，这样他就掌握了主动，就脱了干系，不承想又扯出金家哥儿仨来。

我的心在往下沉，人生总是有许多想不到的事，做不到的梦。为了一支枪的下落，为了一顿春饼的遗憾，引出了一场绵延几十年的风波，将多少人推入尴尬难言、欲哭无泪、欲笑无情的境地。屋内一时出现了寂静，没有人说话，连那嗒嗒的钟声也听不到了，只有外面萧萧的风。半晌，舜锠颤着声问顺福，黄四咪的国民党特务是你瞎编的？顺福点头。母亲说，顺福你起来吧，编与不编，事情都了结了，发了霉的事儿，提它干什么！顺福说，不把话说透亮了我就永远没脸进这院子，也永远吃不上表姑烙的春饼。还有，那把枪其实没丢……是我把它卖了，卖给天桥演文武双簧的傻二愣子了，傻二愣子的叔伯兄弟在西山当土匪……顺福的话无异于给大家泼了一瓢水，使人从头凉到脚，我的脑袋一时木了。

老二舜铸，为这把枪背了一个大黑锅，金家三兄弟为特务黄四咪也背了一个大黑锅。几十年的恩怨全是由于顺福的瞎胡诌，这是怎么档子事儿啊！听了顺福的话，人人的脸上都很平静，但人人的心里都在上下翻腾。顺福望了望众人，赶紧把头低了，麻利地解开草绳捆着的碗，取出一个，双手递给身边的舜镗，嘴里喃喃地说，四哥，您摔吧，您摔完了，我……我儿子再给您烧……母亲在嘤嘤地哭泣，舜镗没有接碗，他转过身把脸直望着窗外。

院中大缸在风中扣着，群树在风中摇曳……

顺福将碗递给舜锠，舜锠摇摇头，一把搀起了顺福，说不出一句话。

我不知台湾的黄四咪现在正干着什么，也许此刻她正拥炉而坐，翻检着一本旧相册；也许她正偎着小孙孙唱着旧日的歌；也许她于百无聊赖中正孤寂地倚窗远眺；也许她在为数口之家的红盐白米而辛苦操劳……在她泛泛的青春生活中肯定有过无数的相识与相交，有的刻骨铭心，有的如过眼烟云。她或许还记得金家哥儿仨，或许压根儿就不记得那蜻蜓点水的一瞬，然而无论记得与不记得，她留在身后的却是四个男人的灾难，四个男人心灵的重压。她走了，走得轻轻松松，潇潇洒洒，如一阵风轻轻刮过，没留下任何印痕。然而与她相识过的人为这阵风所付出的艰难代价，却是几十年难以道清的。

静寂中，突然，舜镗呼喊着“二哥！——”扑出门去，扑向那口倒扣的大缸，后面紧紧跟着的是舜錤。两人来到院中，抱定那口缸就像抱定老二舜镈一般，再不松手。顺福端来一卷饼，在缸前祭了，说道，二哥，顺福兄弟给您赔不是来了，您若听见了，好歹答应兄弟一声……四周寂如远古，连那风也停了。老三、老四泪眼环望，这里是家，是熟识的家，昔日的老树，黯淡的灰墙，风雨飘摇的小屋，残破不堪的花厅。陈迹依稀可寻，而兄弟间的挚爱亲情却再也收拢不起来了。沧桑几度的归客被陈迹挑破旧伤，只将那心底的泪抛出，毫无顾忌地抛出……

舜铨扶着母亲由屋里走出。母亲说，进去吧，外面风大。舜錤、舜镗似有不忍离去之意。母亲说，也不必难过了，谁也不是完人，“大羹必有淡味，至宝必有瑕疵，大简必有不至，良工必有不巧”。黄四咪也好，老二也好，你们几个也好，都按自己的活法在世上走了一遭，好着呢！

风在树间环绕，萧萧之声如吟唱，如凤鸣……

雨也萧萧

一

因为这场秋雨的提前到来，乱哄哄的拍摄现场不得不临时改辙，庭院外景改作内室花厅，黄昏舞剑变为拥炉清谈。是清谈便要加词儿，导演让道具寻找火炉的同时，一把拉住我，塞过一沓稿纸，让我临场发挥，务必写出些清谈的内容来。救场如救火，否则剧组这一日的劳务就打水漂了。我虽是该戏编剧，却终不能算剧组的人。按说本子一交也就完了差事，便推托说已买好明晨回西安的火车票，今晚无论如何得向在京城居住的老哥哥作别，没时间写戏。导演说，回陕西的事可早可晚，你的孩子也大了，并不是要等着回去喂奶，眼下齐心协力地帮我把这场戏挑过去才够哥们儿。不容我反驳，导演转身立马让剧务把车票退了，说什么时候走买当日机票即可，误不了一两天工夫。

雨在院中的方砖地上打出了水花，那不紧不慢优哉游哉的架势，表明它三五天内绝不会停下来。瑟瑟秋风，将衣衫单薄的演员们冻得嘴唇发紫，有谁在廊下生起一堆火，大伙儿都围上去，争抢着将手伸向那怯怯的黄焰。任务是明摆着的，不接也得接，我只好在正厅的八仙桌前铺开导演递过来的皱巴巴的稿纸，拧开自来水笔，干起了这项额外的苦差。

清末保守派人物间的清谈，谈些什么呢？

眉头拧成了一个疙瘩。

外人大多以为编剧都是自来水龙头，只要一拧开，水就会源源不断而来，要什么有什么。其实哪里有这般容易，似这等临阵磨枪的现场硬憋，能写出什么好戏来才怪。

导演示意廊下烤火的人肃静，外面立时悄无声息，只有唰唰的雨声，单调得让人心里起腻。

我的思虑不能集中，纸上半天点不出一个字来。谈什么呢？当由君子言义不言利为切入口，由司马迁的《货殖列传》引申开去，扯出洋务运动及后来的新政立宪之争，抑或是谈那位又会打仗又会办工厂又能考古的奇人吴大澂……

水声淋淋，内心却不免诅咒这场恼人的雨。

正待下笔，有人从垂花门咚咚跑进，直奔正厅，寻到八仙桌前的我，扑通一声跪下，便将头在砖地上磕了。我有些蒙，正思量着是剧中哪个情节，却见来人满面泪痕地起身，又干脆利落地请了一个安，叫了一声“小姨！”便泣不成声。望着已不年轻的来人，我问他是谁，来人却说，我母亲殁了，今日上午殁的。

我问他母亲是谁，他说是金舜镅。

我浑身一阵战栗。这么说，来报丧的是失却音信多年的金家二格格的儿子沈继祖了，是我的亲外甥。

我的父亲，说是镇国将军，却从未领兵打仗，“将军”不过是皇家宗室的一个等级。父亲生前常常拿他的爵位开玩笑，戏谑地对子女们说，我这个将军呀，只会耍叉(喻天桥的狗熊)，跟《打渔杀家》里的教师爷好有一比。若让我上阵，我就带了你们这帮徒子徒孙们出去打，你们摇旗呐喊傻吆喝，一拥而上给我壮声势，撕咬抠抓，打他个到处开花……父亲说的徒子徒孙，是指我们十四个兄弟姐妹，我在其中是垫窝最小的一个。我迈进学校没几年，老爹爹便撒手而西了。父亲西去时已不是什么将军，而是一个酷爱考古、收藏古玩的鉴赏家。

舜镅在姐妹中排行老二，与三哥舜镇同属第二个母亲所生，人称金二格格的是也。我听说二格格是姐妹中长得最美的一个，深得父亲宠爱。父亲说她是王母娘娘身后撑伞的玉女下凡，美得人间难有。还说这样美的人儿偏让他捡着了，是他的福气，若皇上还在，二格格当是进宫当女官陪伴老太后的料。我也曾问过父亲，我是什么下凡？父亲拈着胡子想了半天说，你是秋后的拉秧西瓜，长得又丑又歪，最多不过是朝阳门外东岳庙神案前偷油的耗子……我是属耗子的，于是便认定父亲的推测没有错。我的本质是一只又丑又赖的耗子，贼眉鼠眼地在神案的灯碗、供果间溜达，伺机还要偷窃点什么，极不正大光明，与王母娘娘身后“满月面珠开妙相”的玉女自不可同日而语。

二格格舜镅虽然美貌，我却从未在金家的大院里见过。美貌的二格格生在金家，长在金家，却又神奇地从金家消失了，再不出现，这不能不让人遗憾。出于对美的向往，我问过我的母亲二格格去了哪里。关于二格格的去向，母亲缄口不谈。那时父亲还在，从父亲那张颜色变得颇为难看的脸上我窥出，此事还是不问为好，再问下去会惹得老家儿不高兴。

舜镅的消失在我心中终归是个谜。

记不清是哪年了，只记得那年的锣鼓声非常多。有一天外面又有锣鼓，那咚咚锵的响声对一个小孩子来说有着太大的诱惑力，我跑出去看，被三哥舜镆拉回来。

舜镆大我三十多岁，老气横秋的模样。当时父亲到外地云游，不负责任地将家里一大摊子都扔给我母亲。别的哥哥早已离家，金家院里只剩下了老三和老七。老七平时什么事不管，只是闷着头画画，金家里里外外的事情多是老三张罗。老三舜镆和父亲接触最多，父亲对他也比较偏爱，有时候父亲得了什么好古玩，总是叫他来一块儿鉴赏，甚至还“赏”给他。所以在舜镆身上，父亲的影子最多，受的熏染也最重。父亲不在家主事，舜镆就在母亲们面前努力做个孝子，一举一动都合乎着世家出身的规矩。他的亲生母亲是父亲的第二个妻子，我们叫作二娘。二娘爱生气，二娘一生气，他就给他母亲跪着，低声下气的，好像天下的错事都是他干的。二娘临终的时候常常说胡话，常常指鹿为马，他便跟着以错就错，一点儿不以为怪。二娘说，屋里怎的飞进一只大花蛾子？他就跟真的似的，扑过来扑过去地逮，其实那时是数九寒冬，哪里会有什么蛾子？

这装模作样的事也就是他做得出罢了。

他对我的母亲也极周到尽礼，从来不敢有丝毫怠慢。我的母亲生病了，是他亲自把药汤端到床前，当着母亲的面尝了，再递给母亲。我母亲的亲生女儿，在协和医院工作的六格格反倒显得冷淡，能回来看一眼，塞给母亲几片小白片儿就是极大关怀了。小白片儿怎抵儿子亲口尝的药管用？母亲常由衷地说，这个老三哪，是个孝顺儿子啊，我到老了只有靠他！

孝顺的儿子在同辈面前，会时不时露出一种和父亲一样的专制作风来，这点很不得人心。老二、老四都不吃他这一套，他们一见面就要吵，很少能见到他们和和美美地在一块儿说会儿话。我也不很喜欢老三，只要他一在家，我就全变了，仿佛是天上的神降临到我们家，再不敢院前院后地疯跑，再不敢学着卖萝卜的老祁直着嗓子喊："萝卜赛梨！"再不敢把二娘的尖脚绣花鞋套在巴儿狗阿利的脚上，当然更不敢把老虎油（今称清凉油）抹在睡着的厨子老王眼皮上。老三一在家，我就变得出奇地安静、文雅，连说话也细声细气地捏着嗓子，为的是给他留下好印象，博几句夸奖。为什么要这样？我至今不明白。其实老三夸不夸奖我与我实在并无太大关系，慑于他在家中父亲一样的权威，我的心里对他充满了畏惧，但畏惧中又隐藏着说不出的亲切和眷恋。现在想来，这种感觉大约就是宋儒们提倡的"望之俨然，即之也温"的境界了。母亲常说我是投错了胎，本来该是街上的野小子，硬是走错了门儿，成了大宅门儿的小格格。禀性却没变，蹬梯爬高带上房，大逾闺阁常规。大约是水淹了金家祖坟，冲了后辈女脉，来了我这么个现世报。母亲还说，也亏了有舜锳镇着，他在家，耗子丫丫就变得温顺、和气、聪明、懂事了，真是一物降一物。

舜锳对我在家中因无聊而搞出的恶作剧从不说半句埋怨的话，也从不训斥我。跟我讲话时，他的声音是沉稳的、缓慢的，没有威严，只有庄重，这怕是我还能接受他的原因之一。"耗子丫丫"，是金家门里上上下下对我的称呼，没人叫我舜铭，也没人叫我七格格，连做饭的老王、打扫屋子的刘妈也管我叫耗子丫丫，母亲和二娘听了也并不责怪。我认为，自己之所以遭受这样的侮辱，受到这样不公正的待遇，就是因为小，因为我是金家大门里唯一跑进跑出的小人儿。

有一天，我在瘫痪的二娘床前，问为什么要把这样难听的名字安在我的头上而不安在老王和刘妈们的头上。其时老三正在他母亲床前陪着他妈说话。他说，你不叫耗子丫丫谁叫耗子丫丫？金家就你这一只小耗子进进出出了。他这一说，床上的二娘就抹眼泪，说金家的女孩可不就剩了眼前这只耗子，她怕连外孙子叫姥姥那一天也等不到了。金家七个格格，她竟听不到一声姥姥的喊叫，怕也是命了。她见我仍呆立床前为耗子丫丫而迷惘，便对我说，名之耗子丫丫，乃盼你易长，这是你父亲的意思，你虽非我所出，也如亲生一样的。二娘是汉人，她是我们金家门里唯一缠足的女性，也是学问最大、教子最严的一位母亲。二娘的话我虽不能全懂，但也明白耗子丫丫的名分在我身上已如铁打一样不能更改了。既然如此，我也不想再费口舌，怏怏地出了西跨院，看见我的母亲正在东廊下摆弄刚买来的小油鸡，便走了过去。

母亲见我凑近，赶紧张开胳膊护着她那些叽叽叫的小黄团儿，好像此刻我由耗子变成了猫，随时会对那些鸡出击似的。其实我一点儿也不稀罕那些毛茸茸的东西，娇小软弱，围着小米团团转，远没有巴儿狗阿利随人心思。我对鸡的不屑一顾使母亲放了心，她腾出胳膊把我抱在她的膝上，问这半天不见我上哪儿淘去了。我说去二娘那里来着，二娘为没人管她叫姥姥而发愁。母亲说我不该惹二娘伤心，我说我又没招她，将来我生的孩子管她叫不叫姥姥我哪儿知道。母亲就不言语了，半天才说，二娘病着，家里的生计日艰一日，你父亲至今也不知在哪里野逛，靠舜镇那点薪水哪儿能撑得住这一大家子的开销？你再不要过去添乱了……我说，咱们不是可以卖鼻烟壶吗？前几天我还看见二娘给了您好几个让您去卖呢。母亲说，你丫头片子懂什么，下月连厨子老王大概也要辞了。我问为什么，母亲说养不起。我说，那您怎么养得起这些鸡？母亲把我一推说，玩儿去吧！说话不招人待见。当时刘妈正好在旁边洗衣裳，听了说，七八岁讨狗嫌，连猫见了她都讨厌，黄黄儿一听见她的脚步声就吓得哧溜一下钻了炕洞，敢情猫也怕耗子呢。我不愿听她们的编派，就到门口去看打鼓，可刚出门就被老三给抓回来了。

刘妈看见我被拽着胳膊往后院拖的狼狈样子，对老三说，小孩子都是爱热闹的，你这样拗她是何苦？老三说，一帮做买卖的在外头瞎折腾，让人看着假模假式的不正经。刘妈说，街口铺子新开张，总得有个响动才是。老三说，但凡挨着"商"字儿的，绝没什么好人。刘妈说，咱们金家倒是不经商，也不跟商人打交道，怎么样呢？轮到太太卖嫁妆、卖老爷的收藏过日子，外头人以为咱们的日子过得有多奢华。其实顿顿是白菜汤窝窝头，蒸俩带枣儿的给丫丫，还落三娘的埋怨，让小孩子跟着大人苦熬。

老三舜镇听到刘妈说这些，就松了我。刘妈帮我整理着衣裳对他说，静蕴死了有几年了，你也该为自己的事张罗张罗了，哪儿能老这么渗着？刘妈说的静蕴，是我去世的三嫂，洙贝勒的女儿，过门没两年，在金家没留下什么痕迹就死了。为三嫂的死，她娘家的人还来闹过，说是二娘太严厉，硬把个如花似玉的小媳妇给折磨死了。又说连自己亲女儿都容不得的人，自然容不得媳妇。安徽桐城的汉人到底跟旗人不同，重男轻女，不像满族人家，宠女孩……见老三不说话，刘妈说，斜对门九号罗太太前天过来，说起她的内侄女，女师毕业，跟你倒是挺相当。舜錤说，您甭说了，他们罗家是在隆福寺开绸缎庄的，商人都是重利忘义的，我母亲最看不上经商的，您千万别在我母亲跟前提这事儿。刘妈说，像你娘那样桐城世族出身的姑娘全中国也没几个，现在都什么年代了，还讲什么门第！眼瞅着你也是小四十的人了，还没个后……刘妈说着有点儿动情，就掏出绢子来擦眼睛。我想，这样的话只有刘妈敢说，因为她是二娘由安徽带来的，是在金家能当半个家的人物，甭说老三舜錤，连我母亲也不敢顶撞她。

也就是那天，刘妈说出了让老三去看看二格格的话，说怎么着也是一母同胞的手足，也不知二格格怎么样了。老三说他不去，他去了他母亲得气死。舜镅当初死心塌地地要嫁沈瑞方，任谁劝也不听，决绝的做法已经伤透了父母亲的心，就是她的出走他母亲才一病不起，瘫痪在床。他不能再为病中的母亲添烦了，在母亲的心里，舜镅已经死了，永远不存在了。刘妈听了说，这事闹的，成了这样……你母亲的病倒是次要的，最难受的是你阿玛。最宠着的一个女儿为了婚姻跟他闹翻了，他受不了，那心是冷了。打那以后对你们也松了劲儿，还发了话，说就是他死了也不让二格格回来吊唁。你听听，这哪儿是当老人的该说的话？女儿倔，父亲更倔，这就是金家人的脾气，谁也改不了。

听了他们的谈话，我对二格格不能在金家出现多少有了些了解，但以一个孩子的心思仍想不透其中的原委。由此对二格格更为向往，因为她的倔强与我很有些相通的东西，彼此连着。

二娘的病越发沉重，家中卖东西的频率在加快，或是刘妈，或是我母亲，三五天便要夹着小包袱出去一趟。老王偶尔给二娘做碗热汤面，还偷偷摸摸不让我看见，防贼一样地防着我。那面二娘每每吃两口就撂下筷子，推给母亲说，给丫丫吃了吧，那只小耗子……得加点儿料……母亲说，一只耗子，加什么料？小孩子家捎带着养活就行了。二娘说，吃不下了……我的寿数怕已经到了，这辈子命中该吃的饭已经够数了……母亲和刘妈听了就哭。二娘从此常常昏睡不醒，神志也渐渐恍惚，有时我趴在她的床前跟她说话，她也浑然不觉。

二

一个雨水绵绵的早晨，我在后花园的亭子里摆弄我的小布人儿。那小布人儿是母亲为我缝制的，肚子、胳膊和腿里塞的都是旧棉花，直挺挺的不能打弯。小布人儿的脸是老三给我画的，他说是照着他媳妇静蕴相片上的脸画的，所以我的小布人儿有一张死人的脸。我的小布人儿眼睛很大很圆，白眼珠多黑眼珠少，鼻子是两个小墨点，嘴是铅笔头蘸了红印泥点上去的，怪诞得有点儿像八月十五供的兔儿爷。我把小布人儿看作我的孩子。用手绢把它包裹起来抱在怀里哄着，给它唱“小耗子上灯台，偷油吃下不来”。唱归唱，只要我一看见那张脸心里就别扭，不知它究竟是我的孩子还是老三的媳妇。

那天早晨的雨下得极没有名堂，我进亭子时太阳还在房脊上探头探脑地瞅我，转眼就成了雨，雨水顺着亭角淌下，流成了一条线，整个园子里都弥漫着烟雾一样的雨气。我怀里的“孩子”忽然变作了舜镇的媳妇，它挤眉弄眼地看着我，这使我害怕，我就一下子把它扔到雨地里，让冷雨去浇它。此时，我极希望母亲来接我，把我从这雨水围困的亭子里，从舜镇媳妇的搅扰下救出去。但母亲没有来，周围只是单调而枯燥的雨声。我陡然感到寂寞无比，且觉心空如洗，便一动不动地坐在亭子的地上，犹如老僧入定了。

这一定，就定了许久。后来我看见刘妈打着雨伞来到后花园，东张西望地看了半天。我料定她是来找我的，因为已经入定，便懒得搭理她，单等着她找到我。孰料刘妈并没有找我的意思，她在假山那儿站了一会儿，便径直向园东的小角门走去……

小角门通向邻家的后花园，邻家过去是袁世凯的管家沈致善的产业。沈致善在袁家极得信任，所管的是账房、房产，包括置办姨太太和丫头诸多事务。我们家是二号，他们家是一号，彼此紧紧相连。论宅门儿，他们家的大门是黑的，没有高台阶，门与院墙相齐，有种克勤克俭的谦恭；我们家的门是红的，有高台阶，有上马石，大门闪进半间屋子，给人一种退后半步，引而不发的威严。刘妈说，大街门往里闪得越深，级别越高，那些小家小户的谁敢把大门往里盖？就是隔壁沈家，有钱怎么着？有钱也不行。我对街门的深浅没兴趣，所感兴趣的是后头的园子，论街门沈家没我们家气派，但论园子我们家却比人家差远了。沈家的园子里不唯有假山，还有木头的小楼，有鱼池，池上有石头桥，最可贵的是东墙槐树上还拴着一架秋千，随风荡呀荡的，极吸引人。

两家后花园留此门相通，缘起于我的大爷。那位大爷用祖母的话说是个不肖之子，他为袁世凯干事，跟隔壁的沈致善拜过把兄弟，为此清廷对我们家很有看法。皇太后隆裕曾把我的祖父叫进宫去，当面训斥，让我的祖父下不来台。回来后自愧教子无方，再不见人，说丢不起这面子。祖父去世前，就传授爵位之事上书宗人府，言传贤不传长，请朝廷将将军封号赐给四子，即我的父亲。大爷对祖父的做法毫不理会，依旧我行我素，与沈致善频频接触。后花园特意留的这个小角门为的是时常走动，往来方便。袁世凯称帝时大爷竟然还“荣获”了洪宪帝的“文虎勋章”，这一来就把祖母气死了。刘妈常说，这个小门是个祸害，没有它老太太不会死，二格格也不会出走，应该堵了才是。话是这么说，却迟迟没见行动，只是门上加了一把锁，长年不开，使得我打生下来就没机会到东边园子里去游玩过。

现在刘妈竟然冒着雨将小门打开，神出鬼没地到那边去了，不知搞的什么名堂。我满怀期待地等在亭子里，浮想联翩。我想，接下来该像戏文里演的那样，刘妈引进一个年轻美貌的落难公子，下面该是小姐花园赠金……只是这小姐，这小姐该是我呀……我的心开始咚咚跳起来，脸也憋得通红，想那公子来到亭中我当如何答对，没钱相赠，让刘妈去偷两个鼻烟壶倒是上好之策……

我正云山雾罩地想入非非、“芳心”大乱时，只见刘妈领着一个妇人和一个男孩偷偷摸摸地由角门进来了。那妇人用伞遮着脸，罩护着孩子，蹑手蹑脚地随在刘妈身后，奔西跨院去了，看来是冲着二娘屋去的。如果当时我知道随刘妈而来的是二格格舜锢，我一定会不顾雨幕，跟过去看个究竟，一睹美人之风采，以偿昔日之夙愿。可惜并没人给我介绍，这一错过竟与二格格失之交臂，终生不得相认。

过了一会儿，那个男孩子不堪寂寞，冒着雨跑到园子里来了，他先围着假山转了一圈，又蹲下来摸了摸梅树下湿漉漉的石凳，终于寻寻觅觅地朝凉亭走来。

我冲他喊，呔，你是谁？他发现了我，想躲，露出一副极心虚的神态。

我说，你过来！

他犹豫了一下，终归还是过来了。

看年龄，他比我大不了两三岁，穿的却是西服，质地不错，脚上是一双在当时尚不多见的小皮鞋。只那双小皮鞋便让我嫉妒，那是我从未穿过的东西。我只穿母亲做的红鞋，有时上面绣两只蝙蝠，有时绣两只小老鼠，布鞋与皮鞋相比，在气势上差得太远，所以我也不得不在语调上放缓和了些。

我问他是谁，他说他叫沈继祖。

我问，沈继祖是谁？

他显得有些不自在，似乎启齿艰难，突然话锋一转：我知道你是谁，你是耗子丫丫。

呸，耗子丫丫是你叫的吗?！我很恼，同时对他脚下皮鞋的崇拜之情也荡然无存。我说，你从哪儿来的？看你偷偷摸摸像个贼！他说他不是贼。我说，不是贼为什么不走正道，要溜后门儿？他一时语塞，翻着眼答不出话来，最后嗫嚅着说，我们家住西城……我们家有钱，不是贼……我想起刘妈的话，便说，你们家有钱，你们家的街门能退后半间，还有上马石吗？他想了想说他们家压根儿没有大街门。我说，没街门难道你们家院子连着大街？他说他们家的门是铁栅栏，站在院里就可以看见大街，站在他们家二楼阳台上也能看见大街。能看见大街的门让我向往又嫉妒，特别是还有什么二楼阳台，我们家若有，我就大可不必发愁因为贪恋街上的景致而被老三抓小鸡一样抓回来了。

对方看出我的神情，马上讨好地说，你们的院子大，树也很多，这些我们家没有。我说，当然，我们过去是皇上的亲戚呢，我爸爸还当过大将军……问及对方的爸爸，他有些闪烁其词，不做正面回答，后来被我逼问急了，才说，我妈不让说。我问他妈妈是谁，他说，老家儿的名讳不是小辈儿能叫的。我说，你总得有个来头儿吧，难道是从天上掉下来的？他说他应该管我叫小姨，他妈说过，金家的耗子丫丫是他小姨。

有人管我叫姨我当然很高兴，就想端出姨的派头。这时听见西跨院一阵吵嚷，是二娘的声音，声音很尖，也很高，我甚至怀疑病得连神志也不太清楚的二娘何以能发出这样大的声响，接着是东西摔在地上的声音和刘妈劝慰的声音。沈继祖也听到了这些，他的脸变得很苍白，显出一种由衷的恐惧与自卑，抱住亭柱惶惶地朝西跨院看，那副战战兢兢的神态让人可怜。我正想安慰他，却见刘妈打着伞匆匆跑过来对沈继祖说，大少爷快跟你妈走吧，二太太的痰上来了。

沈继祖一句话不说，赶紧跟刘妈走了。

我在后头喊，喂，你还来不来？

沈继祖连头也没回。

我追到西跨院时，只见那妇人正跪在雨地里泪流满面地向二娘的窗户磕头。妇人的衣服沾透了泥水，好像她已经完全不在乎了，只将头一下一下在地上点着，做得一丝不苟，这使我觉得她的礼行得认真而重要。磕完头，妇人抽抽泣泣地拉起她的儿子走出门去，沈继祖脚上那双小皮鞋，也毫无顾忌地踩在水洼中……

来到二娘房里，我看见刘妈正在给二娘摩挲胸口。二娘脸色青紫，艰难地大口喘着气。屋内地上，除了碎了的药碗以外，还扬撒了不少票子。我的母亲也在跟前，给二娘一勺一勺地喂白糖水。二娘喝了几口，情景好些了才说，一个冰神玉骨的女儿，即使嫁个讨饭的花子也不屈其倾城之貌，配此下流，实在污了世家名声，偏又在这个时候来寒碜我……她是成心要我死……母亲说，二格格也是一片孝心，知道家里钱紧，给您送过些来，也是做女儿的本分。您这么不给她脸，让她在孩子跟前怎样做人？二娘说，她怎样做人是她的事，她的儿子沈继祖继的是沈家的祖，与金家没关系。刘妈说，您怎么知道他不继金家……

我这才知道刚才来的是二格格，便很后悔没有多看她几眼，活生生让个美人从眼皮底下跑了。二娘将金家的姑爷，也就是沈继祖的父亲归于“下流”，也给我留下了深刻印象。难怪沈继祖在我跟前不愿说他的父亲是谁，原来他的父亲是属于“下流”的，连讨饭的花子也不如。后来我几次仔细回忆二格格的面容，似乎除了满面泪痕之外就是那件跪在雨水里的湿袍子，再无其他。

二娘死了，将消息设法告诉了在外头的父亲，父亲因为战事相隔，滞留在西北，没有赶回来，办丧事时我也没再见到二格格。

办完丧事，刘妈打点行李准备回安徽老家去，老三送了她一枚金镶珠石云蝠帽饰，以慰其几十年在金家的辛苦操劳。这枚帽饰是慈禧赏给我祖母的物件，金色蝙蝠的头与尾各嵌了一颗圆而大的东珠。

这种珠子产在东北乌拉宁古塔的诸河中，采珠者于清水急流处采捞，百余蚌不见有一珠，得来十分不易。有珠的蚌要用纸包封，送至总管处，由将军与总管共同挑送。不足一分重，不够光亮圆润的仍然投入河中，以示严禁不敢自私。故清朝宫廷中使用的东珠粒粒是大而圆，没有皱皮的。以分量而定品级，不是皇亲显贵，没有资格佩戴东珠。亲王朝冠饰东珠九颗，郡王八颗，镇国公五颗，我祖父可戴四颗，祖母亦有诰封，也戴四颗。这帽饰原是镶在祖母朝冠上的一对，祖母去世时给了大娘、二娘一人一枚，老三拿他母亲的遗物转赠刘妈，足见对刘妈的看重。刘妈自然知道珠子的价值，死活不敢接，说蓬门小户，兜不住这么大的福分，遮不住宝物的光彩。既是二娘的东西还是给二格格留着吧，她不能要。

老三听刘妈又提起二格格，转身拂袖而去。临出门扔下一句话，她不来我娘也死不了！

屋里只丢下刘妈拿着帽饰站在那里发呆。她猛抬头，见我在桌前趴着，便说，我怎么能要这个？这不该是我的东西，拿回刘家，它得把我们压死。我说那么个小玩意儿怎能压死人。刘妈说她命薄，有了这个只能招祸……刘妈在房里转了几个圈，后来就用盒子把那亮闪闪的东西收了，对我说她不能拂了老三的面子。我说，那你就快带走吧。刘妈说，你以为我真敢带走？

三

时过境迁，我没想到四十余年后在电视剧拍摄现场，以这种方式与沈继祖再次相见。彼此都已有了一把年纪，再不是穿红布鞋与小皮鞋的孩子了，双方见面都有隔世之感。我向沈继祖的脚上望去，那双脚上已经没有什么小皮鞋，取而代之的是一双沾满黄泥的高鞡儿雨靴，靴上关键之处还像自行车带一样，贴着黄色的补丁。一条皱巴巴的裤子进进出出地塞在靴内，拖泥带水，显得零乱又匆忙。

演员们围过来，是为来人地道娴熟的满族请安姿势所吸引。这个剧需要请安的地方不少，但能将这个动作做得准确又自然的却没有一人。大多演员受了舞台与电影表演程式的影响，动作夸张又草率，别别扭扭的，如同没揉好的面。眼前突然出现了这样一个活样板，自然是请教的好机会，但是，沈继祖右臂上的黑纱阻止了他们，他们只好保持距离地站在那里，伺机再睹满人请安。

我说，真难为你了，还能记得请安。他说他母亲从小就告诉他，无论什么时候见了金家的长辈都要按旗人的规矩行礼，使金家上下的人都知道，金家的外孙是有教养、懂规矩的良家子弟。我说，眼下民国都过去快五十年了，谁还讲这些老礼儿。沈继祖说他母亲的礼教极严，一向教育子孙们以敦厚谦让为处世美德，以爱家爱国为立身根本，他们兄妹几人不敢不听母亲的教诲。我问沈继祖何以能找到这里。他说是他母亲在病榻上看报纸的影视报道中有我的名字，便料定“金舜铭”是金家没见过面的七妹妹无疑。我说既然如此，为什么早不来找我？沈继祖说他母亲不让。我没料到，二格格与金家的隔阂有这样深，竟牵扯到了我这毫不相关的人。我说，其实我是见过你母亲的，那年也是下雨……沈继祖大概也回忆起了当时的情景，有些窘，说，是的……是我母亲没有注意到您罢了。我问二格格现在何处，沈继祖说就停在家里，灵堂已布置好，他的两个妹妹和妹夫们在守护着。又说，他想，母亲毕竟是金家姑奶奶，去世以后如果有娘家人来送行，一定死可瞑目，否则一块心病老不得解。我说，二格格去了，这是件大事儿，我今夜陪你们去守灵，去之前得先告诉你的三舅舜锜一声。孰料，一提老三，沈继祖竟是一脸惊恐。他说，您千万别让舅舅来，我母亲说过，至死也不见舅舅，我不能背了您的意思。我说，人都殁了，那些恩恩怨怨也该结了，还要闹到什么时候呢？沈继祖还是劝我让舜锜不要来，不让金家在世的任何舅舅来，说免得让他母亲难堪。

这个沈继祖真是迂得可以。

沈继祖把家里的地址写给我就告辞了，我将他送到门外，替他拦了辆出租，他死活不坐，说还要到崇文门去买鲜花，他母亲硬朗时常去那里买花，那里有黄土岗的直销花店，在同仁医院对面。我说黄土岗的花店好像早没了，他说那也去看看，他母亲爱那儿的花。

我想，这个沈继祖迂虽迂，却是个感情细腻的孝子，眼下这样的儿子不多了。

沈继祖撑开伞走了。我看见那张黑布伞已褪了色，还有针线的痕迹，也看见他衣服的袖口被磨秃了边，那冒雨而行的步履已显出老态，与穿着西装皮鞋、在亭子里向我诉说“我们家有钱……”的沈继祖相比，此沈继祖已非彼沈继祖矣……

等沈继祖消失在人群中，我才想起竟忘了问他本人的情况，是啊，该问的太多，太多。

出了这样的事，导演只好准假。演职员们乐得清闲，家在北京的都回去了，外地的也相约了去逛商店，偌大拍摄场地只剩了我和导演两个人。

导演用手叉着腰站在窗前看下雨，嘴里嘟嘟囔囔地抱怨开机那天没烧香，活该有此天劫。又说这大宅院的煞气太重，以后他再也不拍这样不瘟不火的戏了，要拍就拍武打片，火爆痛快，没有对话，拍不下去了就拉出几个来打一场……我说，你也不要说那样的话，干什么都有突发事件。大伙儿连着干了一个月，也该歇歇了，下雨未必就是坏事。导演说，你不管钱，自然不知经费的紧张，我现在是五内俱焚，一筹莫展。我说，你也别急，不就是几句词儿吗，今天晚上我把它弄出来，不误你明天早上的戏。导演说，今天晚上你不是去奔丧吗？我说，我搞不了不会托人吗？我的侄子是戏剧学院戏文系毕业的，我把大概情节一讲，他怎么也给你凑出来了。导演听了很高兴，问我的侄子是谁，我说是金昶。导演说他听说过这个名字，金昶写过不少戏，就催我快些回家去找金昶。

老三现在住在亚运村的高级公寓里，两个单元打通，曲里拐弯，房子不少，光厕所就有三个。所以我虽去过几次，终归也没闹清他家到底住了几间房。

几年前老三和他的儿子、媳妇挤在干面胡同的单位宿舍里，两室一厅，五十六平方米，祖孙三代，也是甚不方便，闹哄哄的让人静不下心来。自打舜镇再娶以后，搬出了戏楼胡同的旧宅，跟家里的联系就少了，后来又有了儿子有了孙子，一年也难得见上一面。

那一年他添了孙子，我正巧也在北京，便去看他。干面胡同那个小小的单元里满满当当堆的全是书，他和他的老伴儿蜗居在北边小屋，将南面大房腾给正坐月子的儿媳住。我的到来自然使舜錤很高兴，他张罗着要请我去东来顺吃涮羊肉，我说随便吃点儿什么都行。老三说大老远回来了，不吃点儿京城风味怎算回了家……老三越热情，其夫人越冷淡，话里话外地说在外头吃不如家里吃舒服、卫生，家里什么都是现成的，也不费什么事儿……后续的三嫂从家世到本人自然与商业无半点瓜葛，其父是中学教员，本人是文化馆的干部。小门小户出身有着小门小户的精细，不似金家子弟，动辄便是东来顺、萃华楼。老三仍坚持要去东来顺，嫂子劝阻不住，索性摊牌说，去东来顺四五个人没四百块下不来，有这四百块买回东西自己弄比什么不强，怎么净想着花那冤枉钱？老三说，下馆子有下馆子的气氛，我请舜铭吃东来顺的涮锅子，吃的就是这名气，就是这陈旧。老阿玛在的时候隔三岔五领着我们俩去东来顺，他并没带着我们上干面胡同的您这儿吃什么家常菜来。三嫂对我说，听听，你这个哥哥说话多噎人。我跟他一块儿过受了他多少气，想必你想得来。我说，三哥是心疼嫂子，怕嫂子受累。老三说，我怕谁受累也不怕她受累，她一天到晚小账算得精确到小数点以后几位。有天晚上十二点了还不睡，说是有笔账没对上，硬把我从被窝里拽出来帮她查账，查来查去，是忘了记一包甜面酱……

老三的话带有幽默成分在其中，但三嫂的脸面似乎有些挂不住了，说，谁能比得了你们金家，拿着玛瑙当抓子儿耍，各个儿都是不识柴米价儿的公子哥儿。眼下咱们都是拿干薪水的，你就知道东来顺锅子好吃，可知道咱们月月的亏空是多少？这一说舜錤有点儿蔫儿，搭讪着说，又不是老去吃……我见状赶紧说去东来顺由我做东，又掏出五百元钱塞给嫂子，说是给刚出世的小侄孙的。三嫂哪里肯要，使劲推让，说她之所以说那些话是看姑爸爸不是外人，没别的意思。我说不是外人就更不用客气了。三嫂就把钱收了，说，客还是由你三哥请，哪儿有回北京了还让你掏钱的道理！

正说着，有文物部门来人，给老三送来六百元酬金，说是三百元是鉴定费，三百元是误餐补贴和车马费。老三说，不就是鉴定一个鼻烟壶嘛，是不是古月轩的上眼一看便一目了然，一两句话的事儿，怎还收钱！管文物的人说，搁您是一目了然的事儿，搁咱们就是一辈子钻不完的学问。知识也是财富，以前体现不出这一点，现在社会发展了，应该给知识以应有的价值体现。

老三还是不收，金昶就由屋里出来劝他爸爸把钱收下。舜镇把脸转向我，我说该收，劳动所得，理所当然。老三听了摇头，说他想不通。文物部门的人见状，就把钱交给金昶，让金昶代他父亲签了字。管文物的人走了以后，老三还为那钱犹豫，认为这钱收得不合适。金昶说，合适不合适不再细论，咱们就用它去东来顺请姑爸爸，都吃进肚了，眼不见心不想了。

大家都说好，一行人就奔了东来顺，六百块钱吃得很是舒畅。席间，老三用筷子由沸汤里捞出一箸颤巍巍的嫩羊肉，却忽然问我，你说那钱咱真该收？我被芝麻烧饼噎得说不出话，只好点点头。老三说，那些玩物丧志的本事竟也成了知识，可以用来换钱，认可了一个古月轩的鼻烟壶就换来这顿涮羊肉，我怎么觉得这里头有股商人的味道？三嫂说，什么商人？这叫知识产权，你本人就是个专利，文物鉴定的专利。金家几十年上百年拿家底儿才培养出了你这么一个宝贝，那价值自然是不低的。六百块钱算什么？为了你这知识，金家成千上万的六百都出去了。三嫂的议论很奇特，也很新颖，我听了直想笑。金昶说，爸，您的思想得跟得上时代发展，按劳取酬，无可非议，您不要有什么不安。我们文艺界，请人审片给审片费，请人审稿要给审读费。更何况您这文物鉴定，一句话定真假的事儿，不是谁都能断得了的。老三听了没说什么，直将那筷子羊肉蘸满了韭菜花、芝麻酱填进嘴里去了。

这两年老三手头似乎宽裕了不少，在亚运村购了房，还装修了一番。用金昶的话说是，老佛爷睁眼了，我爸爸睡醒了。

这天我进门的时候，老三的确刚刚睡起，正坐在书房窗前喝茶。书房西墙的紫檀多宝槅上摆满了铜的、瓷的、漆的、玉的玩意儿。这些东西多不是我家旧物，是老三的儿子金昶从各处搜罗来的，真真假假，假假真真，让人说不清楚。老三身后的一幅中堂"老去无端玩古董，闲来随分种胡麻"，倒是完完全全的真，那是民国时期父亲的挚友，中国史学家、古玩专家邓之诚送给父亲的。不知怎的，又被老三拾掇出来挂上了。见我进来，老三说，秋高气爽的北京，怎么会下起雨来了呢？这雨下得悲悲切切，跟程砚秋唱的《荒山泪》似的，让人听着心里发紧。我说，现在全世界气候都反常了，谁也说不准什么时候该下雨什么时候不该下雨。老三说，住东城四合院的时候，下雨坐在亭子里听雨那是件乐事儿，现在是什么也听不着了。

想起舜镅去世的事，我无心谈论下雨，更不知如何向他开口，毕竟是手足，又是一母同胞，不似我，还隔着一层。

厅里，他的孙子在哭闹，三嫂在百般哄劝抚慰。老三皱了皱眉说，现在的孩子，惯得没了形儿，咱们小时候哪敢这样！我说，兄弟姐妹当中，最各色的怕就是我和二姐姐了。老三说，你还罢了，舜镅倒是个逆时悖流的人物。平心而论，她这辈子坎坷颠踬，也是十分的不易。

我想，孔怀之亲，怜恤之情，人皆有之。长痛不如短痛，直截了当把事挑明了或许更好。便说，三哥，今天二姐姐的儿子来找过我，说她妈今天上午殁了。老三听了这话，手一抖，杯中的茶水泼洒在身上。我赶忙找布擦，老三挥挥手，接下来便靠在椅子上，许久没有说话，那嘴唇却在急剧地颤抖，切肤之痛已将他击中，使他难以自持。一霎时，我感到眼前白发苍苍的三哥舜锳，亦如婴儿般软弱了。过了一会儿，老三无力地说，我早知道会有今天……命也如斯，难为她上路的时刻，偏还要受到这般风雨欺凌……

我告诉老三今天晚上我要过去为舜镅守灵。原以为他会不顾一切地跟我过去，以作兄妹的最后诀别。不料老三却说，你代我给她上两炷香，就说这些年……我……还惦记着她……我说，您不自个儿过去？老三摇摇头，那眼里分明有泪光在闪烁。我说，多少年了啊，连香港都回归了，何况一个二格格？时过境迁，回想前尘，不如一笑，何必那么认真？舜锳说，有些事儿你不懂，有些心态亦非言语能道出。往事无迹，聚散匆匆，泪眼将描易，愁肠写出难，不说也罢。

我不好再勉强，想到继祖说他母亲不让老三去的话，真闹不清一对至死也不相见的亲兄妹究竟是为了什么如此绝情。老人，趋向衰老的人大多有着怪癖的、让常人难以理解的捉摸不定的性格。过了春天，过了秋天，过了整整的五十多年了啊，无数的心思都消磨尽了，唯独这夙怨，怎的却愈积愈深了呢？我在金家兄妹中虽是老小，也已过知天命之年，路也走得不少了，眼也见得不少了，却怎的就看不透这一步？

老三说，世态炎凉，年华逝去，置身于市井之中，终难驱除自己身上沾染的俗气；然而厌恶俗气的同时又惊异于以往的古板守旧，苛求别人的同时又在放松着自己。检束身心，读书明理已离我远去，表面看来，我是愈老愈随和，实则是愈老愈泄气。我自己将自己的观念一一打破，无异于一口一口咬噬自己的心，心吃完了，就剩下了麻木……

我站在那里揣摩老三的话，闹不懂什么意思。

这时，金昶的儿子端着“机关枪”踢开门冲进屋来，向着四周一通儿猛“扫”，勒令老三和我做出中弹状态。老三乖巧而熟练地将头歪向一边，双手无力地垂下。看来这个动作他已做过无数次了，逼真得天衣无缝。望着他脸上条条的纹路与老人斑，我由心底产生出一种深深的怜悯和无奈，心中感叹，莫非这就是中国人推崇向往的含饴弄孙之佳境？

不解。

小崽子因为我的“不死”而恼怒，将枪掷出多远，一屁股坐在地上，全身扭动，撒泼耍赖。这种泼皮举动令人厌恶，我大吼一声：滚出去！一脚把枪踢出门外，整整一天的积郁都发泄在这一声吼上，竟震得墙上的挂轴哗哗直颤。

大概家中还没有谁这样对待过他，小崽子一愣，哭喊戛然而止，瞪着一双惊恐的眼睛不知所措地望望我又望望他的祖父。我以为老三会说什么，他却还歪在那里装死。我想，我当耗子丫丫那会儿他何曾对我这样过？若能以对孙子宽容之心的十分之一来宽容舜锢，也不会是这种结局。这倒真应了明朝学者宋懋澄的禅语：“树外有天，天不限树，人竟不能于树外见天，以为天尽于树。”老三纵然读书万卷，学富五车，终未能跳出个人局限。满腹伦理为“机关枪”扫尽，实在是悲哀得很了。

三嫂进来将她的孙子抱走，对我的不满是显而易见的，在厨房里对她的媳妇说把孩子吓着了，连哭也不会了。

我再看“死去”的舜铒，闭眼斜靠在椅上仍无动静，只是一行清泪已由眼角溢出，正顺着脸颊缓缓下淌……

信息已经转达到，再没待下去的必要，天黑前我必须赶到城西的二格格家。我对老三说，要是没什么事儿我就去沈家了。老三正要说什么，金昶领着一个人进来了，说来者是某文物店的经理，让父亲帮着鉴定两件玉器。老三只好让我等一下，说他待会儿还有事交代，说罢接过来人递上的两个锦匣。

我于古玩是外行，但以外行的眼光仍能看出来者掏出的是罕见之物。这是两块年代久远的古玉，一为玉璧，一为璜形玉佩。老三取过放大镜仔细查看玉的质地，又在灯前反复透照，说倒是有些年头的物件，接着又问来路。经理说，玉璧系陕西咸阳汉墓出土，走的是暗道儿，不作公开亮相；玉佩乃一广东大款在北京潘家园旧货文物市场购得，说是北宋时期陪葬，为清末古玩家吴大澂所收藏。老三就问金昶的看法如何。金昶说他看两件都是真的，无论是玉璧还是玉佩，从玉质、器型、纹饰、工艺诸方面都与时代特点相符。璧为水苍玉，有龙纹，阴刻细线，有跳刀，这是汉玉的重要标志。至于吴大澂曾收藏过的璜形玉佩，佩上的龙形头窄长，嘴的上下唇薄，眼细长，发向后飘，爪似鸡爪，具有典型宋朝风格。加之佩上“土月流”的暗坎儿，更证实了清朝玉器行鉴定的准确。这点现今一般造假也是造不出来的，说是吴大澂的收藏大致无误。最主要的是两件玉器均系出土文物，来自棺木。凡玉在土中，五百年体松受沁，故入土重出之玉无有不沾染颜色者。玉璧葬于陕西，西土者，燥土也，玉受土沁，颜色发黄，是为间黄；玉佩随尸而葬，浸泡尸血之中，故颜色发赤，是为枣皮红，乃血沁……

我对学戏剧出身的金昶不能不刮目相看了，这些娴熟老到的文物鉴定功夫绝非一日能及。金昶如若活在我父亲或是他父亲时代的金家，那足足是个赛过吴大澂、邓之诚的人物，就连那个在琉璃厂开古玩铺的沈继祖的父亲沈瑞方，也是望尘莫及的。经理对金昶的鉴定表示出由衷的钦佩，赞赏说若非天潢贵胄、见过世面的世家子弟，断不能有此见识，但终归还是要听听老爷子的，以老爷子的判断为准。

老三将两件文物审视许久，才不紧不慢地说道，古玩这东西伴随而生的是文化，中国几十代人的精神，几千年的历史都在这小小的物件里包含着。三代鼎彝、汉玉佩件、秦砖汉瓦、象牙雕刻，哪一件玩意儿都跟人牵连着。古代邯郸大道，为贵族豪俊所标题；咸阳北坂，乃诸侯子女所麇集。就拿这件玉璧来说，出于咸阳古墓，当产于新疆和田。和田玉又称软玉，质地细密，色泽温润。汉人张骞通西域后，和田玉大量进入中原，集于长安、咸阳，为豪门权贵所喜爱、收藏。所以彼时玉璧，多为和田产。而此玉璧玉质较硬，质地近乎大理石，虽与某些汉朝玉器质地近似，但黄中泛青，终有差距，非出于新疆和田，实出于陕西蓝田。

经理急切地说，出于蓝田又怎么样？

金昶说，您听我爸爸说。

老三说，宋应星《天工开物》曾说“所谓蓝田，即葱岭出玉之别名。而后也误以为西安之蓝田”，其实错了，陕西蓝田开采玉矿也是近几年才有的事儿，推不到汉朝去。今日蓝田之玉，青中泛绿，有条纹，无透明感，质硬而不易雕琢……经理听了沉不住气说，以您这意思，这块璧是当代人用蓝田玉仿造的？舜锟并不理会经理，继续说，以前我父亲收藏过一块湖北云梦大坟头出土的汉朝玉璧，南方水多，璧边已沁成鸡骨白色，那质地与这个是绝不相同的。金昶说，这个璧是土沁，璧边发黄是自然的。老三说，土沁作假最易，用油炸、用火烤均可达到目的。最简便的办法是用雪茄水浸泡，使玉有沁，并使颜色透入玉理，与真色无异。但老天有眼，今日外面天色阴霾，雨水淅沥，这种天气，是识别假沁的最好时机。凡是假造的，天气阴雨时均颜色鲜艳，如染色花布遇水一般；真的则较为黯淡，无悬浮之色，旧北京玉器行专有“雨天辨玉”一说。以前门外门框胡同为总汇之地，逢有雨天，人们常将难以断决之玉送去辨真伪，我曾跟随家父去看过。

经理说，听了您的话我直冒冷汗，几万块钱，差点儿白白地扔出去上了别人的当。

金昶便有些得意，说，要不怎么是老爷子呢！这本事也是卖自家的东西卖出来的。金昶的话说得甚不受听，老三颇有不快。经理又拉住老三让鉴定玉佩的真假，老三恼恼地说，西贝！经理问“西贝”是什么。金昶说，西贝就是赝品，老北京古玩界的行话。经理指着玉佩说，假的？不可能！这可是吴大澂收藏过的有血沁的玉佩，不是陕西农民刚刨出来的“出土文物”。金昶就朝他父亲看，老三说，有“土月流”暗坎儿，标明了当时它百二十两银的价格，所以出于吴大澂的收藏也不会假。北京素称首善之区，辇毂之下珍宝多如牛毛，但焉知那个时代的人就不会造假？清朝宫廷玉器制造专门有道“烧古”工艺，乾隆年间的一批仿古玉，不是题款，谁也辨不出是假货。这个佩上的血沁，干涩浮躁，非人血所浸。尸血阴冷污浊，沁出的颜色温静晦暗，这玉佩的血沁乃前人假做，将佩件植入活羊腿中，用线缝好，三五年取出，使玉上有血丝沁入，冒充传世古玉，人将此法所得之玉称为“羊玉”。你们用放大镜看那血丝，多浮于玉的中上层，深浸者少，没有千百年以上尸血所浸埋的效果。金昶与经理两个人看了，都说极是。经理感叹地说今日算见识了高人，这才叫明察秋毫，他是彻底服了……

经理离去时在桌上不动声色地留了两个信封，是那两件文物的鉴定费。我便知道，老三这一切都不是白干的。问题是别人收这钱不足为怪，老三收这钱倒是给人以“进步太快了”的感觉。

三嫂将钱飞快地收起，大概是拿到哪个房间点数去了。老三见我坐在那里发呆，便解释说，退休了，常有人找上门来，闲着也是闲着。我说，挣点儿外快是好事儿，三哥的思想也很开放了。老三的脸就有些红。后来，他取出一个盒子给我，让我给沈家带去，说这是舜锢的物件，让舜锢带走吧。我打开一看，竟是当年他送给刘妈的那枚金镶珠石云蝠帽饰。老三看到我疑惑的神态，便说，本是给了刘妈，刘妈走时硬留了下来，说还是舜镅承继是正理儿，毕竟是她母亲的东西。我想，刘妈到底没拿，果然是个仁义之人。遂将帽饰由盒内取出，手上竟沉甸甸地重。金质的蝙蝠熠熠生辉，两颗大东珠晶莹润泽，蝠翅上嵌的蓝珐琅色泽鲜艳，蝠身的毛羽细致精巧，非是宫廷作坊做不出这样巧夺天工的活计。我知道，家中旧存的古玩字画，在长年的生计贴补中已所剩无多，“文革”一场浩劫更将一切扫荡得干净又彻底，连仅存的两把硬木机凳也算作“封资修”在一片火光中化为灰烬。老三能将此帽饰保存下来，足见其心思之深远。他是担着风险为舜镅而保存的，可见二格格在他心底的位置是无人能替代的。

金昶送人回来，听说他父亲要把这枚帽饰给舜镅送过去，脸上有不满之色。舜镆说，这东西不是我的，是你祖母留给你二姑爸爸的。金昶说，他们家的人都不来要，您还上赶着给送，真是服务到家了。我告诉了金昶二格格已去世的消息。金昶说，那就更用不着再送过去了，我二姑爸爸三个孩子，都是啃死工资的穷酸，为这件宝贝还不知道怎么打呢！这也是咱们金家老祖先留下来的最后一点念想了，白白送给姓沈的不合适。老三说他母亲活着时候提过，这件东西给二格格，今天趁着机会，把它送过去是正理儿。金昶就说他父亲空守着一句许诺未免太傻。

舜镆不理他，坚持让我将东西带走。我在门廊一边穿衣服一边跟金昶说了请他为电视剧补一场台词的事，原想他会答应，不料竟遭到一口拒绝。金昶说他自从下海在东华门开了文物商店以后，已有三四年没做文字工作了。经商与写戏，完全是两种心态，他不可能在一个晚上就转换过来。所以，他犯不着为别人戏里的几句词儿花那么大精神费那么大工夫。我说，怎么会是为别人？你是在帮我，你的亲姑姑！再说，剧组也会给报酬的。金昶说他不稀罕那点儿酬劳，他只要卖出一件仿耀州古窑的瓷器去就能赚几千，比坐那儿憋戏词儿容易多了。我说，金昶你真是钱迷心窍了。金昶说，没钱是万万不能的，金家连老爷子都开窍了，您怎么还在犯迷糊？这时我听见三嫂小声嘟囔着什么，老三在里间对他老伴儿说：以后叫他别把这不三不四的人往我这儿领，掉我的价儿！

金昶对我说，听见没有，老爷子不高兴了。为什么，知道吗？我说，不知道。金昶说，老爷子嫌钱给得少了。金昶又说，您真以为刚才那两件玉是假的？我说，难道还是真的？金昶点点头，小声说，货真价实地真！老爷子故意把它说成假的，价儿就压下来了，出手的卖不上价儿去，急着抛出，就由我来收购，以假价买真货。姑爸爸，您说这样的买卖不赚什么赚？古人说衣食足而知礼仪，这话不假，“穷且益坚”只能过瘾，“富且益奸”才能生存。

……我感到脚下的地在朝下陷，一种轰塌的感觉使我站立不稳。我用手扶住墙壁问金昶是不是地震了，金昶看了看头顶的灯，说没有。

四

我终于看到了沈继祖四十余年前说过的与墙一般齐的铁栅栏门。那门已经长满红锈，歪歪斜斜的，向一切来人诉说着它的沧桑。这栋小楼搁三四十年代或许还很摩登，但在今日足已显出它的过时与破败，特别是在这潇潇的秋雨中，更透露着它的潦倒与难耐的恓惶。愁暗的雨把院中的衰草打湿，枯败的树叶随着风在摇曳，尚未进门，我的心便已开始僵冷。秋雨中，我仿佛看见一个踌躇的妇人，看见她苍白的脸和酸痛的泪，看见她在满是泥水的地上缓缓地跪下去，跪下去……那是我的二姐舜镅。她在低泣，在申诉着一生屈辱的悲苦和有家不能归的酸辛……我打了一个寒噤，细看院中，却只有风和雨，湿冷之气似乎穿透衣服浸到皮肤上来了。我快步朝小楼走去，沈继祖和他的两个妹妹已迎在台阶上了。

两个女人已呈半老状态，见了我也请安，接着便捂住嘴哭。沈继祖低声说了什么，她们便强忍住悲痛，肩部猛烈地抽搐着。我拉住她们的手，她们也拉住我的手，彼此感到有情感在传递。一个说她是第一次见到母亲的姐妹，没想到竟这样年轻。一个说是亲戚却老没走动过，想想是她们做小辈儿的错。我随着沈继祖上楼，木梯已朽，发出吱吱呀呀的声音，让人的心随之发颤。

来到了卧室，我见到了睡在床上的二格格。从那次雨中相见至今，四十七年过去了。四十七年的时光她在我的记忆中是一片空白，只缩短为昨天和今天。灵床上那安然躺着的老妇人便是在雨中向着二娘窗户叩首的小媳妇，是我不曾细看的美人。这个美人在冷漠、凄伤中，在企图得到金家人谅解、接纳的等待中，默咽着人间的苦酒，一步一步走向无穷，那沉默的躯体里，容忍含蓄着人间的苦痛。这苦痛使我害怕，使我难以承受由灵床而腾起的、一下子向我逼压过来的怨气。我叫了一声“二姐！”热泪便夺眶而出……

老妇人一动不动地躺着，仍旧是一脸冷漠。

我将金镶珠石云蝠帽饰放在舜镅的枕边。金的闪烁与她凄冷的脸显出了明显的不协调，我说是舜镁让我带给她的。依旧是不谐调。看来，她已经把金家毫不留恋地推开了，推得干净又彻底。

外面如泣如诉的雨声，分明是她发自内心的哀怨，令人惊心动魄。然而我知道，在她心的深处，又何曾有一刻忘了金家！她的根实际是扎在金家，扎在金家人生命的深处。纵然是从未交谈过的姐妹，那血的相连，心的沟通，并不因死的隔绝而断裂。填满胸臆的悲哀一时无从遏制，竟使我悲声大放。我是替一个委屈的生命在呐喊，在宣泄，非此不能平心头之怨，五十余年的积怨……

有孩子在牵我的手，是个面庞清丽的女孩，她叫我姨姥姥，用手帕为我擦泪。我想，这该是舜镅的外孙女了。孩子臂上的黑纱似乎有着太重的压力，使她越发显得单薄瘦弱。孩子后面站着她的母亲，就是对我说她第一次见到她母亲姐妹的那个女人。女人说她的母亲病是病得久了，死却并没受什么苦，昨晚睡下便没有醒来。在梦中跨越了生死界线，这不是谁都能修来的福分。我说是的。这期间，女孩子为她的姥姥去添香。女孩与女人的脸有着遗传的近似，女人的脸与床上老妇人的脸也有着遗传的近似。所以，我从女孩的脸上寻到了当年被我忽略掉的美貌。那是一种恬静端庄的美，是对男人不容置疑的征服。也正因为如此，二格格竟改变了沈家后代的命运，使他们与他们的父亲走上了截然不同的两条路。

院里荡起袅袅的烟，那烟由窗户飘进，缓缓向灵床漫去。床前环绕的白色菊花由于烟的浸入而变得模糊不清。那花大概是来自黄土岗的花店吧，是她的儿子上午执意买来的。墙上有照片，一双俊美的男女互相依偎着，背后的布景已经发黑发暗，看不清所以然，恰如这段门第悬殊的婚姻背后所衬托的阴影。

我望着墙上这帧发黄的照片，听着沈继祖的诉说，诉说他父亲和他母亲的故事。远处传来电报大楼悠悠的钟声，钟声将时光带得极远，极远……

五

溯始追源，一切当归咎于我的大爷——父亲的亲兄长。那年夏天，大爷领回家一个风流倜傥的年轻军官，那军官除英俊之外便是儒雅，星眸皓齿，美如冠玉。咔咔响的皮靴震得金家方砖地直打颤，惊动了各屋的女人。美军官的到来在金家女眷中引起了骚动。爱美之心人皆有之，那日大约除了二娘和在偏院离群索居的姨祖母以外，金家无论上下大小，甚至包括尚在蹒跚学步的二格格，女人们都以各种理由从后院花厅前走过了一遍，以获得“不期而遇”的可能，一瞻美男之风采。与美军官最为接近的是刘妈，她曾三次进去续水，所以她最有发言权。

提着水壶出来的刘妈来到二娘屋里向二娘演绎见到美军官的情景说，天地竟造化出这样可人的男子，手指跟嫩葱儿似的，那手腕白亮绵软，细腻得如同羊脂玉。声音也轻柔脆亮，戏里头的俊小生赵云、吕布什么的跟他比，也只有落荒而逃的份儿……刘妈所说的也就是这些，她的视觉只敢停留在来客的腕部及一双手上。至于赛过吕布、赵云，都是她的想象。二娘说，老天爷生出这样的东西除了扰乱这个世界，没别的意图，谁碰上谁遭劫。

父亲气得在房内摔东西，说他大哥不该把这伤风败俗的尤物引进家来，出乖露丑于众子弟前。其实父亲也是耗子扛枪——窝里横罢了，他哪里有勇气跟他的大哥去对阵？那时候的大爷，是身后带马弁、出门坐汽车的要人。而我的父亲则什么也不是，空有个过期的将军头衔，皇上也退了位，没人认账。父亲不敢出面干涉的另一个原因是慑于来者的势头，美军官叫田桂卿，民国第十七混成旅旅长兼京汉线护路副司令。田桂卿原是唱小旦的，河南人，韶秀伶俐，性尤慧黠，被袁世凯看中，收为贴身仆从，昼夜不离左右。袁世凯虽有一妻九妾，唯独田桂卿有不能替代的用途，宠爱之余委以军权，成为“左膀”，乃袁世凯第一心腹之人。袁的“右臂”就是与我们家一墙之隔的沈致善了。一左一右，主外主内，是袁世凯须臾不可离的人物。后来这个田桂卿因三十万两银子为人收买，一夜之间变心，转而与讨伐袁世凯的人坐在一条凳子上，成为袁世凯的眼中钉肉中刺。袁世凯四面通缉田桂卿，指明如抓到田，即刻就地正法，足见痛恶之深。其时，田桂卿的小儿子正在沈家寄养，沈致善还算义气，将田家儿子更名沈瑞方，充作自己儿子抚养。田桂卿一去不回头，再无音信，沈致善后继乏人，巴不得田桂卿永不再来，遂把个沈瑞方当作亲生一般。沈瑞方继承了他父亲的美貌，也继承了沈致善的精明。初时也还从小角门过来跟金家的孩子们玩耍，久之，便读懂了金家人眼中的内容，知道了笑容背后那种俯视的不屑与探秘式的好奇。渐渐地，再不来了，一门心思读书，跟着养父做生意。我大爷去世时，那孩子还代替沈家来吊唁过，那时沈致善也已作古，沈瑞方已是沈家几处买卖、房产的主人，是一个精明年少的东家了。

沈瑞方怎么和二格格搞到一起去的，没人说得清楚，以刘妈的话说是那个小角门招的祸。但据沈继祖说，他父母的相识还是在我大爷的葬礼上。那时高中毕业的二格格正在家中闲着，日子过得百无聊赖，此时美貌小生沈瑞方的出现，自然是一石击起千层浪。于是，一段古老又落于俗套的爱情故事在时光的复印机上又被复印了一遍。两家后花园原本是为政治而连的通道，却意外地承担了月老的角色，成为感情传递的方便之门。两人由热恋发展到谈婚论嫁，当沈家托人来求聘时，金家人简直目瞪口呆了。父亲前脚将媒人送出门去，后脚便关了街门，顺手抄起顶门杠直冲后院。二娘听了这个消息也把脑袋往墙上撞，说没想到她的女儿找了个相公的儿子做女婿，还是个经商的，这让她以后在金家怎么做人……

大家庭最厉害的传统就是不许荒腔走板，一旦不合板眼、规矩，就要施家法予以纠正，以挽回面子。那日二格格除挨了一顿揍以外便是在祖宗牌位前被罚跪。在此之后，父亲则紧锣密鼓托人为二格格物色婆家。婆家尚无下文，二格格却跑了，从小角门径直奔了沈家，投向了相公儿子商人沈瑞方的怀抱。父亲让老三去追，老三开了大街门照直向东，又被父亲呵斥回来。父亲说，从哪儿跑的给我从哪儿去追，这样丢人现眼的事儿还用劳神走正门吗？老三就又朝后花园跑，从角门进入沈家。父亲如一只发怒了的狮子，在角门前徘徊，一刻也停不下来。刘妈见了害怕，说，老爷上屋里等去吧，喝口茶，也得容三少爷有个劝说的工夫啊！父亲不听，仍在门前转。一会儿，老三回来了，还没张口，父亲便问，见着那个不要脸的东西啦？老三点点头，父亲问，她怎么说？老三说，舜锢执意要嫁，父亲何日答应她，她何日回家。父亲听了吼道，给我把这门锁了，只要她敢从前门迈进金家门槛儿一步，我就一门杠把她拍死！父亲这样宣告无疑将二格格置于了死地，后门进不得，前门要拍死，她只有一条道走到黑了。

应该说沈瑞方是个极有品位、极重情义的商人，他深知为了这桩婚事二格格所处环境的尴尬和所付出代价的昂贵。他在西城购置了一幢小楼，领着妻子远远地离开了沈家，又将沈家在戏楼胡同的房屋全部售出。从此与这里完全彻底地画了句号，再不回来，免得二格格触景伤情。

时间将一切都带走了，只留下了冷漠与隔阂。听了沈继祖娓娓的诉说，沉重的回忆锁住了我，使我悄悄感到了孤寂与压抑。窗前的圈椅空着，我想象得出，舜镅生前会常坐在那里，臂搭在扶手上，默默向窗外望着，想着金家，想着父母，日复一日……

那个可爱的孩子不知什么时候已经睡去，只剩下舜镅的女儿们默守在她们母亲的床头，一动不动，像两尊雕像。她们对我的到来谈不上欢迎与不欢迎，好像一切都极自然。沈继祖坐在我对面，看来是专门为陪我说话的。沈继祖说，她母亲走了，去另一个世界与他的父亲团聚去了。她的母亲与父亲是值得孩子们骄傲与效仿的一对恩爱夫妻，一生没有红过脸……我不由得联想到金家一对对“门当户对”的夫妻，努力计算着能“善始善终”的，竟如凤毛麟角。沈继祖说他现在在语言研究所当研究员，两个妹妹，一个是小学教师，一个是机械厂的工程师。他们严格遵循母亲不许经商的教导，远远地离开商界，对此，他们的父亲给予了支持。正因如此，在这纷繁迷乱的世界里，他们的心才保持了一份宁静，他和他们的母亲觉得活得很充实很惬意。从沈家三兄妹的职业，我推测得出他们的经济状况，这就是金昶揶揄的“都是啃死工资的穷酸”了。

富而不骄易，贫而无怨难。不以物喜，不以己悲，沈家兄妹的境界高我等一筹。

沈继祖告诉我，去年他和他母亲去亚运村看望过他的三舅舜錤。舜錤三舅不但没露面，连门也没让进，他的母亲是哭着离开的。

这个消息让我吃惊，与老三多次接触中并没听他谈过此事，就是今天，竟也守口如瓶，不露半点口风。这怕就是舜镅至死不见舜錤，连守灵也不让他来的理由了。哀莫大于心死，她的心是伤得太狠了。

我是不能原谅舜錤的了，拒孝悌于门外，置手足而不顾，何若绝情至此？以他下午与金昶的所为而论，实为好利之心所蛊惑，八十有七，尚浮躁若此……他厌恶商人的论调仍萦绕于耳，曾几何时，他自己竟变作了口中斥责过的奸商，且有过之无不及！杜甫诗曰：“世情恶衰歇，万事随转烛。”有人能把握住自己的命运，有人就把握不住自己的命运。想及下午舜錤说的吃自己心的话，蓦地又让我心惊，霎时似乎明白了什么。

窗外，雨水潇潇。我企图从秋雨中得到证实，然而那雨除了予人寒冷、凄迷之外，便是默默无言。那两颗我所探求的心，想必也被冷雨打湿，与不解的浓雾相融相浸，随着死亡的逼近与来临渐渐地消泯无声。我知道老三为什么不见舜镅了，那是羞愧，是汗颜无地的自责，是橘已为枳的感叹。我心中忽然觉着辛酸万分，眼泪一滴滴流在腮上。我的哥哥与姐姐，舜錤和舜镅——走了的，已然走了，走出了金家，走出了古城，走出了活着的生命；没走的，正轻轻地抛掷掉淡泊的天性，怀着背叛与内疚，悄无声息地存在着……

六

舜铟系一无职业家庭妇女，所以她的葬礼俭朴又清冷。除了沈家的几个孩子以外，金家方面只有我和金昶去了。

没有追悼会，便也没了让丧家计较的悼词和领导讲话。没有哀乐，也无人恸哭，只有梧桐叶上潇潇的雨声。沈家子弟恓恓惶惶围绕在他们母亲遗体旁，与之作最后的告别。无泪的悲哀犹如无言的沉默，那痛是来自心底的。倒是金昶一把鼻涕一把眼泪地哭得很投入。我知道，沈继祖刚刚把那枚金镶珠石云蝠帽饰还给金昶了，说这样贵重的东西随他母亲化为灰烬未免可惜。母亲生前既未得到，死后也不必带去。既是金家祖上的东西，由金昶收存最为合适，沈家子弟留之无用，只能徒引心伤。

一听这话，金昶的眼泪唰地就下来了。对金昶极到位的泪水我有多种理解：是为某种精神的感动，是为宝物失而复得的惊喜，是为自己趋时就势的得意，抑或是为心术不正的自责，只有他自己明白了。

望着有血缘关系连接的金、沈两家后代，望着安详闭目、缓缓滑向烈焰的舜铟，我不知道历史跟金家的兄妹开了一个怎样的玩笑。

瘦尽灯花又一宵

一

一过腊月二十三，母亲就会对我说，你该到镜儿胡同去了。

镜儿胡同是我最不愿意去的地方。

刘妈见我那难受的模样就开导我说，去吧，那边儿的老太太们盼着你呢，年货老王早给你备好了。

刘妈说的年货是指廊子上放着的一个大篮子，那里头有年糕、炖肉、蜜供和两只酱肘子。除了这些吃食之外，还有一挂通红的小鞭跟一副白底镶蓝边的春联，春联上有我父亲恭正的楷体，内容年年相同，都是“天恩春浩荡，文治日光华”。我对这副白联感到恐怖，提着它不像去拜年，倒像是去吊孝。母亲说我是少见多怪，说只有王爷府第才有资格贴白联，这是清朝的规矩；不但我们家贴不起白联，就是溥仪的老丈人郭布罗家，照样也贴不起白联。他们顶多算是皇亲，显贵的皇亲，还算不上宗室。母亲还说全北京能贴白联的人家没有几户，镜儿胡同三号能贴白联，镜儿胡同三号在京城就是很有脸面的人家了。我说我不明白为什么年年非得我和那些肘子、炖肉一起充作年货被送往镜儿胡同，我们家十四个孩子，当年货送礼的却不是老三、老四、老五……刘妈说，那边特意挑的丫丫啊，丫丫生日好，九月九日子时，命里占了三个阳，女孩男命，贵啊！我不知道我贵在哪里，反正在金家我是最不受待见的，因了我的小和淘，谁都可以叫我的小名。我前面的六个姐姐都很不错，长得也漂亮，到了我这儿就不是那么回事了。

刘妈跟我说非得我去，但和我的母亲就不这样说了。年根儿底下扫房那天，她帮我母亲擦拭落地罩，我听见她跟我母亲说，今年别让丫丫过去了，老王爷也死去多年了，那边就两个孤老太太，阴气太重，年年让孩子去冲，小丫头哪里禁得住！母亲叹了一口气说，这也是多少年的老例儿了，打丫丫三岁就抱过去过年，哪儿由得了我？刘妈说，认了个儿子留不住，跑了。也该着是命，任谁也难跟那两个老太太过到一块儿去。

别人过不到一块儿去，就该着我过到一块儿去？

腊月二十六是我动身的日子，这天一大早厨子老王就套好马车等在门口了。老王是厨子，但在我们家还兼任车夫的角色。我父亲有一辆带弹簧的马车，是醇王府换了汽车处理给我们的。里面有宽大的紫绒座，外面有玻璃的车灯和明亮的拉手，两匹马拉着，走起来又稳又轻，坐上去有种飘飘欲仙的感觉。这辆车只为父亲所用，连我母亲出门听戏也不让坐，父亲把它看作是权力的象征。父亲说我们家的孩子都不是老实孩子，我的几个哥哥没有马车出去还给他惹事，有了马车指不定会怎么着呢。父亲就特意嘱咐老王，平日把车管好了，金家除了他以外，谁也不许坐马车。但唯独腊月二十六这天我可以坐，这并不是我有多么高贵，而是要去镜儿胡同三号。父亲要为我们家撑面子，他不愿意我们在三号人的眼里，也就是在那两个老太太眼里显得太掉价儿了。每到临走，我都要吭吭叽叽地磨蹭，以拖延时间，母亲就说些好听的，许我回来可以跟着父亲吃三天小灶之类。父亲此时也会变得很温和，他嘱咐老王多绕些路，过金鳌玉蝀桥，穿西四牌楼，奔鼓楼大街，绕一个大圈子再去镜儿胡同。父亲知道我喜欢这些景点，就特意交代老王这么绕。其实镜儿胡同跟我们所住的戏楼胡同是前后搭界的两条胡同，我们家的后门斜对着镜儿胡同三号的大门，要从里面走，用不了三分钟。但我非要坐车，父亲能容忍我，怕也是觉得大过年的把我发配出去对不起我，权作补偿吧。

我和那个大篮子一起被装进车里运往镜儿胡同。老王在前面赶车，我在紫绒座上歪着，马儿嗒嗒地朝前跑，我真希望这辆车没有终点，就这么永远地跑下去。

真不愿意到镜儿胡同去啊！

二

车一过铁狮子胡同，我的脸就开始阴了，老王也把马赶慢，回过头来看我，他知道我的心思。他嘱咐我千万别哭丧着脸，那样老太太们会不高兴。大年底下的，谁愿意接受一份不喜兴的年礼呢？我当然不敢哭。拐进镜儿胡同，巨大的红漆大门就闯进眼帘了。大门紧闭着，台阶很高，有上马石，因为长期无人走动，阶前已经长出了细细的草，上马石也被土掩埋了大半截。大门对面的八字砖雕影壁，早已是残旧不堪，让人看不出原先面目了。门前的两棵大槐树，在清冷的天幕下伸展着无叶的枝，就仿佛老太太们那干枯的胳膊。树上面落着许许多多的老鸹，老鸹们用阴鸷的小眼看着我和我的马。我恨它们那副幸灾乐祸的表情，朝它们喊：去！

没有一只理我。

老王去叫门，我在车里体味这最后的自由时光，一双眼时时向我们家的后门瞥去，以期发生什么可以逆转的奇迹。

我们家的后门轻轻地掩着，没有谁走出来。

敲门的老王和王府的大门相比显得很藐小，无论谁跟那门相比都会很藐小，不光是老王。

一种没落的威严将人紧紧地攫住。

这是札萨克多罗亲王的府第。

我舅爷的府第。

舅爷是我祖母的亲弟弟，名叫赫尔札布，蒙古科喇奉沁右旗的第八代亲王。舅爷的先祖乌拉那金是个勇猛善战的人，天聪二年归顺皇太极，跟随皇上南征北战，屡建战功，被封札萨克多罗亲王。据说，老王爷的力气大极了，他射出的箭穿透虎头又钉在树上，十几个人拔也拔不出来。老王爷一生射死过一百二十只老虎、三百头麋鹿、三百只狗熊，是个了不得的人物，至今王府里剔牙用的牙签还是当年老王爷射的老虎的胡须。蒙古封王，世袭罔替，理应代降一等，但朝廷对这个家族似乎有着太多的偏爱，恩宠有加，代代加封晋爵不断。到了赫尔札布已是八代，本应降为郡王，但是慈禧为了羁系渐为游离的蒙古，光绪二十九年特封十五岁的赫尔札布为亲王，赐乾清门行走，用紫缰，赏戴双眼花翎。

听说我的舅爷年轻时长得十分英俊，深得慈禧喜爱。慈禧不止一次对人说，在诸多蒙古王公中，数赫尔札布最为“英倜”，如此容光焕发实乃天地造化，是我大清不可多得的人物。舅爷每回进京朝觐，都要被太后留住多日。我祖母说，看老佛爷这架势，八成是要赐婚的。果然，光绪三十三年，慈禧将瑞郡王的六格格毕荥配与札萨克多罗亲王为福晋。满蒙联姻，按理，毕荥要随舅爷到蒙古科喇奉沁的王府去居住。但毕荥不愿离开京城，她说她没有“暮云空碛时驱马，秋日平原好射雕”的兴致，说她不是王昭君，那茹毛饮血的腥膻之地也不是她能待的。瑞郡王心疼女儿，加之慈禧对舅爷的钟爱，所以，朝廷一改清朝藩王不得在京建置府第的祖制，特准赫尔札布在京城镜儿胡同建造王府。其实，舅爷的真正府第在科喇奉沁大草原，听说那里的王府比北京的要大四倍，光是奴仆就有好几百。舅爷的领地水草肥美，骏马成群，是天堂一样的地方。舅爷自从娶了六格格，在京城建了府第，就回不了大草原了，他为此十分忧郁，多次找他的姐姐——我的祖母诉苦，祖母也没有办法，只好让他安心在北京住着。当时，朝廷让贝勒毓朗为总理，成立了京师贵胄法政学堂，以造就法政通才为宗旨，招收宗室子弟、蒙古王公、满汉世爵及子弟入学。舅爷就进入学堂学习，专攻大清律例和国际公法。舅爷在京城，性情抑郁，似乎过得并不愉快，毕业不几年，就患病故去了。

舅爷去世时除了留下福晋毕荥以外，还留下了侧福晋狼伊雁，这福晋与侧福晋，就是我的舅太太和舅姨太太了。满族人通常将奶奶呼为太太，舅太太在汉人来说就是舅奶奶的意思。若论婚约，当是舅姨太太在先，那还是老札萨克多罗亲王为舅爷定的。那舅姨太太的父亲是专管满文档案的内阁大学士，精通满文的学者狼士宣。光绪三十一年，清康熙陵的隆恩殿突起大火，将整个大殿焚为平地。光绪大怒，认为是有关人员责任懈怠，玩忽职守所致。于是严惩了一大批有关人员，除值班章京①、守陵官员发配从军以外，充任内务部员外郎的狼士宣也在所难免。狼士宣全家被流放到东北安宁县，舅姨太太就是在那个时候离开京城的。因为狼家小姐获罪离京，所以，以后太后指婚，郡王格格外嫁藩王，并没有受到任何阻碍。世态炎凉，人们早把那个远在边陲的女子忘了。但舅爷没有忘，若干年后他上书朝廷，恳请将狼士宣一家召回北京。溥仪不准，舅爷再请，并将婚约之事禀明，溥仪这才批准只许狼家女儿狼伊雁回京，其余人等仍留安宁县垦荒，不得四处流走，也不得回京省亲。舅姨太太就这么着由东北来到了北京，她来了没两年，舅爷就去世了。

舅爷死时很年轻，没有后代，丧礼中一切孝子该做的便由我父亲替代。为此我父亲得到了科喇奉沁二百匹马、四十头骆驼和一大块荒地的赏赐。据说那块荒地底下有很丰富的金矿，但我们从没想过那些财产，也没法管理那些遥远的马和骆驼。父亲常拿它们开玩笑，有一次我为父亲倒洗脚水，竟然还得到了一头骆驼的奖赏。父亲把脚泡在温水里，舒服地闭着眼说，丫儿，咱们那些骆驼准下了不少崽儿了，得有四百头了吧？有年冬天，科喇奉沁来了个管家，对父亲说，我们家那四十头骆驼因为混入了野骆驼群，已经跑得一只也不剩了。父亲

① 章京：清朝凡都统、副都统以至各衙门办理文书的人员，多称章京。

跟他说起马的事儿，果然过了不久，科喇奉沁就给送来两匹蒙古马，为我们家拉车用。那两匹马很漂亮，也很精神，就是没人缘，除了厨子老王以外，见谁踢谁。这两匹马大概是我们与科喇奉沁仅有的联系了，这以后，再也没有谁来过。我想，我们那两百匹马多半也和骆驼一样，成了野马了。

老王这时把门叫开了，田姑娘从门里探出半个身子，瞪着死鱼一样的眼睛看着我们。田姑娘有六十岁了，稀疏的花白头发梳着一条猪尾一样的细辫，还扎着红头绳，让人看了滑稽可笑。田姑娘说，我想着就是小格格到了，老福晋早让我在这儿候着呢，估摸是这会儿该来了。说着，田姑娘走到车前张开胳膊要把我抱下来。我不愿意让田姑娘碰我，我觉得她身上老有股死人味儿。我从车上跳下来，朝门里走，田姑娘跟在我后面说，一年没见，格格又长高了。田姑娘年年见我都用很惊讶的口气说我长高了，依着她的惊讶，我应该是很高很高的了。

进了大门就是王府的正殿，又叫银安殿，殿有七间，两侧翼楼各九间，前墀有石栏环护，殿前的砖地上是一大片半人高的荒草。殿东西各有院落，西院老锁着，那里边有祖祠、佛楼、银库、戏台，我从没进去过；舅太太和舅姨太太住在东边，舅太太住东院正厅，舅姨太太住正厅东北的小偏院。

走到东院的垂花门口，老王搁下篮子再不能往里走了。里面属于内宅，内外有别，舅太太们的规矩大得很，都是些风烛残年的衰老女人了，却连三岁男童也要避讳，难免不让人感到有些自作多情、自我尊贵的味道。老王说，丫儿替我问老太太们好，说老太太们新年吉祥。我说，你这就要回去了吗？老王说，丫儿好好在这儿待着，别淘，别惹老太太们生气，我正月十六一准儿来接你。我说，你得早点儿来，一大早儿就来。老王说，你看见银安殿顶上的兽头了吧，太阳一照到那个小仙人儿身上我就到门口了。我说，要是阴天不出太阳你也得来。老王说，丫儿放心，老天爷就是下刀子，我也来。老王回去了。

我跟在田姑娘后头顺着抄手游廊来到里院。里院有厅房五间，东西各带套间，院内有两株西府海棠，靠南还有一架藤萝，春天的时候院里姹紫嫣红，一定好看。可现在却是光秃秃的一片狰狞。

三

田姑娘一挑棉门帘，将我推进屋去，我看见舅太太正坐在八仙桌前抽水烟。我赶忙趋前几步给舅太太请安，问舅太太好，问舅姨太太好，问表舅宝力格好，问舅太太的猴子三儿好，问舅姨太太的黄鸟好，问田姑娘好……大凡府里的活物我都要问到，并且问一样要请一个安，以示郑重。这一切都是事先在家反复排练好了的，安要请得大方自然，要直起直落，眼睛要看着被问候的对方，目光要柔和亲切，话音要响亮，吐字要清晰，所问的前后顺序一点儿不能乱。我在排练时几次将田姑娘搁在了猴子和黄鸟的前面，都遭到了母亲的纠正。于是我知道，田姑娘在舅太太们的眼里还不如猴和鸟。舅太太认真地听着我的问候，清癯冷峻的脸上饱含着威凌与傲慢，这些折腾人的繁文缛节于我是受罪，于她是享受，看得出她将这一切看得很重。舅太太的头顶上有“中德之和”的匾额，是光绪御笔。光绪的字和他的人一样，有着立不起来的单薄和软弱，虽然学的是王羲之，却是徒袭皮毛，未得精髓，给人一种木木讷讷的感觉。与康熙的刚健遒劲、乾隆的激越奔放不能同日而语。我不明白舅太太为什么要把这样的字挂在大厅，除了病态的悲苦憔悴以外并无观赏异趣。之所以挂它，多半是用来显示身份的。

舅太太也问了我家里的情况，还特意问了我们家老四舜镗，问他是不是还整日提笼架鸟熬大鹰。我说老四早不养鸟了，他现在正跟南城的赵胜子学摞跤呢。舅太太问赵胜子是不是旗人，我说大概是。舅太太哼了一声说，你舅爷是摞跤的好手，他是蒙古王爷，打小练的就是这些。他若活着，哪儿还轮得着老四去跟什么姓赵的学！

舅太太跟我说这些的时候，她的猴子三儿，就一动不动地坐在她的膝上，一双黄眼，滴溜溜地乱转，模样很讨厌。三儿是肃亲王的女儿金璧辉送给舅太太的，金璧辉还有个日本名字，叫川岛芳子。川岛芳子养了好几只猴子，三儿是其中之一。川岛芳子管舅太太叫姑太太，只要在北京，她就常到镜儿胡同走动。川岛芳子的丈夫也是蒙古王爷的后裔，据说与舅爷还搭了点儿亲戚关系。对于这桩并不和谐的婚姻，族里人都认为是个悲剧，只有舅太太觉得好得不能再好了，这是因为川岛芳子在她的姑太太跟前从来不提跟她丈夫合不来的事。她在舅太太跟前装得很乖巧，像个小女孩一样单纯，深得舅太太喜爱。后来，川岛芳子以汉奸罪被判处死刑，临刑前夕，将她最心爱的一只小猴三儿委托给舅太太抚养，以示安慰。川岛芳子说要是没有这些事儿，她会在以后的时间里，承欢舅太太膝下，为舅太太养老送终。现在看，一切都不可能了，她的心意就让三儿代替了……川岛死时，家族里委派一个老和尚去料理后事并收尸。行刑前，川岛芳子又再三交代了她的猴子的事情，和尚让川岛放心，说他一定把三儿亲手交到舅太太手里。行刑的时候，和尚在外头等着，再让他进去时，川岛芳子已经静静地躺在墙根儿了。和尚如约将猴子三儿送到了我的舅太太家来，三儿见到舅太太就像见到亲人一般，扑到舅太太身上，抱住脖颈儿再不撒手，一声一声哀哀地呜咽。和尚说猴子是通人性的灵物，要舅太太好好儿待承它。

我一看见舅太太膝上的猴子三儿，就想起了死鬼川岛芳子，身上就不由得发冷，就起鸡皮疙瘩。虽然我没见过肃亲王家的那位格格，可是她的大脾气、她的淫威、她的出格的举止，没少听家里人说起过。我喜欢小动物，却害怕三儿，连碰也不敢碰它，在我的眼中，它就是川岛的化身。

现在我毕恭毕敬地在八仙桌前垂手而立，视线刚好和三儿相对。三儿直视着我，它的表情很庄严，大有降贵纡尊的劲头儿。我赶紧将目光躲开了。舅太太的厅里很冷，寒气已将我的棉袄浸透，手脚已经失去知觉，清鼻涕开始在鼻腔内繁衍，但我不敢动。舅太太要的就是立如松的稳重，连她的猴子都在肃容上座，我岂敢抓耳挠腮！所以，年年从舅太太这儿回去以后，我都要得一场重感冒，手脚上长出几个又痛又痒的红疙瘩，流水溃烂，不到春天不会痊愈。

舅太太夸赞了我有出息、懂规矩之后，说，咱们这样的人家儿不能跟普通百姓比，百姓的孩子只知一味娇惯，能有温饱就别无他求了。咱们的孩子还担承着江山社稷，所以咱们教育子女没别的招数，只有一个字：严。说我们的孩子是纨绔子弟，那是不明真相的外人无端妄说。说实在的，我们对孩子们的要求严极了，要是真如外人说的那样，我们醉生梦死，我们骄奢淫逸，那大清的江山甭说二百年，连二十年也维持不了。这样的话我常跟宝力格说，天将降大任于斯人也，必先苦其心志，劳其筋骨。我们虽然还谈不上饿其体肤，空乏其身，但在小处也是半点儿不能姑息的。宝力格初来时是匹草甸子里的野马，他没说我也知道他的心，他是嫌我们太严了。我说，不严哪能出人才？曾国藩该是一代人物了，他的祖父教育儿子的时候也常在稠人广众之中，壮声呵斥，毫不宽假。有出息的人都是在“严”字上站起来的。

舅太太提到宝力格的时候我是不能插嘴的，这也是来时母亲的反复交代。宝力格的话题在镜儿胡同三号是一忌，舅太太能提，别人不能提；舅太太能说，别人不能说。看看把我训得差不多了，很大原因也是她累了，舅太太这才站起身拉着她的猴子向里间走去。进门时，她回过身来说，你也来吧，里边儿暖和。

西套间是舅太太的卧室，是整个王府里最温暖的地方，面积不大，十几平方米，通常人们把这儿叫作西暖阁。暖阁里没有明火，暖阁外面的廊下有地洞，阁内地面下有纵横交错的火道，这是在修建房屋的时候就建好了的。天冷时将燃着的炉子推进地洞，热气自然顺着火道迂回盘旋，暖阁的地是热的，房间里便也是热的了。王府里只有一间暖阁，所以就由舅太太住着。暖阁内临南窗的是一盘炕，上面有杏黄色的褥垫和四方的引枕，杏黄色是王爷用的颜色，是任何人不得僭越的。褥垫虽然残旧，色泽却依然明亮辉煌，有咄咄逼人之势。北面设床，床前有硬木雕花床罩，挂着五彩流苏的帐子，床上有嵌金玉如意。桌椅等家具一律是紫檀，多宝槅上摆放着玉石连缀起来的盆景和青铜小件。

房间里的这些陈设但凡老式家庭都能见到，我感兴趣的是西茶几上的那部电话机，电话我们家没有，所以我老想拿起来听听里面有谁在说话。舅太太窥出我的心思说，这个机子你不能动，它的另一头连着宫里，连着皇上，万一要是误了宫里的大事儿那可是大不敬的罪啊！我问皇上来过电话没有。舅太太说，皇上忙，不是万不得已的事情不会打电话，但是我们不能不候着。我想说皇上早让人赶出了紫禁城，跑得没影了，这电话的另一头连着鬼呢！想了想，终于没说。在人家住着得说些让人高兴的话，不能逆着来。

电话的上方挂着舅爷的照片，照片上的舅爷西装领带，目光炯炯，是个俊雅倜傥的男子。我把我的七个哥哥依次与舅爷比较，都嫌粗糙，都没有那般的生动与英俊。舅太太看我目不转睛地注视照片，就说，这是你舅爷在日本横滨照的。你舅爷游历过外洋，见多识广，比你们家那几位爷有出息。我说，那是，我那几个哥哥都很不争气，老让我阿玛操心，我阿玛常说哪天把他们都杀了，一个也不留。舅太太说，你以为你阿玛真肯下手杀？他那是疼他们，他把那几只狼放纵得没了人形，收都收不回来了。听说你们家的老大竟然还入了国民党，国民党是什么东西？国民党是大清的仇敌！你阿玛还不告他忤逆？你阿玛真是窝囊极了！我想说，您老太太不窝囊，您老太太都把儿子管跑了，还说什么呀！我们再不严，我们的儿子还都在呢……

猴子三儿坐在地上剥花生吃，见我瞅它，就朝我龇牙。舅太太说，你不要招三儿，三儿是我的孩子，除了不会说话，它什么都懂。

我说，三儿不跑吗？舅太太的脸明显地沉下来，我知道触及了老太太的敏感部位，赶紧补充说，比如说上房、上树什么的。

舅太太说，三儿最听话不过，也是我调教出来了，我不发话，甭说上树，它连桌子也不敢上。我说，三儿不像只猴。舅太太说，三儿压根儿不是猴，它是个跟你一样的人。我明白了，我在这里的地位是和这只猴并齐的，就对三儿更没有好感。三儿似乎对我也没什么好印象，总是很警惕地用眼睛瞄着我。

舅太太从精美的饽饽盒里拿出一块萨其马给我吃，说是特意为我留的地安门桂英斋的奶油萨其马。桂英斋因离皇城近，点心很有宫廷风味。尤其萨其马，是选用内蒙古运来的奶油和面制成的，跟一般饽饽铺拿清油、白油做的味道截然不同，它的特点是柔软细腻、入口即化。舅太太的这块萨其马说是出自桂英斋却不知搁了有多少年头，一股难闻的哈喇味儿不说，还死硬，只一口，我的上牙膛就硌破了，再看手里的点心，只有一个白印儿。

舅太太说，你在你们家怕永远吃不上这么正宗的萨其马。你们家那么多孩子，你阿玛能给你们买点破白糖缸炉就是好的了，你能在我这儿吃独食也是你的福气。我说，舅太太说得对，没舅太太疼我，我永远吃不上这么有味道的点心。

这时田姑娘进来说，侧福晋听说小格格来了，让小格格过去呢。

我的身子刚暖和过来又得出去，心里老大不乐意。舅太太好像不愿意我在她的屋里多待，踱到南炕拉过抽烟的家什说，你去吧，我也得歇歇儿了。猴子三儿噌地一下子蹿到炕上，乖巧地将烟枪递到舅太太手里。我不知道猴子三儿会不会点烟泡，我不想看，觉得恶心。

四

我跟着田姑娘绕出垂花门向北院走，田姑娘边走边说舅姨太太的身子骨儿大不如去年，怕是过不了今年春天之类的话。

舅姨太太的房间里很暗，很重的霉味儿混杂着中药味儿，是股让人有些说不清道不明的味道。房内所有的窗户缝儿都用高丽纸糊着，更显得密不透风。透过窗户玻璃，能看见东墙根儿下的黑枣树在寒风里摇曳。这棵枣树壮大而茂盛，年年结枣，黑枣成熟落地，无人拾捡，年复一年，树下结了一层厚厚的痂。北屋窗下堆着很多炉灰，灰下面埋着茉莉花的枝，每到开春，舅姨太太都要将它们细心刨出，让它们发芽开花。舅姨太太房间的窗棂与一般的不同，精巧华丽，很像故宫丽景轩的窗棂，那上面雕着许多飞舞的小蝙蝠，栩栩如生，活泼可爱。

与那些蝙蝠相反，舅姨太太是个行动迟缓的人。我进门的时候她正在写毛笔字，精致的水墨刻印笺上有两行娟秀的行书：

> 吾不识青天高，黄地厚，
> 唯见月寒日暖，来煎人寿。

舅姨太太见我进来了，立即搁下手里的笔，投给我一个笑。我给舅姨太太请了安，将前面的程式又表演了一遍，舅姨太太就捂着嘴乐。她笑着对田姑娘说，这个丫丫，一门心思地吃，请安手里还攥着块萨其马。我说这是舅太太赏的，长者赐，少者贱者不敢辞，我得把它吃完了。舅姨太太说，你要啃完它得到明年，搁那儿吧，别难为你了。我巴不得与这块萨其马脱离关系，很痛快地把它搁在了屋外窗台上。舅姨太太说，你吃萨其马，萨其马是什么意思你知道吗？我说就是铺子里卖的点心罢了。舅姨太太说，你只知其一不知其二，萨其马是满语，意思是"狗奶子糖蘸"，写是这样写。说着舅姨太太在纸上写出了一串漂亮的满文。舅姨太太说，满文字母在词头、词中、词尾写法都不一样，我去年教你的词句还记得吗？我胡乱在纸上画了些圈点，舅姨太太歪着头看了半天说，天哪，你写的这是什么呀，鬼画符吗？在这上头你比宝力格差远了。我说宝力格会蒙文，蒙文跟满文很贴近，他自然要比我强。舅姨太太说，宝力格会说蒙古话不假，可他大字不识，他是从零开始的，他喜欢曲子，他抄了不少民间的曲儿，满、汉文都有了长足的进步。我说满文已经死了，现在没有谁用它说话了。舅姨太太说，你怎么能这样看呢？我们的老祖宗就是用这种语言说话的，等将来你死了以后，总要跟祖宗们见面，可你把祖宗的语言都忘了，怎么给祖宗请安呢？

我没想过自己死后会有这样的难堪，的确没想过。别人家的后代与祖先见面大概都不存在语言障碍问题，这样令后代头疼的事也只有我们满族才会出现。更具体说只有闲得无聊，能细细品味什么"……月寒日暖，来煎人寿"的舅姨太太才思虑得出。满文太难了，在我以后所学的语种中，哪种都比满文容易。所以，我对满文一直热爱不起来，尽管它是我祖先曾经使用过的语言。

舅姨太太说话的时候不停地喘，她的脸是肿着的，苍白得没有一点光泽。我听刘妈说过，"男怕穿靴，女怕戴帽"，是说男人腿肿，女人头肿，这样的病人大多预后不良，是活不了多长时间的征兆。舅姨太太眼见着戴了“帽”，大概寿命也是极其有限的了，明年我来，不知她还能不能在。

舅姨太太接下来问我，你每年还要给姨太太去上坟吗？我知道，与舅姨太太谈话的最终话题都会落在这上边，这也是惯例了。我说每年都去给姨太太上坟，年年不落。舅姨太太掐着指头说，算起来，你姨太太去世已经两年多了。我说是的，有两年多了。舅姨太太说，你的太太也是忒厉害，至死不能容纳人家，不就是出身不光彩吗？话说回来了，出身光彩的又有谁能轮得上给人做小？唉……舅姨太太说到的人物，是指我的祖母和不久前在我们家悲惨逝去的姨祖母。那位姨祖母是祖父由外面买来的妓女，在金家住了几十年，至死也没得到金家的接纳与认可。我每年来镜儿胡同，能问及这位妓女出身的姨太太的只有舅姨太太一人，这其中难免没有同病相怜的悲哀。我说，姨太太死的时候，我父亲还在坟地请了戏班子唱戏，热闹极啦。舅姨太太说，这我知道，你去年来就跟我说过这事儿。我说，我们家的姨太太很漂亮，比二格格舜铒还漂亮。舅姨太太说，你见过二格格？我说是听刘妈说的。舅姨太太笑着说，你姨太太再漂亮也是个半大老太太了。你们家把人关在小偏院儿里，一关几十年，多漂亮的人也让你们家揉搓完了。她自己要早早地走，也是她的造化……可怜的人哪！

我不想说姨太太的事。我们金家的人谁也不想说姨太太的事。姨太太在我们家实在是个无足轻重的角色，只有到了舅姨太太这儿，她似乎才变得无比重要起来。

我们在说话的时候，舅姨太太的黄鸟就标本一样地在笼里待着，蔫头蔫脑的不出一声。这只鸟是去年我们家老四用三十元的价格为舅姨太太买来的。舅姨太太说当初在东北旷野常听见鹰叫，回来以后再也没听过那苍凉的声音。老四就带着这只黄鸟每天上二闸，去福寿公主坟一带，那里清静，天上有鹰，让黄鸟压鹰叫。果然，这只鸟儿学了一口鹰鸣，这一下身价立即抬高，有人用三百块买，老四不卖。老四兴冲冲地把鸟给舅姨太太送来了，博舅姨太太高兴。谁想，不过一年，它什么也不会了。

晚饭我在舅太太屋里吃。

镜儿胡同三号没有电灯，晚上的一切活动都是在烛光里进行的。原先府里有灯，舅爷死后，有一天银安殿檐下直冒蓝火，大家以为是什么异兆，找人一看，原来是电线老化发生短路，险些酿成火灾。舅太太果断地决定，掐断电闸，从今往后，王府照明一律点蜡。王府里库存的蜡也很多，有一回我和田姑娘去西院库里取蜡，那些陈年的老蜡一箱箱封着，堆了两间屋，保存得极好。我想，不惟舅太太们点不完，大概到我死，也点不完其中的十分之一吧。王府里的蜡很粗，有二尺高，上头还铸有浮雕的游龙与祥云，精致而美丽。舅爷死了有年头了，王府的电一直没有接通，老太太们就一直在点蜡，点这种美而罕见的白蜡。

都说烛光里的晚餐温馨浪漫，那是指跟投缘的人；你要是跟个古板刁钻的老太太一起，那又是另一种风情了。

舅太太的饭食极少变化，烩酸菜粉、焖羊肉、炒疙瘩丝，所有的菜都软而烂，没有嚼头。镜儿胡同的三个老太太牙口都不好，吃不成硬东西。因此，我也得入乡随俗，跟着吃这泥一样的饭菜。菜很简单却不能随便伸筷子，我只能夹离我最近的烩酸菜粉。粉条很长，我的个子太矮，又不能站起，那样会显得下作和失礼，所以我就剩下了拿调羹舀汤喝的份儿。舅太太想起我了，会从她跟前的菜盘里夹一箸给我。不过很多时候她想不起我来，她平时一个人吃惯了，没有在饭桌上照顾别人的习惯。想当初，大小伙子宝力格也一定像我一样吃过这么难吃的饭，他的感觉不会比我好。听我母亲说，宝力格出走的前一天，因为在饭桌上吧唧嘴，挨了舅太太一个嘴巴。舅太太那一下也扇得太重了，宝力格的嘴磕在大理石面的饭桌上，磕掉了一颗门牙。第二天宝力格就走了，走的时候也没打招呼，谁也不知他到哪里去了，一走就是十几年，杳无音信。亲戚们认为老福晋太不能容人，甩巴掌把儿子扇跑了，这事做得有些忒过。宝力格的出走使我对他充满了崇敬，宝力格就是宝力格，不愧是大草原来的桀骜不驯的野马。就冲这饭菜，就冲这规矩，想走就敢走，真是洒脱极了。我就不行，我们家与王府斜对门，我竟然没有勇气从这里跑回去。

晚饭后的很长时间是陪着舅太太枯坐，舅太太不说话，我也不敢说话，墙上的舅爷就那么闷闷地看着我们。舅太太先是抽水烟，接下来就打瞌睡，头耷拉在胸前，姿势很难受的样子，有时还会发出鼾声。我不明白，老太太既然这么困了，干吗不躺到床上舒舒服服地摊开了睡呢？自找这份儿苦处不说，还要让我陪着。我没有打瞌睡的本事，就只有在凳子上干坐，很痛苦。三儿也打瞌睡，也打鼾，姿势也跟舅太太一样，它真是被训练出来了。有时候舅太太会突然睁开眼睛，用极清醒的声调说：你一定以为我睡着了，其实我只是闭闭眼罢了。我这一闭眼哪，几十年前的事情，几十年前的人，就全到眼前来了，清楚极了……

我想象不出来，在鼾声里会出现什么清晰的事情、什么清楚的人。

五

我睡在大厅的东套间，与舅太太隔了五间大房。这里原是舅爷的书房，房里有很多书，还有旧杂志，南面的书案上陈设着笔墨砚台以及笔架、帽架，等等。桌角有台英文打字机，可能是舅爷生前用过的，在我的感觉里，这台打字机和西套间的电话有着不可言喻的同样的奇妙。西暖阁的电话我不可以动，东套间的打字机在没人的时候摸摸总是可以的。我的手指在那些圆键上依次敲过，连带着嵌着字母的小棍动作起来，发出嗒嗒的声音，敲出一溜儿尘土的气息。我很高兴，想象着敲打字机的不是我而是舅爷，一个年轻英倜、知书达理又会摺跤的王爷，我在其中充任红袖添香的角色，那感觉真是好极了。东套间墙上也有舅爷的照片，不是穿西装的小生，是穿着袍褂补服、戴着朝珠的王爷。与前者比，后者显得有些呆板、拘谨。我认为，这张照片应该挂在西套间，西套间那张照片应该挂在这里，这样才合格局，不知怎么却颠倒了。后来，我在穿朝服的舅爷的注视下翻看那些旧杂志，多是舅爷读法政学堂时的外国刊物。有趣的是杂志里的大部分男子都被人做了改变，或长了胡须，或梳起高髻，或戴上眼镜，或长出獠牙。我想，这不会是舅爷干的，堂堂王爷怎能有此荒唐之举？那么除了舅爷以外，在这里住过的就是宝力格了。这个小子白天被老太太们认真教育一天之后，也只有晚上这一会儿才属于他自己。能做这种恶作剧，足见那颗在大草原放荡惯了的心在被压抑被管束的苦闷之下，尚保有怎样自由驰骋的活力。这使我又想起了我们家那两匹拉车的、脾气暴躁的蒙古马。

人过留名，雁过留声。我是小人儿，小人儿不留名能做到留痕也很不错。我决心为这些被改装过的人物再做一些锦上添花的工作，以备将来哪个小孩再有我和宝力格这样的境遇时不至于太孤单寂寞了。我拉开抽屉找笔，却找出了数张宝力格誊抄的曲词，那字写得狗爬一般，写得比我们家任何一位爷都差。汉字中夹着满文，还有不少红笔的圈点，大概是舅姨太太的批阅。其中好几张内容相同，记得是这么几句：

大清的景况(是)一落千丈，
提起他的吗法(就)忒不寻常。
伊尼哈拉本姓狼，
满汉翻译，进过三场，
革普他拉尼亚马尼亚拉好撒放，
当差最要强。

里面的满文我可以勉强拼出读音却不明白意思，宝力格能够将它们流利地记录下来。可见舅姨太太的话不错，在学习上他高我一筹，但谁又能说没有无可奈何的成分在其中呢？

田姑娘进来为我铺床，她说，格格睡吧，你听外院有老头儿咳嗽呢，狐仙都出来了，时候不早了。我说，我不怕狐仙，不就是老狐狸吗？哪个大宅门儿里没有几只狐狸？它们是家神，不害人，我还管我们家的狐仙叫二哥呢！田姑娘说，天底下有几个像格格这么胆儿大的，难怪格格命里有三个阳。就是那个宝少爷一人住这间屋子还害怕呢，他得点着灯睡，要不不敢闭眼。我跟他说你在野外什么没见过啊，在这院子里怕什么呢？他说他也不知道。老福晋怕他夜里点着灯睡“走水”，就把王爷的照片挂过来了，说王爷的一身正气，王爷的顶戴花翎，是可以避邪的。谁知宝少爷还是不敢睡，他每天临睡前都得把王爷的照片翻过去才敢钻被窝，这个事儿到今天我也没敢跟老福晋说。我说，舅爷英姿焕发，器宇轩昂，怎么会让宝力格害怕呢？田姑娘说，我也老琢磨这件事儿，思虑来思虑去，我想，八成……出在宝少爷身上。宝少爷本身就邪，你没见过他，你当然不知道他那神情。他的眼睛老是直的，老是心不在焉的模样，老没个笑脸。我一直怀疑他人进了王府，魂儿却让科喇奉沁的喇嘛扣住了。我说，会有这样的事儿吗？田姑娘说，怎么没有？王爷殁了以后，福晋们要过继个儿子撑门立户，当时不少宗室子弟都思谋着过来给福晋当儿子，好继承王府这偌大家当。福晋哪里敢沾？依福晋的意思，还是在王爷的封地挑个蒙古孩子，王爷是蒙古人，孩子是蒙古人的后代才是正理儿。消息一传出，科喇奉沁的贵族子弟争相竞选。最后由大喇嘛和大管家出面，挑出头人的儿子松拉嘎送来京城，让福晋过目。没想到两位福晋选儿子的时候没挑中喇嘛送来的世家子弟松拉嘎，而是挑中了大管家身后的奴才宝力格。原因是宝力格明眉朗目，长得很像去世的王爷。为这，喇嘛和管家都很不高兴。他们认为老福晋刚愎自用，我行我素，办事忒没谱儿。自那以后大喇嘛再没来过，大管家也再没来过。

留下个宝力格也只留下个壳儿，把魂儿还带走了……

田姑娘走后，我很久睡不着，我想，宝力格被送进王府与我被送进王府真是如出一辙的近似。宝力格走了，我还留在这儿，原因在于宝力格是背水一战，我却有退路……

夜深了，风起了，树的影子在窗上摇动，天气变得越发的寒冷，冻得我难以入睡。棉被厚而硬，散发着呛人的樟木箱子味儿，使人越发地精神。外院传来夜猫子的凄厉哀鸣，顶棚上有老鼠在游戏。

……我听到橐橐的声响，是花盆底鞋的木底踩在方砖地上的声音，那声音先在厅内迂回，继而渐近，在门口停顿，最后进了东套间。我把身子往里缩了，细眯着眼观察动静。来人是舅太太，舅太太做旗装打扮，挽着旗髻，插着扁方，身着淡色长袍，款款向我走来。在家就听说过舅太太有秉烛夜游的习惯，加之朱子有训，即昏便息，关锁门户，必亲自检点，这本不足怪。却没想到老太太还要做这种装束，不人不鬼，极像是银安殿神牌上走下来的人物。我屏住气息装作熟睡，但看老太太做何举动。

舅太太在我的床边坐下来，俯下身静静地看着我。她看了很久，也很认真，她的鼻息吹在我的额上痒痒的，可我不敢睁眼也不敢动，任着她去看。我的心里很害怕，不知道她想干什么，我感到近在咫尺的这个老妇人远比外面咳嗽的狐仙要恐怖得多，可恶得多。后来我感到舅太太不是在看我，不是在看金家众多孩子中一个不起眼的小丫头。舅太太在想事，她的思路已经跑得很远，跑到我的想法所不能追及的地方。

太可怕了！

舅太太夜夜都来，这造成了我睡前的精神紧张，小小年纪便开始失眠了。严重的睡眠不足，使我神情憔悴。过罢年蔫蔫儿地回到自己家，母亲为我的状况感到担忧，感到不解。刘妈就会再一次说起她的王府阴邪太重的观点，劝阻母亲来年别把我往镜儿胡同送。母亲照旧是叹息。

宝力格大概与我有过共同的遭遇。

六

我在王府的一件很重要的工作是拔草。

前院银安殿前的草已经长疯了，我必须在大年三十前的几天里从大门到银安殿，再从银安殿到东院垂花门清出一条路来，为的是迎接舅爷回家。按北京的老风俗，三十晚上诸神下界，祖先的魂灵这时也要回家过年，三十的祭祖是过年极庄重的仪式。拔草是件力气活，特别是拔冬天的枯草，更非我这个小丫头所能胜任。北方的腊月，朔风猎猎，滴水成冰，连寒鸦也冻得没了踪影。这样的天气里只有我一个人在那空旷的大院里劳作，手上冒出了血花，身上沾满了蒺藜狗子，如此“苦其心志，劳其筋骨”，大概为贵族出身的舅太太所独创，是城里平民百姓人家的女儿所难经历所难理解的。也应该感谢那样的经历，在几十年以后我被下放农场改造的漫长生涯中，之所以并不觉得太苦，与幼时的经历不能说没有关系，后来所操的活计像银安殿前那样艰难的毕竟不多。我问过舅太太，拔草的活儿为什么不找外头的人来干，偏偏要让我干。舅太太说，这样才显得咱们的心诚啊，这样你舅爷才会高兴。你知道吗，清明上坟的时候从来都是子孙们亲手为祖宗修坟、添土的，没有谁到外边雇人。按说这个活儿应该是宝力格干的，宝力格不在，咱们总得找个临时替他的人。你的哥哥们都太浮，姐姐们又太娇，你最合适。

我原来是在替宝力格受罪。

在王府的大院里，在没我半人高的荒草中，我默默地劳作着。要不是怀着对墙上那位英武男人的倾慕，我想我决干不了这活计。手被蒺藜扎烂了，脸也让硬风吹出一条条皴裂，鼻子冻得通红，眼睛不断地淌泪。那情景，大概跟庙里受苦受难的小鬼儿差不多。

王府的大门沉沉地关着，将这荒草、这寂寥、这衰败、这寒天冻地结结实实地封锁起来。没人知道我现在在干什么，也没人亲切地把我揽在怀里，温暖地叫一声"丫丫呀——"偌大殿宇前只有我，一个命硬的我。抬头望，冬日的天空一晴如洗，天色蓝得发暗，让人怀疑那不是天，而是天以外的其他什么东西。发白的太阳照在银安殿绿色的琉璃瓦顶上，泛出同样的白光，那光与我嘴中呼出的哈气融在一起，使得隆冬的气氛变得更为坚冷肃杀，让人无法回避，无处躲藏。

拔草的工作不会白干，像我的父亲充当舅爷的儿子为舅爷摔盆、打幡就会得到马和骆驼一样，我也会得到舅太太的赏赐。舅太太有个楠木匣子，里面装满了金玉珠宝，是舅太太的陪嫁。闲了无事，舅太太就会把它们一件件取出来，摊在炕桌上让我挑选。我在当时是属于那种有眼不识金镶玉的角色，在那些令人眼花缭乱的东西中专拣闪光的拿。舅太太从一堆中拿出一个不圆不方的珠子给我，说这是传世的宝贝，我是木命，戴着它最合适。我真看不出这个乌里吧唧的珠子有什么特殊，在我的眼里，它和我玩儿的抓子儿没什么两样。后来我把它拿回家，父亲见了大吃一惊，说这是一颗避火珠，一共有两颗，一颗在宫里的藏书处文渊阁，一颗在瑞郡王手里。现在，本是瑞郡王六格格的舅太太把它赏给了我，足见对我的喜爱和器重，要好好保存着才是。母亲很珍重地将珠子收了，说这件宝贝只属于我一个人，将来我出门子的时候她会把它作为嫁妆让我带到婆家去。长大以后，这颗珠子随着我到了陕西，在以后的日子里也并没有遇到什么与火有关的事情，于是它就一直是个很普通的石料珠子。我的孩子把它当作弹球玩耍，不知滚落何方，自此失去踪影。这都是题外话。

舅姨太太手里似乎没什么宝贝匣子之类，舅姨太太那儿只有书。我极少到她的屋里去，为的是回避那可怕的满文。这天早晨，田姑娘告诉我舅姨太太的黄鸟死了，我就跑过去看死去的黄鸟，以便回家将情景对老四细细学说。

舅姨太太正哭着为黄鸟写悼词，悼词的呜呼哀哉显示出她的悲痛。田姑娘给身体虚弱的舅姨太太端来藕粉，劝舅姨太太节哀。舅姨太太说，我留不住儿子，连只鸟也留不住，我往后是什么也没有了，活着还有什么意思？田姑娘说，您怎么能这么想？您有儿子啊，您对宝少爷的好处宝少爷自然明白。我看得出，他心里也有您。他走的前一天，捂着嘴在您的窗户外头站了足足有半个时辰。舅姨太太说，我要知道他有走的心思，怎么也不会让他一人回东套间。田姑娘说，宝少爷无论走到哪儿都会想着您。他初进王府的时候大字不识，在您的手底下只两年的工夫，满、汉文兼备。这恩德够他受用一辈子，他能忘得了您？舅姨太太悲切地说，我不是郡王的格格，也没有煊赫显贵的娘家，没有使用不尽的财宝，我是罪臣的女儿，除了宝力格我什么也没有。宝力格一走，把我的心都掏空了，我还能活几天？只怕到咽气的时候也见不到他了，这是件让我死不能瞑目的事儿……我看着舅姨太太大而凸出的眼睛，就想，这样的眼，真见到宝力格了，也未必就能瞑目。

在舅姨太太的房间待了一会儿我就明白了，舅姨太太不是在哭鸟，是在哭她自己，跟黛玉葬花一样，她的悼鸟词也是在悼她自己。也是啊，舅姨太太除了写写悼鸟的词以外，还能干些什么呢？舅姨太太让我把鸟埋在黑枣树底下，说可怜这个小生命跟了她一年多，挨了不知多少药熏，受了不知多少凄苦，活活是受罪来了，往后她再不养什么鸟了。

可怜的舅姨太太。

七

三十晚上，我随着两位舅太太把舅爷的神牌由银安殿请回来，供奉在厅里，与神牌同时供奉的还有舅爷的札萨克多罗亲王封册。封册是银质镀金的四页金册，有小金环连接，像书页一样可以翻阅，上面镌刻着：

大清皇室札萨克多罗亲王赫尔札布
之藩封仍将带砺河山以垂永久

这是满、汉两种文字，文首有光绪的御玺。这个封册，舅爷死后本应交回宗人府去，爵号由王爷的儿子承袭时将打造新册发还。但舅爷去世时溥仪的小朝廷已经垮台，封册无处可交，只好由舅太太收藏了。这是名分和地位的象征，是札萨克多罗家几代人勇猛、忠诚的印证，但这一切却在舅爷的身后画了句号。这是舅太太最不能认可、最不能甘心的。她把希望寄托在由草原挑选来的、有着纯正蒙古血统的义子宝力格身上。当然，保留封号已不可能，但保留传统与辉煌则是她一代福晋的责任，她要将家族的力量、家族的精神赋予宝力格。正如封册上说的，要“带砺河山以垂永久”。

代替宝力格出现的是他的生辰八字。生辰八字写在一张黄纸上，压在亲王封册的下面。物与物的连接完成了一种象征性的接续，也就是说，儿子宝力格和他的亲王父亲，在年末这一天相见于镜儿胡同三号家中。

吃过年夜饭就该守岁了，两个老太太在灯下寂寞地相对而坐，彼此无言。猴子三儿蜷缩在桌下打瞌睡，三儿的脖子上用红绳拴着几个铜钱，那是舅太太们给的压岁钱，意为用铜钱压住岁月，长生不老。我的脖子上也有铜钱，与三儿不同，作为价值的代偿还有几颗玛瑙。宝力格的八字上也有钱，她们也要压住他的岁月，将他永远留住。舅姨太太说，过了今天他就二十七了。舅太太说，不对，是二十八，宝力格是属猴的。舅姨太太说，我初次见到王爷时王爷也是二十八，这一晃儿，儿子竟也到了父亲的岁数。除夕是回家的日子，说不准今年他会回来。舅太太说，外面再好，哪儿有家好，特别是我们这样的人家儿。他在外头都看明白了，自然会回来。舅姨太太让田姑娘今夜不要睡觉，时刻留心着街门，等候着宝力格。田姑娘说这个不用吩咐，她一整夜都会候着的。舅太太又让我到外面去制造些响动，她说，王爷在的时候，过除夕人人都要放炮，一进子时爆竹声如轰雷击浪，彻夜不停，那是什么气势！到如今咱们再不济也不能如此冷清。我说，这该是宝力格舅舅的事儿。舅太太说，你就是宝力格舅舅。

我遵嘱来到院中“弄些响动”，鞭炮是由家自带来的那挂小鞭。母亲体恤我到底是个丫头，不敢将哥哥们放的“二踢脚”“老头花”一类的壮观之物拿到镜儿胡同来，拿来我也不敢放。我在廊下半天点燃一个小鞭，啪的一声，一瞬即逝，不惊人，更谈不上气魄，连自己也感到很没劲。这时西南方向的夜空泛起一片红光，转而又变绿，接着传来噼噼啪啪的爆响，那是我们家的孩子们在放焰火。我本来该是他们中的一员，却被弄到这儿充当了什么宝力格。我想，如果明年他们还让我来，我也要像宝力格一样：逃跑！

站在廊子上我向屋里望去，舅太太和舅姨太太仍旧在烛光里坐着，依旧是相对无言。她们默默地看着那个金光闪耀的封册和那张写有生辰八字的黄纸，正努力熬过这漫长的年夜。烛心在燃烧，三儿在睡觉，田姑娘已经离开，到前院守门去了。除夕之夜，王府内重门寂寂，屋宇沉沉，两个老妇人、一盏孤灯，构成了难言的风景。突然，摇曳不定的光焰变大变亮，放出了五彩的环，我看见舅太太和舅姨太太也随之兴奋、紧张，她们一动不动地看着那灯，大气儿也不敢出了。灯心结了一个大灯花，又迸出一片明丽的光，继而火焰变小，变暗，变得奄奄一息、飘忽不定，随着光环的消逝，舅太太和舅姨太太也沉浸在昏暗之中，变得模糊不清了……

八

我没想到以后我竟然见到了宝力格。

那是新中国成立初期，是老四的朋友对老四说他们单位的领导叫宝力格，是蒙古族，科喇奉沁人。一问年龄，正好也是属猴的，老四就把这件事又告诉了舅太太们。舅太太听了青着脸，半天不说话。舅姨太太倒是急得不行，抓住老四说，你怎么不把他拽回来啊，这孩子，到了家门口还不回来！舅太太让我和老四去看看宝力格，摸摸情况，探探他的态度，如有可能，最好还是劝他回来。我们临走，舅太太把舅爷的封册拿出来，让给宝力格带去。舅太太说，他认不认我这个娘是无所谓的，我算什么，我什么也不算，但是他给赫尔札布做了两年儿子，这是更改不了的。实在不回来也罢，把这个封册交给他，怎么说这也是一代朝廷的任命。即便是被推翻了的，它也存在过二百多年，这是任谁都得认可的事情。这是他父亲的东西，该他收着。老四不愿意拿，嫌沉。舅太太说，这是个机会，你以为宝力格还能再见你吗？老四只好拿了。舅姨太太喘息着追到垂花门，颤颤巍巍地说，你们哄也把他给我哄回来，我活不过明年了，临死前哪怕只见他一面我也心满意足了……在阳光里我更看清，舅姨太太的确病得很重，一双脚肿得连鞋也穿不进了，她不光戴了“帽”，连“靴”也穿了，活不过明年，这话不是妄说。

宝力格的住处在他办公楼的后面，是一间低矮的平房。老四跟人说我们是宝力格的亲戚，勤务员就把我们领到他的住处来了。勤务员说宝局长到食堂吃饭去了，让我们在他的房间里等一会儿，说局长很快就回来。我们才知道宝力格已经当上了局长。老四看了一眼周围的陈设说，连床整装被子也没有，还局长呢！这间小破屋，不如咱家的茅房大，放着王府不住，他这是何苦？我说，你以为王府是舒服地方吗？那地方连鸟儿都不想待。老四说，再怎么不好也比这儿强。我说，倒没想到共产党的官这样穷，穷得在卧室里接见咱们。老四说，你怎么能用“接见”这个词儿？你要搞清楚了宝力格是谁，咱们是谁。我说，宝力格是表舅，是局长，从哪方面来说他都压着咱们，怎么不能说接见？老四说，宝力格是共产党，共产党是人民的勤务兵，咱们正好是人民，共产党见人民不能说“接见”，得说“觐见”，你懂吗？我说，我更多的是把宝力格看成了舅舅而不是勤务兵……

我们正在抬杠，宝力格端着饭进来了，他的搪瓷盆里装了十几个包子。

我的第一个反应是，这人不是宝力格。

宝力格说他就是宝力格。

此人五短身材，黑红脸膛，高颧骨，细眼睛，粗犷有余，文雅不足，与照片上的舅爷比相差甚远。当初，舅太太们是冲着宝力格长得像舅爷才认他当儿子的。如果舅爷是这副模样，慈禧难道还会说他是天地间造化出的英倜人物吗？天潢贵胄的瑞郡王六格格还会心甘情愿地嫁他吗？

老四说明来意，并将用黄绫子包着的封册交给了宝力格。宝力格没有理会我们的谈话，也没急着看那包袱。他说，食堂今天吃包子，大肉萝卜馅的，味道不错，听说亲戚来了，特意多买了几个。老四对萝卜馅持不屑态度，他说，我们吃过了，我们在前门“都一处”吃的三鲜烧卖。我知道老四又在胡诌了，其实从早晨到现在我们什么也没吃，他这样说是要以三鲜烧卖从气势上压倒萝卜馅包子。宝力格似乎根本没感觉到老四的青皮劲儿，依旧说，吃过了尝尝也好，我们也不是常吃的，你们正好赶上了，怎么能不尝尝呢？我看宝力格是真心，就接过一个。老四还是不吃，我知道，到只剩下我们两个人时他准会说我：没见过包子！

经过对包子的反复推让之后，宝力格才坐下来看那封册。我从桌子对面审视着他，想象着他与我有过的共同经历，受训斥、学满文、拔荒草、抵抗睡眠，等等。但无论怎样，我也难把眼前这个矮黑汉子和印象中的宝力格结合起来。我想不出，能将萝卜馅包子视为美食的人会有怎样的王府生活经历。

这期间宝力格已经看完了封册，他把那几块金版包好交还给老四说，这是很珍贵的东西，是我们科喇奉沁王爷的册宝，我还是第一次见到，但我不是你们要找的那个宝力格。老四不说话，细眯着眼睛斜视着宝力格，那表情分明在警告对方不要跟他玩什么小儿科。宝力格说，科喇奉沁叫宝力格的男子很多，就像藏族的强巴很多一样，蒙古族的宝力格也很多，你们不妨再问问其他人。老四说，你敢肯定你和镜儿胡同没关系？宝力格说，我不知道镜儿胡同在哪里。老四说，你的忘性怎这样大？你在王府里住过两年呢！宝力格说，我是由科喇奉沁直接参加骑兵部队的，在内蒙古和西北打了十几年仗，解放后才到的北京。

宝局长大概没有胡说，他那两条“O”形的腿和走路晃肩的姿势足以证明他的出身和经历。我为局长不是我们要找的宝力格感到庆幸，心里松了口大气。突然，我想起了那些曲子，那是宝力格抄了无数遍的曲子，学过满文的宝力格对此应该有所记忆。我鬼使神差般念出前面两句，孰料，局长不假思索就把后面的接上了，而且不是念，是唱出来的。这回轮到我斜着眼睛看他了，我问他是在哪儿学的。宝力格哈哈笑起来，他说，这曲子还用学吗？东北、内蒙古一带的老百姓大多都会唱，这是段流传很广的牌子曲，名字叫《鸟枪诉功》。

我没话可说了。

一离开局长住处，老四就说宝力格在装孙子，说他打宝力格一进来就看出宝力格在跟我们玩花样、绕圈子。我问何以见得，老四说，他开始不正面回答我们的问题，却瞎扯什么包子的话，那是在掩饰，在寻找对策，这个宝力格狡猾得很。我说凭我的直觉，我感到这个人不是宝力格，宝力格要比他英俊潇洒多了。老四说我的直觉是个屁，女人就喜欢俊小生，天底下哪有那么多小白脸儿？又说，一个共产党的局长为几个萝卜馅包子而激动，小家子气！

九

我们将各自的感觉向舅太太们做了汇报，舅太太脸色很平静，她说，我料到会是这样的，我们的缘分也是尽了。舅太太再没说话，径直进了她的西套间，连那个黄绫的小包袱也忘了拿。舅姨太太则很仔细地询问宝力格的身高、长相、健康状况，特别还问到了那颗门牙。遗憾的是我和老四尽管跟宝力格闲扯了半天包子，谁也没想起论证他的牙来。老四说，牙不牙不是主要的，宝力格不会这么多年一直豁牙露齿。舅姨太太说那是。老四还说了宝力格会唱曲子的事，舅姨太太马上问宝力格将第三句是怎么唱的。我说他唱的是：伊尼哈拉本姓狼。舅姨太太说，如若这样，此人是宝力格无疑。我问为什么。舅姨太太说，这个曲子在东北流传过不假，但原词是“伊尼哈拉本姓常”，是我把姓“常”改成了姓“狼”，是我儿子他就会唱姓“狼”，不是我儿子他自然是唱姓“常”。经老太太这一说我倒糊涂了，听的时候竟没注意“狼”和“常”这一细微差别。但老四却坚持说宝力格唱的是姓狼。我认为老四其实什么也没听清楚，他不过是在顺着老太太说，故意把这个宝力格往就是那个宝力格身上引。果然舅姨太太上了他的套，舅姨太太说，宝力格现在是国家干部了，他哪儿能随便就回家？咱们家成分高，他理应避着一些才好。我知道他很好，他也得了我的信儿，这就行了，就是他回不来，我们娘儿俩的心也是通着的了。

舅太太却没有舅姨太太这般达观，她自此变得寡言少语，终日将自己关在西套间，加上猴子三儿的病故，舅太太真真是老了。我年底去看她的时候，她已不能起炕，西套间里脏乱不堪，舅太太本人也憔悴衰弱，衣服敝污，全不是当年威仪严整、奕奕逼人的王爷福晋了。我粗算了一下，前后不过两个月的工夫，两个月，舅太太的变化竟然这样大，这不能不让人吃惊。舅太太见了我也没有话，也没提去银安殿拔草的事。她的目光里满是冷漠，对物的冷漠，对人的冷漠，对生的冷漠。那部与宫里相通的电话机仍摆设在原处，已经尘封蛛网，舅爷的照片还挂在墙上，却已经变得脸朝里了。想必，舅太太和当年的宝力格一样，怕和舅爷相对。

舅太太死在腊月，孤寂地、无声无息地死了。死时没有人在跟前，只有头顶的一盏灯。

病病歪歪的舅姨太太却还活着，她活过了来年春天，又顽强地向下一个年头活去。最终，连田姑娘也没能熬过她。田姑娘死时，舅姨太太已经七十六岁。七十六岁的舅姨太太深居简出，如同世外闲人，没有任何欲望，不作任何奢想，只是惦念着她的儿子，想象着有朝一日她的儿子会突然推门而入……

其时，王府已为某出版社所用。舅姨太太仍旧住在小偏院里，由我们家的人时常过去照料。街道每月补助老太太八元生活费，将她划入鳏寡无依的“五保户”之列。舅姨太太却认为这笔钱是宝力格通过街道转给她的，她无论从哪方面说都算不得“无依”。她私下对我说宝力格自己不便出面，把钱换作另一种方式给她，她很能理解。这话她当然不能向外人说破，她得顾及儿子的前程。总之，她的宝力格是个孝顺儿子，他还在时刻想着他的妈。据我所知，街道补助生活费是根据老太太没有生活来源又丧失劳动力而定，跟那个宝局长没有任何关系，那个宝局长早已调到外地去了。关于宝局长的调动，我和老四不约而同都没有跟舅姨太太说。老四从小就爱搞些歪门邪道的把戏，父亲说过，他是我们家的万恶之源。万恶之源的老四，现在把舅姨太太骗得一愣一愣的，他故意把他的朋友往老太太这儿领，挑着那个朋友讲他的领导宝力格的逸闻。朋友无心，老四却是有意，最过瘾的当然还是舅姨太太，她能从老四这儿间接得到儿子的信息，那种满足和幸福是难以言表的。我说老四这种不损人、不利己的做法真没太大意思，纯属吃饱了撑的。老四说，我怎么了？我干什么了？我跟朋友去舅姨太太那儿聊聊天，伤着谁了？碍着谁了？

我说，无聊！

十

岁月迁流，原以为老太太就是这般平平淡淡地了此余生，不料老树新枝，淡泊中的舅姨太太竟又有了柳暗花明的事情。文史部门听说镜儿胡同三号住了一位精通满文的蒙古王妃，特意前来拜访，聘为顾问，每年给酬金三百元。当时亲戚们对这一做法很不理解，蒙古王妃实在算不得什么，皇上的皇妃还在那里艰难地自食其力呢，活着的王爷也还有几位，哪里就轮得上这个七十多的老太太？于是有人就想到是不是真有个宝力格在暗中使劲。舅姨太太对此不置可否，别人问起多是一带而过。老太太的含糊其词实际是种默认，一种幸福的默认。我看得出，不光舅姨太太希望别人那样认为，连她自己也有意地直往她儿子身上拉。我分析能让国家看重的不是老太太的身份，而是她的满文功底。老太太的祖先能"满汉翻译，进过三场"，足见家学之渊源，这一点是任何皇妃王爷们都不能比拟的，舅姨太太独此一份。自此以后，常见有大学问夹着满文老档坐着小车前来求教。来人毕恭毕敬，一口一个"狼老"，那情景真如见到了祖师爷一般。舅姨太太更是如鱼得水，以前教我学满文如同对牛弹琴。如今伯牙遇到子期，高山流水觅得知音，心里头就只剩下满文，把我们都忘了。久之，老太太学会了握手，见人再不请安；学会了拿着腔儿说普通话，嘴里时不时还要冒出一两个新名词，让人大吃一惊。老四对我说，咱们的舅姨太太成精了，什么狼老啊，整个儿一个老狼！

被我们背后称为老狼的舅姨太太很得意地对我说，老了老了我托了儿子的福，这真是几十年来没有料到的。亏了当初宝力格从王府跑了参加了共产党，他要不跑，顶多跟你们家老四一个样儿，吃喝玩儿上门儿精，却没什么真本事。倒是成天能在我跟前，有什么用啊！看来儿子不用多，管用就行。我说，您老圣明，这话您跟我怎么说都行，千万别让老四听见，让他听见了准得跟您急。

舅姨太太在“儿子”的庇护下活得充实无比，心旷神怡。

“文革”中我们家所有人员都在劫难逃，常来舅姨太太家请教满文的那个大学问也进了牛棚，舅姨太太的小院里却是水波不兴的静。没有谁愿意冒风险碰这个年近九旬的老太太，她已经老得直不起腰了，随时都有倒下去的可能，正愁死了没人埋呢，何苦找那麻烦？更何况老太太还有一个从未出现过的、神秘莫测的儿子，谁能说清他是干什么的？那年月，说不清楚的事情太多。

随着“文革”的“深入”，三百元年俸停了，八元生活费也再没争取得来，舅姨太太处于退而无路的绝境。那天，舅姨太太带话来说让老四过去。老四正被造反派关着，走不脱，我就过去了。舅姨太太问，怎么是你来了，老四呢？我说老四不便出门。舅姨太太问怎么叫不便出门？我说他被剃了阴阳头。舅姨太太问何为阴阳头，我说就是左右各半。舅姨太太说，这倒是怪，怎么不剃成前后各半呢？要那样造反不就又造回大清了吗！我赶紧捂住老太太的嘴，叫她不要胡说。我说，老祖宗您再不要给我们家找事儿了，我们家已经再经不起任何折腾了。舅姨太太说，你们怕，我不怕，我的儿子是共产党。你看街上那么闹，他们就不敢到我这小院儿里来闹，外院儿出版社的大字报都贴满了，谁敢给我贴一张？我不便再说什么，就问她找老四有什么事儿。舅太太说让老四通过他的朋友给宝力格通个气儿，将她目前的窘况告诉她的儿子。我说，那个宝力格根本就不是您儿子，是老四哄您呢！老太太不相信。我说，宝局长十年前就调走了。老太太说，我不跟你说话，你还是给我找老四来，这件事儿我就认老四。我拿老太太的固执没办法，心里真把老四恨死了。当初是他系下的死扣，如今却要我来解，这么一想就觉得把老四关死、斗死也绝不冤枉。眼前我只好顺坡下，答应替舅姨太太去找儿子。

街道给我母亲下命令，让母亲把舅姨太太接到我们家来。其原因是街道对这个孤老太太也无能为力了，我们家多少与她沾了些亲戚关系，所以老太太理所当然该由我们家收容。母亲身体已经很差，几个儿子死的、走的、关的、管的，身边只剩下了我，接舅姨太太的任务非我莫属。

接舅姨太太那天，出版社的大院里站了好多人，出于好奇，谁都想目睹昔日王妃的容颜。那时西哈努克亲王和皇后莫尼克公主在中国电视、报纸上进进出出，几乎达到了家喻户晓的程度。可那毕竟是外国的王爷、王妃，人们更想看看中国自己的土著，看看现成的札萨克多罗亲王王妃。这无可厚非，我当然不能阻挡人家看我的舅姨太太。

那天的太阳金光灿烂，我骑了一辆借来的平板车来到镜儿胡同三号，平板车进不了偏院，就停在昔日的垂花门口。我进院的时候舅姨太太早已收拾停当，抱着小包袱坐在院里的台阶上。看我进来，她朝我一笑，就像当年我攥着萨其马向她请安时她那一笑一样，不同的是现在她的嘴里一颗牙也没有了。望着衰老、单薄的老太太，我的鼻子忽然一阵发酸，说不出话来。周围景致依旧，东墙的黑枣树下埋着她的小黄鸟，北屋的檐下开着她每年要关照的茉莉花，窗棂上那些我们共同喜欢的小蝙蝠还在翩翩飞舞。这是舅姨太太住了六十多年的、从未离开过的小院……

舅姨太太见了我伤感的样子说，早就想着离开，总没有机会，这回好，终于走出去了。她看了看我又说，你是不是以为我会很留恋这里？错了，其实我压根儿就不属于这儿。我说，既然您不属于这儿，那咱们就走吧。舅姨太太却迟迟不挪步。我说，车是借的，咱们抓紧时间走吧。她说，我已经走不了了。我将舅姨太太背起，老太太却一把抓住门框不撒手。我说，您这是干什么呢？舅姨太太突然呜咽道，我就这么走了，将来宝力格到哪儿找我去呢？叶落归根，他总会回来啊！我说，宝力格回来总得找街道，街道会告诉他上哪儿找您。舅太太这才松了手。

我背着舅姨太太走出垂花门，围观者哄然一片。

衰老的王妃令人们失望，如同宝力格令我失望一样。

十一

舅姨太太住进我们家后，每晚照旧点蜡。她说她已不习惯电灯，灯光太晃眼，她看灯光总是有五彩的虹，不如烛光柔和。我们不知道这是青光眼的症状，以为她是随便说说，后来她的视力日差一日，以致一米以外看不清东西，我们才发现病情已经到了晚期。治了几次，医生说希望不大，只要不急性发作，只可维持现状，关键是病人要保持心情舒畅，避免忧虑和刺激。这些，我们可以努力做到，但是，舅姨太太做不到。舅姨太太在我们家永远有客居之感，她不愿意麻烦母亲，生活力求自理，甚至还要帮母亲干些家务。九十岁老人的能力，谁也不敢指望，我们劝她只要老老实实在房里待着，茶饭自然会送到她的手上。她仍是不安，一听到脚步声脸上立即堆出笑，以便让我们看到她的满足和感激，那情景让人心酸。

舅姨太太再也没有问过宝力格的事。

一天上午，我去给她送洗好的内衣，舅姨太太正趴在桌前，靠着那微弱的视力在艰难地写着什么，她太专心了，竟然没有发现我的到来。透过老人消瘦的肩，我看见她用铅笔在孩子们用过的练习本背面一行行地画着满文。前面已经写过不少，小小的本子只剩下了一半。我咳了一声，舅姨太太慌忙将本子合了，惊恐地问，是丫丫吗？看舅姨太太的表情，很像个做错了事又被人抓住的孩子，窘迫得有些不知所措。我后悔自己的举动使老人如此难堪，便揽着她的肩说，我看见您写的满文了，真好，您教我吧。舅姨太太说，老了，记性不行了，眼睛也看不见了，你真要学，将来让宝力格教吧。我说，真后悔小时候没跟您好好学，把大好的机会都错过了。舅姨太太说，凡事都有个缘分，那时候你跟满文的缘分还没到，不学不足为奇。说着她把小本子掖到褥子底下，又将单子抻平了，然后自己坐在了上面。我想，那上面一定记录了很重要的东西，跟她的经历有关，跟历史有关，也跟她的儿子宝力格有关。我把话往宝力格身上引，说，老四从牛棚出来些日子了，他去打听过几回宝力格，没消息。老四说了，这事儿包在他身上了。舅姨太太的眼里有泪光在闪，她说，不必找了，我知道，宝力格现在也遇上了麻烦，这么大个运动，谁能躲得过呢，何况他还是个干部？我说，您放心，您娘儿俩早晚有见面的那一天。

舅姨太太摇摇头说，怕是难了。

舅姨太太终于熬到了“文革”结束，她将在床上度过她的百岁生日。双目失明的舅姨太太在生日的前两天实际已呈糊涂状态，一连三天，只喝了几口糖水再没进其他。大家都明白，老太太就是这一两天的事了，得赶紧做送老太太上路的准备。

就在母亲和她的儿媳妇们忙着为舅姨太太缝制老衣时，老四举着个汇款单一路喊着跑进后院，跌跌撞撞地奔进屋来，扑到舅姨太太床前大声说，老太太，您儿子宝力格给您寄钱来啦！

舅姨太太立即睁开了眼。

老四把汇款单递到老太太手里，老太太哆里哆嗦把单子使劲往眼前举，可惜，她什么也看不见。舅姨太太把脸转向老四。老四说，您听，我给您念：北京镜儿胡同三号狼伊雁母亲大人收，下款是内蒙古科喇奉沁右旗宝力格寄。不多不少整整五百块呢！大伙儿都觉得惊奇，都觉得这钱来得突然，但当着舅姨太太又不便说什么。舅姨太太将汇款单紧紧地攥在手里，再不松开。

我将老四拉到门外低声问，这是不是又是你玩儿的花活？老四跺着脚说，天地良心，打死我我也拿不出五百块钱来。这单子是出版社那边转来的，要我寄能寄到出版社去吗？

五百块在当时的确不是个小数，别说老四，就是我，也拿不出。

但是，鬼才相信这钱是宝力格寄来的。

舅姨太太相信。

三天水米未沾牙的老太太喝了几口米汤，她好像不糊涂了，神情简直爽朗极了，天已经很晚了还没有睡的意思。我坐在她的床头，她断断续续地说宝力格既然寄来了钱，过不了几天也会回来看她。说像她这样有福气的老太太全中国也没几个，她这一辈子知足极了。我说，您该睡了。舅姨太太说，天都黑了吗？我说，都快十二点了，家里的人都睡了。舅姨太太说，有这么晚了啊，我这眼睛看不见，也不知白天黑夜，耽误了你不少工夫，你也睡去吧。我将老太太的被子掖了掖，站起身说，您歇着，我走了，明儿一早来看您。舅姨太太说，记着把灯端走，我这眼睛要灯也没用了。

舅姨太太死了，很幸福地死了，终年一百岁整。

那五百块钱，正好发送了老太太。

十二

前不久，社会上一度兴起满文热，我几次想进那学习班，却总抽不出时间，有几回都计划好了，又被别的事冲了。思来想去，就想起舅姨太太的话，还是缘分不到。我丈夫对我要学满文极不理解，他说有那时间不如去学学烹饪，那样还实惠些。我说我学满文是要破译这个家族的一些秘密，比如舅姨太太死后我从她身底下抽出来的那个不起眼的小本子，上面的满文一定告诉了我们一些很要紧的事情。丈夫不以为然，他说，你们家的怪事太多，你们家的人活得太累。放着顺顺当当的汉文不用，偏要写什么满文，成心让人看不懂。

后来，我拿着本子找到学习班的老师，请他帮忙翻译，没想到老师竟是以前常来镜儿胡同三号找舅姨太太求教满文的大学问。他看了舅姨太太留下的本子，一言不发，又还了我。我让他无论如何告诉我里面都说了些什么。老师站在窗前望着外面说，不知道也罢。我说，这是我们家老人留下的话语，我怎能"不知道也罢"？老师转过身对着我，我才发现他的眼里满是泪。他说，这是老太太写给她儿子的。我问都写了些什么，老师说，老太太详细记录了她每天吃了些什么饭，你们给她买过什么零碎……这是一本流水账。我说，老太太记这个干什么？老师说，她让她儿子宝力格将来折价如数偿还。

…………

舅姨太太，您让我说什么好啊！

出版社办了一本文学刊物，编辑亚君跟我约稿子，他让我到编辑部去谈一谈，我再一次来到了镜儿胡同三号。走进大院，我看见银安殿已被改作了机关食堂，原本是神龛的地方变作了售饭窗口，幽暗的檀香气息已被葱花炝锅的香气所替代，再过两个小时就开饭了，这里将是出版社最热闹的地方。殿前平滑的水泥地面和那些停放的大小汽车，让人很难找到草的痕迹，老鸹们也踪迹全无。瞬息间我体味到沧海桑田的变迁，没想到时间竟是这般短暂。

亚君的办公室就在偏院，黑枣树还在，茉莉花还在，这些在年轻编辑亚君的眼里就是树，就是花，和普通的树、普通的花一样。他那不在乎的神情和舅姨太太离开小院时那不在乎的神情没有任何区别，老的和小的在某种境界上达到了统一，所不能释怀的只有夹在中间的我。我想起了单位同事贾平凹说过的写文章的三个层次：山是山，水是水；山不是山，水不是水；山还是山，水还是水……

这正指的是年轻的编辑、我和舅姨太太。

亚君的办公室就是当年舅姨太太住过的老屋。他把我让进屋里说，这座老房光线太暗，屋里还老有一股药味儿，怎么也去不掉，讨厌极了，我们一年四季都得开着窗户。我抬头看那窗棂，可爱的小蝙蝠们仍在飞舞，我伸出手去触摸，彼此竟如老朋友一般熟悉。亚君说，这院里只有这些蝙蝠雕刻还有些艺术价值，其余都没什么特色。明年我们这儿就要拆了，要在这里盖十八层办公大楼，那时你再来看看，比现在要气派多了。

不知何事萦怀抱

一

春天，四格格的女儿夏樱找到我和老七舜铨，跟我们谈及了她母亲骨灰安葬的事，说夏家的人已经看好了两处公墓，一为京东窦家店奉安公墓，一为京西西山陵园。两处墓地各有利弊，条件不相上下：京东的交通方便，便于祭扫；京西的风景秀美，清丽静谧。各自的缺点在于：窦家店墓地过于杂乱，西有公路相交，东有河水干扰，平日嘈杂不说，夏日还难免有水患之虞；西山陵园不通公共汽车，所葬多为各界名人，名人大多有私家车，上趟陵园不为难事，但对无车又无权的夏家人来说就成了大问题。且墓地价格之昂贵，恐怕要夏家所有的孩子们拿出各自多年积蓄才凑得上数。夏樱说，她的母亲生前也是全国政协委员，是国内有名的建筑专家，葬于西山也是应该的；而葬于窦家店也未尝不可，那里似乎更贴近平民百姓，合乎她母亲生前的做派。问题是她母亲临终留下了话，身后骨灰的处理，以廖世基先生意见为准……

夏樱说，本来她母亲的骨灰埋也就埋了，并没什么难处。但他们不明白，为什么一向崇尚科学的母亲，到头来还要听什么讲风水的廖先生的……他们做不了主，依着老北京的习惯，是母亲的事就应该找姥姥家的人商量，所以她就来到戏楼胡同的老宅，请舅舅和老姨给个主意。

四格格金舜镡是我们的四姐，是金家的七个女孩之一，勤奋聪颖，曾留学于国外，获得过英国牛津大学的博士学位。回国后参与过人民大会堂的建造和故宫角楼、天安门城楼、旧东直门的修缮设计，是政协委员、劳动模范，也是我们十四个兄弟姐妹中最有出息的一个。

至于四格格提到的廖世基廖先生，是个只上过几年私塾，学问却“大”得不得了的建筑队普通干部。先管维修，后管劳保，从打一解放参加古建队直到退休，大概最终也没熬上正科长的位置。他的儿子廖大愚说，他爸爸在建筑行干了几十年，一事无成，连点儿说得出来的业绩也没有。著名建筑的修缮工程参加了不少，但那功劳都记在了别人的账上，跟他父亲无关。

廖先生则说，怎能说没有关系呢？但凡建筑，都是有生命的，都是活的。每一座中国古代建筑，都有一个藏匿灵魂的所在，那个地点神秘极了，非行里人不能找到。建筑物有气则生，无气则死，生者以其气而存，这就是所谓的灵气。它是建筑的生命所在，也是建造者的生命凝聚，即为天人感应是也。天坛祈年殿是谁盖的？颐和园佛香阁又是谁建的？没人说得清。但这些建筑立于天地之间，它们存在一天便记着建筑者的名姓，记着那些人付出的血汗和艰难，它们自然也存在于建它们的工匠心中，所以彼此就都永远活着。

廖大愚越听越糊涂，只有眨眼的份儿。

廖先生说，古书上说得好，“太始生虚廓，虚廓生宇宙，宇宙生元气”。建筑和人其实是一样的，生死悠悠，一气系之。仰观天文，俯察地理，建筑行里的学问大了，不光是担水和泥，凿卯上梁。屋者，乃阴阳之枢纽，人伦之轨模，非夫博物明贤未能悟斯道也。这些道理你们可以去问金舜镡，她是大学问，她懂。

当然，从来也没有谁就建筑物的生与死、得气与失气的问题问过金舜镡。跟大科学家谈论风水，有点儿风马牛不相及。更何况忙碌的名人每天为国家的建筑业操心不已，不会对什么“阴阳之枢纽，人伦之轨模”一类虚幻无边的话题感兴趣。尽管廖先生常提到金舜镡，其实他与我四姐海平云鸟，聚散无常，见面的机会极其有限。有时我四姐在电视的屏幕上露了一面，第二天廖先生便会打来电话给我们家老七，说他昨天晚上在电视里见着金舜镡了，说看舜镡的气色不太好，让老七转告四格格，身体要紧。

廖先生小的时候常随着他的父亲到我们家来，有时候是为修房子，有时候是过来串门聊天。

那时候，廖家在北京开着隆盛木场，下面有八个分柜，专门应承宫里的土木活计。据说北京的五坛八庙、国子监、雍和宫、金鳌玉蛛桥、四牌楼等，哪一样都跟廖家发生过关系。廖家的活计在全北京乃至全中国是一流的，廖家的银子之多在全北京乃至全中国也是一流的。光绪死后，修建陵墓，因国力衰竭，财源拮据，享殿周围的石刻栏板竟然全无着落。隆裕太后为此着急，建陵大臣也为此着急，再急也急不来银子。当时国势如江河日下，大清江山业已风雨飘摇，一切都是有今儿没明儿的事了，谁还顾得上死皇上坟地的栏板？这时候，廖先生的父亲，从自家拿出八十万两银子，解了朝廷的燃眉之急，才使原本就窝囊的皇上睡进了借钱建起的陵墓。朝廷要面子，建陵所欠廖家的款项，一直说“借”，但廖家人明白，这是笔有借无还的死账，廖家人永远也没指望着有还债的那一天。廖先生和他父亲来我们家，我父亲常戏谑地跟廖先生父亲开玩笑，说自己死了以后修坟怕也要向廖家借钱，八十万两用不了，八十两总还是要的，到时候还不上钱怎么办呢？还不上就把四格格给了廖家儿子做媳妇抵账。

谁都知道这是句玩笑话，谁都没有当真，包括年龄相当的四格格金舜镡与廖世基本人。父亲之所以提出用四格格抵账而不用其他人，是因为四格格与廖世基是北京第十七小学的四年级同学，更兼之四格格对“盖房子”有种特殊的兴趣。廖家柜上的施工队一进金家，金家上下的大小人等便都反感，那些沙子、石灰毕竟给人带来不便，尽管事先掌柜的已到各房里道了“添麻烦！”人们还是嫌讨厌。一逢修房，金家只有一人兴奋，就是四格格。四格格要从搭架子绑杉篙看起，一直看到画工端着色盘子往彩画合玺上描龙画凤，简直着了迷一般。这时候，随着父亲来金家的廖世基就成了现成的师傅。

四格格说，我们家的房檐上怎么没站着小人儿呢？廖世基说，那是你们家不够品级。四格格说，我们的舅太太家房上可是有小人儿呀！廖世基说，你们的舅太太家是蒙古王爷，王爷的银安殿上当然得有小人儿，天安门上的小人儿是十一个，你们舅太太家房上的是七个，东直门上的小人儿是五个。四格格问，那些小人儿都是些什么呢？廖世基说，头龙二凤三狮子，天马海马狻猊鱼，獬犼猴子和截兽。四格格说，这些物件一下都上了房，图的是什么呀？廖世基说，好看呗，避邪，镇水火，你想想，太和殿的房檐要是光秃秃地挑着，哪儿有现在这气派？

四格格说，我们家戏台的藻井，那一块块的小木头是怎么搭上去的呀？廖世基说，按口分呀，太和殿大不大，比你们家戏台大，上边只要给个二寸的口分，这太和殿就弄得了。这口分是什么呢？就是比例，咱们在学校里不是才学过的？四格格说，那这二寸的比例又是谁给的呢？廖世基说，鲁班爷给的呗。鲁班爷早就算好了，他不告诉咱们口分，咱们就干不了活儿。

四格格说，听说故宫角楼九梁八柱七十二条脊，从上到下没用一根钉子，那样式是按照鲁班的蝈蝈笼子盖起来的，真有这事儿呀？廖世基说，哪儿能没有钉子呢？少就是了。我们祖上修角楼的时候用的是河北获鹿铸钉厂的钉子，楼顶的爬梁，用的是金丝楠木。别小看那几座楼，用料比三大殿还讲究。

四格格说，你懂得这么多，长大也跟你爸爸一样，盖房吧？廖世基说，我当然要盖房，这是我们的家传。四格格说，跟你爸爸说说，也收我这个徒弟，咱们一块儿盖太和殿。廖世基说，太和殿已经盖好四百年了，还用得着咱们盖？我想将来还是要出国留学，学建筑，外国人盖房的手艺也很不错，咱们把他们的活儿偷来不是更好？四格格说，上哪国去偷哇？廖世基毫不犹豫地说，上德国呀，德国的小楼盖得相当精彩，我爸爸跟德国人开的龙虎公司有交往。龙虎公司，知道吧？四格格摇摇头。廖世基说，连龙虎公司都不知道，你真行！告诉你吧，北大的红楼、帅府园的协和医院，都是龙虎公司盖的。看看人家的那份讲究，你绝不能说不好。四格格说，那咱们就去留学。我阿玛就是留学回来的，他没学建筑，他学的是古典文学。

一对四年级的小学生在金家大院里信马由缰地闲聊，无形中竟奠定了我们家四格格的人生道路。30 年代末当她走出国门去学建筑的时候，廖先生却因家境的衰落，成了日本人开的荣纪营造厂里的一名普通小工。四格格在颂年胡同日本人的建房场地上找见了小学同学廖世基，廖世基正在房底下和泥。听说四格格要走，小工廖世基脸上露出由衷的喜悦。他说，您替我好好学，那就跟我出去学是一样的。我在国内，您在国外，这就是中西合璧了，好事儿！四格格本想安慰正和泥的老同学几句，不料廖世基却说，国内建筑行的学问我一辈子怕也学不完，瓦、木、扎、石、土、油漆、彩画、糊，哪种技艺钻进去都是一门学问。就说我手底下这泥，当小工的九浆十八灰，样样都得和到家，这里头可有讲究呢……

四格格走了，逢年过节，时有贺年片由国外给廖世基寄来，廖世基却一次也没有回复过。他将四格格的信件一封封认真地保存好，没事就拿出来翻看，仿佛见到了四格格一般。到了年节，他也要郑重地穿了浆洗过的长衫，提着礼来金家看望我的父母，说些吉利话儿，说些房子上的事情，最终总要转到四格格身上来。只要我的父母讲到四格格在外头的情况，廖世基便很仔细地聆听，生怕漏掉什么细节，也不插话，进入了一种全身心投入的状态。

廖先生倾慕敬重我们家四格格这件事，在金、廖两家已经是不成秘密的秘密。40 年代末，四格格由国外回来，按部就班地找工作、嫁人、生子，也没见廖先生有什么特殊表示。我的哥哥们戏谑地说他是癞蛤蟆想吃天鹅肉，又不敢张嘴。我则认为是“爱惜芳心莫轻吐”。没人时跟四姐谈起我的看法，科学家说，你知道什么叫芳心？小小年纪，别的事儿不上心，偏偏爱对这样的问题伤神，没出息极了。吃与不吃，吐与不吐，跟你有什么关系？先把你的成绩单拿来让我看看。我当然不敢把我那个净是红字的小本在大学问面前展示。但在这件事上，我从廖先生的收敛与退缩中看到了他的自知之明，也就是知己知彼吧。廖先生常说，天道忌满，人事忌全。彼时虽不能令我理解，但现在看来，那实在是一种对人生悟透了的大境界。

残缺实际也是一种人生的美。

廖先生是个很不错、很善良的人。四格格对廖先生一直很敬重，无论在什么场合见了面，都要跟廖先生聊几句。往往这就使廖先生很激动，对人谈论的话题自然也离不开金舜镈和古代建筑，对行外人而言这些都是很枯燥、很专业的内容，人们既不了解中国古建行里那些深奥的营造法式，也不知道金舜镈为何许人也。这让廖先生不能释怀，很是悲哀。

至于我的子侄辈，对此颇有些不以为然。年轻人以为，这是一种追星行为，小姑娘们追刘德华、张学友，小伙子们追梅森、施瓦辛格，老头儿们追于魁智、耿其昌……所谓的追，就是一种喜爱，一种向往，一种崇拜，并没有什么实质性的内容在其中，谁的心里能没个星星儿呢？所以，廖先生倾慕金舜镈也就理所当然，没什么值得大惊小怪的了。对此事唯一挂心的是廖先生的老伴儿。这位大姐平时贤惠无比，但谁在她跟前一提金舜镈，她的表情立时就不自在，不惟对金舜镡，发展到对我们金家所有的人都抱以警惕，都没有好感，大有“恨屋及乌”的劲头儿。为此，我们家的人谁也不愿意上廖家去，尽管两家是多少代的世交了，到了廖先生这辈竟是走得远了。

我和老七的意思是，既然四格格提出了以廖先生的意见为准，骨灰安葬的事就还是应该跟他商量一下为好。一来是死者的心愿，二来两人毕竟是建筑行多年的朋友，或者是生前真有什么约定也未可知。

尊重死者是活人的义务。

舜铨给廖家打了电话，是廖大愚接的。大愚在那头冷冷地说廖老先生最近身体不好，没精神应酬杂事儿。老实的舜铨当下就没了话，他拿着电话问我怎么办。我说，你跟廖大愚用不着客气，实话实说。舜铨说，还是你来吧。我接过电话大声说，廖大愚，我是金舜铭。大愚一听大叫一声说，敢情是你呀！电影院现在正演你写的电影哪，我老说什么时候去摄影棚看看电影是怎么拍出来的，这回好，你无论如何得带我开开眼去。我说，看拍电影以后再说，让你爸爸接电话，我有重要的事情跟他说。大愚说有什么事情不妨跟他先说，他跟他爸爸是一样的。我就说了请他父亲帮着金舜镡挑选墓地的事。大愚说挑选墓地这样的小事用不着他爸爸出面，他本人就完全可以担当。我强调说是金舜镡本人的意思，金舜镡请的是廖世基，没有请廖大愚。大愚在电话那头沉默了一会儿，小声说他父亲的心脏最近不太好，身体也很差，这样的事情最好还是别让他爸爸知道……我想，大愚自然知道他父亲对我四姐的感情，他这样做，是真的怕他父亲知道了四格格的噩耗有什么三长两短，他是他爸爸的孝顺儿子。我见他为难，也有些犹疑，这时大愚说，这样吧，你过来，就说是为一个朋友选墓地。我说，这样也好，不知什么时候去合适？大愚说，现在就合适，现在他还不太忙。末了，大愚突然又说，其实你最好别来。

我问为什么。

大愚说，我怕你白跑一趟。

二

有必要讲述一下廖家的来龙去脉，讲一讲金、廖两家的关系。

廖世基的祖先精于堪舆之学，极受朝廷重视。明朝燕王朱棣在南京登基，打算将国都迁往北京，永乐三年，派礼部尚书赵江、江西风水术士廖云清等人北上，奠基京师。

根据中国“以土中治天下”的传统思想，京城应选不偏于东西南北的中央，选中央之法。按廖家人的说法是在夏至那天，用八尺竹竿立于日下，影达一尺五寸的地方，即为天下中央。古人认为，中央之地，天地之气和合，顺风雨之所调，总阴阳之所交，是天下为一的大吉之土。小时常听廖先生作如是之说，对此我深信不疑，认为北京就是他们家用大竹竿选出来的中国地域中心。稍大有了些地理知识，才发现北京并不在中国的地中央，从中国地图上来看，它靠东又偏北，地中之说似乎不妥。将此疑惑请教四格格金舜镡，洋派儿人物金舜镡说，这是古代中国在测量学上的一个误区，没有什么科学道理，用一尺五影子选出来的点也绝不止一处，而是从西向东一条线。我问她怎么找中国的中心，她说北京就是中心，政治文化的中心，再用不着找什么其他的中心。我认为，金舜镡没听懂我的意思，科学家也再没兴趣跟我谈什么“中心”的问题，去忙她的工作了。廖先生问过我请教的结果，我说金舜镡说了，北京就是中国的中心，我当然把“政治文化”省了，也没说“能测出一条线”“没有科学道理”的话。廖先生听了很高兴，兴奋地对我说，这叫“土圭日影法”，是中国测量学的精华，是集天文、地理、术数为一体的科学，你的四姐深谙其中奥妙。她不是个一般的人。

不知怎的，我却总觉得四格格有些浮躁，而廖家说得也不太准确。

再回过头来说廖家给北京定方位的事。

京城乃皇居宗庙的所在，是国家江山的象征。廖家祖先深知责任重大，用了数年时间，终于勘定下北京的基本方位，设计出了紫禁城的大概规模，所以，廖家先祖对于北京城来说，功不可没。

据说北京从前门到鼓楼这条著名的南北中轴线就是廖云清从天上“替”下来的，这事让廖家人一说就有点儿神乎其神。什么先祖为找正北，驾气上天，遇北斗金星，赐金鸭一只，返回人间，金鸭不留神从怀中飞窜，扑棱棱拱出一条路，一量，就是北京南北中轴……我在儿童时代常常分不清现实与传说，就对那只拱出中轴的鸭子很向往，千方百计要一睹金鸭风采。我与廖先生的儿子大愚年龄不相上下，是小学同学，放学后常去他们家玩，大愚曾偷偷给我看过那只为我们大家找着了“北”的金鸭子。所谓金鸭子，不过是一个有点儿像鸭子的小木片，并不是金光灿灿的大鸭子，让人有些失望。后来，在古代建筑博物馆又见到了那个“鸭子”，说明写得很简单：“明代地平仪，俗名‘水鸭子’，廖世基先生捐赠。”水鸭子是一对儿，漂浮在水盆中，采用的是两点一线的简单原理。问及北京的“北”是不是这鸭子拱出来的，年轻的讲解员一笑，说这话不是没有来由，明朝辨方位、找水平，凭的就是罗盘和水鸭子。夜静时用水鸭子抄下七星北斗的方位，固定住，然后封箱，派专人看守，即为找着了“北”。天明后选吉时开箱，根据测下的正北定中线，有了中线就有了北京的建设根本，有了主心骨。所以，“北”的学问不惟在中国建筑业，在为王建国上也是至关重要的。辨方正位，是匠人也是天子要时刻铭记的——“天子当阳而立，向明而治”“生者南向，死者北首”。找着“北”，实在是件非同小可的事情。

可叹的是，金舜镡对这么重要的鸭子竟然一无所知。她说，“北”还用找吗？用指南针一看就看明白了，再省事不过了。我说，明朝时候用水鸭子，不用指南针，我在廖家还见过为北京找着了“北”的那只大金鸭子呢，有这么大。说着我用手比画了一个比真鸭子还要大的“鸭子”，我主要是不想让她跟我一样失望，这么一想，那鸭子当然是越大越好。四格格对我这个最小的妹妹大概也没办法了，她蹲下来看着我说，你的历史课学得肯定不好，指南针在宋朝时候就有了，是中国四大发明之一呀，你怎么会不知道？

我问她是明朝早还是宋朝早。

金舜镡瞥了我一眼，一句话没说走了。

自打明朝就为北京建设立下汗马功劳的廖家人，满人入关后更是受到重用，其先祖曾两次受顺治母亲孝庄皇太后和皇叔多尔衮派遣，随同钦天监官员去京东勘选陵地。不久，选中昌瑞山南坡大片向阳的秀丽山峦，即为今日东陵。

东陵北面主峰高耸，气势巍峨，万山奔涌，霞霭蒸蔚；左右有河水环绕，南面绿野如茵，紫气东来，一派锦绣。传说廖家先祖曾经陪着顺治皇上去过东陵，顺治骑马登上主峰，环顾四方，称陵区有“龙蟠凤翥”之势，为“乾坤聚秀之区，阴阳和会之所”，龙心大悦之余，摘下右手的玉扳指抛下山峦，定扳指落处即为他的万年吉地。随从们下山寻找，在山脚的草丛中觅得顺治的扳指，却见扳指套在一小木桩上，原来这小桩就是廖家先祖为皇上勘测的陵寝中心，金井所在，是风水家所点的“穴”。

有道是，“京都以朝殿为正穴，州郡以公厅为正穴，宅舍以中堂为正穴，坟墓以金井为正穴”。风水家们以点穴的准确与否来测定水平的高低，其细微程度往往有“失之毫厘，谬以千里”的说法，故而也有“三年寻龙，十年点穴”及“寻龙容易点穴难”之说。金井的位置在整座陵墓的中心，即棺床正中央，在墓主尸体的腰间部位，钻一圆形深井，内中有不竭之泉水，藏以死者生前喜爱之珍宝，一来镇墓，二来息壤。以风水说法，金井可沟通阴阳地气，为陵墓精神之所在，其位置的重要，不亚于太和殿的龙椅，是直接关系到江山社稷的核心部位。廖家先祖勘选的正穴与皇上的扳指落处不谋而合，除了说明天意以外，也说明了廖家人的真才实学。为此，皇上回銮以后特赏赐廖家先祖光禄寺大夫之职，官居二品，蓝顶花翎。廖家一时是荣耀得很了。

否泰相承，祸福相依，风水也会逆转，祖坟也会跑气，所谓的得意都是一时的。据说，我们的老祖在道光八年曾救过廖家先祖一命，廖家人世代感激，都到了20世纪80年代了，廖先生见了我们家老七，提起来仍旧满口是“心中藏之，何日敢忘”一类言辞。

这一切当由廖先生的高老祖说起。廖家高老祖廖景昂，奉旨为道光皇帝在东陵勘点龙穴，当时参与此项工作的王公大臣不少，除庄亲王绵课以外，还有大学士戴元钧和尚书英和等人。一行人在东陵宝华峪寻得吉地，廖景昂慎重点穴，打下金井木桩，以斛覆盖，自此，此点一直到陵墓建成再不见日月星三光。将选址情况报之道光，皇上钦定于十月初十吉时动工。开工的第一道工序是挖掘金井，挖掘的深度一直要深入到地宫基底的水平，以判明墓地的地质情况和合适深度。

十月初十那天，各大员到齐，行典礼祭告山神、后土、司工诸神，一番仪式之后，工匠的铁铲便要直落龙穴了。这时，大学士戴元均突然说，且慢，不可贸然行之，穴中恐有水沙。众人看那周围，果然潮润松软，一股山泉由左绕来，钻入地下，竟不知所终。庄亲王是建陵主事，见状亲自做主将陵寝前移五丈，以避开水沙。廖景昂在一旁虽缄口不语，却脸色大变。工役们破土开挖地宫基槽，改址后的基槽一路深入，果然土质干硬，取四方一寸土，派人称量，为九两三钱。以土质而论，九两以上为吉土，五七两为中吉，三四两为凶地。于是有人便责言廖景昂点穴不准，有失察之罪，将奏章上报皇上，道光却按下不提，意欲陵墓竣工再作论处。道光皇帝的陵寝修建历时七年，七年中，虽皇帝屡次有“国家定制，登基后选建万年吉地，总以地臻全美为重，不在宫殿壮丽以侈观瞻”之类以节俭为要的谕示，但陵墓的耗资依然惊人，不在历代天子以下。道光七年，陵墓建成，将已故的孝穆皇后安葬于此，皇帝也亲临地宫验看，见建筑坚实细密，处处不违祖制而又匠心独到，十分高兴，给所有参与陵建人员以赏赐。在加官晋爵的热闹中，独廖家高老祖廖景昂不求恩典，唯以勘察不准而谢罪。时值道光高兴，对廖景昂的罪过不予追究，也不予赏赐，一件弥天大罪就这样一带而过了。廖家人在冷汗之余也并未怎样高兴起来。

第二年，道光皇帝出京狩猎，途经东陵，想起自己的陵寝来，便去看看。孰料，将地宫的石门一打开，一股污水哗哗而出，细观，整座地宫已成水乡泽国，皇后的梓棺浸泡于水中，遍生霉迹，那些陪葬的木箱，也腐烂糟朽，诸多物品散落漂浮水中。道光一见，大怒，着人测探水深，计近二尺，已漫过停放棺木的宝床之上。至于那口棺下的金井，则已成了水之源泉，这无休止的浑汤，就是从那个眼里涌出来的。也亏了皇上第二年便想着来验看，若再等三年五载，地宫怕已经变成水晶宫了。

接下来是一次历史上有记载的大问罪与大株连：尚书英和拟斩；庄亲王已故，他的四个儿子皆被革爵；近百人被杀、被抄、被发配宁古塔。这中间，首当其冲的就是廖景昂——廖本人及亲族被处以极刑，押至死牢，待秋后处斩，财产全部没收。这场因“选陵不慎”造成的欺君事件，沸沸扬扬闹了近半年才算平息。

皇上盛怒之后，不得不面对严酷之现实。很明显，东陵宝华峪陵寝已不宜再用，而再勘新址，一时难寻堪舆之人。加之朝廷上下，为陵寝之事人人自危，个个忐忑，真真闹得道光帝是下不来台阶了。这时，我的高祖上奏章给皇帝，言明选择新陵址的迫切与必要，又阐明当初廖景昂谢罪有因，他点的穴位是被庄亲王挪动过了的。所以，廖的罪不在勘察不准，而在未能监守；皇上现在急于用人，着廖戴罪为圣上选择新的万年吉地，一来皇上恩德无量，二来廖景昂必定会小心从事，想必不会再出什么差错了。道光为了自己的利益，乐得顺水推舟，从狱中提出廖景昂，让他以勘址赎罪，他的家属则依旧作为人质扣押，以最终新陵选择的结果来决定是斩是留。后来，廖景昂在易州西陵的龙泉峪为道光选得新址，是为慕陵，使本该葬在东陵的道光葬在了西陵，打乱了清朝皇帝东西陵隔代而葬的惯例，这也是后人一直迷惑的道光皇帝葬西陵而皇后埋东陵的原因。

事后，廖景昂为感谢我家高祖的救命之恩，领着妻小扯着绳索来金家致谢，意为结草衔环、变牛做马，也难报金家恩德。

大难不死的风水先生，将我们的宅院做过一番细细研究之后，在后花园西北，花厅之南，掘地数尺，掬土细观了一番，建议在此地盖一间土屋。高祖照办，数日土屋盖成，不用砖瓦，全部用土夯起，顶棚铺苇抹灰，其简其陋，为京师所少见，且朝向不北不南，斜门擢角，各色碍眼，与园内众多亭台很不谐调，极像一匆匆闯入锦绣堆中的叫花子。依着廖景昂的意思，还在土屋的西墙盘了一盘土炕。只这炕也盘得蹊跷，大凡民间的土炕，一般坐落于屋的南北，东西盘炕则不合规制。更何况西墙为满人的神圣之地，供奉神灵，祭奠祖先，全在这个地方，至今故宫坤宁宫的西墙上还设着爱新觉罗们的牌位和萨满教的神龛，那是个得罪不得的方位。廖景昂此时却让我们的高祖在癸酉日住进小屋，就睡在西墙下，说这里是园中的绝佳之地。高祖惶惶不敢照办。风水先生说，王爷但睡无妨，有了这屋、这炕，郡王家至少可保百年无祸星相侵；若无此屋，来年便有灭顶之灾。高祖问，何以见得？廖景昂说，郡王世代出入宫禁，难道还不明白伴君如伴虎的道理？高祖请以明示。廖景昂说，天机不可泄露，不问也罢。高祖说，你既然能算出灾祸，觅出逃避之法，为何就没算出自己的宝华峪之难来，别是信口胡言吧？廖景昂说，岂能算不出？马逢丙戌鼠逢壬，刑冲破害祸无尽。祖上泄露天机太甚，晚辈该着有此一劫，避是避不开的。高祖说，我们的祖先也没有泄露天机，能有什么劫难？你今日让我睡西墙，明显的是违背祖制，让上边知道了罪过不轻，倘若明年有灭顶之灾，这睡西墙怕就是祸之源首了。廖景昂说，非也，王爷之祸不在西，而在南。高祖问，南边何处？廖景昂说，就在园中。

高祖一听，非同小可，赶紧将廖景昂请进小书房，施以大礼，恳请风水先生明示。廖景昂说，以王爷对在下的恩德，数代不能回报，为恩人禳灾祛祸当是本分，王爷就不要再问了吧。高祖说，你不说明，我就不睡那小屋，府里房屋上百，轩敞壮阔，高峨华美，何独钟于区区土房？廖景昂说，王爷的灾就应在这高峨华美上。王爷没听说过四川阆中锯山垭的故事吗？高祖说，愿意请教。廖景昂说，唐太宗贞观年间，有望气者言于太宗，说观天文，见西南千里外有王气蒸腾。太宗命袁天罡寻测，袁天罡由长安直奔阆中，果见山灵水秀，王气迂回。袁天罡观风流，看月晕，察石质，辨气味，寻山来自何处，水源于何方，终于找出聚气之势在蟠龙山右鞍，当下令人锯断石脉，水流如血。高祖说，袁天罡切断龙脉为的是保全大唐江山的稳固，想这大清江山无论怎么颠倒，也是我们爱新觉罗家的，难道还怕在我们自家出王气不成？廖景昂说，王爷轻声，只怕这里出的不是王气而是煞气。高祖说，你不要故意耸人听闻，我行为端正，一身正气，压得住任何魑魅魍魉，还怕什么煞气！

廖景昂问府内戏楼起于何时，高祖说三年前四月。廖景昂说，这就对了，王爷动土营建戏楼正好是太岁在寅之年，月建在申，而又在寅位、申位动土，就殃及了酉位和卯位居住的人，察府上王爷与福晋，恰住于酉、卯二位，首当其冲，这就犯了太岁头上动土的禁忌了。所以府内恶气之聚，当在南面所盖戏楼那个五蝠捧寿的藻井上。我观其精致，不在大内建筑之下，根据清朝典制，九间堂殿为天子所有，七间而为王爷，王公以下屋舍不得重拱藻井，僭越礼制，罪不当赦。高祖一听，倒吸一口冷气说，家中戏楼那个藻井的确为大内戴顶子的走工霍六儿所凿，原是为宫里“云芸亭”所备，后来亭改了轩，这个藻井就一直丢在霍六儿的作坊里，被我买了来。想的是一个为玩乐而建的戏台，不是什么正经建筑，哪里还要那么多的讲究，盖也就盖了。廖景昂说，我夜观天象，见紫微发暗，煞气北侵，事发当在明年三月。高祖说，要是这样，明日我就派人把那楼拆了，省得惹事。廖景昂说，那样反倒欲盖弥彰，张扬得天下人都知道了，君子处否塞之时，应该退避三舍，俭德避难。今日这土屋，就是为此而盖，屋在艮位，正好可以压制寅位戏楼，且屋底根基牢固，所坐之土细而不松，润而不燥，明而不暗，为上佳之土。挖时王爷没见，三尺以下，浮土尽时，土色已变，五色兼备，细腻滋润，是得气之土？这也是王爷祖上荫庇，德高望重，该有的天佑地护。王爷依我所说，住进去，自然可除罪避煞，修福祈福，并且日后子孙贫富贵贱、贤愚寿夭，尽系于此。高祖说，小小土屋果真会有如此神通？廖景昂说，一念常惺，能避去神弓鬼矢，纤尘不染，可解开地网天罗；郡王住土屋，常持四字：勤、谨、和、缓，福寿当是绵延不尽的。

由此，我们的高祖就住进了后花园那座破破烂烂的土屋，直到在那里寿终正寝。

或许是压根儿就没人注意过我们家戏楼顶棚上那个雕刻精美却又属于犯上作乱的藻井，或许是真应了风水先生以艮压寅的说头儿，百十年内我们家世代昌吉，没有发生过被满门抄斩这样听起来就很可怕的事情。高祖过后是我的老祖，他老人家虽按礼制承爵代降一等，已没有了辉煌的郡王之衔，也仍是个贝勒。贝勒老祖不住后花园小屋，这位老祖是个彻底的唯物主义者，他老人家说，吾辈既读圣贤书，所言所行，必取于五经四书而后定，而五经四书中实无谈风水者；又说，君子有三畏，畏天命、畏大人、畏圣人之言，没有说畏风水的。那座吉祥的小屋在老祖不信邪的前提下就空了下来，变作了堆放杂物的堆房。后来，我们家不少人都在那里住过，我的姨太太、舅姨太太、我母亲、我的二哥舜镈都是在那个小屋故去的，老七舜铨也在那座小屋住到最后。金家房屋上百，大概只有这间屋子最有人气儿，最能容人，想必风水先生没有妄说。小屋一直到20世纪末被拆除，成了我们金家一片屋宇中留守到最后的建筑。

这些当然都是后话了。

三

我来到廖家的时候，见廖家的正屋里已经坐了两位客人，一问，都说是请廖大师给予点拨指导的。沙发上的两个人很自觉地挤了挤，给我让出了一块地方，我坐了，心里却感叹廖先生老年仍不得闲，老了老了，被人尊为“大师”，专家门诊一样地被人“围攻”，料不是一件好事。也想不通，搞建筑的廖先生，什么时候竟成了这玄学的大师。

我问旁边的人可知道大师的儿子廖大愚在哪里。其中一个小胡子指了指关着房门的套间，小声说，大愚大师正在为冯老板纠偏。我才知道被称为“大师”的是廖大愚，而不是他的父亲。数年未见，我的同学已经混到了“师”级水平，这真是出乎意料。我问小胡子什么是纠偏。小胡子说，就是练功练出了偏差，需要请师傅给予纠正。我问怎的叫偏差。小胡子说，偏差的表现因人而异，比如这个冯老板，就是嗓子痒痒，不断地咳嗽，止也止不住。

我说，哪怕是气管炎，需要上医院。

坐在右面一个长得有点儿像海狸鼠的人说，像冯老板这样只是咳嗽的还是轻的，前几天来过一个姓李的娘儿们，几个人按不住，只是要打人，见谁打谁。我说那是癔症，大概跟练气功没关系。“海狸鼠”说，怎的没关系？硬是让廖大师给治好了，大师的功力非同一般。我想，自己从小跟廖大愚一块儿长大，从没听说过他还有这等本事。尚记得上了四年级的廖大愚连三位数乘法也算不清楚，也没见有什么特异功能出来帮他，该不及格照样不及格。想了想，为了顾及大师颜面，终是没有出口。

小胡子看出我的疑惑说，世间的真人从不露相，大凡有本事的人，外表都装得很窝囊，比如济公、李铁拐什么的。“海狸鼠”说，有些事情不服不行，南方某大城市，有个叫“白莎丽”的五星级宾馆，生意突然一下骤减。主观方面找了许多原因都不奏效，就专程来请廖大师帮忙去查明原因，于是大师就去了。到那儿一看，见马路对面的银行门口新添了一对张着血盆大口的铜狮子，正对着宾馆的大楼。他说毛病就出在狮子身上，银行那对狮子对宾馆威胁太大，得让他们搬了。宾馆的人就去找银行的人交涉，银行的人当然不搬，说花很多钱弄来的装饰，怎能说搬就搬？再说了，那是他们这个银行系统统一的标志，不能因某些人的无稽之谈就撤了，这样无理的要求以后再不要来提了。大师听了这个情况以后说，事到如今也只好施此下策了。他让宾馆通过关系弄来两门小炮，架在楼顶，炮口就对着那两只狮子。架炮当天，宾馆就接待了一个由日本来的四十个人的大旅游团……

我听了一乐。

小胡子说，您别不信，廖大师的功底是祖上真传，他们家以前一直是在宫里给皇上当差的，皇上要有什么大事决策，先得问问廖家，廖家不点头，皇上就不敢轻举妄动。廖家的老爷子现在是受国家重点保护的人，上知天文，下知地理，还可以预测未来。国外有个诺查丹玛斯，写了几句模棱两可、不明不白的歪诗就被誉为大预言家，说什么“魔鬼的大王起于中部”“红色的海洋翻卷而来”，这些你猜我猜他也猜的屁话，没意思，猜着了是他说得准，猜不着是你没本事。总之，变着法儿地把人往糊涂里绕。那个“诺查”跟廖老爷子相比简直不能提，人家廖老爷子断事可不是含糊其词的，人家丁是丁，卯是卯，绝不拖泥带水。廖大师本人也称得上是家学渊源、有真才实学的高人了，在中国的国防部、安全部都是挂了号的。我说，就差个公安部了，在那儿挂了号，离进去的日子也就不远了。廖大愚的这般神奇，以前怎竟没有发掘出来？小胡子说，这也是改革开放的结果，环境宽松了，各样潜在功能也就被发现了。中国人有十二亿，十二亿人中出几个大师级人物是必然的。

“海狸鼠”对我说，一看你就是新来的，革命不分先后，练功不论早晚，只要有慧根，“入境”就很快。

我说我是来找廖家老爷子的。

小胡子说老爷子可不好见，他来过十几回了，只见过老爷子一个背影，还是隔着后院的小门偶然见到的。小门里头有部队派来的人专门为老爷子站岗，闲杂人等不得靠近。他那天见老爷子虽然隔着几十米，还是个背影，可他竟然被老爷子发出来的强大气场冲得浑身发热，连闹了几年的肩周炎也好了。我问小胡子找大师有什么事。小胡子说他女儿今年要办到日本留学，学校通知书下来了，人管局的在留资格认定却迟迟不见动静，他让大师来帮着促进促进。我说据我所知，廖大愚在外交方面怕没这么大面子，他连日本话也不会说。“海狸鼠”说，大师可以预测，也可以发功。我问向谁发功，小胡子说向日本外务省发功。我说做这等费力气的事儿，大师料不会白干。于是两人就都有些讳莫如深，哼哼唧唧不做直接回答。末了，小胡子说，大师的境界是很高的，济世救民，从来不谈报酬二字。大师越是这样，我们心里越是不落忍，有时候就略微表示点儿心意。我看那两人并没带着“略表心意”的东西，就直截了当地问他们，求一次大师价值几何。小胡子和“海狸鼠”不再说话，那表情明显在说，你这个人，太俗！……

僵了一会儿，我说我还是要去看看老爷子，那两个人也不再费精神阻拦。出了门，我听见“海狸鼠”在身后不无担忧地说，这女的张口就是钱，真是可悲极了。

离了那半神话半人间的场地，离了那些神神道道的人，我溜溜达达向后院走去。一股浓郁的香味儿扑面而来，直拂人的脸面，我才发现院里的丁香树上结满了花蕾。廖家的院子里栽满了丁香树，本来院子就不大，让这些树一占，就没了太多的活动地方。丁香花有一股难以说清的特殊芬芳，那芬芳直沁入人的心脾，让人迷迷糊糊呈半醺状态。我们家的丁香树一旦开花，整院的香便让人无法招架，让人有种难以抗拒的兴奋。记得有一回老七在树底下写生，半张纸没描完，人便心慌恶心，母亲说这是“花醉”，是让香味儿熏的。我想，只一棵树便这样的厉害，廖家一院子树，一院子花香，不知要“醉”成什么样了呢！

这些丁香树是1958年北京号召种树时种的，已经有四十年了，作为观赏花木来说，当然是老树，很珍贵的老树。街道的人说过，这些树虽然长在廖家院子里，所有权却是国家的，谁也不许乱砍滥伐。北京现在什么都不缺，就是缺树，北京的树比人还珍贵。谁也没想到这几棵树会受到如此重视，当年居委会发放了那么多树苗，四十年后还存活并达到相当级别的，也就是廖家这几棵。

四十年前，我还是个学生，一个星期天，听说街道发放树苗，让大家拿回去栽种，我便跑去帮忙。树苗很多，乱糟糟地堆在一起，也说不清是什么树，领树苗的人也寥寥无几。那时候的人还没有什么环保意识，大家嫌在自家院里栽树碍事，懒得往家领。街道负责发树苗的人见我很热情，乐得把事情推给我，自己回家了，让我站在胡同里跟那一堆看不出眉眼的树苗一块儿发呆。廖先生来了，我让他拿一棵回去种，他说他是火命，克木，栽什么死什么。我说他是迷信，他说不是迷信是事实，他就是曾经连仙人球那样皮实的东西也给养干了。

我们正聊着，偏巧金舜镡坐着小车回家，见情景下了车，先跟廖先生说了点子有关故宫太和殿琉璃瓦的话，又挑了一棵长了几片小细叶的树苗，说是响应号召，拿回去栽在院子里。

那天，四格格前脚刚走，廖先生后脚就把树苗里凡是有小细叶的都抱走了，再不提什么火克木的茬儿。从那以后，我们家的庭院里长起了一棵开紫花的丁香树，廖家的小院里长成了一片茂盛的丁香林，也都是开紫花的。“深挖洞，广积粮”的时候，我们家的丁香树因为挖防空洞，伤了根，死了。而廖家的树还全部活着，春天的时候一片锦簇，夏天的时候一片绿荫。没有人将廖家的树和我们家的树联系起来，也没人将廖家那些树和金舜镡联系起来，知道内情的只有我。

现在，我们家的树和金舜镡都不在了，廖家的树还很茂盛地活着。

绕过这些树，我来到了通向后院的小角门。门微微掩着，我轻轻敲了敲，里面有女人问是谁，我说是我，来找廖先生的。女人大声说廖先生在前面，不在这儿，就没了声息。我推开门来到院里，里面并没有小胡子说的站岗的军队，也根本就不可能有军队，传说和事实之间永远存在着很大差距。廖先生刚刚洗完了脚，正坐在院里的藤椅上一边看报一边让他的胖老伴儿给他剪脚指甲。见我进来，胖老伴儿直起身子不客气地呵斥道，你这人怎么闯到私人宅院来啦，去！去！我们这儿不批阴阳八字！廖先生见了我则明显地吃了一惊，张着嘴，哦了半天，没说出一句话。我想他大概把我当作了我的四姐金舜镡。廖先生想站起来，终是费了很大劲，没能成功。胖老伴儿说，给你铰趾甲，你老动什么？回头再铰了你的肉！又转身对我说，跟你说过了，你找的人在前院儿，不在这儿。

廖先生说，舜镈她不常来。

胖老伴儿听了，紧盯了我两眼，又搭讪着说，是金……哪……脸上显得有些不自在。

我连忙说我不是金舜镈，我是金舜铭，舜镈是我们家女孩里的老四，我是老七，我们俩差着近三十岁呢。就这样，我也没见那老太太的脸色开朗多少，看来，这坛子陈年老醋是酸得很了。

廖先生点着手里的报纸说，您来得正好，您得在政协会上呼吁一下，歌年胡同的成王府不能拆。我说，什么成王府啊？廖先生说，就是1954年咱们修过的那座王府，后来当了幼儿园的那座……胖老伴儿在一边说，得，这回可逮着说话的对象了。在报上看见要拓宽小街的报道，就想到了成王府，整天没完没了，就是这档子事儿。

廖先生对老伴儿说，你别愣着，还不给舜镈倒茶？又补充道，我床头的小柜里有双熏茉莉，你拿那个薄胎的景德镇小盖碗沏。胖老伴儿进去了，又出来了，拿了个搪瓷缸子，没有茉莉双熏，就着院里小桌上的大茶缸倒了半缸子递给我，然后就坐在我对面再不动窝了。

没容我开口，廖先生接着说，拆了王府盖商厦，这怕不合适，您得跟他们说，无论如何把方案改了，现在不改，往后哭都来不及。胖老伴儿插嘴说，人家香港人就是看上拓宽后的小街风水好，才把地方选在那儿的，你操那么多心干什么？你又不是市长！你就真是市长，怕也不能由着你一个人说了算。廖先生说，扩建小街就得拆成王府前面的大殿，成王府是北京王爷府第建筑的精华，五间琉璃瓦的府门，瓦、木、油，活儿都规矩地道。且不说那银安殿、那丹墀的石工，就说它那四进院子的工料就各不相同，风格各异。我修过中院，那座正房，光柱础就二尺五见方，山墙下肩及坎墙都用城砖干摆，台阶五层，举架高大，面阔一丈，进深两丈四，内里金砖墁地，楠木雕花碧纱橱，上有暗楼，两明一暗的格局，屋里还有戏台；东院屋子是筒瓦卷棚式，两卷前廊后厦，特别是后院里冷梅亭的彩画，就是宫里的工艺也没法和它相比。舜镡您还记得不，当年我们一边检修，您一边画图记录，是您说的，全中国空前绝后的府第只此一座了。空前绝后，空前绝后呀！不说建造，光是修缮就费了我们多大的工啊！现如今说拆就拆，也不想想，拆了就没了，谁要看看我们老祖先的精活儿，上哪儿看去！

廖先生越说越激动，嘴唇发颤，头也不由自主地摇晃起来，我真担心老爷子因为一口气上不来，弯回去。胖老伴儿说，喝水喝水，一说这事儿你就跟上了弦似的，谁也劝不住。廖先生说，这不是舜镡来了嘛，她比我有身份，说话比我管用，通过她找政府，告诉他们，中国古建的精华都在成王府呢。它跟故宫不同，故宫是辉煌，它是端庄，这是两种建筑风格，缺一不可，咱们国家既然能保留故宫，就能保留成王府。舜镡您说对不对？

我只好应酬着点点头。

廖先生高兴地说，我猜您就能跟我想到一块儿，这些玩意儿，都在咱们心里装着呢。说着廖先生用手指在报纸上比画着画了一个图，对我解释说他算计过了，要拓宽街道，成王府怎么躲也躲不开，所以新街必须改道，要不就得绕一个弯儿。我看不懂那虚空的、并不存在的图，有些茫然。胖老伴儿揶揄说，您倒好，拿手指头一指就给一条街改了向，您行，您比城市规划设计师还来得快。廖先生说，街道什么时候都可以建，可祖宗那些玩意儿呢，拆了就永远没有了，一座古建群比一座商厦更值钱。老伴儿说，这钱也没装到你的口袋里，瞎操心。廖先生说，故宫也在你的口袋里？胖老伴儿说，你这是跟我抬杠，你就好好儿在家歇着吧，外头的事儿你甭掺和，你也掺和不进去。廖先生说，我是要保住乾隆年间那群高精尖建筑，王府多了，拆哪个都行，唯独这个成王府不行，这是清朝建筑的顶峰。我要写个报告，让政协委员给我递上去，上边知道我的意图，才能改变方案，光凭嘴说怕不行。老伴儿说，你管得太多，你是谁呀！廖先生说，我是廖世基。老伴儿无可奈何地摇了摇脑袋。这神情我似曾见过，见过……

廖先生依着老伴儿很认真地喝了几口水，大约也是累了，靠在藤椅上不再说话，似乎无论我是金舜镡还是金舜铭都已无关紧要，都已不在他眼前。他的神情很是有些忧郁，那无言的苍白与冷漠，使我想起，我通常见到的廖先生从来都是这个样子，刚才那副模样实在是有些反常。

我们与廖先生在一个胡同里住着，是多年的街坊，彼此知根知底。三十多年前，廖先生给我的印象就很独特，他走路永远是低着头，顺着墙根儿捯着小碎步，脸上露着谦卑，露着谨小慎微，似乎从来也没有过伸展开的时候。作为我们这条街道的重点管制对象，廖先生曾经活得很窝囊，他所在的古建队在那个时候被编入第×建筑兵团，每日给他的任务就是提着铁桶往古代建筑的彩画合玺上刷大白。那些彩画不是才子佳人就是神仙鬼怪，即便是花鸟风景，也不在无产阶级思想范畴之内。这些“四旧”的存在，于中国革命、世界革命是大大的不利，当在消灭之列。消灭这些古画对廖先生来说大概不是个愉快的工作，他变得更加沉默忧郁，神情竟也有些恍惚了。有一天，廖先生在胡同里与正扫大街的老七舜铨相遇，舜铨那天的装扮很有特点，头顶半边是刮得发青的头皮，半边是画家的长发，这使他的身份一目了然。舜铨黑衣的后背，像小人儿书里清军下层军士的衣服，前头一块圆白写着“兵”，后头一块圆白写着“勇”一样，也缝着一块污脏的布，上面大大地写了个“鬼”字，看上去有些惊心动魄。

那时天色微明，胡同里没有一个人，革命者都在为革命而酣睡，这才使得身上标着“鬼”的老七和提着白灰桶顺墙溜的廖先生有了短暂的交流。廖先生说，七爷，您还好……老七说，还好，您呢？廖先生说，凑合。老七说，咱们就算是有造化的了，好好儿活着吧。老七说这话是有缘由的。不久前，在戏楼胡同才开过我们家的批斗会，开完会的当天夜里，我们家的老二就用一根绳在后花园的小屋前结束了自己的生命。这样的事，在戏楼胡同的老街坊当中到底有些触目惊心，大家都为老二的轻生而惋惜，也为金家的爷们儿们捏了一把汗。廖先生说，世事迭至，如风吹水。万态皆有，自个儿的心首先不能乱了。老七笑笑没说什么，转过身去让廖先生看自己背上“鬼”字的书法如何。廖先生说，古拙遒劲，没有多年临《礼器碑》的功底不能达到这个层次。老七问廖先生在干什么。廖先生说他不能跟老七比，他是在造孽，古建筑上那些百十年的画让他几刷子给抹没了，当初画这些画的工匠在阴间指不定怎么骂他呢。积怨甚多，下边有他倒霉的时候。街上有人开始走动了，廖先生在离开之前显出了一种欲说还休的犹豫，老七见状，知道廖先生的心思，低声说，舜镡那边没事，她公公是中央级的老干部，造反派要动她怕是不太容易。廖先生听了，似乎有所释怀，提着灰桶走了。

不想，廖先生说自己要倒霉的话竟然很快就应验了。导火索是一包很不起眼的黄土，拉线的是他的儿子廖大愚。

民国时期，虽然没有皇上了，但皇家的宗庙陵寝仍旧受到民国政府的保护，廖家祖父曾奉溥仪之命，为其勘选吉地。这位廖家祖父当时竟鬼使神差，莫名其妙地带上了小儿子廖世基，这实在是让人有些不知其衷，可能也是老先生认为这是中国最后一次为“皇上”选择龙穴了，有些实际经验和见识也只有在此时才能传授给后代的缘故吧。

廖先生随其父在西陵为溥仪选得吉地，立下志桩。其父回来向溥仪奏报说，龙穴开创，土质甚佳，择选吉日，以待动工。溥仪很高兴，让廖先生父亲从实地包来一包“金井吉土”，亲自验看。后来，这包黄绫包的吉土就一直在廖家保存着，以便在将来溥仪大葬时将土再度捧入地宫，覆于金井之内。这对廖家祖父来说也是风水先生应尽的职责。谁想那陵墓一拖就是几十年，不但溥仪自己跑得没了踪影，连东陵西陵也数次被盗，荒废得一塌糊涂。廖家祖父死后，将土给了儿子廖世基，说受人之托，忠人之事，虽然这包土已无井可覆，终是溥仪的东西，得机会还是交给他为要。

“文革”中，本来廖家有土这件事没人知道，也是廖大愚革命得不行，破“四旧”从自己做起，从家庭做起，背着他爸爸把土交出去了，以博革命派夸奖。替皇上保存着陵墓里的土，在当时算是件了不得的大事，很快就被上纲上线，升到了阶级斗争的高度。溥仪本人在“文革”时受到周总理的直接保护，得以安然无恙。而廖先生却不然，他在劫难逃了。尽管廖先生一再强调他跟他父亲为那个逊了位的皇上看陵墓时只有七岁，什么也不懂。但将封建的陵土保留至今这件事本身就是罪证，用不着再做任何解释了。

为了这包土，街道和廖先生单位共同主持开了一个规模不小的斗争会，将廖先生斗得很惨，也打得很惨。

斗争廖先生的会场就设在我们家大门口，因为这里地方宽敞，有高台阶可以当台子，还有影壁可以挡风。斗争会上，那包土被当众打开，红卫兵强迫廖世基当着大家的面将土吃下去。廖世基只吃一口就很勉强，于是就有人拧着他的两只胳膊，抓住他的头发，使之仰起脸，像给小孩子喂药一样，把土往嘴里灌。廖先生大声求饶，有个矮个子的女红卫兵就扇他的嘴巴，没两下，廖先生的嘴和鼻子就出了血。土和血混在一起，搞得惨不忍睹，不少人低着头不敢看。廖先生在我们这条胡同里虽然没有朋友，可也没有仇人，他无声无息地活着，对谁都客客气气，是个不惹是非的老好人，所以斗争会上真正动手的都是外来人。外来的红卫兵们大概已经成了打人专业户，熟练而狠毒，他们用钉了掌的靴子专往廖先生的腰上踹，踹得廖先生小便失禁，躺在地上豆大的汗珠往下滚，一个劲儿吸凉气。

这情景是想立功的廖大愚始料不及的。大愚当时躲在我们家的街门后头，吓得直哭，他不敢看他父亲挨打的场面，却又挂念他的父亲，就让我一趟趟跑出跑进，把外面的情况告诉给他。我母亲见到了忙忙碌碌的我，训斥说我不懂事。又在门后头拽出了后悔得痛不欲生的大愚，对他说就是天塌地陷也要跟着他父亲，这才是做儿子的本分。躲在门后头不敢出去，比陷他父亲于水火更可恶，更不能让人饶恕。在震天动地的口号声中。廖先生的老伴儿也被押解上台，奉命将那块溥仪的黄绫缝到廖先生的身后。绫子上描了一个大大的“神”字，意为“牛鬼蛇神”之一。不知谁突然觉得不妥，又跑上台去，在那“神”的上面加上了一个“蛇”字，这样一来，那块绫子就变得鬼画符般地热闹了。廖先生的老伴儿强忍着眼泪，哆嗦着，在廖先生后背穿针引线，大约是心里觉得凄苦，又怕扎了丈夫皮肉，头无可奈何地摇晃着，半天竟缝不了几针。铜头皮带带着唿哨连连抡下，廖先生老伴儿的胳膊上顿时伤痕累累……

廖先生已不能支持，瘫倒在地，任凭红卫兵踢打，再无反应，连哼也不哼了。廖先生老伴儿扑在廖先生身上，用身体抵挡着如雨的皮带，仰起脸向四周苦苦哀求：手下留人！

廖大愚还是躲在我们家的门后头，哭泣着不敢出去。这时门外有汽车响，有高昂热烈的口号，人群中一阵骚乱。我跑出去，看见正从汽车上押下来挂着木牌的四格格金舜镡。我吓了一跳，不顾一切地挤到前面，发现四格格脖子上吊着的压根儿不是木牌，而是工地上和水泥用的铁板，板上大字滴墨如血：“特务＋反动技术权威”，赫然入目，一条钢丝勒进四格格的皮肉，充分显示出那块牌子的分量。口号声中，四格格被押上台阶，站在廖先生的旁边。有红卫兵过来，照着四格格的头脸一通儿猛抽，四格格那张清秀的脸立时变了模样，几缕鲜血顺着面颊淌下。有人拿出从廖家抄出的四格格在国外曾经给廖先生写的信件，作为罪状将俩人连在一起。不容分说，口号加拳脚更为猛烈地袭来……

四格格站在众人之上，任凭推搡打骂，脸上只是出奇的平静，不呻吟，更不讨饶，仿佛眼前一切都与她无关。四格格的做派很快激怒了红卫兵，斗争的重心一下子由廖先生转向了后来的四格格。几个人将她推倒，按在地上，用推子将那满头秀发推了个精光。随着那些乌黑头发的落地，我的心也在一阵阵颤抖，我的姐姐啊，她何以能忍受这样的侮辱！

这时，倒在地上近乎昏迷的廖先生不知受了什么力量支撑，竟然摇摇晃晃地站了起来，甚至推开了要来扶他的老伴儿，极为艰难地与四格格并肩而立。

四格格仍是一脸平静。

廖先生在平静之外又多了些悲壮。

那天，廖先生是让他的儿子背回家的。

廖先生被开除公职，在家一病不起，小便长期带血，完全丧失了劳动能力。廖大愚从此对他的“蛇神”父亲孝顺异常，以至后来顶着“违反上山下乡”的罪名，坚决不去东北，不去陕西，不去云南，不去内蒙古。他在北京给人打小工，抹抹房顶，盖个小房，成了社会闲散人员。很长时间里，廖家的日子过得相当清苦，廖大愚也是在近四十岁的时候才说上媳妇的。

廖先生的老伴儿对与廖先生共患难的金舜镡一直耿耿于怀，实在是没有道理。倘若没有后来金舜镡为廖先生的上下奔走，没有她“修建纪念堂老建筑工人必不可少”的建议，没有她对抢救频遭破坏的中国古代建筑和保护古建人才的呼吁，对廖先生的起用，怕是遥遥无期的事情。以廖先生那种“雨打梨花深闭门”的孤寂与清高，以他那种

“福莫长于无祸”的懦弱和胆怯，靠他自己去找有关部门要求平反昭雪，是门儿也没有的。而那些繁杂、那些央求、那些诸多的说不清道不明，只凭了金舜镡两个电话就全解决了。

转眼到了退休年龄。廖先生因在一解放时就由金舜镡介绍参加了建筑队，依着政策，连科长也没混上的他，最终竟成了全国解放前参加革命的老干部，工资百分之百照发，享受离休干部的一切待遇，这对廖先生来说更是捡来的福分。但是，生活中的事往往与人们的初衷相违，金舜镡越是帮忙，廖先生老伴儿越是有看法，虽然喜怒不形于色是中国人悠久的教养，但廖家太太在胡同里碰见我们金家人的那种别扭，谁也看得出那是对我们发自内心的厌恶。是啊，全国那么多冤假错案，金舜镡为什么不帮别人，偏偏要帮廖先生？

我实在觉得我们家的四格格委屈极了。

现在，为四格格的事来求助于廖先生，当着老太太的面，让人难以启齿。当然，这对死者来说已无关紧要，或许她压根儿就不以为然，但对活人来说难免尴尬。正在犹疑时，廖大愚从前院匆匆进来了，对我说，我猜你就直接到这儿来了。我说，大师还用猜吗？算也该算出来了，真没想到你现在这么红火。大愚显得很不好意思，搭讪着说，也是没法子的事儿，别人找上你了，你说什么他都信，摆也摆不脱，这就叫牛套上轭了……廖先生说，这都是他自找的，他是巴不得呢！大愚说，还不是跟您学的，没您的旗号我也到不了今天。廖先生说，我什么时候像你这样了？我一辈子本分老实，没做过亏心事儿，不像你，终日地坑蒙拐骗。大愚说，您这话说得有点儿损，您说我骗谁了？是别人来找的我，不是我上赶着去找别人……

我不想听廖家爷儿俩的拌嘴，就直接说了朋友托找墓地的话。廖先生听了半天没有说话，只是望着西边的天空发愣。我顺着他的目光看去，西边天空是一片凄艳的晚霞，那是如今的北京难得见到的景色。廖先生沉默了许久说，从你一进门，我就算计着该是这件事儿了，不是你来求我，是运数走到这一步了，这是早晚的事儿。听口气，好像廖先生又已经明白我不是金舜镡了，不过他既然没有点明，我也不便说破。我说了两处墓地的情况，还说了死者孩子们的倾向。廖先生叹了口气说，现今的人为先人选择墓地多想的是自己，指山为龙，以形为腾，或喻家代昌吉，或喻门族衰微，其实这都是歪曲了风水的原意。看风察水，应以奉亲为计，勿以富贵为谋；选择墓地的标准，要使神灵安，说到底是心灵安罢了。我问，谁的心灵安？是生者还是死者？廖先生说，当然是死者，墓地都是活人选的，活人喜欢哪儿就埋哪儿，不管死者的意思。人若能按照自己的意思而葬，那真是一种几世修来的福气。可惜，这样的人不多。我问，西山怎么样？廖先生说，不怎么样。西山虽然草木繁茂，苍烟若浮，从气势上来说还差得远，土香而不腻，石润而不明，虽藏风得水却不聚气。石为山之骨，土为山之肉，水为山之血脉，草木为山之皮毛。西山没有老硬石骨做体，根枝终迫于狭窄，还是土肉居多，比起昆仑山来，实在是没名堂极了。我说，那您说，墓地选在哪里好呢？廖先生说，这得容我想想，一时怕说不出来。

这时，大愚身上的电话响了，他很夸张地接电话。电话是他的一个熟人打来的，意思是本人要到南方去发展，征求大师意见。大愚说，不可，您是属猪的，亥的正位应该在西北，您往西北发展当是正向。对方在电话里说，已经跟人签好合同，怕是不好改了。大愚说，既然这样您找我就不是商量了，而是告诉我上南方工作去。您临走之前我送您一句话吧，木亥生，酉旺，午死。午在正南，酉在西北，您自己掂量吧。那人在电话里开始犹疑不决，因了大师几句话，去南边的决心大大动摇了……

大愚打电话时廖先生也在掐着指头算。大愚一撂下电话，廖先生就说，你怎的满嘴胡说？木亥生，卯旺，未死，此人去西北未见得有利，好端端的你阻拦人家做什么？大愚说，都往南边儿跑，南边儿已经人满为患了，去了也只能是给人家打打工，能有什么出息？目前国家经济发展重点向西北转移，要想创业，去西北当是正理儿。廖先生说，你那算的是国家，跟这个人没有一点儿关系。大愚说，先得看国家，才能论个人，这个道理您活了几十年难道还没活明白吗？分析社会因素，分析自然因素，才能从中做出有利于个人的选择，才是真算家。您的那些机械死板的推算，早过时了。廖先生结结巴巴地说，我死板，可我不胡吹海哨，不把白的说成黑的，不装神弄鬼地入什么腚（定）……你收了人家多少钱别当我不知道，德者，本也；财者，末也。天不容伪，你白日欺人，难逃清夜之愧报！廖先生老伴儿狠狠地瞪了大愚一眼说，吃完饭刚说消停一会儿，你又招他！廖大愚说，您也看见了，是我招的吗？是他自己要掺和进来的。廖先生说，人家要上南方去，你凭什么拦着？南方山紫水明，土润天青，是出才子、养精英的地方，明朝二百多状元、榜眼、探花，人家江南就占了一多半，“东南才赋地，江浙人文薮”，咱们的祖先就是打南边儿过来的。什么叫物华天宝、人杰地灵啊，南方就是！

廖大愚再不顶撞，也不接茬儿，由着他父亲去说。

话锋正健的廖先生突然把话题一转说，我饿了。老伴儿一听乐了，说，就是火化食也没这么快，碗泡在水池子里还没来得及刷呢，这儿就又饿了。廖先生说，我打前天早晨到现在，水米还未沾牙呢！老伴儿说，你说这话也不亏心，刚才炸酱面吃了一大碗，撂下饭碗就要吃点心，一块大月饼咬了两口就扔这儿了。你看看，这是谁啃的？你还说两天水米没沾牙！廖先生说，我什么时候吃过月饼？今天是四月二十，不是八月十五。大愚从屋里拿出药来，让廖先生吃药。大愚说，亏得舜铭不是外人，要不人家听了这话非得说我虐待老人不可，我这当儿子的是有嘴也说不清了。胖老伴儿对我说，撂下饭碗就要吃月饼，您想想能吃得下去吗？我们也不好拦着，就这还老跟街坊们说几天几天没吃饭了呢……那老太太说着眼圈就有点儿红，想必是平日受了不少委屈。我想说几句安慰的话也没说出，眼看着廖先生就着儿子的手乖乖把药吃了，吃完还张大了嘴让儿子看，表示药的确已经完全咽下去了。看着廖先生这孩子般的举动，我想起了“文革”他吃土的情景，从这潜意识的举动里，我感到哪里出了毛病。

我发现廖先生手里那张扩建小街的报纸是六年前的。

我已经不指望从廖先生这儿得到什么有益的指示了，这情景大概就是四格格金舜镡本人也是没有料到的。我决定离去，廖大愚将我送出门，临走，廖先生在我身后说，你问的那件事儿，容我想想再定……

廖大愚说，真难为了老爷子，这么半天了还记着这个茬儿呢……

我看见院里的丁香快开了。

四

连着下了两天雨，天、地、人都变得湿漉漉的。都说春雨贵如油，但当春雨真的来了，并且没完没了的时候，又让人烦，让人从心里腻歪。

天快黑了，我随剧组乘车路过东直门立交桥，竟在马路边意外地发现了廖先生。当时他站在路沿下，打着一把破旧的塑料伞，凝神颐志，似乎在思考什么。汽车来来往往，水柱溅起，击在廖先生的身上，他竟浑然不觉。剧组的司机说，这老头儿，怎的在路边儿上犯傻！我说，你停车吧，这是我的一个老街坊。

司机停了车，我跑过去，将廖先生拉上便道说，大下雨的，您怎么在这儿啊？廖先生看见我，很高兴地说，是舜镡哪，您刚开完会？我知道，眼前这位老爷子又认错了人。我说，您坐车跟我回家吧。廖先生有些惶恐地说，不了，您忙，我是闲人，别误了您的正事儿。我说我的正事儿就是送他回家。廖先生问成王府的事情我在政协会上提出了没有。我只好说提了。廖先生说，提了就好，只要政协提出了，政府就得重视，就得有下文，推土机就不敢轻易地开进歌年胡同。

我再次拉廖先生回家，廖先生说他还要在这待会儿，反正回去也没什么事儿。

廖先生再不理我，又去看那雨。

商店门口看自行车的老太太走过来对我说，这个老头儿是你们家的人哪，他在这儿可是站了大半天了，问他话也不言语，不错眼珠地看着那个广告牌子。广告牌儿有什么好看的，值得他这样？我找了把伞给他，挺大岁数，别淋病了。我向那位好心的老太太道了谢，又看了看雨中的广告牌。那是个很普通的电脑广告，没有什么特殊之处，灯光下，广告图画泛出蓝绿的色彩，在烟雾一样的雨气里飘散着。

廖先生说，您也在看它吗？我说，是的，我在看那个电脑广告。廖先生说，那儿是东直门城楼。我听了就使劲朝广告牌那边看，企图从上边和周围找出城楼的痕迹来。广告的背后是无尽的高楼和凄凄的雨，我无法安置廖先生记忆中的那座城楼，不禁有些气馁。廖先生则无限赞叹地说，多壮观的城楼啊！这是明朝建北京盖的第一个城楼，是样城哪！我随口说道，就是一个普通的城楼罢了，这样的城楼其他城市还有……廖先生说，这城楼跟别的可不一样，北京八座城楼，无可替代，各有时辰，各有堂奥，各有阴阳，各有色气。城门是一城之门户，是通正气之穴，有息库之异。东直门，城门朝正东，震位属木，五季占春，五色为青，五气为风，五化为生，是座最有朝气的城楼。每天太阳一出来，首先就照到了东直门，它是北京最先承受日阳的地方，这就是中国建筑的气运。你看故宫三大殿，坐北朝南，方方正正地往那儿一蹲，任你再大的建筑，尖的、扁的、圆的、高的、矮的，谁也压不过它去。为什么？建筑的气势在那儿摆着呢，这就是中国！廖先生说这话的时候，我看见他的眼里，没有立交桥，没有广告牌，没有夜色也没有雨水，只有一座城楼，一座已经在北京市民眼里消失，却依然在廖先生眼里存在着的城楼。那座城楼在晴丽的和风下，立在朝阳之中。

廖先生活在他的记忆里。

果然，廖先生问我，还记得咱们一块儿修东直门的事儿吗？……

我说，我没修过东直门，您跟我四姐修东直门那会儿我还小，只记得城楼子上搭满了杉篙，一车一车往外运渣土。廖先生说，咱们刚接东直门这个活儿的时候，一见那情景谁都倒吸了一口凉气，楼基沉陷，立柱糟烂，榫头拔出，墙体开裂，整座城楼向北倾斜。咱们不是修旧，是抢险哪！说着廖先生又去看那广告牌，我不知廖先生记忆中的东直门是旧还是新，我还是劝他回家。司机不耐烦地张望，说是违章停车，遇上巡逻的警察可麻烦。廖先生却不想上车，看着大广告牌不忍分别，我说，东直门早拆啦，您不是不知道，您不是还参与过拆它吗？廖先生说，我怎么能参与拆它？我参与过修它。解放初是我和您一块儿修过的，落地重修，咱们整整花了一年半时间……

我只好让司机先回去，我说我得把老先生送回家去。车就开走了。

雨越下越大，我和廖先生站在雨地里，顶着那把破雨伞，共同欣赏着那座并不存在的城楼。

雨水漫过我的脚面，污浊的水混着不远处自由市场的杂物，淙淙地从眼前流过。马路上的油渍在灯光的照耀下反射出五颜六色的光彩，扑朔迷离，让人有一种捕捉不到的恐惧和虚无。

看见脚下流动的雨水，廖先生说，您瞧，这水都往东南流，就是东直门不在了，它也往东南流。我说，那边有下水道。廖先生说，西北也有下水道，它怎么不往那边流？我说不出话来了。廖先生说，西边有昆仑山哪，有昆仑山就造成了中国西高东低的地势，就有了西北为天门，东南为地户的说法，中国的河水才差不多一律地自西向东流。这用风水学的看法是天不足西北，地不满东南。您能说这是迷信吗？我说，不，这是绝对的科学。廖先生说，当然是科学。风水学在建筑上是须臾不可缺的学问，整个儿北京也是西北高东南低，这是依着昆仑山势而走的，并非人有意为之。最明显的是故宫紫禁城的金水河，从故宫西北角乾方天门的位置流入宫中，西经武英殿，向东，流过太和门，经文华殿出于东南巽方地户，这实际是一条中国河流走向的模型。当初刚盖起东直门的时候，站在鼓楼那边往东瞅，怎么瞅东直门的飞檐都是西北高、东南低，这是应着咱们中国的地势哪，不是设计的毛病。眼看就到了交工的日子，这一边高一边低的城楼怎么向皇上交差呢？谁也没有办法了。正为难的时候，人群里走出个小工，说他有办法，就见那个小工攀上城楼，将身子倒挂在西北角的飞檐上，下边看的人很多，都说这个小工不要命了。乱哄哄中，小工没了影儿，有人忽然说，西北角不翘了！大伙儿才知道是鲁班爷显圣了，小工是鲁班的化身，他老人家硬用身子把城楼角压平了……我说，这是传说，应该划入北京民间故事。廖先生说，怎么能是传说？咱们解放初修东直门时候就证实了这一点。我说，证实了鲁班用身子压平了翘起的楼檐？廖先生说，是的。

我说，回家后您好好给我说说东直门西北角的事儿，我想听。廖先生说，这都是您亲身经过的事儿，还用我说吗？我说，这么多年了，我早忘了。廖先生奇怪地看着我，自言自语地说……怎么会忘？……怎么会忘？……我想，老爷子出来看东直门，家里人肯定不知道，八成是偷着跑出来的，这会儿廖家的人不定怎么着急呢！我揽着廖先生往回走，廖先生却执拗地不挪脚步，双方在无言中僵持。雨水顺着破伞哗哗地往下淌，我的衣服几乎全湿透了。

天边有几声闷雷。

我打了个冷战。

廖先生说他还没有吃饭。我问他没吃什么饭，他说从早晨到现在还没有吃过东西。我想起前不久在廖家看到的那个被啃过的大月饼，就说，是真的吗？廖先生说是真的，他真的没吃过。望着廖先生诚挚坦然的神情，我不能怀疑他的说法。是的，在这凄冷的雨夜，我不能够拒绝一个老人要吃饭的请求。

我领着廖先生来到就近的一个饭铺，上了二楼。廖先生找了一个靠窗的位子率先坐了，我才发现，他的一双脚原来竟是光着的。我问廖先生鞋在哪里，他茫然地看看脚又抬起头看看我，像是在问我，是呀，鞋在哪儿呢？

饭店老板看着浑身精湿、顺着头发滴水的我和没有穿鞋的廖先生，看着我们那把破得可以扔进垃圾堆的烂雨伞，有些迟疑。我说，你这儿有什么热乎的尽管往上端，你没见嘛，这位老先生冻坏了。老板说，热乎的只有酸菜鱼。我说，酸菜鱼是什么东西？换一种实惠的。老板说，您要吃实惠的，出门往西过两条胡同，小街口有卖卤煮火烧的，两块钱一大碗，便宜。廖先生说，我要吃芝麻烧饼夹酱羊肉，月盛斋用老汤煮出来的酱羊肉。老板顺水推舟地说，吃月盛斋的酱羊肉您得奔前门，出门坐106路无轨，一会儿就到。我说，我们哪儿也不去，我们就在你这儿吃。

商量的结果是上一个什锦火锅，两大盘三鲜水饺，应廖先生要求，另添了小干炸丸子和大肉包子。这种不伦不类的吃法使那个老板一边吩咐厨房一边哧哧地笑。我明白，到现在他也没闹清我们这两个吃客是怎么回事。

对廖先生“从早晨到现在还没有吃过东西”的话我是不信的，所以，我做好了给饭店剩一桌子的准备，到时候，饭店的老板怕还有乐子看呢。我将廖家的电话给了老板，托他往老爷子家打个电话，告知老爷子的所在。老板看了我的名字，一下瞪大了眼睛，指着电视里正播放的电视剧说，这个是您写的？我说正是。老板态度一下变了，脸色通红说，敢情是您哪，您怎么不早说是您呢？您这个戏我们天天看，没想到您今天就站在我们跟前了……您跟那位老先生，是不是在排演什么戏呢？我说，要排戏你怕也是其中一个少不了的角色。老板说要真是这样，他的饭店就出了名了。

坐在饭店的窗前，仍旧能够看见外头的电脑广告，也就是说，昔日的东直门仍旧在我们的视野之中。我要换个桌子，廖先生说这儿就最好，不用换了。等着上饭的时候，廖先生对我说，老祖宗在修建东直门的时候并没有预算出东南地基的下沉，歇山式大屋顶刚度大，重量也大，特别是挂瓦以后，那重量更加速了东南地基沉降。所以修北墙时就发现柱顶斜了二尺，三分之二的榫头都拔出来了。您记得不，当时依您的意思是照原样插上，您说东直门城楼是东西对称的砖木结构，有围墙但不承重，承重的是东西中三排立柱，北面墙里的立柱实际就是浮搁着的。我说，从理论上说，您没错，可是您忘了明朝那个鲁班的故事了，鲁班为什么不压东南角，不压东北角，偏偏要压西北角呢？这就是地势使然了。纵然是民间传说，它也有传说的道理。修复古建，单单只是一个“修”不成，还要察山、察水、察地形，使建筑与环境达到一种平衡，这就是“天人合一”，就是“人法地，地法天，天法道，道法自然”。而这一切所依，是以昆仑为准的。天下山脉，祖于昆仑，昆仑山为天下第一山，是帝之下都，万神之所在，天之中柱也！要辨山向水脉，建筑设计就得认宗，认的就是昆仑山……

在这杂乱的汽车来往中，在这淅沥的雨声中，在一个小饭店的二楼，听着廖先生有关中国古建与昆仑山的议论，我感到了一种不为尘世左右的超然，一种囊括天地万物的大境界。世有“悲歌可以当哭，远望可以当归”的说法，而这和缓的诉说，这雨中的凝望，不正与其有异曲同工之妙吗？没人相信，这思辨清晰、记忆准确、用典精辟的语言，竟出自一个记不清自己吃了几顿饭、辨不清金舜镡和金舜铭的老人……

饭菜很快上来了，廖先生迫不及待地抄起筷子，将刚出锅的热丸子一个接一个地往嘴里填，滚烫的丸子在他的嘴里艰难地倒来倒去，烫得他眼泪都快出来了。我将盘子往我跟前拉了拉说，您慢慢吃，还有很多……廖先生不客气地又将盘子拽了过去，向着下一个焦黄圆润的丸子伸出了筷子……我不能赞美廖先生的吃相，也很难将刚才大谈“万神之所在，天之中柱也”的儒雅和此时的饕餮相联系。人，有时候实在是很难用三言两语说得清楚的。对此，最直接的解释是，廖先生饿坏了，他的确是从早晨就没有吃饭，他没有胡说。

一盘炸丸子和一盘饺子见底以后，廖先生吃饭的速度明显降下来。他打了个嗝儿对我说，我知道您是科学家，是大学问，您的祖先是皇族，黄带子，其实我也不是胡吃闷睡的庸俗之辈。有皇上那会儿，风水先生排在上九流的第四位，在师爷、大夫的后头，几千年的经验能沿袭下来，自有它沿袭的道理。中国的风水不全是迷信，它里头也有科学，是研究人与自然关系的科学，顺其自然，尊重自然。这其中风水先生扮演着规划设计师的角色，这话我可记得还是您说的呢……

我当然不记得我曾经有过这样的言论，想必是我那位四姐与廖先生有过这方面的沟通。我问他东直门北墙的柱子到最后是怎么处理的，他很奇怪地看着我说，您怎会连这个也记不得了？为这个咱们改了老祖宗的章程，用了新办法，扩大了榫头与柱子的接触面，改浮搁而变为插进柱础，再用1:2:3:4的水泥、土、沙、石灰加固柱基，那个东直门哪，就是经历八级地震也倒不了。是您说的，东直门从修建到今天是四百年，等再过四百年，经咱们手修过的东直门还要周周正正地立在北京，立在后辈人的眼前。到那时候咱们都不在了，但咱们的活儿还在，还在经受着时间的检验，后人的检验，这真是件挺有意思的事情。廖先生突然变得很不好意思，好像做错了什么，说，您还让我就东直门地基的沉降分析和处理办法写过一篇文章，登在建筑杂志上。那篇文章“文革”让人抄了去……可惜了的……

我这才知道廖先生原来还有过文章发表，并不只是个当不上科长的小干部。廖先生回忆起这些时，尽管对文章被抄了去有些惋惜，但那美好与温馨，仍是毫无掩饰地溢于言表。那是一种充实，一种认可，一种舒畅，一种与老朋友共同经历又共同享受的愉悦……我不愿意破坏廖先生的这种感觉，无形中在他面前扮演着另一个人的角色。

精诚由衷，可以感人至深。

向窗外看，外面雨色迷蒙，透过玻璃的水汽，我看到了那座“经历八级地震也不会倒”的城楼……

廖大愚噔噔地攀上楼梯，在这春寒料峭的雨夜跑得满头大汗，足见其焦虑、急切。紧接着上来的是廖先生的胖老伴儿，她夹着件大棉袄，跑得气喘吁吁，脸色煞白。

廖大愚见了他父亲，劈头一句就是：全家人找了您一天了！您倒好，在这儿下馆子！

老伴儿一见廖先生，一把拉住，眼泪唰地流了下来，喃喃地说：可找着了……你这是干什么呀你？真有个闪失怎么得了！

廖大愚没好气儿地对他父亲说，您再这么着可不行，能把一家子急死！廖先生大概自知理亏，嗫嚅着说，我是在和舜镡聊东直门的事情……廖大愚说，什么金舜镡，您看清楚了，她是金舜铭，金舜镡死了！上月死的，您没看报吗？上头有金舜镡的照片，画着大黑框子！想必廖大愚也是气得很了，竟将这本应避讳的事情在他父亲跟前一股脑儿端出。

廖先生用浑浊的眼将我仔细看了一会儿，嘴唇动了动，似乎想起了什么，也似乎什么没想起来。坐在椅子上半张着嘴，眼神有些发直，突然显出了一副傻相。激动中的廖大愚还在不容人插话地说个不停。他说上午他妈跑到前院，当着不少人说他爸爸不见了，有的人当时就要看看大师怎么通过特异功能找到老爷子去向。廖大愚说，这不是出我的丑吗？我知道他跑哪儿去了！发动群众找吧，派出所、公安局、急救中心，能想到的地方都找过了，就差给 110 打电话了。

我想，亏得廖大愚没拨 110，否则大师找父亲还要动用警察，那面子实在是挂不住的。

胖老伴儿一边给廖先生换衣服，一边说她参加“传销学习班”回来，没见着老爷子，也没太在意，料想这下雨天也不会上哪儿去。等到她换好衣服做了半截儿饭，才发现家里一直没见老爷子，赶紧将炒了一半的菜撤了火，四处去找，找了几条胡同都没有，急得不行，不得已才到前院找儿子。大愚听到这儿就埋怨他妈不该去参加什么传销班，说那些搞传销的都是坑人的，专坑熟人。什么上线下线，通通扯淡。老太太说，你那些阴阳八卦就不是扯淡啦？爸爸是你爸爸，又不是我爸爸，我这一天天够不易的了，得看孩子似的看着他，一不留神就走了……说着就开始抹眼泪。

看来廖先生这种不打招呼的出走已经不是第一次了。廖大愚烦躁地说，以后把后院的门加锁，省得老提心吊胆！老太太想了想，无可奈何地说，实在不行也只有这样了……

我想象着廖先生被锁在小院里的情景，一种沉重由胸臆间泛起，命运的悲惨和可怜使我感到活着的无奈与身不由己。难道人老了都将落此下场吗？廖大愚窥出我的心思，解释说，外人不知，看着跟好人一般，其实病得厉害了。我问是什么病，廖大愚说是脑萎缩，也就是老年性痴呆，没法治。我想，廖大愚的论断不是很准确，廖先生的大脑某一部分是萎缩了，但某一部分却是活跃的，而且充实灵动，常人所不能及。

看到廖先生光着的脚，廖大愚赶紧脱下自己的鞋套在他父亲的脚上。这使我很感动，虽然成了大师，虽然要将他的父亲锁在小院里，但毕竟是个好儿子。

廖先生一直傻愣愣地坐着，那眼神透过玻璃，不知伸展到了什么地方……那些往事都已升华散尽，凝成了看不见的纯净气体，连发酵的能力也失去了。眼前这些人，窗外那些景，包括那个广告幻化的东直门城楼都不存在了，只剩下一片空落的苍白。白得让人窒息，空得让人心疼……

五

夏家子女们决定将他们的母亲葬于西山。

安葬四格格那天，我和舜铨也去了。天下着雨，春雨细润，山路精湿。墓地坐落在西山东麓，透过稀疏的松枝可以看见玉泉山秀丽的宝塔和昆明湖闪亮的湖水。不远处有音乐家王洛宾的墓，有文学家金寄水的墓，四格格长眠在这里，当不会寂寞。看来，夏家孩子选择墓地也是颇费了一番心思，尽了心意的。

一切安置妥当，正要砌封墓穴时，只见一人打着雨伞，顺山路踽踽而来。待那人走近，大家才看清是廖大愚。大愚捧着一捧紫丁香花，说是应他父亲之命，来为四格格送行的。舜铨说，这么大的雨，实在不想惊动别人，只是来了几个至亲……廖大愚说他本来不知道，是他父亲今天一大早就让他来的……夏家的孩子们对大愚表示出了显而易见的冷淡，这让我和舜铨有些尴尬。

舜铨说了不少感激他父亲的话。

我则一直在思索那个萎缩了的大脑是如何推算出今日安葬的。

廖大愚怀里的花沾着细密的水珠，散发出幽幽的清香，突出了墓地的冷寂，让人感到了留恋与哀伤。那是一种发自内心深处的绝望和难以道出的酸涩，是一种只可意会不可言传的理解和默契。望着墓碑前的花团锦簇，大愚不好意思地说，花是自家院子里摘的，他们的院子里没别的花，只有紫丁香，紫丁香是四格格生前喜欢的花。夏家的孩子们谁也不知道他们的母亲曾经喜欢过什么紫丁香，大愚说是他爸爸告诉他的。大家都觉着对这些突如其来的花朵不便再说什么，喜欢也罢不喜欢也罢，一切都已经成为过去，不可追溯了。廖大愚将一枝丁香放进即将封严的墓穴，那湿润的淡紫的花儿轻轻地覆盖在四格格那朴素的骨灰盒上。我的心一阵悸动，觉得廖大愚这有意无意之举实属鬼使神差，料也不是他父亲要他这样做的。

当然，这样很好。

廖大愚把怀里剩下的花围着墓碑撒了一圈，朴实无华的丁香和墓前那些美丽的花卉相比，显出了难以伸展的羞怯，显出了谨小慎微的不安……淡泊相处，可以维持久远，丈夫重知己，不为别的，就为那故旧的离去，为那相知相通的情愫，为那深处埋藏的无穷尽而走进这难耐的尴尬，走进这细雨尘烟，以慰藉死寂的魂灵和自己长久的沉默。

丁香依旧，良友难逢。

……我感到了沉重。

下山的时候，廖大愚悄悄对我说，他父亲从东直门回来就病了，现在每天靠点滴维持，人虚弱得连话也不想说了。父亲好着的时候，他老嫌父亲唠叨，不知饥饱，没完没了地吃，如今想想很是后悔。他巴不得父亲能再说、再吃。然而一切似乎都不可逆转，父亲的生命大概不会很长了。

我无言，回望那些紫丁香，已不可见。

分手时，廖大愚说，我父亲让我告诉你，你“朋友”的骨灰应该撒在昆仑山。

昆仑山……

醒也无聊

一

电视连续剧的群众场面今日拍摄结束，剧务在廊下给即将离去的群众演员发放当日的劳务费，每人三十元。不少人已经提前走了，他们不要钱，他们来是专门为了过戏瘾、看名人的，三十块钱不够一顿饭，他们不在乎这个。没走的则老老实实地围在剧务周围，静等着领自己那一份工钱。我看见王玉兰也在其中，穿着件化纤灰坎肩，很矜持地接过了自己的一份，点清楚了，装进兜里。我叫住了她。

她说，姑爸爸您有事？

我说没事，就问她金瑞怎么样了。

王玉兰说，还是老样子，在家里老盘在炕上，不动窝；我们家的炕，一头是金瑞，一头是猫，老满着……王玉兰进北京快十年了，还把床叫炕，这让我感到奇怪。

二

王玉兰是我的侄媳妇，陕北人，是我的侄子金瑞在陕西插队时娶的当地婆姨。陕北人管结了婚的女人叫婆姨，管没结婚的叫女子。王玉兰在嫁给金瑞以前有过婚史，她在成为金瑞的媳妇以前就有了一个叫做发财的两岁儿子。

王玉兰是陕西宜长县后段家河人，先一个男人段振龙是个壮汉，一日在山峁上放羊，被雷击中死了。据说挺大的人被烧成了枯树根一样，发蓝发黑，焦煳难闻，惨不忍睹。

出事那天，在后段家河插队的北京知青们听了信儿都疯了一样朝山上跑，有人还要找担架，他们想雷击可能和电打差不多，说不定人还有救。但是他们赶到山上，看到还在冒着烟的段振龙，看到扑在“树桩”上哭天抢地的王玉兰和她那滚成泥猴一样的儿子，他们没有一个敢举步向前了。这样的情景他们在城里压根儿没见过。他们的心里都慌慌的，不知下一步将如何举动。后来还是队长用破席将那黑炭卷了，夹到坡下的沟里埋了。

有知青问队长为什么不打副棺材，搁村里停放几天，再杀两头猪，让大家借着段振龙的光也沾沾油腥，那也像个正经死人的样子。也有知青说似这样不出一天就草草埋了终对不住死者，又说死了的段振龙酸曲儿唱得好，跟知青们的关系也不错……这个知青下面的话没有说，但男知青们都明白，他们这些“童子鸡”的所有性知识，都来自于段振龙，在这方面段振龙是他们的启蒙老师。

队长听了把眼一瞪，指着坑里的小席卷儿说，你们以为这是甚？

这是孽障，让雷击了，好人能让雷击？段振龙是遭了大孽了，上天罚他哩！不早早埋了，让他再祸害人呀？知青们都说队长说的是封建迷信，应该批判。队长说，我迷信？我的党龄比你们的年龄都大，我受党的教育多少年了，我能迷信？你们懂个甚！争论的结果，还是把段振龙埋在了沟底，连村里的坟地也没让入。说是遭天谴的人不能和先人们睡在一处，否则村里会几辈子不安生。对这样的安排，除了知青，村里的人没有一个人提出异议，包括死者的家属王玉兰。

后段家河村唯一没有上山看热闹的，就是我的侄子金瑞。

那天吃早饭的时候，队长说今儿是好天，借着大太阳，让金瑞把羊从峁上的窑圈里赶下沟去洗一洗澡。金瑞走在半道，正碰上给知青点送菜油的段振龙。金瑞犯懒就拦住段振龙，让段振龙帮他上去把羊轰下来。段振龙问替他上去有甚好处，金瑞说，你不要财迷，赶个羊嘛，上坡下坡的事儿，累不着你。段振龙说，上坡下坡你怎不去哩？队长是让你轰的，又没有让我轰。金瑞说，我就怵上山，一上山就喘不上气，你替我上去，我中午给你一张烙饼。段振龙说，我不稀罕你们知青点的饼，死硬死硬，没有我婆姨烙的好。金瑞说，那你说要什么？段振龙说，就怕你不答应。金瑞说，我答应。段振龙说，我要你十分工。金瑞笑了笑说，十分工算什么？不过一毛三分钱的事儿，把我一年的分给你都行，只要你管我的饭。段振龙说，有你这句话就好，我替你去赶羊。金瑞让段振龙把羊赶下沟，说太阳还没到头顶，河水还太凉，那条河还得好好晒一晒，等睡醒中午觉他再到沟里洗羊。段振龙说他就管把羊赶下来，别的什么也不管。金瑞说，也没让你再管什么。段振龙就走了。

天上打雷的时候金瑞还在窑洞里睡觉，根本没听见那震耳的炸雷。后来，别人跑来激动地告诉他段振龙被雷击死的事，他才坐起来，迷迷糊糊地问，真的呀？来人说，可不是真的！金瑞说，那我得上去看看。来人说，看什么看，人早埋了。金瑞说，要是埋了我就不看了。

金瑞爱睡觉，这在知青中间已相当有名。他一年四季，总是处在一种迷迷瞪瞪睡不醒的状态中。队里开会，学习最高指示什么的，金瑞永远很主动地占据着靠灶的炕头，那里暖和，可以摊开了放心大胆地睡，就是在寒冬腊月也不必担心伤风感冒。有一回，他睡得实在不像话了，高高低低的呼噜声压过了公社干部有关“学大寨平整土地”的动员，队长气得从炕上提溜起他来，让他面对大伙儿，站着听。孰料没一会儿，他又靠墙站着睡着了……

知青们说金瑞可能有病，非洲有种叫做“嗜睡症”的传染病，是被一种苍蝇叮了以后传染的，症状就是没时没晌地想睡觉。金瑞该不是被什么苍蝇给叮了？于是他们拥着他到宜长县医院去检查。金瑞不想走路，说腿疼，从饲养室弄出一头驴来，他要骑着驴进城。一路上，翻沟过坎，金瑞在驴背上舒服自在地打着瞌睡，让和他一起走的知青们很恼火，恨不得把他翻到沟里去。走了三十里路到了县城，宜长的医院当然查不出“嗜睡症”这样一类高精尖的疑难杂症，那个才从农村提拔上来的赤脚医生，甚至连非洲有没有苍蝇这样的事情也搞不清。无奈，知青们压着满腔怒火，把睡大王金瑞又给拉回来了。贫下中农认为知青们是多此一举，他们说金瑞这是懒，是干活儿惜力，是毛病。当年毛主席在陕北大生产时改造的“二流子”，都是这德行。其实，只要把他身上的那根懒筋抽了，他想睡也睡不成了。但是，怎么抽懒筋？谁也不会，民间也没传下个什么偏方。好在金瑞爱睡觉并不妨碍谁，顶多年底下少几个工分，比起那些偷鸡摸狗拔蒜苗的知青来，金瑞还算是相当可爱的，嗜睡就嗜睡吧。

那天，金瑞在王玉兰撕心裂肺的号啕里，在知青们不无恐惧的议论中被叫醒，愣愣地在炕上坐着，一副没睡醒的蔫样儿。有人提出段振龙是替金瑞赶羊的，金瑞竟然一点儿表示也没有，未免有点儿太那个。也有人说金瑞的心太冷，没有和贫下中农贴到一块儿，缺少无产阶级感情。有好事的就联系金瑞的家庭背景，说他这个金姓原本是爱新觉罗，祖上是皇室后裔，对无产阶级贫下中农热爱不起来是理所当然的，应该好好给予批判。一块儿跟着下来插队的北京干部很维护金瑞，干部说，天上打雷的事儿纯属偶然，怪不得金瑞，更跟爱新觉罗挨不上边儿；金瑞的父亲在旧社会是沿门乞讨的叫花子，饥寒交迫，冻饿而死，是百分之百的无产阶级，跟皇上没有一点儿关系，大家不要胡联系。

在大家讨论这些很重要的问题的时候，金瑞就蹲在窑前的崖上，望着对面山峁发呆。段振龙就是在那儿被劈死的。他望着光秃而荒凉的山丘，情绪低落沮丧，本来那雷应该是击他的，段振龙去替他，段振龙就死了，段振龙上去时还说要他十工分……想想，一眨眼的事儿，人就没了，命运这个东西真是让人参不透。沟底下那个新隆起的小黄土堆里说是段振龙，也说不准就是他金瑞……金瑞这么想着，心里就有点儿空，有点儿恍惚，有点儿搞不清自己和段振龙的界限。至于身后窑里那些是皇室后裔还是无产阶级的议论，似乎跟他没有一点儿关系。

很快，知青们对金瑞的“阶级感情”，就不再抱任何怀疑了——

原因是金瑞向队里提出，要接替段振龙，给住在坡上三孔窑里的发财当爸爸。

队里以为是句玩笑话，叫金瑞不要瞎说，就是新寡的王玉兰也没把这事当真。孰料，金瑞打过招呼以后，竟抱着铺盖进了王玉兰的窑洞。

队里要拦，拦不住；王玉兰往外推，推不出。(事后村里的后生们说，王玉兰假惺惺的，偷偷乐还来不及，哪里会真往外推?)队长请北京干部做工作，北京干部做不了金瑞的主，一想，金瑞在陕西还有个姑姑，于是就给我打电报，让我无论如何来一趟宜长。

我是在九月中旬赶到后段家河的。进村的时候，队长和北京干部早早在村口迎了，他们认为我在和金瑞接触之前最好先跟他们接触一下，好让我心里有个底儿。

队长和北京干部把我拉到路边的树底下，不容我喘气就你一言我一语地“汇报”金瑞的事。队长先抢着说今年的收成不好，老百姓盼雨，却盼来了一场不带雨点的暴雷，那雷大火球一样满山乱滚，那云压得天都黑了，伸手不见五指……队长富于讲故事才能，对段振龙遭雷击的叙述有铺垫、有高潮、有结局，要不我对那情景知道得也不会这么详细。接着北京干部向我讲述金瑞近期的思想状况和举止表现，其中用很大一段讲述了金瑞因懒散造成的工分危机。

足足过了两袋烟的工夫我才听出端倪，队长的意思是金瑞这小子要给发财当爹，这是娃娃家的一时心血来潮，还是为救孤儿寡母出水火的英雄壮举，说不来。要搁村里其他人，他也就鼓捣着把事情促成了，可金瑞是北京知青，是毛主席打发下来的娃娃，知青的事不是开玩笑的，闹不好有“破坏上山下乡”的嫌疑；另外作为队长，他要对村里社员的前途负责，王玉兰一家，将来何所倚靠，也是队里必须面对的现实。北京干部的话也很明确，他说，金瑞搬到了王玉兰窑里去，往大了说是和贫下中农结合，是个革命得不得了的举动，但实际上是一件很吃亏的事——寡妇王玉兰比金瑞大了五岁，又没有文化，长得也不怎么样，还是孩子的妈，金瑞再怎么不济，也是北京来的知青；北京的金瑞和后段家河的王玉兰差的码子太大，这是一桩没有基础的婚姻，它的悲剧性是明摆着的。

我明白了，队长和干部所维护的对象不同，但目的只有一个——劝阻金瑞，回头是岸！

我问金瑞现在在哪里，他们说在寡妇的窑里。我说，都住进人家的窑里了，你们还让我说什么？队长说，说是住到一块儿了，可我至今没给他开介绍信，他扯不来结婚证也是白搭。我说，那张纸限制得了谁？都既成事实了，结婚证不过是个形式。队长说，村里人看重的是政府的那张纸片片儿，看重的就是那个形式，事实不事实的无所谓；要说既成事实，村里的既成事实多着哩，可没有证儿谁也不认。北京干部说，当务之急是劝金瑞回心转意，他真回心转意了，咱们并不吃亏，在王玉兰那儿住就住了，既然队里和女方都不计较，咱们就把它看成一次实战拉练也未尝不可。队长说，金瑞他姑，要不你把金瑞带到你那儿去耍几个月？让他暂时离开一段时间或许就没这怪念头了。我说，这主意不好，且不说金瑞跟不跟我走，关键是得解决他的思想问题，让他明白和王玉兰结婚所要付出的代价和对一个家庭所应该承担的责任，这是必须经过深思熟虑才能得出结论的事，不是想怎么干就怎么干的。队长说，我也是这个意思。干部说，金瑞这孩子有些想法很怪，按常人的逻辑就无法理解。我说，金瑞是我五哥舜锫的孩子，是我的亲侄子。他在娘肚子里就死了爹，一落生他娘就把他撇给育婴堂自己走了，实际是个没爹没娘的孩子。解放后，我母亲听说了这事，才把他从孤儿院要回来的。他脾气怪，不合群，当跟这些经历不无关系。我看这件事还得慢慢地劝，不能硬来。

商量的结果是队长和干部让我见机行事。

我是在寡妇王玉兰家里与金瑞相见的。我进窑的时候金瑞正斜在炕上靠着被卧垛闭目养神，墙上的有线广播里正播放着火辣辣的秦腔《红灯记》，李玉和在墙上一字一板咬牙切齿地吼着：

无产者一生奋战求解放，

四海为家穷苦的生活几十年。

…………

死者的儿子戴着孝，骑在金瑞的肚子上，正在跟他亲昵，不知真情的看这场面一定会以为孩子是他的亲生。王玉兰坐在灶前烧火，一大锅杂豆粥在火上咕嘟着，散发出让人难以抵御的香味儿。

见我进来，王玉兰仿佛预感到了什么，她有些惶恐地站起来，搓着手，一句话不说，很不安地闪到一边去了。好像金瑞的这些做法都是她的过错，她应该负主要责任似的。我看这个王玉兰也实在是没有什么出众的地方，一张窄长的瓦刀脸，一头枯黄的头发，肿肿的眼，薄薄的唇，身板虽然消瘦，骨节却很粗大……农家妇女显老，说她有三十五六大概没人不信，真不知金瑞看上了她哪一点。我再看炕上的金瑞，大约是被陕北的热炕烘的，一张粉白的脸，红是红，白是白，细嫩得像舞台上的小生一般。

我的五哥在金家众子弟中最为清秀，小生唱得极好，扮相也漂亮，旧时是京师享誉九城的京剧票友，是名小生程继仙的高足，跟荀慧生配过戏。40 年代的老北京人提起金五爷《群英会》的周瑜来，没有不挑大拇哥的。我们家老五演戏是凭了高兴的玩儿票，玩儿票是件耗财买脸的事，他演出一场《小宴》的吕布，要搭进去一千块大洋……除了唱戏，老五再也没什么特长，家里不可能老为他的唱戏而提供大洋，所以，很多时候他都是处于一种壮志未酬的状态。金瑞纵然有着他父亲相貌上的遗传，却没有他父亲的本事，所承袭的唯有懒散和那说不清道不明的性情。

这点更让人遗憾。

炕上的金瑞感觉到有人进来了，慢慢地睁开眼睛，见了我也并没表示出多大热情，只是欠欠身，慵懒无力地说了句：来了，上炕坐吧。

我觉着金瑞太没规矩，有些气，想说他，碍着外人在跟前，终是忍了。

我说，金瑞你起来！

金瑞大概感到了我话里的威凛和不快，他赶紧推开身上的孩子坐直了，把那两条伸着的长腿缩回去盘上，努力振了振精神。

王玉兰很知趣地把孩子拢过去了。

我说，你好像不认识我？金瑞并没有体味出我的揶揄，傻瞪瞪地说，认识，您是姑爸爸。我说，知道是姑爸爸就好，是北京你太太让我来的。

金瑞说，这么说是钦差到了。

队长和北京干部示意王玉兰带着孩子出去，好让窑里只留下我和金瑞，于是王玉兰就和她的孩子随着队长他们走了。王玉兰的离去，减少了我不少压力，有这个戴着重孝的女人在跟前，我想我是说不出什么有分量的话的，这回矛盾的中心回避了，下面的事情就好办了。我脱鞋上炕，准备跟金瑞进行一次认真的谈话。

我说，金瑞……

他说，我听着呢。

我说，听着就好。

接下来我给金瑞详细分析了他这一举措的失误，从他和王玉兰生活习惯的差异到共同语言的欠缺，从将来的前途到群众的舆论，都说到了。我说的时候，金瑞一直低垂着眼睛，不知想些什么。末了我说，你要是真在后段家河安了家，就永远别想着出去了，你就当一辈子农民吧。金瑞吧唧吧唧嘴说，当一辈子农民也行。我说，毛主席让你来农村扎根不是这种扎法，你这叫怎么档子事儿啊！就是真在农村找媳妇，也不是找王玉兰这样的，乡下的好姑娘有的是，你怎么偏就找个寡妇，还拖着个孩子?！金瑞说，有孩子好，我还懒得生呢，白捡一个儿子，这便宜我占大了。看着他那什么都不在乎的模样，我产生了扇他一巴掌的念头，一个大男人，竟然说懒得生孩子，你就说他还有什么出息吧，真跟他爸爸一个样，没治！我最后使出了撒手锏说，这门婚事你太太不同意，金家向来不娶寡妇进门……金瑞说，再别说你们金家了，当初您阿玛把我阿玛赶出金家大门的时候就已经说清，我们无论做什么都已经跟金家没有任何关系了。所以，您别拿金家的规矩吓唬我，我是金家圈外的人。我说，可你到底还姓金，你是我的亲侄子，太太疼你也是一点儿不掺假的，对你比对她所有的孙子都上心。金瑞说，那是你们在赎罪，你们害了我阿玛也就是害了我。我今天能这样就已经很不错，很知足了。姑爸爸您甭为我操心了，您操心也是瞎操心，我不跟命较劲，我的生存方针是顺其自然。我说，这倒真跟你阿玛一个样，其实我也早看出来了，你入赘到王家，并没有多么高尚的想法，你不过是嫌知青生活太清苦，你是想有人伺候你……金瑞说，随您怎么说，我怎么想的我知道，谁不盼着有人疼？我说，你得为将来考虑考虑啊！金瑞说他只想今天，不想将来。只要今天过得去，哪怕明天天塌下来呢！再说明天天也不一定就塌得下来。我气愤地说，金瑞，你整个儿一个没睡醒，你还迷糊着呢！金瑞眨巴着眼睛，说他不知睡着和醒着有什么不同，反正都是在炕上躺着呢……

谈话不能继续下去了，我深知我这位侄子的脾性和弱点，关键是一个字：懒。遇事顺坡溜，总想舒服，总想省力，别人看他是在下坡，他却认为是进了福窝，这真跟他爸爸如出一辙地相似。关于金瑞的爸爸，我们家的老五舜锫，那是我们家一个共同避讳的话题，是我父亲活着时一直羞于向人启齿的一块心病。就是后来，金家人偶尔凑到一起，也很少谈起这位早逝的老五。

我从王家窑里很失望地出来，碰巧王玉兰在窑外站着，也说不定她早就站在那儿了。王玉兰一脸愁苦，见了我想说什么。我说，你什么也不要说了，这里头没有你的事儿。王玉兰说金瑞很拗，她让他走，他就是不走，她目前是一点儿办法也没有了。我说，我都没有办法了，你能有什么办法？王玉兰说，姑爸爸你要是实在反对，我可以坚持不答应，两相不情愿，在公社也扯不来结婚证。我不能对王玉兰要求什么，她毕竟是外人，在这件事情中，她完全是被动的，但她的话毕竟也不无道理。于是我说，王家大姐，你比金瑞大，又是过来人，有些事情应该比金瑞思虑得周全，怎么说金瑞还是个没经过世事的大孩子，你不要让他一失足成千古恨……王玉兰说这她懂。我说，懂就好。然后我问她队长家在哪儿，她说西头有枣树的那家就是，说着要领我去。我说，你不要领了，看着你那一锅粥吧，大概都煳了。你别指望金瑞能帮你看着锅，那是个油瓶倒了都不知道扶的人。王玉兰说陕北的男人都不管家务，谁家的婆姨也不指望屋里的男人能帮着看锅。我想，这个小寡妇大概没听懂我的话，所以，离开的时候我说，你不要管我叫什么姑爸爸，那是旗人的称呼。王玉兰听了我的话，木木地看着我，那张脸竟没一点儿表情。

大概也是个没睡醒。

那晚，我和北京干部在队长家吃饭，金瑞也没过来陪，让我心里好不自在。后来，王玉兰用托盘送过来一大碗热乎乎的稠粥和带馊味儿的浆水菜，使人觉得这女人还懂些人情，至少比金瑞强。浆水菜是陕西特有的腌菜，将新鲜蔬菜窝在缸里以面汤泡制，使之发酵，死酸傻酸，跟四川的泡菜、东北的酸菜味道都不一样。这日的饭桌上再没有其他蔬菜，我不由得多吃了几口浆水菜。王玉兰见了就说，金瑞他姑，你要是爱吃，走时我给你带些。北京干部则说此物不可多吃，寒气太大，吃多了泻肚。我注意到王玉兰在称呼我的时候回避了“姑爸爸”这个词，看来是个有记性的女人。我问金瑞在家干什么呢，王玉兰说金瑞喝了两碗粥，找知青们打牌去了。

我叹了一口气，眼睛有些湿。

队长和干部见此情景也不便再说什么，大家就闷着头喝粥。

半天，干部说，将来金瑞招工怕是困难了。

队长说，队里会照顾他。

应该说，金瑞成了发财的爹以后，日子过得相当舒坦。穷虽穷，但像个家，比起那些自嘲属于“流氓无产者”的知青们，他可以说是提前奔了小康。他的炕老是热的，可以由着性儿地睡懒觉，可以点着样儿地要吃食。衣服有人给洗，洗脚水有人给端……这些条件知青们都不具备。所以他并没有离开集体的失落，没有孤雁单飞的寂寥。也正如他说的，他懒得生孩子，他跟他的陕北婆姨王玉兰除了段振龙留下的那个儿子，竟再没有生养。男人们在一块儿拿他开心，说他不得要领，他不置可否。队长问他是不是有病，他说是不愿意费那力气。

这话让人听了觉得不可思议。

在知青大批返城的时候，金瑞还一直在王玉兰的热炕上犯迷糊。一切都应了北京干部的话，城里每次招工都没有他，队里推荐了几次，终因拖家带口被刷了下来。好在他也不在意，搁别人早痛不欲生了，搁他却无所谓。他说招上了未必是好事，当工人也有当工人的不自由。知青们都走光了，公社也想把他立个扎根农村的先进典型，日后当个干部什么的也不乏一条出路。无奈却怎么也扶不起来，关键是他不想出力气。

时间一长就没人想着他了，他呢，也就真正当了发财的地地道道的爹，在段振龙留下的那三孔窑里稀里糊涂地过着段振龙留下的日子。

岁月在不知有汉无论魏晋的混沌中过去，上山下乡已经如同抗日战争一样成为了人们偶然说起的一段历史。当金瑞举着老碗蹲在村街上和村人一起大口地吸溜浆水面的时候，人们只知道他是王玉兰的男人、发财的爹。至于他的北京知青身份，已经很少有人记起了，他是真正地和贫下中农结合了。

三

我再次与金瑞见面是在十五年以后，已经到了80年代末期。他带着老婆孩子从陕北办“病退”回到了北京，没处安身，一家三口就挤在我们家后花园那间有名的风雨飘摇的九平方米的小堆房里。为金瑞的调回，我费了不少周折，求助老同学，开了个北京单位假接收的证明，才把这位懒散的农民从西北请回了京师。

由陕西回来的金瑞除了两床破被褥以外，锅碗瓢勺一样没有，就连从宜长到北京的路费也是跟队里借的，说好了用秋天三亩坡地的包谷偿还。金瑞在后段家河那三亩坡地究竟能打多少包谷全是个虚数，谁都知道是不能认真的。村人想，贴点儿就贴点儿吧，金瑞怎么也是在后段家河待了快二十年了，一个北京娃娃，在乡下受了二十年苦，不容易，就是苏武牧羊，也没有二十年……

回到北京的金瑞再也不提他与金家没有任何关系的话了。我发现这些年他也学了些察言观色的本事，将随身由陕北带来的十五斤糜子面，顺水推舟地拎到我母亲屋里，说是特地从乡下带来的新鲜，是孝敬太太的。那时我母亲已经沉疴在床，吃不成糜子面了。母亲看着站在床头的窝窝囊囊的孙子金瑞，看着那个已成半大老太太、土得掉渣儿的孙媳妇和那个人高马大却没有一点儿血缘关系的重孙子，说不出一句话来。

发财与金瑞，父子俩的反差太大了。金瑞虽然在农村蹲了近二十年，大模样并没怎么变，也是平日觉睡得多，太阳晒得少，仍是细皮嫩肉，体现着金家子弟的遗传。发财就不一样了，发财是地道的陕北种，站在那里跟铁塔一般，黑脸，直鼻，高颧骨，阔嘴唇，是典型的汉人与匈奴的混血。与细致的金家人，即便是落魄的金家人站在一起，也显得难以融洽的生硬。应该说这是在金家，在母亲面前出现的第一个重孙，偏偏是个串秧儿变种的重孙，这是让老派儿的母亲难以接受的事实。更何况他旁边还有一个曾做过寡妇的孙媳，寡妇的男人还是被雷击死的。床前这组图画给母亲带来怎样的沉痛，我完全想象得出来，但毕竟时代变迁，母亲纵然沉痛却也说不出什么来。

金瑞是在这个家里长大的，知道规矩，他趋前几步给母亲认真地请了一个双安，叫了一声太太，说他回来了，以后再不走了……母亲一把拉过金瑞，颤颤巍巍地说，你是太太的亲孙子……你受了多少苦哇！回来就好，回来就好，还请什么安，都是老礼儿了。没爹的孩子到底没人疼，要是你阿玛还活着，哪能让你在乡下一待二十年，等到今儿个？……金瑞把脑袋直往母亲怀里扎，吸着鼻涕说，我知道太太时刻惦记着我，这个家里就是太太疼我，我只有太太一个亲人了。

我听了这祖孙俩的对话只觉得好笑，——怎么金家就是老太太惦记着金瑞？我要不惦记他我能翻山越岭地跑到后段家河？怎么要是金瑞的阿玛活着也不会让他等到今天？我那个孽障五哥要是活着，金瑞是怎么个下场还难说呢！合着我的辛苦都给抹了？这娘儿俩，糊涂到一块儿去了。偏偏这时王玉兰要体现一下做金家媳妇的认真，她不会请安就磕头，那磕法就跟在乡下的野庙里给那些神像磕头似的，动作很大，很虔诚，但不雅。

王玉兰的几个头把我母亲磕得目瞪口呆。

王玉兰站起身推过发财，让他也给太奶奶磕头。愣头愣脑的发财哪里肯就范，生硬僵挺，别着身子就不往床跟前凑，真如一头又犟又扎眼的骡子。王玉兰拽着他，嘴里大声训着：你看你这娃，你看你这娃，咋是个这！王玉兰那陌生的陕北腔，那浓重的鼻音，将屋里的空气震得嗡嗡作响。母亲的喉咙咕噜一声，脸有些发紫，站在一边的七嫂赶紧用吸痰器将母亲的痰吸了。七嫂说，不磕就不磕，别难为孩子了。金瑞说，发财是大小伙子了，大小伙子不好意思，他在那山洼洼里哪玩儿过这些花样？王玉兰说，这娃不懂事理，我在路上教了他一路，说得好好儿的，他就是解不下，到太奶奶跟前就不是他了。母亲摆摆手，意思是免了。我明白，老太太的心里压根儿就没接受这个陕北女人和她的儿子，甭管是磕头、请安还是鞠躬，母亲一概不受。王玉兰是我母亲的第一个孙媳妇，按我们家的老礼儿，初次见面是要有份儿礼物给她的，这回，母亲却什么也没给……

发财还在一边没心没肺地问，爹，你为甚管你奶奶叫太太？

金瑞说，我们是旗人，旗人都这么叫。

发财瓮声瓮气地说，我是汉人，对吧，爹？

发财把“我”的音发成了“饿”，让从没出过北京圈儿的母亲和七嫂听得有点儿莫名其妙。

金瑞说，对，你是汉人。

母亲绝望地把眼睛闭上了。

没过一个礼拜，母亲就去世了，整个金家，哭得最伤心的要数金瑞。大家都说他不是哭老太太，是哭他自己，这回是真没人疼他了。

办完母亲的丧事，我也要回陕西了，走前我对金瑞说，金瑞你要勤快，要尽快找着工作，北京不比后段家河，你七叔舜铨是个没有单位的画家，不是村里的队长，他顾你也是一时的。你在这小屋里住着，也是个没法儿的法儿，寄人篱下的日子是不好过的，特别是对你这个还要养家糊口的大老爷们儿来说。金瑞说他知道他现在完全是背水一战，没有任何退路了，他今天睡醒午觉就去找三大爷、四大爷和七叔，让他们帮着找事做。

金瑞的午觉比找工作都重要，我对他的前途实在不抱太大希望了。母亲说得好，该撒手时总得撒手，谁也不能包办代替地把这从陕北来的一家子全包下来。母亲都闭眼了，我干吗还睁着？

四

可以想象，在以后的日子里金瑞一家过得非常艰难，且不说他那陕北的婆姨和外姓儿子能否为金家人所接纳，能否与大城市融为一体，单是他的工作就是让人很头疼的一件事。

我听说金瑞走过不少单位，都没干长。

最初我们家老四舜镗托朋友介绍金瑞在家门口附近的煤厂当临时工。用平板车给人送蜂窝煤，按量提工钱，只要肯出力，一个月下来也能挣不少。但送煤绝对是个力气活儿，并不比在后段家河耪大地轻松，金瑞受不了这个苦，从板车上夹起第一筐煤那一刹那，他就认定了这是件干不长的活计。果然送了没两车就腰疼，疼得岔了气儿般地不能忍耐，一筐煤扭扭捏捏没走到地方就给人家摔那儿了，害得买主死活不答应。金瑞赶紧给家里人捎话，让后院的“闲杂人等”前来救驾。赶来的闲杂人等当然只有王玉兰和发财，那娘儿俩一路小跑奔来的时候，金瑞正在树底下抚着腰龇牙咧嘴。他老婆和儿子接替完成了送煤任务，又用车把金瑞拉到东直门医院，扎了针、拔了罐儿，好一通儿折腾之后才拉了回来。

以后，发财索性辞了高中不念，顶替金瑞每天送煤。

金瑞还在王府井的一个宾馆干过清洁工，擦玻璃扫地倒是比送蜂窝煤轻松，但架不住不能闲着，干净不干净的你老得擦拭，尤其是那镜面一般的玻璃砖地，进来一个人你就得过去拖一遍，稍一偷懒，地上就是一串脚印。而金瑞偏偏就看不见那些脚印，他动不动就想往大厅的软沙发上歪，这当然是这座管理严格的四星级宾馆所绝不能允许的。管理人员找金瑞谈话，人家还没说什么，金瑞先不干了。他说见天儿穿了这身不黄不绿的工作服在前厅拉着拖把走来走去，他还嫌丢人……后来，这个工作就由王玉兰接替了。王玉兰干得很出色，月月能拿到奖金。

金瑞还倒卖过蔬菜，干过清洗抽油烟机，当过“老三届”饭馆的门迎，推销过“蓝带”啤酒，充任过游泳池的救护，摊过煎饼，画过风筝，搞过“仙妮蕾德”传销，办过广告公司，炒过股票……好像哪个也没让他发了。我推测，这恐怕和金瑞的禀性有关，还是陕北老乡说得对，他是“惜力”，是太在乎自己。因其懒，就软绵绵地一瘫，永远地端不上台面儿，永远地提不起精神。人说抽烟上瘾，打牌上瘾，喝茶上瘾，嗜酒上瘾，想必睡觉也上瘾。我写信给住在老宅里的七哥舜铨说这事，请他多多关心五哥这个不争气的儿子。舜铨是个很敦厚老实的人，对金家哥儿几个的事情从来不往里掺和，只知道画画。舜铨给我来信说，金瑞的慵懒之根在他的父亲……

五

金瑞的父亲金舜锫在金家众多子女中是最活跃、最有才华的一个，从小就爱干些让人意料不到的事；聪明但浮躁，多情却不专；学不好好上却写得一手苍劲好字，书不好好读却说得一口流利外语；每天不是泡茶馆就是泡戏园子，跟一帮女艺人、女戏子打得火热，二十刚出头，吃喝嫖赌就已经玩得相当精湛老到了。父亲最不喜欢的就是这个老五，最没办法的也是这个老五。父亲说他是金家的现世报，是专门为拆这个家而来的，见着老五从来不给他好脸色。

老五后来又添新好，由满脸粉彩、宽服展袖地在台上唱戏，改为蓬头垢面、破衣烂衫地在街上要饭。公子哥儿要饭，这也是当时一帮靠吃祖业的显贵子弟终日无所事事的无聊之举，搁现在来说或许就是一种“世纪末情绪”，但那个时候好像离世纪末还有段距离，说是“民国末”倒比较贴切。

为我们家老五的怪异举止，我曾经和一位研究社会学的专家探讨过。我说，以我的理解，老五的行径可能是一种对富足、平淡的挑战，是逃脱寂寞的标新立异。希望充实，希望引起别人注意，便从一个极端跳到另一个极端，这情景很像今天有些小青年故意把好端端的牛仔裤挖个大窟窿，把一头乌黑秀发染得不蓝不绿。

专家的结论只有两个字：颓废。

专家说，此举也并不是民国时老五们的首创，早在清末，宗室贵胄的子弟们就经常这样了。那时他们的活动大都在北京陶然亭的窑台一带，定一时日，众子弟一改往日之油头粉面，而各个衣衫褴褛，披头散发，彼此相约聚于窑台，痛饮无度，或歌或哭。届时窑台一片喧闹，一片洋相。一片污臭，一片狼藉。有文人夏桐逊在《乙丑江亭修禊诗》中说：

> 北眄黑窑台，中枢峙岧嶤。
>
> 贵人乞丐装，高居啜新醪。

后有诗人自注云：“有宗室贵爵，数人相与，敝衣垢面，日聚饮黑窑台上，谓之乞丐装。临散乃盥沐冠带，鲜衣怒马而去，时人怪愕，以为亡国之征。”既然史上已有记载，看来老五的瞎闹也没闹出个什么新花样。我们家对此视而不见，听而不闻，见怪不怪，听之任之，也情有可原。

老五装扮成乞丐，结帮拉伙，爱在萃华楼、聚丰园这样的大饭庄门口聚集，或是在胭脂胡同妓院附近转悠，遇着有钱嫖客就凑上去闲缠，名为要钱，实为取乐，起哄架秧子，逼着人不得不掏钱逃离。也有不肯出钱的，老五就说，你难道比我还穷吗？被缠的人看着眼前这个眉清目秀的叫花子十分纳闷儿，好端端的人怎么干了这个营生……老五们为几个小钱儿可以缠磨半天，满嘴叔叔大爷，摧眉折腰，阿谀奉承，伏低做小。要不着就把人戏耍一番，要着了就喜形于色，把几个小钱儿掂来抛去，装进掏出，互相比试，哪怕最终一把全撒进护城河。那要饭的过程对他们来说是游戏的过程，从那自轻自贱中寻觅一种只可意会不可言传的乐趣，体味一种失落的兴奋。

有一回，老五在萃华楼饭庄门口要到了我的大哥舜锫头上。舜锫是国民党政要，是当时炙手可热的人物。舜锫刚前呼后拥地从汽车里下来，就被老五缠上了。老大一见是老五，吃了一惊。老五却不管那些，张着手要钱，他不论什么大哥不大哥，张口就是“大爷”。老大一皱眉，警卫过来了，伸手就把老五推了一个跟头。老大什么没说，目不斜视地进去了。老五站起来拍拍身上的土，笑呵呵地说，赴你的《鸿门宴》去吧，《鸿门宴》完了是《红鸾喜》，到时候还得我这花子头儿救你。《红鸾喜》在京剧里又叫《豆汁记》，是根据《喻世明言》里的《金玉奴棒打薄情郎》改编的。老五自比花子头儿要救老大，是把自己看做了老大的老丈人，所以在精神上，老五并没觉着自己吃亏。事后老大从南京往家打来电话，让父亲好好管管老五，说老五闹得太不像话。父亲却叫当军统的大儿子好自为之，别闹得太不像话。——跟不喜欢老五一样，父亲也不喜欢他这个大儿子。

老五在外头胡闹，家里当然不无所闻，但是我母亲却唯独对他偏袒得要命，简直把他视为心尖儿一般。从某种角度来说，正是母亲的溺爱，才毁了我这个聪明绝顶的哥哥。这点，母亲心里是非常清楚的，她老说老五的亲妈死得早，她不疼他谁疼他。可她以后对我们几个近乎残酷的严厉，大概又是矫枉过正的另一个方面。

一日，警察署来了通知，让金家到南城三清观乞丐收容所去领人，原因是金家老五被当做无业流民给收了进去。被收进收容所的老五，在里头浑打浑闹，策动大殿里的几十名乞丐集体造反，跟警察对打。老五把配给的小窝头拽到警察的脸上，点着名要吃北海仿膳的马蹄烧饼夹肉末儿。警察说谁呀，这么大谱儿？细一打听是金家老五，赶紧报告了上峰。上峰说，你关了这位爷就等于关了一只猫头鹰，是自己给自己找事儿呢。赶紧通知他们家，把他领回去！就这么着，人家让我们去领人。父亲嫌丢人，坚决不去收容所。母亲让老二去，老二不去；让老三去，老三也不去；老四当然更不去。老七老实，老七去。

老七舜铨叫了辆洋车，把脏烂不堪的老五从南城乞丐收容所接了回来，押进胡同尚未进家，便已围了不少看稀罕的街坊。李太白有诗云："丑女来效颦，还家惊四邻。"那天住在戏楼胡同的金家四邻，人人都很充分地饱览了金五爷的风采：一顶卷了边、揉搓得不成样子的青呢礼帽下头是张五抹六道的黑脸，鼻涕耷拉着，嗓子哑着，那一嘴乱蓬蓬的胡子最招人眼，被染成了红的，跟戏台上的窦尔敦好有一比。一件辨不出本色的破衫，一双提不上后跟的烂鞋，左手托着破白碗，右手挥着打狗棍，嘴里还有板有眼地唱着：

扭转头来叫小番，

备爷的千里战马扣连环。

爷要过关哪——

有人大声叫好儿，老五越发得意。老七在旁边拉扯不住，索性低头不语，由着老五去疯，自己则恨不得把脑袋扎进怀里去。

老五进家，人人见之掩鼻。母亲扑上去，不顾脏臭地抱了，一口一个“儿子受苦了”！父亲推开母亲，正座升堂，训斥老五舜锫，陪训的还有除了老大以外的所有儿子们。

父亲厉色疾言，敲打着桌子说，看看你这身行头吧，如此装扮举止实属玷污门风，丢人现眼，祖宗的德行也是被你散尽了。老三在一旁插言道，阿玛您不知，现在大街上就时兴染胡子呢，报上有诗说了，“染将粉白嫩娇红，只为痴心笑老翁。”这不叫丢人现眼，这叫“名士派儿”。老二在旁边推波助澜，大吟屈子诗句，“余幼好此奇服兮，年既老而不衰”。父亲不理那哥儿几个，继续说，别人做乞丐，多是贫而无告，或走投无路，或老弱病残，觍颜求人，原非得已。你这全是自寻苦处，无病自灸，讨厌得很了。鸡知司晨，犬知守夜，你终日疏懒无度，不学无术，混吃等死，哪里还能算作人！

老五不言，只站在那里专心扪虱，搓干泥。

父亲说，你总该干些什么才好，子曰，不学诗无以言，不学礼无以立。你下一步是怎么打算的呢？

老五仍不答。

老七说，阿玛问你话呢。

老五这才慢腾腾地说，生如寄，死如归，一蓑烟雨任平生。

那哥儿几个听了想笑，看了看父亲的脸色，都忍着。

父亲说，凡做事，要多思量，无为亲者所痛。你的兄弟众多，哪个不能帮你，何苦到外头去讨要？

老五又不答，老七用手捅了他一下，他才突然灵醒了一般答道：莫嫌憔悴无知己，别有烟霞似弟兄……

老五的狂悖调侃惹恼了父亲，父亲连训带骂说了很多，在场的人则谁也没听进多少，因了那满堂的酸臭已经熏得人几乎要晕过去。没了主意的父亲向他的儿子们讨要管教老五的办法，老二的意思是将老五关在后花园小堆房里，三个月不许出门，视其表现再说。老五说关他也行，每天必须得从砂锅居给他叫一套三鲜砂锅，外加一份炸鹿尾，还得把安定门茶馆唱京韵大鼓的赵粉蝶给他娶进家门，跟他一块儿坐禁闭，否则他得机会还是要跑的。老四说搂着赵粉蝶在小屋里吃炸鹿尾，这不是思过，这是金屋藏娇，是度蜜月，这样的事儿他也想干。

父亲拿这个现世报的活标本是彻底没办法了，他对这个儿子彻底失望了。后来，父亲在九条买了一处房，让老五搬出去，自立门户，在经济上让他彻底独立，跟大宅门儿永无往来。父亲有七个儿子，为之购置产业的也就是老五一个。也就是说，父亲觉得自己已经做到了仁至义尽，从今往后，谁也不欠谁的，再不认舜锫这个儿子了。母亲悲悲切切地把自己的细软往九条那边塞，生怕将来老五受了瘪。父亲看着母亲冷冷地说，你何苦这样，他连饭都会要了，那前程是远大得很呢！

九条的房子是一处很齐整很精良的大宅院，对门谭家是光绪妃珍妃的娘家。父亲为老五购置的院子原是谭家下人们住的地方，房不高大，可也是磨砖对缝，在京城是数得着的讲究。院的斜对面是肃亲王女儿川岛芳子的宅第，院落宽敞，有假山石，后面通到十条……选择这样的地点父亲是经过深思熟虑的，之所以没挑选南北城的穷杂之地，大约也是考虑着有朝一日老五能浪子回头。

搬出金家的老五没了顾忌和约束，日子过得如鱼得水般地自在，真是“花为帷帐酒为友，云作屏风玉作堆”，声色犬马，纸醉金迷。或西装革履，满嘴洋话，以“名士”面目出现在外交宴会上；或长衫尽碎，索饭哀号，以“乞丐”嘴脸晃荡于街头；纳男宠，交朋友，一个接一个地娶太太，又一个接一个地离婚，外头尽人皆知的相好有五个，经常来往的还有十三四……

老五羡慕斜对门川岛芳子家的花园，有事没事地过去套近乎，管川岛叫表姐。川岛芳子的姑太太是我们家的舅太太，这层可有可无的疏淡关系竟被老五走得热火朝天起来。几番考察过后，老五决心在自家院里也造一景致，挖地三尺为池，池上建桥，桥上修亭。那亭今日拆，明日修，后日又成，先取名“云驻”，后改“清流”，又叫“俯镜”，最后终于定为“细雨”。池中无水，便着人来担，随担随渗，百十担仍不满一池，遂雇专人，精卫填海般，不分日夜，担水不止。听朋友说京西百花山南沟有块美石，便不惜重金，费尽辛苦，从山里运了来，摆在池畔。不料，那石离了山林便没了神气，在院中一副死眉瞪眼的蠢相。老五又着画匠用颜料在上头点缀绿皴，以充青苔。有石有亭不能无竹，又托人花大价，从潭柘寺行宫院和尚手里购得珍贵名竹金镶玉，栽在石旁。竹不扎根，数日便死。老五又移来戒台松苗，用棍绑了，以便将来长成像戒台寺名松那样的卧龙、凤眼、莲花。松苗生长极慢，不成气候，老五性急，拔之，改种杨树。杨树易活，生长也快，第二年就蹿过了亭顶……老五的奇闻逸事不时传入金家，传到我父母耳中。父亲只当没听见，反正彼此已经没了关系，他爱怎么折腾就怎么折腾吧。母亲却忧心忡忡地说，“前不栽桑，后不栽柳，当间不栽鬼拍手(杨树)”，这个老五啊，他怎么在自个儿的院里栽了这么不吉利的东西呢?

这些还不是最糟糕的，最糟糕的是老五染上了大烟瘾，而且，并不是为烟破产，而是为烟丧命。家里人都说，装装乞丐也还罢了，到不了要命的份儿上，倒霉就倒在这烟上，倘若老五不犯烟瘾，也不会在隆冬时节倒在桥底下冻死，都是烟害了他。老五之所以能肆无忌惮地抽，靠的就是他的一笔好字，他不愁没钱。以着他的名气，索求“墨宝”者不少，但老五太慵懒了，不到万不得已，他绝不动笔。很多时候是先将人家的润笔之资收了，去吃，去抽，去嫖，至于给谁写字，写什么字，则早已忘之脑后，让花了钱的人傻等，死等，不见一点儿动静。后来，人们知道了五爷的毛病，就先求字，后给钱，不见兔子不撒鹰。这样就常常把老五逼得犯着烟瘾，躺在烟榻上，不用书案，着人两头抻着纸，悬空给人写字。字写好了，求家把钱掏出，不需老五经手，就直接变作了那提神之物。久之，求字的人得着经验，多在卖烟土的地方等他，现写现卖，现买现抽，两不耽误。如此一来，老五的烟瘾就越来越大了，到了无节制的地步。事情的结果是，他一到卖烟土的窝点，就来钱，这倒真是有点儿奇怪了。老五过足了烟瘾，润笔的钱也花不完，便要去那温柔之乡“小红低唱我吹箫”一番。小芍药就是在这种情况下很偶然地怀上了金瑞的。小芍药也抽大烟，烟瘾不在老五以下。

就这么着，爹也抽，妈也抽，生下了一个迷迷糊糊的金瑞。

六

转眼到了1998年，我跟着电视剧组来北京拍戏，在摄影棚里几次见到了王玉兰，一问，说是跟一个文化中介公司签了合同，当群众演员，有戏就来，没戏就在家歇着。我看王玉兰的长相，倒是很有特点，当个旧社会的乞婆，当个逃难的群众，基本上不用化装了。问到家里的情况，王玉兰说，儿子发财在一个装饰公司当经理，娶了一个浙江来的姑娘当老婆。我问王玉兰，发财说话是不是还“饿”“饿”的，王玉兰说早就不了。王玉兰给我看发财的相片，相片上的发财充分体现了匈、汉混血的优势，浓眉、方脸、高鼻、大眼，也是个堂堂的汉子了。堂堂的汉子靠在一组组合柜前，搂着一个俊美娇小的女子自信地笑着。我问那个女的是谁？王玉兰说是她儿媳妇。问儿子、媳妇是不是跟他们一起过，王玉兰说不，一结婚就分出去单过了，金瑞说这是金家的规矩。我问金瑞在干什么，王玉兰说他在养病。我问什么病，王玉兰说是糖尿病。我说金瑞苦了半辈子，怎会得这种富贵病？王玉兰说大夫说了，是遗传，可能金瑞的父亲就有这种病。我一下没话说了，以我那个荒诞无度、暴饮暴食的五哥而言，得这种病不足为怪，遗憾的是还传给了他的后代。金瑞身上可能早就潜伏了这种病，只不过没有发现罢了。他的慵懒，他的黏糊，或许都跟这病有关，如是这样，真是错怪他了。

我说去看看金瑞。王玉兰说不必了，他一个晚辈，没来看您就已经很失礼了，哪能劳驾您去看他？只是他这病，不能累，每天限制饮食，按定量吃饭，一天粮食超不过半斤。他这人最不能控制的就是酒，每顿饭二两二锅头是必喝的，任谁劝也不行。喝了就躺着，躺着就睡，一整天一整天地黏在床上，倒是省了鞋。我说，得按时吃药，没有症状也不能掉以轻心，一出现并发症就晚了。王玉兰说，他吃的药跟喝的酒都对冲了，等于没吃。现在治糖尿病的药都特别贵，有钱的人才得这种病，医院就把药价提得高高的。金瑞是既没有公费医疗又没有医疗保险的人，一切花销都得自己干受着，这也是命了。

看来，他俩的生活仍是很拮据，那英俊潇洒的儿子，那明媚舒朗的南方儿媳，并没有进入到他们的生活圈子里来。

我还是决定去看看金瑞。

这日没事，就坐了车来到东城的九条。

九条的房屋，“文革”以后落实政策，归还房主本人，金五爷已死，此房当由他的儿子继承。这么着，金瑞就由戏楼胡同的老宅搬到了九条，搬到了属于他的那几间北房。用我们家老四的话说，是金瑞有傻福，是瞎猫碰上了死耗子，逮着了！说也亏了老五一头栽在后门桥没起来，老五要再活几年，这几间房也留不住，到不了金瑞手里。老七说，这也是天无绝人之路，金瑞正没房，就落实政策了，该着金瑞有这一步。老五再浪荡，终还是积了些阴德，干了些好事，要不也不会有那么多人给他送葬，也不会有今日这房屋的退还。

金瑞在众大爷的议论中，带着妻小不动声色地搬走了。

我从来没来过九条，我们家那几位爷大概也没来过九条。虽然父亲在这儿买了一院房，我们家老五在这儿折腾了一个够，而作为金家金瑞以外的人来这儿，我怕还是第一个。

进胡同西口没走几步就见路北有两棵大槐树，树有年头了，用铁栅栏圈着，这算是上了册的。被列为保护对象的古树，全北京，这样的树屈指可数，实在是不多了。树边有大门，敞着，里头建筑一览无余，房不少，多已翻建过，杂乱无章，想必就是川岛芳子的宅院了。听我们家里人说，川岛芳子当年就是从这个院里被逮走的。逮川岛的时候，我的五哥还活着，作为邻居和亲戚，他一定看到了当时那一幕，不知他心里是怎么想的。我从院落想到了川岛留下的那只叫做三儿的猴子，想到了舅太太，如今三儿和舅太太都已经不在了……我从已经破败的院里企图看到让我五哥为之羡慕的亭榭山石，但已不可能。北京平安大道的修建已将院的后半部全部推平，轰鸣的挖土机正在屋后挖，挖……至于旁边珍妃的娘家，也早已不复存在，取而代之的是一座拔地而起的小学校。

学校对面的红门应该就是金瑞的家。

门的下部包着吉祥图案的铁皮，上部有门环，两侧有石鼓，旧归旧，却一点儿没有损坏。门虚掩着，我推开门进去，迎面是个砖雕影壁，上面那“鸿禧”二字还带有明显的黄泥痕迹，想必是“文革”期间被人用泥糊了。往左转是正院，却突兀地低了一截，正奇怪建筑格局的不合章法，猛然想起老五的大兴土木来，便料定八成是那池的遗址了。果然，见院西头撂着一块大石，半埋在土里，苔迹苍然。正要称赞画工技艺的高超，细看，那斑驳的皴点却是自然生成，不禁感叹时光的流逝，五十多年了，半个世纪，连石头也老了。“鬼拍手”还在那里拍手，人已抱不过来，一树阴凉将院子严严罩住，给院落平添了悠远与凄凉。似乎五哥并没有走远，他的痕迹还在这院里清晰地留存着，时刻向人们印证着他的存在。老话说，人生天地间，若白驹过隙，忽然而已。但在人的心里，石头可以老，人却不能……一只硕大的白波斯猫由树上蹿下，擦着我的腿，钻进了北屋。屋里立时传出王玉兰的亲昵话语：我的桐桐娃哎，这大半天儿你又上哪搭野去了？

我咳了一声，王玉兰一挑门帘出来了，见是我，表示出了很夸张的惊喜，大声地寒暄着，把我往屋里让。我想，她是演电视剧演惯了，我们的演员一上镜头就做戏，失去了生活的本色，这种拙劣的演技真是害了一大批人，包括眼前这位群众演员。我一边往里走一边问金瑞在不在家，王玉兰说在，在里屋呢。

我直接进到里屋，看见金瑞靠在被卧垛上，正半眯着眼看电视，电视里播放着贵州的天气预报，那只匆匆跑进来的白猫，也正趴在金瑞肚子上眯瞪。这情景似曾相识，不由得让我想起那年为金瑞的婚事跑到陕北后段家河的事，那时见到的金瑞就是这个样子，只不过他肚子上的孩子换成了猫。

见我进来，金瑞说姑爸爸来了，就慢慢坐起身，蹭到床沿找鞋，一双脚在下头寻摸了半天，也没摸着鞋。我用脚把他散落到柜底下的鞋踢过去，他伸进脚，就算完成了穿鞋的过程。我说，你怎么不把鞋提起来？他弯腰把鞋提了提，提跟不提一样，鞋的后跟已经让他踩平，提不起来了。我说，你好吗？他说，我有病。我说，你那病不挡着出去工作，出去活动活动反而会好。他说，我跟我阿玛是一个病，他倒是老活动，还不是让病拿死了？我说，那是什么年月？现在是什么年月？不一样啊。金瑞说，甭管什么年月，糖尿病都是一样的。

糖尿病说不出个眉目，我决定换一个话题，就问他最近纪念上山下乡三十周年，他参没参加“老三届”的活动。金瑞说，我参加那个干吗？那都是成功的男女们为夸耀、为臭美而纠集起来的瞎掰。您看看那些热衷于组织活动的人，哪个不是趾高气扬的，让我们去干吗？让我们去是给他们当陪衬！我去凑那热闹不是明摆着丢份儿吗？我说，那不见得，怎么也是同学一场，少年的友谊，一辈子也忘不了的。金瑞说，我不信什么同学，我就信实力，老宣传“老三届”这强那强，这个是大作家，那个是老板，他怎么就不说说我们这些压根儿就没找着工作的、下岗的，还有像我这样病得起不来炕的！不行的是一大批，行的只是极少数。那些大企业家们，那些大作家们是扣肉，我们是下头的梅菜，霉透了的梅菜，人家在上头，我们在下头哪！我说，梅菜扣肉的梅菜也很好吃，比肉还香。金瑞说，您那是肚子里有油，要是不给您扣肉，光给您一盘子梅菜干儿，看您还说好吃不？我说，金瑞你甭跟我抬杠，你正经的是出去给我好好儿找点儿事儿干，在家里越待越懒，人都活抽抽了。金瑞说，我不是有病嘛，要是好人儿一个，我也早干出名堂来了。您别以为我不是当领导的料，在后段家河那会儿，人家让我干队长，我还不干呢！当队长晚上老得开会，我身体不好，熬不下来，我得量力而行不是？那时候我要是干了，到今天至少也是个省委常委了。跟我们一块儿下去的吴和平，还不如我呢，他都上去了，我能上不去？

我决定再换一个话题。我问他生活怎么样，金瑞说还凑合，说他对物质的东西不是很追求，他的儿子倒是有钱，但已经变成了典型的修正主义，除了钱什么也不认识了。帝国主义把复辟的希望寄托在中国第三代、第四代身上，真是让人家说着了，他的儿子就已经是复辟的一代了，没救了。我说，发财真是很有出息了，有了装修这门手艺，又当了经理，比我们当年的魄力大多了……金瑞说，人家现在不叫段发财了，人家叫爱新觉罗·蜜，民族成分也是真正的满族正黄旗了。我问是哪个“蜜”，金瑞说就是伊拉克蜜枣的“蜜”。王玉兰纠正说是“宓”，静宓的“宓”，跟蜜枣没有关系。金瑞说，姑爸爸您听听，您跟我还没姓爱新觉罗呢，他倒跑咱们前头去了。他的儿子才三个月，也给定了个满族正黄旗，说是将来考大学能加十分。我说，不是跑到前头，是退到后头去了。爱新觉罗这个姓，连你爸爸大概都没姓着。金瑞说，一个陕北，一个浙江，跟爱新觉罗有屁关系，还积极主动地往觉罗上靠，这真是滑天下之大稽！王玉兰说，这有什么不对吗？发财是你养大的，铁了心地管你叫爹，他没二话地跟着你姓，这是多少后爹求之不得的哩，你还嫌？金瑞说，我倒情愿他还叫段发财，那样反倒亲，反倒是我儿子。眼下是什么？整个儿一个不伦不类！我问发财有了钱是不是接济家里。金瑞说，儿子有钱是儿子的，他的钱我一分不要，大老爷们儿，靠儿子养活算怎么档子事儿？像我爷爷，就从来没指望我阿玛养活一样，我也不指望他！我想，这个金瑞，真是穷横穷横的。

王玉兰在一边小声说，嘴硬，没儿子你能活到今天？

我想还是得换个话题，这么说下去会越说越不愉快。我就问王玉兰中午吃什么，王玉兰看着金瑞，金瑞说当然是下馆子，十一条口的森隆是由东安市场迁来的老字号，淮扬菜，那儿的清蒸狮子头原汁本味儿，搁的是真正洪泽湖荸荠，清糯爽口，不可不尝。金瑞这些话让我想起老五被关在乞丐收容所还要吃仿膳的马蹄烧饼夹肉末儿的事。再看他的做派，光着脚，趿拉着鞋，一裤腿儿长一裤腿儿短，顶着一脑袋头皮屑，挂着一眼眵目糊，却跟我一本正经地高谈清蒸狮子头，整个儿一个老五的再现，真是绝了！我们家那位早逝的精英，不唯把精神气质传给了他的儿子，把糖尿病也传给了他的儿子，尽管爷儿俩没见过面，竟也传得这么惟妙惟肖。我说，还是在家吃，吃家常饭，我整天在外头吃已经腻了，就想在家里吃点儿可口的。王玉兰说，可口的就是炸酱面，有现成的酱，买两条黄瓜就成。金瑞说，你就认得炸酱面！姑爸爸说的家常饭你以为是什么？王玉兰眨着眼睛答不上来。金瑞说，我告诉你，你现在赶紧奔十条豁口菜市，那个卖麻豆腐的老陈还没走，你买一斤麻豆腐，打两块钱豆汁儿，回来路过十一条口，在小吃铺买五个小芝麻烧饼、十个焦圈儿，就齐了。王玉兰说，你让姑爸爸吃豆腐渣，喝那馊泔水一样的豆汁儿，亏先人哩！金瑞说，我们的先人就是吃豆腐渣、喝泔水，爱的就是这一口儿。这是文化，你懂什么呀！王玉兰不吭声，从抽屉里拿了十块钱出去了，金瑞抬起身子朝她喊，别忘了买二两泡青豆，炒麻豆腐少不了那东西！又回过头来对我说，炒麻豆腐用羊油才进味儿，要不发柴发干，现在羊油不好弄，姑爸爸您就将就着吧……

那顿麻豆腐是金瑞亲自下厨炒的，果然炒得很入味儿。我想他这一手是跟我母亲学的，他自小在我母亲身边长大，和我母亲待的时间最长，祖孙两个也最为莫逆。吃着麻豆腐想起了母亲，想起了那永不再来的温馨，我有些跑神儿。金瑞饭前先吃药，后喝酒，就着一包花生豆自斟自饮，吱溜吱溜喝了半天，饭真没吃几口，让人觉着他是个糖尿病人又不是糖尿病人。

吃饭的时候，王玉兰在屋角掀开一个泡菜坛子，立时屋里被一股酸臭挤满。王玉兰弯下腰，用两根长筷子在里头翻腾半天，酸臭更甚。金瑞说，又倒腾你的浆水菜，没人吃。王玉兰说，姑爸爸爱吃。说着用盖坛子的碗端过满满一碗来，摆在我跟前。我闻那味儿，热腾腾酸唧唧的，感觉不是很好，也奇怪当年自己怎么会爱吃这个。王玉兰把菜用手撕了撕，直接就放到我的碗里，说坛里窝的是芹菜，这种菜窝一年也不会坏。我勉强吃了一口，不是味儿，有旧社会的感觉。金瑞把那些菜一把抓起来又扔回坛里，让王玉兰再别把这喂牲口的饲料往饭桌上端。王玉兰说，怎是喂牲口的？我们陕北都吃这个。金瑞说，再别说你们陕北，一提你们陕北我就有气。王玉兰说，我们陕北把你怎么的了，你走时欠了队里那么多，陕北人不是一下子都给你抹了吗？

两口子在拌嘴的时候，我看那盖酸菜坛子的碗，小底大口，粗笨厚重，很熟悉，想了许久，才想起那是老五的乞讨之物。把碗拿过来细看，果然不错。金家的人都知道，这个碗是随着金家五爷冻僵的尸体一起在后门桥的桥洞里被发现的。我们家的这位五爷玩得太花了，太过了，晚上还没走到家，烟瘾就犯了，一头扎在桥底下就没起来。

老五死后，有场面上的人拿着碗找到金家，让家里人去收尸。我母亲当时搂着碗直哭，父亲却气得两眼冒火，跺着脚，咬牙切齿地诅咒这个不肖的五儿子下辈子不得托生。并且宣称不去认尸，也不许我们兄弟姐妹任何人参与其事，谁要见那死鬼一面就把谁赶出家门，更不许把那个败坏门风的忤逆埋入祖坟！慑于父亲的淫威，亲戚们没有一个人出头料理丧事，连那事事爱出头、给我们家看坟的老刘的侄子顺福这回也缩了。实际上父亲是错了。五哥舜锫根本就用不着我们家去收尸，他的丧事办得光彩极了，轰动北平。金家五爷虽然是个“叫花子”，但也不乏气味相投的朋友，什么旧日相好的妓女、受他恩惠的弟子，用不着我们家操办，他的丧事自有人张罗。光给他披麻戴孝的就不下三百人，还在他九条胡同的家里搭起了大棚，筑起了月台，开吊时吊唁者络绎不绝，花圈无数，哭声震天。守灵的有妓女相公，有达官显贵，更有破衣拉撒的乞丐，还有不少自称是干儿子的人。守灵期间，有九档子文场来参灵，壮门面，铙钹鼓镲，笙笛唢呐，好不热闹。父亲不是不让老五入祖坟吗？自有人在西山风景秀丽处为五爷购置了一处美穴，人家对我们在东直门外的祖坟连看也不看。出殡时，白云观的道士、雍和宫的喇嘛都义务为他诵经，官鼓大乐、清音锣鼓外加西洋乐队，浩浩荡荡七八里长，沿途的祭棚更是无数……外面折腾得越热火，父亲越堵心，老爷子的心口疼犯了，用手点着九条方向说，造孽！造孽！

五哥舜锫死的那年二十九岁。

那时，他的儿子金瑞还在一个叫做小芍药的妓女肚子里装着。

我捧着碗，想着老五，碗小而沉，盖坛子口也刚合适，除此以外好像也再派不上什么用场了。环视四周，才发现金瑞的家里竟没有一件像样的值钱家什。过时的家具多是从旧货市场踅来的别人更新换代的弃物，谈不上配套齐整，只显得五颜六色、高高低低的杂。西墙那张笨重的大沙发应该是当年发财的手艺，人造革的面子早已老化发硬，原先上头那些银光闪闪的花纹也被磨得模糊不清。用下脚料制作的镂空铁皮暖壶，有小鸡啄米点缀的闹钟，肥猪造型的装钢镚儿的储钱罐，已经扣不上盖的柳条大衣箱……无不让人感到陈旧，感到比时代慢了一个节拍。从某种意义上说，这是一个很不错的道具库，这是一对儿没有踏上时代步点的夫妻。

我对金瑞说，这个碗是你阿玛留下来的，你得好好收着。金瑞把那个碗在桌上转陀螺一样转了几个圈说，忒粗糙，我阿玛堂堂的公子哥儿竟用这个。我说，你阿玛跟别人不一样，是个让人看不透的人。金瑞指点着那个糙碗说，还不如陕北前段家河刘改民烧的碗，真难为我阿玛从哪儿把它找来的，这大概也是他乞丐职业的优美标志了……说着将碗啪地扣在了坛子上。王玉兰赶紧扑过去，查看坛子，担心她的坛子被砸裂了。

走的时候，我给了王玉兰一些钱。王玉兰推辞着，眼圈红了……

七

枕中乾坤大，床上日月长。无论外面怎么个天翻地覆，打雷劈死人也好，长江发大水也好，中东烽烟再起也好，世界杯沸声盈天也好，金瑞径自过得踏实而超然，惬意而自在，将自身置于熙来攘往的红尘之外。“至人无梦”也罢，“寝寤和一”也罢，是已获取浮生要诀还是已成佛成祖，忙碌的我实在无暇考证。这大约也是一种活法，五代时的陈希夷不是也睡得很美吗？至今陕西华山还有他老先生睡觉的希夷谷，“小则亘月，大则几年，方一觉”。金瑞与之相比，还差得远，随他去吧，只要他愿意。

接下来便是我的忙，忙着剪辑，忙着后期配音，我没有时间再想到金瑞，想到北京城里我众多的亲戚们。离京前夕，我在摄影场地又见到王玉兰，她正化装成义和团的模样夹在众人之中。见我路过，一把将我拉住，说是找了我好几天了。我问她有什么事，她说是为金瑞的事。我问金瑞怎么了，是不是又犯了病？王玉兰说要是犯病就好了，也不会像现在这么闹腾，搅得家里吃不好睡不好。我问金瑞究竟在干什么，王玉兰说在打官司。我问跟谁打，王玉兰说跟三大爷金舜錤打。我问是不是三大爷把他告了，王玉兰说是他把人家三大爷告了。我问为什么，王玉兰说，他让三大爷赔偿三十万。我听了吓一跳，问什么东西值这么些钱，王玉兰说，就是那个碗，小白碗。我问哪个小白碗，王玉兰说，就是扣腌菜坛子的那个小白碗……

有些事情一旦脱离了它的运行轨迹就变得很离奇，变得不可思议，变得让人听起来有点儿离谱。这样的事情大约也只有在金家才能演绎得出来吧。在那深沉的背景下，在那摸不清源头的干枯河床里，随着时间的流逝，难保不裸露出几个出人意料的故事，让匆匆而过的人们驻足、审视，为之一惊。

还应该从我那天去看望金瑞说起。

我走后，那对夫妻为那些浆水菜的辩论一直在延续，这似乎成为了他们那几天的争论中心，反正闲着也是闲着，有话题论一论也是一场愉快。大有大的话题，比如巴以战争的态势；小有小的话题，比如腌浆水菜的必要。大话题有大打，用上了坦克和炸弹；小话题有小打，这就使那坛子浆水菜连汤带水飞出了屋外——按事件的比例来说，其威力也不亚于一个中型炸弹。坛子碎成了几片，多年的陈汤，浓而酸冽，渗进当年“细雨”亭下的池塘遗址，一窝酸芹菜如同残败的荷梗，在院落里散出了“穷秋九月荷叶黄”的诗意。王玉兰于万分悲痛中，将那些散落在院中的菜连同那个摔不烂的糙碗敛起，拿到水池边清洗，想的是敛起的菜或许还能吃最后一顿陕西浆水面。菜洗净了，碗也洗净了，王玉兰坐在桌前将碗用抹布有一搭没一搭地擦拭。现出真面目的碗白得发污，并没透出多少细致和珍贵来，这使王玉兰更加思念外面那个已经破成几瓣的菜坛子，这个碗作为盖坛的器皿是再合适没有了。擦拭中，王玉兰感到碗沿内侧有两处瑕疵，以为是没泡下去的脏迹，使劲抹了几下，才发现那瑕疵是凹进去的，隐隐约约像两个字，两个字并不挨着，一南一北，遥遥相对，显得有些怪模怪样。

王玉兰把碗拿给金瑞看，让金瑞辨认。金瑞迷迷糊糊地说，爱是什么是什么，你管它呢！王玉兰说，这大概是两个记号，你忘了，前段家河刘改民屋里烧的碗就打记号。改民是在碗底打上一个三角，十里八里的一看那三角就知道是改民做的，错不了。金瑞说，这个记号也是改民那样的工匠打上去的，人过留名，雁过留声，这个世界，除了我以外，谁都有点儿名利思想。王玉兰说，这个做碗的人也怪，他怎的偏偏在碗沿儿上打记号，也不怕硌嘴？金瑞说，你操那么多心干什么！

王玉兰不知怎么的，对碗上那两个符号一直很上心，没事她就抱着碗琢磨。金瑞见了说，你跟真的似的，能看出个屁！王玉兰说，能看出个屁来也不错，我就怕连屁也看不出来。金瑞说，你就是看出来是谁做的又怎么样？你也不能找他去。王玉兰说是不能怎么样，她就是觉得碗上这记号的位置太怪，不由得她想知道是谁干的这笨活儿，比改民还笨。金瑞说，你也是吃饱了撑的，有那工夫躺那儿养养神不好吗？

王玉兰不甘心，拿着碗让胡同口开小饭铺的孙大爷看。王玉兰想，孙大爷是卖饭的，小铺里碗多，他那些碗里也说不定有一两个记号打在碗边上的。但是孙大爷看了半天，也跟她一样，没看出个所以然来，只认出两个字其中一个是个“府”字。孙大爷说，一定是哪个府里用的碗，看这糙模样也是下人用的，不是上台面儿的东西，不值钱。

王玉兰是个有心计的人，她回来以后就让金瑞找行家看看这个碗，说，说不定是个文物。金瑞说，你也知道什么叫文物？你睁开眼睛好好看看咱们家，除了我以外，没有一样是文物。王玉兰说，碗上这边这个字是个“府”字，人家孙大爷都认出来了，是“府”就说明有年头儿了，有皇上那会儿才有府，这个碗八成是有来头儿的。金瑞说，这是我爸爸要饭用的碗，当然有来头儿。王玉兰还在没完没了，她说，究竟是什么府呢？还是应该搞清楚啊，姑爸爸上次来就死盯着这碗看，说不定她已经看出了什么，不是还让你把碗好好收着吗？经王玉兰一提醒，金瑞也想起来了，他把碗从王玉兰手里要过来，又翻来覆去地看了半天，终是看不出什么名堂。王玉兰说应该找专家看看。金瑞说他不认识什么专家。王玉兰说不妨让发财托托人。金瑞说，就那个伪觉罗·蜜？傻×一个，还不如我呢！

嘴说伪觉罗·蜜是傻×，但在王玉兰的鼓动下，金瑞还是跟伪觉罗·蜜去了北京有名的文物旧货市场潘家园。金瑞的大驾所以起动，全凭了发财那辆客货两用的半大“丰田”。让他自个儿挤车去，打死他也不会干。

潘家园的市场逢周六、日开市，列肆一片，人群熙攘，有天不亮就赶来的，图的是能憋着俏货；有到夕阳西下才正经在市场上转悠的，为的是能捡点儿收摊前的洋落儿。日中之时，市场上人头攒动，摩肩接踵，万千人拥在一个大场子里，有男有女，有中有西，人有三六九等，话有地北天南，热热闹闹似开了锅一般。摊贩们两溜儿摆开，形成几条胡同，后头的铺子里，商彝周鼎、秦镜汉玉、晋书唐画、宋瓷明绣，真真假假，假假真真，晃人眼目，让人痴迷。有贩主席像章、主席语录、红卫袖章、草绿军装的；有贩旧饼干筒、旧水烟袋、旧马蹄表、旧相片的；有贩粮票、布票、邮票、工业券的；还有贩玻璃项链、塑料手镯、人造玛瑙、仿真象牙的……俯察品类之盛，物件之杂，实难一一说得清。金帛珠玉，异宝奇珍，琳琅满目，让人目不暇给。卖主漫天要价，买主就地还钱，乍看好像真买真卖，细看则是在慢慢切磋交流，不能排除不少人不是为买货，是为开眼、为长学问而来的。

金瑞紧跟着儿子在人群中钻来钻去。天很热，市场的大棚里很闷，脸上油汗直冒，嗡嗡的人声使得他浑身发软，脑袋发闷，眼睛一阵阵冒金星。依着他的本意，是想一切交给儿子去办，自己找了个凉快地儿歇着，但儿子非得拽上他，说这样的事得他出面才压得住阵，就凭他家的背景，不是真的也是真的。现在已经挤进来了，要再挤出去就得费同样的劲儿。没办法，金瑞只好亦步亦趋地追着发财的花绸衫，半步不敢落下。他的心里真是后悔极了，后悔听了王玉兰娘儿俩的撺掇，赶来凑这个热闹，本来在家待得好好儿的，这是何苦！金瑞手里提着黑人造革提兜，拉链坏了，兜口半张着，一望便知里头没有什么值钱东西。这样的兜在北京已经不多见了，搁在卖水烟袋什么的摊儿上说不定也能当古董卖出去。黑兜里头搁着那个白碗，出门时王玉兰把它用旧报纸里三层外三层地包了，说，人靠衣裳马靠鞍，多包几层也显得咱们的东西珍贵。但金瑞把那些报纸都扯了下来，他嫌沉，说光一个碗就够他提的了，还要鼓鼓囊囊地加上那些纸，白费劲，他已经有日子没干这么重的活儿了。王玉兰想说什么，终是没说。她对她的男人了解得太透彻了，她没有办法，一点儿办法也没有，就跟当年我父亲对老五没一点儿办法一样，她是彻底服了。小碗在黑兜里随着金瑞的步子一下一下地晃，爷儿俩在车上就商量好了，倘若这个破碗真是件东西，能值个一二百的，出手也就算了，卖了碗顺便上建工市场买点灰，借着好天把几间北房抹抹，那房一下雨就漏得厉害；这碗要是一分不值也就一分不值了，随手一丢也就丢了，用不着再往家拿。

凭着儿子手里的纸条，爷儿俩好不容易才找到那个叫做荟古斋的铺子。较之外面的小摊，这个铺子多少还算正规一些，一间门面，打横一个玻璃柜台，三面墙是三个大博古架。玻璃柜台里摆着汉玉佩件、象牙雕刻、绣品软彩、绝代古瓷等精致小件；博古架上则是钟鼎錞爵、秦砖汉瓦、唐的三彩俑、明的宣德炉，一派的古色古香。掌柜的姓宋，精瘦，脸发青发黄，没有表情，也不抬眼看人。听伪觉罗·蜜说明了来意，半天不吭声，只是用一块绸子使劲擦一个小罐。金瑞想找个地方坐下，转了俩圈，没找见椅子，也没地方靠，就势挨着架子蹲了，他实在是累得很了。掌柜的说了，这位您留神哪，您旁边这个陶罐可是陕西咸阳汉墓才出土的，昨儿刚收来，两千多年的东西了，您别让它毁在我的铺子里！金瑞一听，赶紧站起来了，不敢轻易举手投足，生怕再碰了什么“两千年”。

发财借机会递烟，叫了几声“宋老师”，才把盖坛子的碗递过去，让人家“帮着看看”。掌柜的老宋漫不经心地接过碗，掂了掂，弹了弹，又用手指抹着碗边转了一圈，直摇头。金瑞看老宋这架势不像鉴定古董，倒像是在瓷器铺里挑碗，就有些看不起他。老宋问金瑞的儿子究竟让他看什么。儿子说看看是哪个朝代的东西，值不值钱。老宋说，这还用看，清末民初的客货，明摆着的。金瑞问什么是客货。老宋爱答不理地说，都告诉您了我们吃什么呀！金瑞赔着笑脸说，我是真不懂啊，自家的一个小碗，上头有俩字儿，觉着新鲜，求您门里人给看看，要是真算得上文物，就势儿就搁您这儿了，搁我们家也没有用。老宋听说有字，从兜里摸出个放大镜，对着碗沿照了半天，末了放下镜子也没说什么。金瑞问，您看出是俩什么字儿了？老宋说，您看出什么字了？金瑞说，其中一个是个“府”字，那个看不大清楚。老宋说，我可连“府”字也没看出来。

发财不甘心地追着问，宋老师，您说这客货是不是从海外来的瓷器？老宋说，还海外呢，是咱北京地道的土产。明白告诉您吧，专供内廷宫里用的瓷叫官窑，老百姓用的叫客窑，官窑出的瓷器就是新的，就是年代不远也值钱。客窑的东西，就是您撂它三百年也大子儿不值。就您这碗，甭说官场，连饭庄里头都不用。发财说，敢情，八成是我爷爷从哪个卖炒肝的摊儿上顺来的。老宋问他爷爷是谁，发财不想说，吭叽了半天说，解放前就死了，反正您也不认识。老宋说那不见得，说他曾祖父最早是翰林院的庶吉士，跟林则徐是一个品级，到了他祖父就专搞古玩买卖了。琉璃厂的荟古斋就是他们家的铺子，老北京只要是有名有姓的人家儿，没有他们家不知道的。金瑞儿子说，我们姓爱新觉罗。老宋说，这么说是旗人了，那您怎么称呼呢？发财说，单一个字，宓。老宋低头思忖了好一会儿，自言自语地说，这辈分是怎么排的呢？奕、载、溥、毓……启……没有“宓”呀，您这辈分再大也大不过咸丰去呀！……金瑞说，什么觉罗蜜，都是小孩子家赶时髦的胡诌！看得出来，我今天是遇上真人了，真人面前不说假话，实话实说，我们家姓金，在东四九条住，我父亲叫金舜锫，这个碗就是他老人家留下来的。老宋点头说，怪不得，这就对了……打您爷儿俩一进来，我就觉着不凡，果不其然，是金舜锫金五爷的后人。我这岁数虽然没赶上瞻仰您家老爷子的风采，那名声可是早就听说过了。

老宋一改刚才的冷淡，变得热情又多话，也不知从哪里拽出个凳子，拉着扯着让金瑞坐。金瑞巴不得歇着，也没推辞就坐下了。老宋抚着那个旧碗说，曾经沧海难为水啊，金家在北京可不是一般的人家儿……金瑞说，现在什么都没了，就几间破房，还是落实政策以后发还的。发财的心思还在碗上，他问，宋老师，您看这碗……老宋说，要是你们金家的东西，我还真不敢掉以轻心，得好好看看。说完就把柜上的一个小灯打开，把碗拿到灯底下仔细翻转了好一会儿说，粗看像是宋朝定州民窑烧制的土釉，细看便看出了后人的仿造痕迹，这个碗早不过光绪二十五年，晚不过民国二十五年，也就是这五十年之间的事儿。发财说，这么说这个碗值不了多少钱。老宋笑笑说，话不能这么说，这得看搁谁那儿，你撂外头地摊儿上，一块钱买俩；你放我这小玻璃柜里，当真的宋瓷卖，不带含糊的，出手就是几千。发财说，您不是说是仿造的吗？老宋笑而不答，拿眼睛扫金瑞。金瑞虽然人爱睡觉却并不糊涂，早已窥出老宋的心思，反倒变作了老宋初时的模样，沉着脸不说话了。

老宋见金瑞不表态，便说，说白了，干我们这行的，有真金不怕火炼的本事，也有炫玉贾石的机巧，要全是真的，天下的文物商人得喝西北风去！卖主有卖主的行路，关键是看买主识不识货，您买了西贝(赝品)只能自认倒霉。别处都有打击假冒伪劣的，唯独文物市场没有，您用真价儿买了假货，是您自己没长眼，没本事，犯不上跟卖主较劲，您越较劲，越丢人。所以，这倒腾古董的压根儿就没有退货这一说。出手了就是出手了，就是赚了，出不了手就在这儿搁着，十年八年，东西还是东西，飞不了也坏不了。干文物买卖就有这点儿好处，用我们的话说是“三年不开市，开市顶三年”。跟您说吧，我们收到俏货不容易，能找到有钱的买主也不容易……

正说着，从门口踱进来一个人，高个儿，虚胖，说话带点儿假嗓儿。老宋管进来的人叫二先生。二先生看见老宋手里的小碗，接过来把玩了一会儿说，像是土定，但釉色不对，土釉是老象牙白，白里泛黄。这个碗是死白，瓷也粗糙，像是仿制的。老宋说，二先生不愧是行家，一搭眼就看出来了，我刚才看了还有点儿犯蒙。二先生听了老宋的话，越发得意，卖弄地说，宋朝五大名窑，官、哥、汝、钧、定。这定窑就在河北，离北京最近，所以北京定窑的东西相比较就多。另外，这种器皿出于定州民窑，数百年烧制又不曾中断，所以后代仿造甚多，真赝难辨。老宋说，当年我祖父在琉璃厂的铺子里就有不少土定，因大多不是宋朝真物，价格都很低，那些东西也不知是从哪儿来的。二先生说，民国二十年，北京东城老君堂叶麟祥、叶麟祉哥儿俩从日本留学回来，提倡陶瓷救国，办过一个大华陶瓷厂，用新法儿烧制了一批很不错的瓷器，也搞出了一批仿古瓷，可以达到乱真地步，其中不乏定窑土釉。

二先生说到这儿，突然打住了话头，用手摸着碗沿像是在寻找什么。二先生对老宋说，你这儿有放大镜吗？老宋翻了半天说，刚才还在这儿呢，怎么一转眼就不见了呢……这时有人来请二先生，说那边有件“雨过天青”的美人觚，想让先生过去看看。二先生刚放下碗，立时就从外头蹿进来一个广东口音的买主，打听小碗的价钱，说不论多少，也要把这个碗买了去。老宋只说这碗不是他的，他不能卖。那买主还不依不饶地死缠。

原来这二先生是瓷器行家，二先生在潘家园一走，不说话，只是把某件瓷器多看两眼，拿在手里摸摸，立时这件东西就被人们认作是俏货，不惜大价地买回去。买回去后，假的也成了真的，因为是二先生看过的。所以一帮人就悄悄地跟定了二先生，二先生到哪儿，他们到哪儿。二先生是机灵人，心里自然明镜儿似的，在市场上走走停停，停停走走，看似随意，其实有心。至于和摊主们有什么猫儿腻，外人是难以揣测的。这回，二先生倒好像很认真，临出荟古斋还回过头来，嘱咐老宋再仔细看看碗沿。

广东买主已经把价提到了一千五，老宋还是说碗不是他的，他无权做主。其实金瑞就在他旁边坐着，他完全可以和金瑞商量，但他偏偏装得和金瑞没有关系一样。金瑞呢，也不言语，坐在那儿一根接着一根地抽烟，把个屋里熏得烟气缭绕，呛得人眼睛发辣。发财从来没见他爹一下抽过这么多烟，他不知爹今天是怎么了。他想，既然这是个仿制的不值钱的假货，能卖出一千五就已经是大大地赚了一笔，纵然老宋从中要提去不少，但那比撂外头一块钱俩也划算多了，甚至比来时商量的一二百也翻出去了几倍。爹不发话，人家老宋自然不敢贸然做主，只好这样推了。广东人一咬牙，说愿意出两千五。老宋拿眼睛扫了一下金瑞，金瑞无动于衷。发财咳嗽了一声，金瑞瞪了他一眼，又抽自己的烟了。

老宋对买主说，您既然真喜欢这件东西，我就经心给您留着，不卖给别人，这期间我得跟货主商量，看人家到底卖不卖，要卖是卖多少。这么着吧，您明儿来，我一准给您个准话儿。广东人说他明天一早就来，带现钱来，又嘱咐这个小碗无论如何不能摆在外头，得给他留着。老宋一一答应，总算打发走了买主。老宋回头对金瑞说，金爷您也看见了，货在我这儿不愁卖不出去，您这个近代仿制的假定窑，让二先生这么一过手就是两千五。明天我再往高了要，那小子也肯掏，那位整个儿是个还没开眼的“博傻”。金瑞说，我看出来了，您的二先生是个托儿。老宋说，也不完全是托儿，二先生的眼力没人能比，到底人家是专家，搞了一辈子陶瓷研究，光书就出过好几本。

发财说，爹，咱那碗要不就搁宋老师这儿?

老宋说，金爷，您要信得过我就放这儿，我尽着价儿要，要下来，您拿三，我拿四，至于那个三……老宋再没往下说，不言而喻，谁都知道是给二先生的了。发财说，我们这头儿少了点儿，别忘了，东西可是我们的。老宋说，您这东西可是个五毛钱不值的赝品哪！今天是你们爷儿俩在这儿坐着，里里外外都让你们看见了，我才说给你们分三。要搁别人，我十块钱收购，就已经是出了大价儿了，要那样我赚的是七！发财心里的小九九一转，想三千的三也是一千块了，一个要扔的小碗，让人捣鼓两下就能赚一千，还行。就说，爹，我看咱们就全都交给宋老师得了。老宋说，我祖父跟您家老爷子也是世交了，我肯定亏不了您哪！

金瑞站起身，从老宋手里拿过小碗说，既然是个假的，卖也没多大意思，我想，还是拿回去盖咸菜坛子吧。老宋听了说，别价，那可是糟蹋了。发财也说，爹，您别犯迷糊，平时您老稀里糊涂的，这会儿您得醒醒，您不能眼瞅着钱从手底下溜过去。金瑞说，你怎么就知道我没睡醒？发财说，您看看您干的事儿！金瑞说，我干什么了？这碗是我爸爸给我的，卖与不卖，我说了算。老宋说，您爷儿俩别争，回去商量商量也行，我也不是非要挣您这份儿钱，我这儿的买卖多着呢。发财说，这还有什么商量的，明摆着的嘛，早知道您这样，还不如我一个人来呢！

金瑞把碗装到黑兜里，对老宋说，谢谢您了，这半天您让我长了不少见识，改天我请您上家里喝茶。老宋说，东西是您的，您再好好儿掂量掂量，要是卖，您就来找我，要是不卖也常来走动走动，有什么好货别忘了照顾我。老宋话是这样说，那张脸分明已经变了色儿，煞白，这使金瑞想到了刚才听到的“雨过天青”这个很独特的词。

金瑞出了荟古斋，却并不急着回家，背着手在潘家园转了几个圈，发财在后头跟着倒显得十分被动。发财说，爹，您既然不卖，咱也别转了，回去吧，没劲！金瑞也不说话，还是一个摊儿一个摊儿地看过去，后来在一个卖杂物的小贩那儿花五块钱买了个放大镜，才对发财说，回家！

回家的路上，发财把车开得一蹿一蹿的，几次差点儿把金瑞的脑袋撞到挡风玻璃上。金瑞说，你甭跟我来这套，你就认得前段家河刘改民家的糙碗，你懂什么！发财一踩油门，汽车猛的一声吼，代替了发财的愤怒。金瑞说，你小子没发现，那个姓宋的一边说咱们的碗是假的，一边紧攥着不撒手，生怕跑了似的，这是其一；其二呢，那个二先生要用放大镜看碗沿儿，姓宋的推说放大镜找不着了，就没让他看，我想这里头准藏着什么怕人知道的机巧。什么叶家哥儿俩的仿制，那都是说给我听的鬼话，其实他们俩都明白，这个碗是真的。发财说，就算是真的，人家也没给咱们按假的卖，也没亏了咱们。金瑞说，这个碗到底是怎么个物件，我心里得有底，我不能为了眼前的一千块钱就把十万丢了。发财说，一个小碗，还十万呢，您做梦去吧！金瑞说，你别说，我还就真爱做梦。

八

据王玉兰说，金瑞从潘家园回来以后一改往日的慵散性情，变得勤奋好学起来，弄来个北京图书馆的借书证，一头扎到书堆里，整天看书。我问看什么书，王玉兰说是陶瓷书，说不单看书，还去找过专家，去烧窑的地方转悠，一天到晚忙得鬼吹火似的。我说，钻研陶瓷比睡觉好，你就由着他去吧。王玉兰说，一个碗还拿放大镜瞅，细致得不行。我问看出了什么结果没有。王玉兰说，有了放大镜，咋能看不出来？啥都看出来了。

真还不敢小瞧了金瑞，他竟然辨认出了那不起眼的小碗是个了不得的器物。

金瑞借助放大镜，终于弄清了碗沿上的两个字是“枢府”。搞清这两个字的过程是金瑞苦苦钻研的过程，那是个很奇妙很引人入胜的过程，是金瑞以前从没体味过的兴奋和幸福。“枢府”是唐朝的一级行政机构，宋以后改枢府为枢密院，为中央最高军事机关。元以武力为重，“枢府”权位就更高。元世祖忽必烈在景德镇设浮梁瓷局，将有“枢府”铭的卵白釉作为“枢密院”的定烧器，特点为小底足，厚胎，素釉失透，色青白，铭文“枢府”两字印在器物内壁口边沿下，“枢”和“府”地位相对。因为元朝不过一百年，故而烧制数量极为有限，有铭文者就更寥寥无几。明朝曹昭《格古要论》“古饶器”条说：“元朝烧小足印花者，内有枢府字者高。”后人将这类瓷统称“枢府瓷”，后代虽都有烧制，但样式已改，釉也不润，那有数的元朝枢府瓷，便成了绝品。

金瑞弄清了小碗的来龙去脉，心里如同九月的蓝天，清亮、透彻，思路亦清晰无比。元朝的枢府瓷比宋朝的土定虽然晚了二百来年，但无论从质量还是从历史价值上看，都是土定无法相比的。金瑞想，他的父亲拿着它去要饭，恐怕也只是看中了它的破旧，它的暗淡无光，看中了它与叫花子身份相称的外形，而绝不知道它的稀罕背景和连城价值。当然，也不乏另一种可能，就是他父亲知道这个碗的底细和珍贵，他之所以这样做是为了韬光养晦，匿影藏形，使之能够真正存留下来。金瑞想，真要是这样，他父亲的心思真是深沉得不能再深了。真要是这样，他又该如何评价他那位放浪形骸、佯狂避世的父亲，又该如何体会他的真心呢？……金瑞有种大梦初醒的感觉，所谓多走几步，风光无限。他突然觉得世界变得很复杂，生活变得很凝重，他惊奇长期以来自己充耳不闻的昏沉和得过且过的浮漂，在漫长的五十余年生涯中，竟然没有很认真地思考过这一问题。作为儿子，他是非常非常的不孝了。他想念起他的父亲了。

发财的思路还在潘家园老宋那儿，给老宋递了话，老宋说要真是枢府瓷，可以开价三千，但必须是真的，有专家鉴定书。依着发财和王玉兰的意思，三千足可以了，跟白捡的一样。金瑞却有金瑞的想法，他想，这个小碗之所以能留到今天，自有留到今天的道理，绝不是为潘家园那样的地方准备的。是奇珍就要上到奇珍的档次，正经的应该上到国家级的买卖市场。拿到国家级的拍卖行去拍卖，那价格就不是三千了，几万、十几万都能炒上去。金瑞把这话跟发财说了，发财这才明白了爹的心思，就跟金瑞突然佩服了他阿玛的深沉一样，发财也突然佩服起他爸爸的精深韬略来。到底是大宅门儿出来的，从思路上就比他这后段家河黄土里钻出来的高了一筹。

金瑞经过别人介绍，和一家有名望、有信誉的大拍卖公司——惠德拍卖公司接上了头，将小碗拿去让人看了，提出拍卖的底价不能低于十万。保险金额三十万。拍卖公司说必须有鉴定证明书，并且是权威的鉴定证明书，还要经过公证处的公证；又说，这个鉴定人可以由物主自己找，也可以由拍卖公司代找，鉴定费用则全由物主出。金瑞问鉴定这个小碗得多少钱，公司说根据物品的价值而定。金瑞回来算了一下账，就说是十万吧，鉴定费提成十分之一就是一万。卖出去十万了给他一万没说的，要是卖不出去，人家也是不会给你白鉴定的，那里外里不是还得往外搭？跟王玉兰一说，王玉兰也认为是这么个理儿，说太划不来。当时王玉兰的脑子不知怎么一转，就想到了金瑞的三大爷，觉得我们家的老三舜镆在文物部门工作，是资深的文物鉴定专家，让他给鉴定一下当是没太大问题。到底是自家的嫡亲三大爷啊，这手到擒来的事对专家来说真是算不得什么的。

发财也说娘的主意好，当下就让金瑞拿着碗去找三大爷。

金瑞却很犹豫，他不知道三大爷肯不肯帮这个忙。他明白，发财和他娘是以农村人的思路来考虑这一切的，打虎亲兄弟，上阵父子兵，同宗同姓血脉相连，有事当然是互相帮衬，互相关照，互相提携，要不怎么叫亲戚？但是他们根本不了解大宅门儿里的亲戚关系，不了解那笑脸背后的烟雾之深。这个贵族之家的败落，留给他的飘零子女们的真正遗产不是亲情，而是冷漠。这是金瑞到今天也不能理解、不能说清的一种情愫，也是他在京城随时感觉到孤立无助的茫然和清冷的原因。是的，在金家，他永远找不到“世间最难得者亲兄弟”的认同，他永远是一个人，连他的梦境也是一个人踽踽独行。亲朋无一字，欲言无予和，这种发自骨子里的孤单是不是就是当年他父亲的感觉呢……

金瑞的迟疑被发财认为是优柔寡断，是谨小慎微。他觉得怎么着现在他也姓了爱新觉罗，从户口、从法律上他也是金家的一分子了，在这件事情上，他完全可以替父亲做主，这是用不着含糊的事实。于是，他背了金瑞，拿了小碗，来到亚运村请教他的三爷爷金舜镆。

我前面说过，我们家的这位老三在金家弟兄之中是个脾气很各色的人，不苟言笑，冷气逼人，在单位里、在兄弟姐妹中都颇没有人缘，难得有谁去登他的门。发财不知深浅地去了，保姆就让他在门厅里等。保姆说，金先生在午睡，三点以前不会客。发财说他是金先生的侄孙，是亲戚。保姆说甭说侄孙，就是亲孙也得等，金先生的觉是雷打不动的，搅了金先生的觉，那就是天塌下来了。

发财听了只好在一进门的地方等，那保姆连客厅也没让他进。

过了一个多小时，保姆才探出身来说，先生起来了，问你有什么事。发财将碗掏出来给保姆，请保姆转达来意。保姆拿着碗进去了，一会儿出来也没说什么，更没把发财往里让，发财料定三爷爷正在验看，觉着不便打扰，就静下心来接着等。

又过去许久，里面仍不见动静，这期间保姆往里头送了一回茶，添了两回水，进进出出也不睬发财，就跟没看见一般。发财等得不耐烦了，拉住保姆问里头看完了没有。保姆咕噜了一句南方话，发财没听懂，只好硬着头皮又等，等到最后，连那个保姆也看不到了，不知钻到了哪个屋里再不出来。

发财认为这么待下去不是个事，就拿出陕北人的愣劲儿，肩膀一扛，顶开门进了屋。

里屋是间连着卧室的书房，老三舜锟正靠在书桌后头的大转椅上闭目养神，虽说是闭着眼，眉宇间却饱含威严，满脸庄重，让人想起玉皇大帝一类人物。发财叫了一声三爷爷，又补了一个九十度大躬，才敢朝桌上望，并没见到自家的枢府瓷，只见到一碗冒着热气的香茶。发财正疑惑间，老三问，您是谁？发财在老三跟前不敢提爱新觉罗之类的词，便老老实实地说他是发财。老三说，发财是谁？发财说，是金瑞的儿子。老三说，我记得金瑞没生过儿子。发财被噎得说不出话来，他已经明显地感觉到了，三爷爷的态度极不友好，甚至从根儿上说，就没有认可他。发财说，金瑞是我继父，我爹问您好呢。老三说，令尊就是在乡下放羊的那个？发财说，是在九条住的那个，他让我给三爷爷带好。老三说，我怎么会是您三爷爷，您贵姓？这下发财说不出来了，他以前一直姓段，后来又姓了爱新觉罗，这些在老三跟前都说不出口，只得不好意思地说，我明儿就改过来，也姓金。老三说，别价，您改姓金也不见得就能姓金，从血脉上说，咱们不是一回事。这下发财彻底没了话，他只知道三爷爷冷，却没想到对他是这么个态度。早知如此，他无论如何是不会来的。他现在才明白，他爹为什么犹豫。

发财决定速战速决。他说，三爷爷，我们那个碗您看了？老三说，什么碗？发财一听不好，赶紧说，就是刚才让保姆拿进来的那个。老三慢慢地睁开眼，冲发财淡淡一笑说，那个嘛，那个是我们金家的东西，跟您没什么关系。发财说，那是我爹的碗。老三说，您的爹是陕北黄土峁上放羊的，放羊的怎能收藏得了元朝的枢府瓷？这是金家的碗，这点您甭跟我争，您也争不过我去。我们金家兄弟七个，从来没分过家，金家的任何东西，哪怕是一根草棍，都是共同的，不分彼此。发财说，我爷爷解放前就从金家分出去了，这个碗是我爷爷的！老三说，您爷爷是谁？发财说，我爷爷是金舜锫。老三说，金舜锫是我的五弟，我五弟压根儿就没有孙子。再说，我们给老五分的是房子，并没有分东西……发财说，三爷爷，您不能把我的碗给昧起来呀，这样我怎么回去跟我爹交代呢？老三说，您搞清楚了，是我们的，不是您的。我们没上陕北占您的羊，您也甭来北京算计我们的碗。说着找了个指甲刀，一下一下地剪指甲，把个发财撂在一边。发财说，您要是没时间，把碗给我，我过几天再来。老三不言语。发财急得脸色都变了，要搁别人，他会闹起来，但对面的人是权威无限的金家老三，这个老三是金家目前哥儿几个年龄最长的一位，在金家充任着家长兼警察的角色。而且这个家长从一开始就把他排在了金家圈外，对他采取不屑一顾的态度，这是让他最无可奈何的。如果对方跟他面对面地争，拍桌子瞪眼地吵，也好办，怕就怕对方这个不软不硬、不冷不热的态度，对他一口一个"您"，让他不知怎样对付。他说，三爷爷，您别这样，我知道您不跟我一般见识。这么着，我叫我爹来，您把碗给他总行了吧？

老三说，谁来也不行。

发财带着哭腔说，那您让我怎么办哪！

保姆进来说，故宫博物院来请金先生的车已经在下头等了半天了。老三站起来，接过保姆递过来的风衣就朝外走，发财将老三拦住。说好话，请求把碗还给他。老三说，您从乡下进了北京，在北京扎下根儿来已经是很进步了，现在的北京，杂七杂八的人住进不少，真正的老北京反倒见不着一两个了，街上随便拉住一个就是您这样儿的。您别再跟我说什么碗的话，您知道"得陇望蜀"这个词儿吗？发财说不出话来，老三说，人苦不知足，既得陇，复望蜀，说的是侵欲无厌，规求无度，早跟您说了，这是我们金家的东西，何须您染指于鼎？

老三一席话将发财说得瞠目结舌，他自认不是老三的对手，也不想再跟眼前这位三爷爷费什么口舌，发财毕竟是发财，他身上的匈奴血也不是白流的，要不“江山易改，禀性难移”不就成了空话？只见发财不哼不哈顺手拎起老三书案前的一个青花画筒，往肩上一掮，如扛了一袋面那样利落顺手，用脚一踢门，出去了。

保姆追到楼梯口，发财一路小跑已下了两层，哪里还追得上。保姆就冲着楼下喊，你这人怎么抢人哪？光天化日的入室抢劫，你给我回来，回来，我打110了啊！发财哪里理会，如没听见一般，径直跑到楼下，把画筒往客货两用车的旁座上一顺，发动起车，一溜烟地走了。保姆没追回画筒，气哼哼地进屋，抄起电话就拨110。老三喝着茶说，你算了吧，跟他个半生的野小子计较什么。保姆说，算了？我的爷，眼瞅着人家把东西从您屋里扛走，您就算了？那可是个文物啊，我每天擦擦它都得经着十二分的小心，生怕磕了碰了，您倒好，说算就算了！老三说，依你怎么着呢，还下去跟他对打吗？你打得过他？那可是山旮旯儿里放羊的出身，跟野物打过交道的人，你不算了能怎么着？保姆说，再大的家当也架不住外人这么拿，现在可不是打土豪分田地那会儿了。

老三细细品着碗里的茶，并不言语。

发财回家，把情况一五一十地向金瑞叙说了一遍。金瑞一听，气得眼冒金星，当下将儿子臭骂一顿。金瑞指着儿子说，说你不是金家的人一点儿没冤枉了你，你办的这事儿，就没有金家人的一点儿做派。你找什么老三哪？你这不是自个儿往事儿上撞吗！我都不敢去，你偏要去，整个儿一个没睡醒！发财和他娘低着脑袋一声不敢吭。看金瑞把脾气发得差不多了，王玉兰才说，他爹，你也别气，咱发财把三大爷家的缸给打来了。金瑞问什么缸，王玉兰说，花缸。金瑞叫发财拿来看，发财从床底下拿出青花画筒来，用手啪啪地拍了两下说，就是这。金瑞说，这哪里是缸？这是插画轴的画筒。说罢翻过筒来看，下头有“大明嘉靖”的款记。发财见了有些兴奋，他说，唐宋元明清，这个缸也是个文物呢，咱们拿元朝的碗换了个明朝的缸，也没吃亏，是吧爹？金瑞说，这不是缸，是画筒，告诉你多少遍了，还露怯！王玉兰说，这个筒和缸也差不多少，换来换去的还是没我那个腌菜坛子实惠。这个好看倒是好看，就是口儿太大。发财说，小碗换大缸，娘您知足吧！王玉兰说，也亏你脑子转得快，要不咱那几千块钱的碗就白扔了。发财得意地说，他一个糟老汉，跟我讲些个之乎者也，我压根儿就不接招儿，他能把我怎么的？拿他一个明朝的缸也是给他面子了，我没拿他柜子里的铜犀牛就很便宜他了。我们也不是那么好欺负的，我就是想让他看看，我是谁！

金瑞在旁边说，你是谁呀？你是大傻×！

王玉兰说，待得好好儿的，你怎么骂人？

金瑞说，他待得好好儿的？净给我找事儿！弄来个假冒的青花，还当是捡来了便宜，还在这儿臭美呢，他不是傻×是什么！

王玉兰说，这么好看的东西怎会是假的？

金瑞说，正因为好看才是假的，你看看这几个字“皇图永固，万代吉昌”，这“图”跟“万”用的都是简化字，简化字是1956年才施行的，嘉靖皇上那会儿能有？

发财说，爹，您这观点不对，简化字古已有之，我在哪本字帖上见过，人家那“云彩”的“云”，“时间”的“时”，用的都是简化字。金瑞说，人家那是行草，那个“天空”的“天”，草得一笔描下来像条长虫，让你还来不及简化呢，比你有超前意识。

王玉兰说，假货不怕，咱们把它当成真的不就行了？潘家园的老宋不是说了，货不怕假，就看搁哪儿。

金瑞冷笑一声说，这回就是那个鬼精的老宋怕也救不了驾了，你看看底儿上打的这个“A”字，什么是“A”，仿制品才打“A”，怕你在市面上以假乱真，厂家才打出这记号，这个物件说是今年上半年才烧出来的也极有可能。什么小碗换大缸，你们还以为占了便宜呢！你们的心眼儿，抵不上金家老三的十分之一。

发财说，怪道那个保姆只是虚张声势，并不真追。

第二天一早，金瑞提着青花画筒就奔了老三家，一来替发财赔礼道歉，二来索要瓷碗。碗当然没要来，照旧又挨了老三一顿训。老三倒没指责发财的不是，只是说金家历来是极要脸面的人家，把金家的东西拿到大庭广众去拍卖，让人家比着赛地要价儿，实在是丢人现眼极了，金瑞纵然不觉得有什么，他和他的几个兄弟的脸面是挂不住的，所以他不能让金瑞把家里的东西，甭管值不值钱，拿到拍卖公司去。老三说，这个碗是金家的，老五拿它出去要饭，并不能说明就是老五的，就跟戏楼胡同的老宅一样，老七现在住着，并不能说明这个宅子就是老七的一样简单。老三说，金家兄弟七人，兄友弟恭，恰恰亲情，绝非小门小户终日柴米油盐的嘁嘁喳喳所能相比，你也老大不小的了，从乡下携来个雷劈的野种我尚不与你计较，到如今事业一无所成，德行一无所就，终日昏昏，半睡半醒，非但毫无羞赧，却还要参与什么拍卖，实在是乏味得很了。我的子侄辈不少，不争气的就是你一个，立爱唯亲，立敬唯长，始于家邦，终于四海，一切总还要有个规矩……老三的话很明白，这个家无论形式上怎么散，精神上，大小事务上，还是要他说了算！

金瑞已不是以往迷迷糊糊的金瑞了，他不睬那些味同嚼蜡的教训，当即与老三就枢府瓷碗的所属展开力争，这一下就扯出来了老五，扯出来了不少陈年故事。在金家史料的掌握上，金瑞明显处于弱势，他绕不过老谋深算的老三，但有一点他很清楚，这个碗是他父亲留下的物件，而不是金家大众的东西。

金瑞对老三说，您要不把碗给我，我只有到法庭上跟您说话了。

老三说，我候着。

九

由此，金瑞由钻研陶瓷而改为研究法律，从“民法”到“刑事诉讼法”，到“财产继承法”，到“文物保护管理法”，到“治安管理条例”，从诉讼程序到诉讼费用，从诉讼状的书写程式到递交方式，从律师的选择到配合，无一不精加研究，细细琢磨。用王玉兰的描述说，就连吃饭也要对碗里的米粒推论一番所属，以证明吃它的合法性。

状纸交到法院，第一次开庭，被告金舜镇没有到庭，也没有派代理人和律师，只是金瑞在原告位子上坐着，他旁边是发财和王玉兰。案件受理人对金瑞说这件事最好能调解解决，完全用不着上法庭。金瑞不干，他说要争就争个山高水低，争个水落石出，不达目的决不罢休……

我在离开北京头一天又去了一次九条，去看望正在官司中的金瑞。金瑞正抱着一本1998年最新出版的“法典”在查阅有关条目，见我进来，推开书，慌忙站起，倒茶敬烟，亲切热情，恭而有礼。金瑞穿着牛仔裤、旅游鞋，鞋带系得一丝不苟，看上去显得年轻了不少。家里添了许多书，如王玉兰所说，除了陶瓷就是法律，都是金瑞须臾不离的。家里变化很大，却又什么也没有变，细看那低洼的院落、斑驳的巨石、陈旧的家具、破烂的沙发、过时的暖瓶、不准的闹钟……一切照旧。

唯独金瑞，精神抖擞，神采焕发，目光炯炯。

金瑞对我说，为了我的枢府瓷，也为了我父亲，我要跟金家人干到底……

醉也无聊

一

在户口本上，我们的老姐夫叫完占泰，民国四年，也就是1915年生人，祖籍北京，民族汉，文化程度大学，无职业，无党派。明白的读者从中或许已经看出，我的这位完姐夫实际上是个有文化的社会闲人。还真让您猜着了，的确如此。大学毕业的老姐夫一度每日靠糊火柴盒生活，清贫自是清贫，他本人却很知足，用老姐夫的话说，他是“云间野鹤”“世外散仙”，自在得没人能比。您还会说，在中国的《百家姓》里面没有姓“完”的。这您就不知道了，实际上我们的老姐夫应该姓完颜，是金朝贵族后裔，金世宗的二十九世孙。

金朝的统治主要在北方，中国人对这个朝代的了解，很大程度上是来自于《说岳全传》。戏台上有关金人的形象，多是扎着硬靠，脸上画得五抹六道，脖子两边吊两条狐狸尾巴的大花脸，没有戏词，只有“哇呀呀——”。别小看这两条毛茸茸的玩意儿，在某种程度上是大汉对少数民族的一种别路心态。将番王和神怪划为一类，脖子上弄两条尾巴挂着，看似威武却入不了正册。而岳飞们向来都是用正统的素面须生来代表，威仪严整，不苟言笑，一招一式无不体现着大汉风度，让人无可挑剔。所以，因了岳飞们的出现，金人及其后代在中国历史上竟退居到极其次要的地位。

往上推溯，大概我们之中不少人的祖先都做过金的臣民，金太宗天会四年灭了北宋，就将都城迁到了北京。那时候金的疆域东到日本海，北括蒙古，南至秦岭淮河，纵横数百万里，历时百二十年，也称得上泱泱大国了。清入关后，为笼络民心，给先朝皇室子弟封官加爵，包括将宋、辽、金、元、明的皇族后裔均录于八旗之中，一视同仁，给予重用。清廷除了对先朝皇帝崇祯予以皇帝礼仪的厚葬之外，对位于京西大房山的金太祖完颜阿骨打的睿陵和金世宗完颜雍的兴陵也做了大规模的修葺，并设守陵五十户，春秋两季致祭。为郑重起见，乾隆曾亲至房山谒睿陵，遣大学士阿克敦祭兴陵，足见对金的敬重胜于其他历朝历代。后来，清廷修撰《满洲八旗世族通谱》，乾隆又下特旨，将完颜氏列为第一。我们老姐夫的祖先，以武功著称，明思宗时曾为当朝武官，降清后录入汉八旗的正蓝。完颜家族到了老姐夫祖父时，尚被朝廷封为延恩公，一等爵男，爵位相当显赫。所以后来有公司用老姐夫的名义做广告，说他“生于华门，长于鼎食之家”，并非夸张。

老姐夫完占泰是个比较超脱的人，他不像我们金家的子弟，将家族的荣誉看得那么重要，他极少向人们谈及他的出身。因此外面的人说到金家五姑爷的时候，只知道他是东三省总督幕府秘书长完式谭的公子，而不知什么金世宗。

老姐夫的父亲完式谭是北洋时期的一个重要人物。熟悉那段历史的人都知道完式谭这个人，有人说他是智多星，有人说他是野心家，褒贬不一。民国七年，徐世昌做总统的时候，完式谭是徐身边须臾不离的臂膀。徐是天津人，完式谭也是天津人，徐把他看做是直隶的杰出人才，委以重用。徐世昌当民政部尚书，完式谭是部郎中，徐世昌做了东三省总督，他就做了总督府秘书长。段祺瑞任总理时，完式谭是国务院秘书，在任秘书期间，完式谭跟国务院秘书长徐树铮结下难解的恩怨。但他在政治上很有手腕，采取釜底抽薪的策略，对他的政敌比朋友还好，以至徐树铮反对他，找茬儿想杀他，但徐的部下吴光新、傅良佐一帮军人都支持他，使徐下不了手……政坛上的乱七八糟让人说不清楚，到后来，完式谭不知怎的又办开了盐务，在天津搜刮了不少钱，发了大财。

老姐夫是完式谭的二儿子，人称完二少爷。这位二少爷一直在北平念书，因完、金两家是世交，所以逢有闲暇，他就上我们家来，跟我们家的哥儿们不分彼此，混得很熟。完二少爷觉得在北平比在天津自在，这主要有赖于金家的宽松环境。“闲来无事不从容，睡觉东窗日已红”，这的确是金家人生活的写照，与他那位唯恐天下不乱的父亲的忙碌生涯有着根本的不同。相比之下，我们家的生活更贴近完二少爷的散淡性情。完二少爷人很随和，嗜美酒却不食荤腥，有学问但不修边幅，很有名士派作风，这又得到我父亲的赞赏。父亲说我们金家子弟缺的就是完二少这种飘逸、洒脱的做派和空灵、恬淡的性情。说跟完家的二少爷比，我们家的哥儿们全是屎蛋，是一群俗不可耐的吃货。这点，我哥哥们完全赞同，因为他们中的任何一个人也不可能像完二少爷那样，用一个杏儿就酒，喝完一瓶竹叶青。我母亲说二少爷是孙猴子托生的，猴就爱酒避膻。我的哥哥们却持否定态度，他们说完二少哪儿有孙悟空的精明干练，他怕是连自己有几个脚指头和手指头也数不利落。数不利落脚指头的完二少爷在清华大学读数学系，看来也是学得甚不投入，据我们家看门的老张说，他不止一次看见完二少爷在大门口用大洋跟我们家的哥儿们换麻钱，以一换十，完二少爷以为从数上占了便宜，其实是让我那些“吃货”哥哥们拿了大头。有皇上的时候，一两银子能换麻钱一千三四百文，到了民国，一块大洋也能换百十来文。完二少爷以一换十，明摆着吃亏吃大了。但这事从厨子老王嘴里说出来就又换了一个角度，老王说完二少爷跟他爸爸一样，是极有心计的人，这样以大洋换麻钱，是在笼络人心，看似憨傻，其实他心里明镜儿似的。完二少爷是什么人？完二少爷是清华大学专门学数字的大学问。

精也罢，傻也罢，反正一来二去，完家二少爷变作了我的五姐夫，就住在我们家的偏院里。

按规矩，五格格舜铃出了阁就该随着她的丈夫搬出去住。一开始也是搬了出去的，住在她婆婆家天津卫外国租界地的一座小楼里。住了不到两年，五格格就回娘家来了，请求“政治避难”。五格格舜铃说天津“不是人待的地方”，她喝不惯天津苦涩的河水，听不得她婆婆“嘛，嘛”的怯话，容不得她公公“呼噜呼噜”的大烟枪，见不得小姑子动辄就噘嘴的小性儿。跟着五格格跑回来的还有她丈夫占泰，他跟她媳妇一样，同样是这容不得，那见不得，两口子妇唱夫随地在我母亲跟前一通儿表演，把我母亲弄得哭笑不得。既然投靠来了就得留下，好在西偏院的房空着，我母亲心疼女儿，就让小两口暂时先住下，日后再慢慢劝他们回去。

在偏院闲散的日子中，老姐夫与我的五哥舜锫不知怎的跟白云观的武老道勾搭在了一起。武老道应该说是我们家的老熟人了，他跟我父亲是朋友，跟我的哥哥们还是朋友。武老道永远不老，武老道永远年轻。据武老道自己说，他已经有一百七十岁了。武老道说起一百七十年前嘉庆时候的事，如同昨日，历历如绘，可惜我们这些一百七十年后的人无从考证罢了。老姐夫和我的五哥舜锫时常住到观里去，说是去读书、诵经，闲了还做些炊事洒扫的杂务。

老姐夫拿出数学系出身的科学精神，在观里干得认真而一丝不苟，很得老道赏识，曾获赐道号“静修”，却没见老姐夫用过。几十年后，我在某公司的宣传画册上看到老姐夫的“金世宗二十九世孙”和“完颜静修”两枚小篆印章时，不知怎的竟感到了一种故弄玄虚的浮躁，想来这做法不是出于老姐夫的本意。

跟老姐夫同去修炼的老五却不然，他在观里很不招人待见，不止一次地因“贪睡不起”被罚跪香。跪香是道观二十三条清规中最轻的一条，以武老道的说法，我们家老五在观里干的那些事，被“焚化示众”的惩罚也够上了。有一回，老姐夫和老五在我们家的院子里当众进行修道汇报表演，他们在屋前竖立一杆，说是要“结幡招鹤”。两人先在杆底下诵经会舞地热闹了一番，接下来就是焚香静候，恭候仙鹤降临。这事比我们家的子弟们唱戏还有看头，观众自然不少。但是，一家人在当院站了两个时辰，望得颈酸目眩，也没见白鹤飞来。老五精明，早早脱身溜了，只丢下老姐夫还在那儿傻等……鹤当然没来，不但鹤没来，连家雀儿也没来。事后，老姐夫诚恳地说是他滞情不遣，欲心尚多，还需加紧修炼；而老五的解释是那天银河里正过小鲫鱼，鹤们都赶着吃鱼去了，连个值班的也没留下。父亲对此采取听之任之态度，他认为，他的这些宝贝儿子在家再怎么折腾，也比出去胡闹强。

父亲也介绍老姐夫出去工作过，先在通县私立潞河中学教数学，姐夫嫌远，没教半学期就打了退堂鼓；后又介绍他去《平民日报》当校对，又因须“日日坐班，拘谨乏味”而辞去职务；之后还在建设局当过科员，也因为不好好出勤，被人家“谢退”了；还在市政府秘书处供过事，老姐夫又嫌“血雨腥风太浓”而自动离职……好在完家有钱，供得起两口子在北京的花销，用不着出去操劳受苦，也一样把日子过得很滋润舒服。只是他们不愿意从金家大院里分离出去。

五格格舜铃更是无所事事，一天除了梳妆打扮以外，就是陪着我母亲说话、逛庙、听戏。那时六格格舜镘已经在协和医院做护士长了，她劝舜铃去读护士学校，说协和的护校不是谁都能进的，首先得英文好，其次得高中毕业，一切按照美国纽约州立医院护校的教学方法施教，毕业以后每月薪金七十美元，比眼下当闲散的家庭妇女强百倍。舜铃不去，说挣得再多也是干伺候人的活儿，她堂堂的格格怎么能去当护士！舜镘说你不可能当一辈子格格，总得有一技之长才好安身立命，无论世事怎么变，心里也踏实。母亲也劝舜铃出去工作，说协和是老医院，名声大得很，冯玉祥、孙中山、宋美龄、于凤至都在那儿住过，在那儿工作不能说是掉价儿。舜铃还是不去，她说她婆婆家的财产他们两口子吃三辈子也吃不完，她用不着工作。母亲说财产再多也有坐吃山空的时候，这事还是要从长计议。舜铃说让她出去工作是假，要把她赶出金家才是真，她在金家又不是白吃白住，一个偌大的家，怎就容不得她呢？母亲听了这话，也再不好说什么，一切就全顺着他们两口子来了。

姐姐舜铃不出去工作，姐夫占泰也不出去工作，两口子悠闲得神仙一般。

姐夫虽然在家，也很忙，他主要忙两件事——喝酒和修道。

先说喝酒。我们的老姐夫在很多时候都呈迷醉状态，前面说过，他能用一个杏儿喝下一瓶竹叶青，他可以不吃饭，但是他得喝酒，并且每天不少于一坛。他常说他一日不饮酒，便觉形神不复相亲，文王饮酒千种，孔子百觚，与先哲相比，他差得远哩！这话往白里说，就是他一天不喝酒，就丢了魂儿般地难受，人就只剩下了一个空壳儿。细想想这真是件很严重的事情，只剩下空壳儿的人，叫什么人呢？所以，为了老姐夫的躯壳里有内容，我们都赞成他喝酒，用孔子的话说，“唯酒无量，不及乱”就好。我们的老姐夫的确不及乱，他的醉，醉得很有分寸，我们常见他腿脚不稳，踉踉跄跄地在院里绕圈子，嘴里念念有词，昂首挥臂，俨然豪气如云，却从没见他胡闹乱来过。有时，醉了的姐夫也如蛇一样地绕在墙边的一棵小柳树上，周身竟是一丝不挂的精光，让人看了不可思议。金家的人瞧惯了，见怪不怪，都知道过不了半个时辰他就会下来，一个大活人，能在树上盘多久呢？

看门的老张说，完颜姐夫是金朝的龙种，是条醉龙，它时不时地得显形，要不它憋得慌。

做饭的老王说，不是显形，是现眼，金家出了位这样的姑爷，也是金家几代修来的“造化”。赤身裸体于光天化日之下，全中国也找不出几位，这也是金家一绝。

老姐夫酒醉后再闹，再现眼，也只是在他的偏院里表现。他极明白他的活动范围和他在金家的身份，这怕是他识趣、不招人讨厌的一面。

老姐夫其实不傻。

到了我跟老姐夫接触的时候，民国已近尾声。那时候的老姐夫已经留起了胡子，飘飘逸逸的几绺，垂荡在胸前，很像画上八仙里的曹国舅。依着金家的规矩，当了爷爷的人才能留髯。但老姐夫不在此限制之列，因为从根儿上说，他是外人，金家管得了儿子管不了姑爷。老姐夫长着一嘴胡子，爷爷似的在金家进进出出，谁看着谁别扭。我父亲六十多了，还没有留胡子，这是因为我的几个哥哥哪个也没给他生出孙子来。父亲常常摇头感叹，叹人心不古，世道衰微。其实世道衰微跟他留不成胡子实在没有太大联系；他的儿子们生不了儿子，也跟人心不古没有关系。我想，那时候倘若他知道一切的症结都在我的老姐夫身上，恐怕我们的老姐夫也不会在偏院住得那般安逸了。

除了胡子以外，老姐夫还有披肩的长发，很像今日艺术界的某些精英，颇有后现代的情趣和众醒独醉的意气风范。我最最喜欢干的一件事就是趁老姐夫打坐的时候，趴在他的后背上，将他那长长的头发编成一根根的辫子。对此，老姐夫从不发脾气，任着我在他的脑袋上折腾，有时打坐起来，还会故作惊讶地说，呀，我跟王母娘娘不过说了一会儿话，九天玄女竟给我梳了一个这样的头。

我就咯咯地乐，老姐夫也乐。

我还喜欢陪老姐夫喝酒，那简直是世界上最快乐的事情。老姐夫喝酒一般在后花园的亭子里，下酒菜多是瓜果梨桃，顶不济也有一碟腌酱瓜。姐夫喝的酒是他自酿的米酒，那酒又甜又香，实则是小孩子最好的饮料。姐夫的院里有十个包着棉絮的青花大缸，那是他的米酒制造工厂。他常常对我说，童儿，去听听，听哪个缸里在闹螃蟹？我就趴在一个个缸肚子上听——哪个里面有喳喳喳的声响，哪缸的酒就酿好了。

起酒是件很有意思的工作，熟后的酒，渣液混合，有米在酒中浮泛，饮时需用布滤过。“倾醅漉酒”，这是个很文明的词儿，且不说这词儿，仅这个过程的本身就是件雅得不能再雅的事情了。明朝画家丁云鹏有幅《漉酒图》，画上男子神清目秀，长髯飘逸，在柳树下和他的小童儿扯着布滤酒，他们周围黄菊盛开，湖石罗列，石桌酒壶，鲜果美馔，那情景就跟我与老姐夫滤酒一样。不知是明朝人照着我们画的，还是我们跟画上学的。老姐夫酿的酒，搁现在看，很像是自由市场上卖的醪糟，两块钱，连汤带米买一斤，拿回家对水烧着喝，这也是近几年市场搞活了才有的吃食。可是在40年代的北平，别说大街上没有卖这种酒的，就是北平地道的淮扬菜馆森隆和江苏馆子老正兴，也只卖黄酒，不卖米酒。我至今不知老姐夫当年酿酒用的是什么曲子，那酒的浓郁甘醇远在今日市场出售的醪糟以上。老姐夫的酒缸一揭盖，那酒香就能飘出半条胡同去。“酒香不怕巷子深”，这话一点儿不假，不管是对卖酒的还是对酿酒的来说。

我喝老姐夫酿的酒必得对水，否则只两口就会醉倒。有一回和老姐夫同醉凉亭，我们俩趴在石桌上直直睡了大半天，女仆刘妈才在后花园找到我们。据刘妈说，当时我们俩睡得像死狗一样，打都打不醒。刘妈说，趴在石桌上的我们，身上爬满了蚂蚁，密密的一层，这是因为那酒太甜太香了，蚂蚁也喜欢喝酒。后来，老七舜铨把我们的行径画了一幅《醉酒图》，老七是画家，采用的是现实主义手法，画上我和老姐夫拥着酒坛醉卧在草亭之中，连我们家那只大黄猫也醉在其中，各具醉态，惟妙惟肖。我父亲还在画上题了“日长似岁闲方觉，事大如天醉亦休”的字样。后来这幅画被北平研究院院长李予成买去了，李在解放前夕去了台湾。我想，要是没有意外，这幅画现在应该还在台湾的李家珍藏着，半个世纪过去，差不多已经该成文物了。

我母亲不许我找老姐夫饮酒，说是家里有个“酒半疯”就够了，再出个“女半疯”，更让她堵心。但是我母亲怎能管得住我呢？我是个长腿的东西，只要她稍不留神，我就溜到偏院去了，进了偏院就是进了酒缸，能不喝酒吗？应该说我的酒量都是我的老姐夫培养出来的，我们家的偏院实际是个很不错的饮酒培训班。长大后从事文学艺术，常与文友酣畅痛饮，往往喝上大半瓶北京昌平厂出的红星二锅头也仍无醉意，可见是打小练出来的童子功。

为当年那场醉酒，我竟然还得了个“酒嗉子”的称号。酒嗉子是温酒用的小瓷瓶，小口大肚，一拃高，装不多，随喝随温。老姐夫说那天我跟他在一起喝酒，才喝一碗，我就倒了，现了原形，原来是个只能装二两的酒嗉子。我说我是酒嗉子，你是什么？他说他起码是个大酒瓮，装个四五十斤没问题。我为自己是个小酒嗉子而遗憾，而难为情，就有些失意。老姐夫不管这些，他又提来酒，大口大口地喝，也让我喝，我就跟着他喝。酒酣耳热之际，他说，咱们俩的酒量北平城里是没人能比的，咱们要酒压皇城一带，拳打东西二城。我说，对……打，打……二城……

东西二城没打到，挨了母亲一顿饱揍。

母亲气急败坏地说，又去喝酒，又去喝酒，你这丫头怎么就这么没记性呢！

让一个孩子长记性，那是很难的事，闹不好就会适得其反。母亲越是让我长记性，我越是没记性，偷偷摸摸跟着老姐夫照喝不误，且大有长进，小小年纪就懂得了“花看半开，酒饮微醺”的酒鬼意境，称得上是资深酒徒了。所以我现在从来不让我的孩子长什么“记性”，一切都顺其自然，我相信我的孩子会比我发展得健康，也会比我有出息。但在酒上，他比我差远了，我想这是因为他小时我没有逗着他喝酒的缘故。

老姐夫不能离酒的原因是因为他吃药，我们都知道他常服一种叫做五行散的东西。五行散是由硫黄、钟乳等制成的烈性“强身药”，服药后必须在院里急走两个时辰，以解药毒，所以叫“行散”。那药的引子就是酒，否则那毒是散不出去的。“五行散”是一种土黄色粉末状的东西，捣药是老姐夫的日常工作之一，那药都是随吃随捣，细腻得如一缕青烟。看着老姐夫抱着药钵，坐在桌前那一丝不苟的认真劲儿，常常让我想起月宫里捣药的兔儿来，据说那兔儿也需日日捣药，跟那砍树的吴刚一样，没有一刻停歇。我于是认定，那兔儿捣的必定也是五行散。我问过老姐夫这种黄末儿吃下去有什么好处，老姐夫说妙不可言。我问怎的妙不可言，老姐夫说，要成仙就必须服散服丹，这些东西都是长久不会改变的物质，自天地开辟以来，日月不亏明，金不失其重，食之可以长生。五谷鱼肉，极易腐朽糟烂，人吃了也是如此，这就叫天人合道，理契自然。吃了五行散，可令人身安命延，体生毛羽，遨游上下，使役万灵。我说，体生毛羽，那就是长了翅膀，像家雀儿一样要飞呀！老姐夫说，当然能飞，道家称之为“举行轻飞，白日升天”。

就为这个“遍生毛羽”，从此我就对老姐夫格外注意了，很希望有朝一日我们的老姐夫身上能像鸡一样地长出毛来。有一回跟看门老张谈论起遍生毛羽的事，老张郑重建议我，再跟老姐夫谈到“白日升天”这类话题时，一定要他带上我们俩。我说，这怕不行，咱们也没服五行散，死沉死沉的，带不动。老张说，你没听过一人得道，鸡犬升天的故事吗？那个吃了丹药的刘安白日升天，还不是把家里的老婆孩子、猫儿狗儿都带上走了？我说，升了天还能回来吗？老张说，大概不能。我说，那我就不升了，你要升你跟着老姐夫去升，也说不定天上缺个看门的。老张说他升了天就不会再看门了，他就是仙家了。我问仙家有什么好。老张说，好处大了，想吃什么有什么，想要多少钱有多少钱，想娶几个媳妇就能娶几个媳妇。还有，想逛街就逛街，想听戏就听戏。我说，依你这么说，我阿玛就是仙家了。老张说，差不多。

吃了五行散的老姐夫在院里走动绝不是没有目的地瞎走，人家走的是步罡踏斗的缭绕之法，名曰“步虚”，又叫“禹步”，据说是从大禹那儿传下来的。大禹治水时小腿受伤，步行困难，便走出了这一套奇怪的步伐，让不明真相的人看来，那步子很像今日交谊舞的三步，即迈一步点两点。我们常说艺术源于生活，大概这舞就是源于受伤的大禹了，从那蹴蹴点点的步伐足可看出当年大禹的伤痛之深。我们的老祖宗为了我们今日的幸福生活，花费的代价真是太大了。看得多了，我便看出了眉目，老姐夫“步虚”时面东背西，先往南三步，再奔东南，而后正东，往往要走出一个八卦的形状。地上并没有八卦的图形，所以，外人猛一看，只见老姐夫在地上圈圈点点，穿来绕去，很是有些莫名其妙。其实这里头的名堂大了，让老姐夫说，这叫“三步九迹”，上应“三元九星”之数，含某行无咎的意思在其中，吃了再毒的药也会平安无事的。

老姐夫信奉老庄，追求的是神仙与不死。他的生存原则是不过度劳累，不过度用脑，不过度喜怒，不过度淫逸。神静则心和，心和则神全。老姐夫的心也和了，神也全了，老姐夫就成了衣来伸手、饭来张口的姑老爷了。我母亲为五格格的前程很是担忧，觉着老姐夫在偏院这么装神弄鬼总不是个事儿。我的哥哥们则劝我母亲大可不必为此伤神，说人家当事者都不以为然，您老太太瞎操什么心！当时，我的哥哥们之所以都向着老姐夫，是他们正在向老姐夫学习一种叫做“添油法”的内功，他们学得很认真，很虔诚，定时赶回家来“上课”。

然而，就是这“添油”内功，给金家带来的危害是空前的。说它是一场令我父母谈之色变的可怕瘟疫也不为过，这也是我的母亲明白真相后跟老姐夫反目的原因。可在当时，谁都蒙在鼓里。

二

老姐夫在金家曾经有过一回大显本事的机会。

夏日，我们的刘妈在午睡将起之时突然犯了癔症，又哭又闹，满嘴胡说八道。刘妈平时是个谨慎能干的女仆，从十六岁到我们家，四十多年了，已经成了我们家的一员，那地位不是一般的仆人所能替代的。刘妈说的是一口安徽桐城话，桐城是我父亲第二个妻子张氏的家乡。刘妈所说，都是谁谁欠了她几担谷，谁谁吞了她几年的租，谁谁将她的衣物都分了……说之有名有姓，有来龙，有去脉，让人不能不信。老张说，刘妈睡觉没有关门，是二娘老家的先人找来了，附在了她身上。母亲说，大夏天谁睡午觉也不关门，那安徽的先人怎的不找别人就找她？老张说，刘妈是随着二娘由安徽嫁过来的，安徽那边来了人，当然就先奔她。母亲说，不说先人不先人的，想法子治病才是要紧。以往刘妈是我们金家的医疗总顾问，如今总顾问出了问题，下边的人就没了主意，大家七嘴八舌，说什么的都有。商量来商量去，最科学的办法是打电话叫来了在协和医院工作的六姐舜镘。

六格格舜镘看了刘妈的病情，说没什么大不了的，就是普通的歇斯底里罢了。母亲问，什么是……斯底里？舜镘说，就是癔症，一种很常见的精神性疾病，用暗示的方法就可以治好。母亲问怎的暗示，舜镘说打针葡萄糖酸钙就好了。“葡萄糖酸钙”这个名字很西洋，很时髦，就像我们今天听了“吉登斯时代”“全球语境”“化约主义”这些词儿一样，让人惊讶而难忘，而深深印于脑海之中。在当时，“歇斯底里”和“葡萄糖酸钙”这两个很复杂的词几乎不费什么力就被我记住了，它们在我那些国粹词汇中独树一帜，出类拔萃，让人耳目一新。舜镘说打针，于是就消毒，就往刘妈胳膊上勒橡皮带，刘妈就直着眼骂，骂得六格格舜镘直皱眉。六格格打完针也不想在家多待，匆匆收拾了小药箱就要回医院去，临走说不必理刘妈，人围得越多她越来劲，大伙儿都不理她，她睡一觉就好了。

众人散去，屋里只剩了刘妈，她还在哇哇地哭，很伤心地向人们倾诉。我很想看看安徽来的张家祖先是什么模样，就溜到偏院去请教老姐夫，我想，对这样的事情，老姐夫肯定会有办法。

老姐夫听了我的话，摸着胡子说，鬼跟人一样，喜欢人家恭维它，尊敬它，喜欢精美食物，喜欢美酒；它们也有种种忌讳，怕诅咒，怕道出它们的姓名……我说，那我该怎么办？老姐夫说，奠它一杯酒，请它上路就是了。我说我还想看看那先人的形象，看看是个怎样的人物，竟能引得刘妈又哭又闹。老姐夫说，你真想看？我说真想。老姐夫说，其实也很简单，找块小镜子一照，那物件就在镜里显出形来了。我说，一个小镜子会有那么大能耐？老姐夫说，镜子是金水之精，内明外暗，一切魑魅魍魉都不能在其前隐匿，但照无妨，只是不要惹恼了它。

我拿了镜子直奔刘妈房里。刘妈还躺在床上哭。我用小镜子一照，刘妈的身上映出了镜子的影儿，我赶紧朝镜子里看，可镜子里没有鬼，只有我的一张大脸。我换了个角度又照，那里头还是我。这让我有些害怕了。莫非是我搅得刘妈这样闹腾？我一个“酒嗦子”会有这样大的本事？正疑惑间，刘妈腾地坐起来，先是直瞪瞪地瞪着我，继而向我扑过来，一边扑一边说，你照我干什么？照我干什么！她的力气很大，把我重重地压在地上，动弹不得，不是老张赶来，我的肩膀非被她咬下一块肉来不可。

科学的暗示疗法根本不管用，小镜子也照不出东西来，老姐夫看着摔碎的镜子说，看来这家伙有来头儿，非得我亲手收拾它不可了。

听说老姐夫要捉鬼，我比谁都兴奋，跑进跑出到处嚷嚷。那捉鬼的过程虽没见过却是听过的，要燃香焚裱，设醮祈祷，道士着八卦长袍，披散头发，迈着禹步，晃晃悠悠，就像《借东风》里的诸葛亮一般，手舞桃木宝剑，口中念念有词，突然喝一声："疾！"用剑一指，便飞沙走石，鬼哭狼嚎，紧接着，一道血光唰地喷洒在符裱上，立除其祟，大功告成。可是我的老姐夫并没有画符舞剑，他只是从后花园摘下两片树叶子，用水泡了，着人给刘妈灌了下去。刘妈喝了那水没半个小时就安静下来了，蒙头盖脸地一通儿死睡，醒来时则如好人一般，推枕而起，惊呼，天都黑了，我这一觉怎睡到这般时候？母亲问刘妈可还记得什么，刘妈说没甚记忆，只是觉得累。事后众人都说奇，说没想到后花园的树叶儿还能治病，更没想到平时不哼不哈的五姑爷还有这等本事。老张说，那树不是一般的树，是桃树，桃树是避邪的；五姑爷也不是一般的人，精明之至，能通神见鬼。

我没看到想象中的捉鬼，当然很失望，甚至希望刘妈能再病一场，比前次再厉害些。但刘妈始终没再病，那被驱走的"张家祖先"，也再没有回来的意思。我问过老姐夫，几片桃树叶子何以就有那么大的力量，比协和医院的葡萄糖酸钙还厉害？老姐夫说，东海有山，山上有大桃树，树上住了两个神仙，两个神仙负责阅览众鬼之恶，有害人的，就用苇子绑了，推到山涧喂老虎；立桃梗当门户可以驱鬼避邪，是说桃梗上也有两个神在捉鬼，鬼畏桃这是天定的。我说，为什么一定是桃，而不是槐，不是柳，不是杨呀？老姐夫说，桃为五行之精，喝桃汤能魇服邪气，制御百鬼，简便而易行。

我从此而敬畏桃树，每每从它底下过便要敛气吞声，做出一副正人君子的模样来，怕的是稍有疏漏而被树上的神当做小鬼儿捉了去。

我也跟协和医院的六格格舜镘讨论过葡萄糖酸钙不管用的问题。舜镘说这不是药的事儿，是刘妈的事儿，是刘妈接受了桃树叶子的暗示，抗拒了葡萄糖酸钙的结果。她还说什么治鬼都是瞎掰，让我以后少去偏院，少跟老姐夫掺和。否则小小年纪，妖婆似的，一脑袋陈腐没落，太跟不上时代。我说，你先不要说我陈腐没落的话，你那个葡萄糖酸钙没有桃树叶子管用这是有目共睹的。

六格格说那是迷信。

我说我就信迷信。

从此，老姐夫在金家名声大震。

金家上下老少没有谁敢怠慢老姐夫。

但是事情往往出乎人的预料，治得了鬼的老姐夫有时候却治不了自己。

有一天半夜时分，金家人全被惊醒，原因是我们的老姐夫“不行了”。

协和医院的救护车就停在我们家的大门前，白色的车身对一贯崇尚大红大绿的北平人来说有种不吉祥的感觉。我们所住的戏楼胡同，从西到东住了不少达官显贵，而有史以来门前停白车的人家却只有我们一户。两个穿白袍的壮汉抬着一副担架从偏院出来，那上面躺着我的老姐夫。

老姐夫的脸呈铁灰色，是我在老七舜铨的山水画调色盘里常见的那种铁灰，也是在生活中极少见到的铁灰。这铁灰在山水画的运用中能表现出山的生机与苍劲，而现实里体现在人的脸上，就只剩下了阴暗与死亡。老姐夫的脸痛苦地扭曲着，嘴角一阵阵痉挛，一丝暗黑的血由鼻孔和嘴角探头探脑地流出，这比那喷射性的大出血更让人觉得危不可测。从老姐夫的脸上，我感到了生命离我而去的恐怖，感到了生离死别的悲哀，我站在微寒的秋夜里瑟瑟发抖。看门老张比我抖得还要厉害，因为是他帮着医院的人将老姐夫抬上担架的，所以他最知道，老姐夫这一走是再也回不来了。他说老姐夫周身僵硬，腹部更是坚实如铁，碰上去当当的，发出了青铜的声音。他认为，抬出去的老姐夫已经不是一个人，而是一个物件了。

医院的诊断结果是汞中毒。在进行血液清理的同时老姐夫的肚子也被划开了，从里头取出了结成块儿的五行散，上秤一称，竟有七斤之重。执刀的美国大夫米切尔惊讶地说，从他行医以来还没见过这么大的结石！

老姐夫在医院昏迷了好些日子，那些天我们家的气氛一直被阴云笼罩着，人人心神不安，门口一有响动就以为是医院的老姐夫有了什么不好。母亲说，五格格还不到三十，真有个三长两短的，怎么得了，年纪轻轻的……

家里没有了老姐夫，最感到寂寞失落的就是我了。从老姐夫入院我才明白，在这个家里，跟我关系最亲密的其实只有老姐夫。在我平淡的生活中，大概有一多半时间是在偏院和老姐夫厮混着度过的。放在五十多年后的今天来看，失去老姐夫的那种怅然若失的感觉，的确是一种难以解释和理解的心境。然而对一个小孩子来说，从老姐夫那些神神秘秘、扑朔迷离中感觉中国文化的氛围，认识中国文化魂魄的神奇魅力，经历只可意会不可言传的民族文化的体验，倒真是难能可贵的一课。我不能没有老姐夫，甭管他对世界的认识有多么偏颇，他的生活有多么不合理，他的秉性有多么乖张，他终归是我的老姐夫。

我默默地祈祷，请求老天爷让老姐夫再回到金家大院里来，为此，哪怕将我的寿命与老姐夫对半分也行。

肯定是我的虔诚感动了老天，与死神打过照面的老姐夫在美国人的手底下总算颤颤巍巍地起死回生了。六格格舜镘回来跟我母亲说，也就是协和吧，换了北平任何一家医院也救不了占泰的命！还是美国人有办法，人家的科学技术是世界一流的，中国差远了，咱们不服不行……

在这件事情上，我虽然年纪小，可也有我的看法：

上回是葡萄糖酸钙输给了桃树叶子。

这回是五行散输给了手术刀。

打了个平手。

两个星期后，老张陪着我去医院看望老姐夫。老姐夫很虚弱地躺在病床上，脸色仍旧不好看。一看见我们，老姐夫的眼泪就下来了，悲伤得呜呜咽咽说不出话来。老张劝老姐夫不要难过，说大难不死必有后福，也就是老姐夫吧，这样的病要是搁别人，怕早就抗不住了。老姐夫仍是悲不能止。老张说，姑老爷别难受，等您回去了咱们接着练羽化升天。老姐夫说他怕是练不成了。老张问为什么。老姐夫说，你知道“一”吗？老张说，一就是一，三岁孩子也知道。老姐夫叹了口气说，一就是元，圣人抱一为天下势，天得一以清，地得一以宁，神得一以灵，谷得一以盈，万物得一以生，一切主之以太一；如今他的肚子让人家开了膛，把元气都放了，再练也白搭。老姐夫这么一说，让老张也没了话，因为老张也不可能把老姐夫的“一”找回来。老姐夫说这协和医院是美国人开的，美国人把他几十年的功夫都废了。这就是洋人在中国开医院的阴谋之一，他们专开中国人的膛，放中国人的气，他这辈子跟美国不共戴天。听躺在床上病得软弱无力的老姐夫能说出如此气壮山河的话来，很让我敬佩，只是我不明白，和美国“不共戴天”的活法，将是怎样一种活法？

护士来给老姐夫换药，使我和老张得以一窥美国人为老姐夫制造的那伟大的伤口，长长的一条，大蜈蚣一样地趴在老姐夫那放了元气的肚皮上，惨不忍睹。为此，那天我有两件事没有对老姐夫说出，出于恻隐之心，我实在不忍心给病中的老姐夫雪上加霜。第一，老姐夫那十缸酒自他住院后采取了集体叛变行径，纷纷长出了红毛绿毛，馊臭难闻，由十缸酒变作了十缸泔水，被厨子老王捏着鼻子倒出，臭了一条街；第二，捣制五行散的工具和原料一总被我的五姐送给了西口药铺王掌柜的，王掌柜的说那杵和钵至少是汉朝的物件，要是五姑爷舍不得，他还给五姑爷送回来。我五姐一咬牙说，什么汉朝不汉朝，你们再不要让我们家那位爷见着这劳什子。这两件事的结果，意味着我们的老姐夫出院以后既没了酒也没了药，什么也没有了。

老姐夫还在悲悲切切地难受，护士过来干涉我们了，说病人需要安静休养，我们招得病人这样激动，于病情大大不利，如若再这样下去，她们就要压住老姐夫的家属探视牌不往外发了。我跟老张只得不疼不痒地又劝慰了老姐夫几句就离开了。

回家的路上，老张说看老姐夫这架势，要复元怕很难，寿命大概也长不了啦！我想起了他还要沾老姐夫的光，跟老姐夫一起飞升的话，就问他还想不想上天。老张说，神仙自个儿连命都顾不过来了，上屁天！又说，其实人间也挺好。

回到家，我们将老姐夫的情况向母亲做了汇报。母亲沉吟许久，对身后的五格格说，占泰出来以后得好好调养些日子，你们还是回天津吧，再不好，那儿也是你们的家。要紧的是你们得要个孩子，那样才像个正经过日子的人家儿。

听了母亲的话，我的五姐只是发愣，后来眼圈就红了，再后来她就跟我母亲说了只有娘儿俩才能说的话。

五格格在跟母亲说那些话的时候，我和老张都被赶了出去。

三

五格格和老姐夫结婚六七年了也没生出一个孩子来，不但是五格格，我的几个哥哥大多已经成亲，结了婚的哥哥们谁也没为金家制造出一个孩子来。

金家枉有儿子七个，竟面临着绝嗣的恐慌。

应该说，我的哥哥们都是绝顶聪明、绝顶健康的人，说也奇怪，他们的媳妇自进入金家以后却都不生养。我母亲将此归结为天意，说紫禁城内五十年不闻儿啼，同治、光绪、宣统三朝皇帝绝后，这也是大清江山走到了该灭绝的地步，是任谁也无回天之力的劫数。想清朝鼎盛时候的康熙，生了二十四个皇子、二十位公主，仍嫌不够，还要生。乾隆也是十七子十女，煊煊赫赫，热热闹闹的一个皇帝家族，体现着生机，体现着兴旺，那是一种什么气派啊！大清从昌盛到衰败，再怎么说也还经历了二百年的时光。而我们金家，昨天还是一个七子七女的家庭，今天说绝就绝了。跟二百年相比，也忒快了点儿。母亲说我父亲在外头一定是干了什么伤天害理的事儿，才让金家有此报应，时常地追逼父亲做深刻反省，把我父亲闹得寝食难安。

金家的哥儿们七个，老大在南边当国民党，当得认真而忙碌，有时间逛窑子却没时间生孩子。也有说法是我们家这位大爷花天酒地过甚，已经生不出孩子来了。数十年后的结局，证实了此项结论的正确，我们家老大寿数九十有一，一生无子，最后孤寂而终。老二、老三、老四已娶过妻子，嫂子们也是正经人家儿出身，贤达而通理，只是都不开怀。老五装疯卖傻，吃喝嫖赌，一头栽死在后门桥，说是外头有子嗣，却已散落民间，正待查找。老六八岁早夭，不在谈论之列。老七因为恋爱失败，至今尚在痛苦之中不能自拔，生儿子的问题还谈不到日程上来。父亲的这七个儿子中，应该说只有老二、老三、老四是偏院老姐夫那儿的常客，在后院里，姐夫和他的这三个大舅子的关系融洽得比一家人还一家人，达到了水乳交融的程度。

老姐夫住院，我的三个哥哥轮番端屎端尿，殷勤地在床前伺候，以至于病人的妻子我们家的五格格连走到病床跟前的机会都逮不着。旧时协和医院的规矩很大，再重的病人也不许陪床，探视时间更有严格限定。所以，我的哥哥们常为取得探视的小牌在协和的门房吵架，脸红脖子粗，彼此各不相让。引得别的病人家属羡慕地说，看看人家的儿子，多孝顺，什么叫儿子，这才叫儿子！

老姐夫出院的时候，金家的哥儿们偷偷动用了我父亲的洋马车，老四赶车，老二、老三护驾，前呼后拥，众星拱月般将金朝的二十九世孙接回家来。

不想一伙人刚上台阶，就被我母亲当头喝住，将一干人等截进正房。

正房里，女眷们早已等在那里了。

依着我父亲的意思，这场围剿战役要俟老姐夫身体恢复一段后再进行。可我母亲说，不孝有三，无后为大，这样忤逆的事情在金家一天也不能持续下去了。那时候，父亲的第二个妻子，我的二娘张氏已经病重在床，重病中的二娘嘱咐我的母亲“对占泰这个孽障一定不能姑息”，“要及早处理，以绝后患”。在我的第一个母亲瓜尔佳氏死后，家里拿事儿的就是张氏母亲了，我的母亲不过是个执行者。对张氏母亲的话语，连我的父亲也要畏惧三分。我父亲在外头耀武扬威，回到家其实是很怕老婆的。张氏母亲说“要及早处理”，我母亲就及早处理，没等老姐夫进家，批判会就开始了。

有关金家未来命运的那场很重要的批判会，我是没有资格参加的。从母亲那极少有的高一声低一声的呵斥中，从下人们那恐慌的眼神里，我知道老姐夫和我的哥哥们犯了大事儿。批判的结果是老姐夫终因体力不支而昏倒在地，被他的“徒儿们”——我的三个哥哥，架出了正屋。

长大后，我才知道老姐夫教授我的哥哥们练“添油法”的原委。

当然没有人，也不可能有人给我详细道出“添油法”的真实内容，在我动手写这部小说牵扯到这方面的时候，我于“添油法”的知识仍是一片空白。回首望去，参与过此项功法的老哥哥们或已辞世，或已年近八九旬，五十年后再跟这些耄耋老人谈论“添油法”，实有些荒唐可笑了。

不能去找他们。

只有奔赴图书馆，从那里寻找答案。

几番查阅，我终于搞明白了，所谓的“添油法”，实际就是道家的“房中术”，一种极简单的传统内功。道家讲究的是“见素抱朴，少私寡欲”，以其理论而言，男人的精液为三品上药，他们将少私寡欲不使精液泄泻称之为“闭”，故有“修道一闭，即得长生，人人得闭，人人长生”的说法。长生之要，即在房中，通过男女相交，性的倒错，从而达到交而不泄，存精保真的目的。这就是道家的“采战”之术了。从理论上说，“神有所感，即动化气，气即化精排出，或受胎成形，生男育女，或变秽浊流失，直是油干灯尽，精竭人亡”，故有“欲点长明灯，须知添油法”的说辞。有文章说，某某道人可夜御十三女而不泄。我想，该道人若活在今世，登上“吉尼斯纪录”当受之无愧。当然，为了不泄，具体的操练方法还有一二三，这就是我的老姐夫日日向他的徒儿们传授的主要内容。我的哥哥们为此而着迷，他们既想快活又想长生，他们将对宗教的虔诚处理为对欲望满足的渴求，在对欲望满足的同时使自己沉浸在对生命延长的幻想中。从而他们的精神获得了支柱，思想也有所寄托，忧患更有所排遣，这实在是个怪圈。

据说，操练的理想结果是要达到一种“马阴藏相”的程度。马阴藏相是什么？我到底也没弄明白，好像是说男子的阴茎缩如童子。

如此怎么得了！

对一个需要传宗接代、耀祖光宗的顶门男人来说，阴茎缩如童子，纵然长生了，又有什么意思？

我想我的那几位哥哥大概都没练到这一火候。他们跟老姐夫不同，他们是为了快活，正如当年“结幡招鹤”一样，他们是游戏，而老姐夫却是认真。

五格格未曾生育的原因豁然。

金家哥儿们未曾生育的原因豁然。

在那次批判会上，母亲声泪俱下地立下规矩，以后在金家，再不许练什么“添油法”，不但不能练，连说也不许说。老姐夫的小院，再不许金家的哥儿们踏进半步，谁违犯了就打折谁的腿！

我想象当时情景，哥哥们一定是垂手而立，一副毕恭毕敬的样子，因为这样的训导他们在金家经历得太多了，他们很有应付这种场面的经验。而嫂子们呢，嫂子们是种什么心态？她们是高兴还是不高兴？

哥哥们很听话，也的确很少再与老姐夫来往了。经老姐夫一番训练，我们家的哥儿们受的影响实难一语说清。老二一直没有生育，老三到五十岁才勉强得一子，只有老四不受干扰，没心没肺地连着生了三个儿子，小老虎似的，一个比一个壮实。几十年后，母亲还对家里人不无庆幸地说，亏得早早打住了，总算挽回了个尾巴。要不，还不知道成什么了呢！

四

被美国人收拾过的老姐夫回到家以后极少走出他的小院，十缸酒没了，五行散没了，三个徒儿也没了，老姐夫一下蔫了。唯一不变的只有我，我不在什么“禁入偏院”的限制之列，可以照常地进出偏院。常常地，我看见老姐夫在冬日的阳光下闭眼打坐，像被定住了一般，很长时间一动不动，任着太阳向西滑落，任着西墙的影子在他面前一寸寸延长。老姐夫的背景，是低垂的死长虫一样的藤萝和他的那些青花大缸。西风扫过，灰尘弥漫，枯叶盘旋，看着老姐夫那张再变不过颜色的青脸和那瘦得随风倒般的身子骨儿，只让人想起悲壮二字来。老姐夫那些缸，一部分被五格格养了鸡冠花，一部分成了贮水的家什，那时候北平人喝水要由水站的水车送，各家还没有自来水，大宅门儿里也是一样。

每天上午十点左右，水站的老孟就要给各家送水了。老孟自己拉着水车，水车是个封闭的大木桶，倒着放，后头有包着布的木头塞子，放水的时候把木头塞一拔，水哗地一下就流出来了。老孟用木桶在底下接着，满了一挑就给主家挑进去，也不用打招呼，他完全知道各家的水缸在哪儿。挑满了缸，老孟就会在这家大门口的青砖墙上用粉笔画道，一挑水一道，五挑水就画成了个小王八，月底按此结账。那时候，北平家家门口墙上都有这样的或类似的记号，这也是当年老北京一景。送水的老孟是山东人，跟我们家的厨子老王是老乡，是老王介绍他从山东出来送水的。所以老孟每回把水送进我们家，都要站住跟老王聊几句。如果是老孟的媳妇才摊出了煎饼，老孟还要用手巾包了给老王送几张来。这一切活动当然都在门道里，在看门老张的眼皮底下完成，这使老张很不愉快。其实老张并不是看上了那几张小米面煎饼，是觉得面子上有点儿搁不住。我一向认为山东人直，肠子不会拐弯，就是从老孟送煎饼得出的结论。每当老王和老孟那“咻咻”山东腔在门道里响起来的时候，看门老张就会表现出讨厌的神情。老孟一走，老张就撇着嘴说，嘛玩意儿？房顶上开窗户，上炕认得老婆，下炕认得鞋！老张这是挑了老孟的眼了，老孟只跟老王叙交情，忽略了老张，老张不高兴了。老王说，你也别那样说人家，人家老孟可跟咱们不一样。老张说，他有什么特殊？苦力一个，还不如咱们。老王说，人家是山东邹县人，邹县是什么地方？那儿是孟轲的老家。老孟叫孟宪海，人家在孟子的家谱上排着辈儿呢，了得！老张说，姓孟的亏了他的孟子祖宗呢！老王问怎的亏了。老张说，他不识字，只会在墙上画王八。老王说，他再不识字也是孟圣人的后代，这可谁也改变不了。老张说，你听听他那侉腔……

老张说老孟说话侉，其实他比谁说话都侉。他是河北唐山西边鸦拱桥人，地道的“老太（音 tǎ）儿”，张嘴就是“贴饼子孬(熬)小鱼儿”，进北京几十年了，那口音也没变过来。我跟老张的交道打得多，也无意间学了一口唐山话，就是后来演员赵丽蓉、巩汉林演小品说的那种话。五十多年后，跟被誉为“三驾马车”的河北作家关仁山、何申和谈歌在一个学习班学习了不短的时间，为了表示亲切起见，我常用他们的家乡话和他们交谈。我的一口标准唐山话引起了他们的惊奇，问从师何人，我说看门人老张，直引得三个人对老张生出无限的敬重来。

这是题外话了。

早晨，在门道里听老张、老王们磨牙的还有一个人，那就是五格格。

自从发生了“添油法”的事件以后，我的母亲有意冷落了老姐夫两口子，在经济上和他们彻底划清了界限。本来嘛，吃在娘家，住在娘家，还在娘家干吹灯拔蜡的事情，这招儿忒损，是任谁也不能容忍的。母亲的意思是老姐夫应该有眼力见儿，自觉地搬出去，他们家两口子又不是缺吃少穿，他们的钱不比我阿玛的少。但这样的话母亲永远不会明着说出来，大宅门儿的修养限定了母亲将一切交往永远停留在客气与矜持上。这种性情不知不觉也影响到了我，在我以后的社会交往中，真真地吃了不少亏。后来在某次研讨会上，有人说这是“贵族风度”，我私下里嘀咕，您怎的就不贵族一回！

五格格要每天出来给老孟交水钱，为了不跟墙上那些金家的“王八”打乱仗，而亲自交现金。五格格是个很会笼络人的人，她知道老孟的媳妇才由山东老家来，就把自个儿穿不着的衣裳送给老孟媳妇。有时候还送头天晚上在胡同里买来吃不完的羊头肉和搁陈了的硬面饽饽，当然这都是山东吃不到的吃食。老孟很感激，老孟的媳妇也很感激，感激的表达方式是没结没完地给五格格做鞋，那种只有山东人才穿的双梁大靸鞋，大概从武松时代就流传了，十分的结实，十分的古朴，十分的现实，十分的文化，当然更是十分的革命。那时候，穿雕花高跟鞋的五格格还没有充分认识到这个，后来，当她明白了这个意义以后，就很巧妙地利用了这一点，使那些山东靸鞋在她的革命道路上起到了不可忽视的作用，称得上功不可没。

经历过北京政权变革的老住户都知道，北平的解放是在一个晚上突然间发生的事。应该说，北平的普通平民百姓是在睡梦中就翻身当家做了主人的。至于到前门大街敲锣打鼓地欢迎解放军进城，不过是后来的一种仪式。真实的情景是，解放军在此之前就悄悄地进了北平，其中一部分就进到了我们家的院子里，没有声响，也不走动，很有纪律地坐着，以至于我们家除了我们的父母和老张以外，竟然没人知道北平夜里进驻了兵，而且我们家的院子里就有。

那天，五格格照例到门道去给老孟交水钱，老孟没来，她看见了门里靠南墙台阶上坐着的那些兵，就问他们是干什么的。一个长得眉清目秀的小兵说他们是中国人民解放军，根据命令，要在这里待命。五格格看着那帮穿着不黄不绿的破军装、一脸灰土、一股汗味儿的兵说，你们解放军也忒穷了点儿，大概是从当兵就没发过饷吧？那些兵们不知是听不懂五格格的京腔，还是不屑于回答，都没有吱声，倒是那小兵细声细语地说，大姐，您不知道，我们是在城外休整好了才进来的，我们要给北平人民一个崭新的好印象。

小兵这一句“大姐”，一下缩短了我们家这位金枝玉叶和革命的距离，在五格格的人生经历上起了决定性的作用。五格格亲切地问小兵叫什么名字，小兵说他叫王存；问是哪里人，王存说是陕西紫阳人；又问读没读过书，王存说在部队扫盲班识了几个字。五格格说，那你一定是班长了？王存说他是连长。五格格当下就惊奇地瞪大了眼睛，看着这个孩子一样的“连长”，觉得十分的不可思议。五格格把那些兵往屋里让，人家哪里肯进。五格格又嗔着老张没给人家沏壶香片，说客人上了门不管茶，显得金家人不懂规矩。老张说，缸里的水空了，老孟从今往后是再不会送水来了。五格格问为什么，老张说老孟早扔下水车跑了。五格格说，他跑什么呢？老张说，小地方人，小家子气，见了兵就害怕，怕拉他的夫。

解放军的连长王存，土归土，却很机敏，在旁边听了这些话，当下就派了几个兵，让老张带着到水站去给我们家挑水。那些兵挑水都很在行，三两下，就把我们家的缸都挑满了。不光给我们家挑，还给胡同里的所有住户挑，完全义务，不像老孟还要往各家的墙上画王八。一时间，戏楼胡同显出了军民鱼水情的融融气氛，那良好感觉是北平市民对解放军的最初认识，是对革命的最初理解和体味。所以说王存这个人是很不简单的。

我在当时虽然还是个孩子，也深深为王连长和他的兵所感染，跑前跑后，小狗一样地混杂其中，为群众做好事。

五格格为表示她的感激之情，抱来了她的红漆大点心盒子，将里头的奶油点心一块块往那些兵们手里塞。那些兵不要，推不过去，就在手里捧着，离去的时候，五格格的奶油点心一块不少地在台阶上站了一排……

感动得五格格直掉眼泪。

五格格是个感情型的人，也是个接受新事物很快的人。受了解放军的感动，她先是参加了欢庆解放的腰鼓队，又参加了南下工作团，没有“遍生毛羽”，却鸟儿一样飞出了金家大院。

外头风云这么变幻，我的老姐夫竟然一点儿无动于衷。解放军们在台阶上坐着的时候，老姐夫也在西墙下坐着；五格格走出了北平，他还在西墙下坐着，为找回他让美国人给散了的元气而努力。

这实在是一种功夫。

五

老姐夫和五格格的婚姻发生了危机。总爆发是在50年代末，其实矛盾由来已久，也是在人们预料之中的。

成为国家干部的五格格跟没有正式工作的老姐夫一下子拉开了距离。那时候，我的五姐已经成为了中共党员、区人大代表，而老姐夫则在海运仓的一个小纸盒厂糊纸盒，是计件制的临时工。老姐夫手笨，一天也糊不出几个，挣不了两三毛钱，家里的主要经济来源，全凭着五格格的工资。老姐夫在天津那“三辈子也吃不完”的产业，在一个早晨就变成了零。不唯家产没了，他还摊上了一个老太太，也就是他的妈——五格格最看不上的天津婆婆。那个老太太夹着小包袱，落魄得叫花子般，拐着一双小脚从天津来投奔儿子了，进门扯着我母亲就哭，就要给我母亲下跪。您说我们能把人家赶出去吗？住下吧。就住下了。

天津这位亲家母平日养尊处优惯了，每天早晨要吃刚炸出来的“油炸鬼”，喝新鲜豆浆，白天要抽一包“哈德门”，晚上要喝二两小酒。这一切自然都要她的儿子，我们的老姐夫去亲自采办。可钱得由儿媳妇出，矛盾也就由此而来。当神仙是有钱人的事情，没了钱，老姐夫自然而然告别了他那些“禹步”、那些“静坐”，而由仙境回到人间。我不知老姐夫是不是还练“添油法”，但我知道老姐夫日日都在喝酒，陪着他的天津母亲一块儿喝酒。他们喝的已不是当年酿制的米酒，他们喝的是汾酒和茅台，这在当时也是价格不菲的酒。

五格格是专职的革命积极分子，拿着国家的俸禄，她当然看不惯这些，看不惯就闹，就摔东西。所以一到晚上，偏院里永远是乒乒乓乓，战事不断，参战的双方是五格格和她的婆婆。

对于偏院的事，我的母亲从来不过问，五格格也不说，老姐夫更不说，只是那天津老太太动辄就爱跟外头人叨叨，说媳妇太厉害，看不起他儿子，挣了钱自己揣着之类，很没有意思。

我那时在学校里读书，跟这位老太太接触不多，但每趟过去，都看见老姐夫在陪着他妈喝酒。那个天津老太太在消费上绝不降格，她觉得吃儿子和媳妇是理所当然的。这就使得老姐夫常为钱而发愁，听说他还找过西口药铺王掌柜的，想跟人家索要当年被五格格送去的药钵，以图换点儿钱花。药钵当然没要来，一来王掌柜已经去世，二来公私合了营，东西也无从去找了。总之，老姐夫为了他的妈，把家里能卖的都卖了，换了烟和酒。那个天津老太太对我不是很友好，她把我看成了跟五格格一路的，不跟我说话。我看着老太太那肿胀的腿想，老姐夫实在是个孝子，一个无可奈何的孝子。

现在有“第三者插足”之说，在50年代的老姐夫与五格格之间究竟有没有“第三者”，让人颇费心思。而我的心里明白，五格格是恋上了转业到地方的干部王存，就是当年在我们家南墙根儿台阶上坐过的那个陕西小连长。其时小连长已经变成了副局长，跟农村的小媳妇刚刚断了瓜葛，一个人在北京很有点儿没着没落的恓惶。王连长年轻、英俊，有工作能力，又有水平，加之聪明过人，比我那腐朽没落又呆傻的老姐夫自是强多了，不由得五格格不动心。对这层关系，五格格当然是矢口否认，她在我母亲跟前坚定地说离婚绝不是为了什么王连长，是实在过不下去了，这种没有爱情的包办婚姻她已经受够了。中国人民解放都近十年了，她却还在“黑咕隆咚的苦井”底下趴着，她是国家的干部，连自己的事情都做不了自己的主，还叫什么国家干部……母亲说，这么些年都过来了，也没听你说过在井底趴着的话，什么时候又下了井了？五格格说，以前那是没觉悟，现在是觉悟了。

觉悟了的五格格不遗余力地要离婚，她有着一套一套的革命大道理，理论上我们家没有谁是她的对手，她永远是无与伦比的正确。

这天，五格格把老姐夫拽到我母亲房里，最后摊牌。五格格蹬着山东的靸鞋，穿着藏蓝的干部装，系着皮带，叉着腰，短发精干地抿到耳后，一双眼灼灼逼人，一张脸熠熠放光，气宇轩昂地站在我母亲和老姐夫对面，等待着他们的决断。老姐夫跟五格格比显得就有些窝囊，一件长不长短不短的对襟小褂儿，是用他去世母亲的夹袄改的，上面除了隐隐的团花外还有饭嘎巴儿和油渍，脚上没穿袜子，趿拉着一双钻出了大脚指头的烂布鞋。蓬头垢面的老姐夫坐在门边的杌凳上，保持了一种随时撤离的架势。我母亲看了看光彩照人的女儿，又看了看木讷黯然的女婿，轻轻叹了口气。许久，母亲对老姐夫说，占泰，你别把心思老闷着，你也说说你的意思……母亲的语调含混而不安，含着歉疚的成分在其中。老姐夫则闭着眼睛不吭声，好像又入定了一般。母亲只好转过头对五格格说，离与不离，不能你一人说了算，金家往上数十几代，还没有听过谁跟谁闹离婚的，你不嫌丢人我还嫌丢人。五格格说，《刘巧儿》那戏您白听了吗？街道上组织“婚姻法”学习，难道您就没参加过？都什么时代了，还说这样的落后话，没有一点儿水平，哪里像革命干部的家属？母亲生气了，站起来大声说，就是皇上废后也还要说出个子丑寅卯来。革命干部怎么了？革命干部就能那么随便，说蹬谁就蹬谁？何况占泰并没有什么大错，不就是爱喝点儿酒吗？你阿玛也爱喝酒，我们不是过得也挺好？你要是在外边看上了谁你就直着说，用不着跟我们娘儿俩逗闷子！五格格的脸突然一下通红，她说，我看上谁了……我看上谁了……母亲说，我知道，都是那个王连长催得你！五格格说，您说话得有根据，不能瞎猜。母亲说，妈是过来的人，妈什么看不出来？

娘儿俩正在争辩，老姐夫突然闷声闷气地说，我同意离。

母亲说，离？你个傻呆儿，离了婚你怎么活！

老姐夫又不言语了。

母亲说，你打小儿是在金家长起来的，说是姑爷，跟我的儿子又有什么两样？我不知道别人还不知道你？就你那点儿本事，连个纸盒也糊不到一块儿去，我怎能眼看着你没路可走！五格格说，妈，您这话说得不对，什么叫没路可走？社会主义的康庄大道宽着呢，只要肯劳动，就能活。母亲瞪了五格格一眼说，占泰是老实人，你这样欺负他也不怕亏心？五格格说，我怎的是欺负他？离婚是两相情愿的事儿，谁欺负谁呀！再说了，离了婚我搬出去，您舍不得他，让他还留下给您当儿子，这不两全其美吗？

母亲气得说不出话来。

离了婚的五格格以最快速度搬出了金家。事情的结局给人的感觉是，五格格像个压根儿就没融进金家的媳妇，老姐夫倒像个金家的土著，事情整个儿颠倒了。母亲总觉得亏了老姐夫，找人将偏院的门砌死，将该院落另辟出去，招赁房客，以房租养活老姐夫。母亲良苦的用心却也没得到老姐夫怎样的感激，只是说进出金家不方便了。

我从学校里回来，到偏院去看望离了婚的老姐夫，已不能从小门跨过，而非得从我们胡同后面的镜儿胡同才能进入了。本来是一墙之隔的事，封死了，就带来不少别扭。偏院里又搬来了两家街坊，一家是保定来的在煤铺里摇煤球的汉子，一家是又从山东跑回来的送水的老孟，都是凭力气吃饭的老实本分人。老姐夫住南屋两间，把北屋和东屋让房客住着，显得很谦虚谨慎。

我来到小院，看到南屋的窗户纸破着，门框斜着，屋里五风楼一般空空如也。只有一股我熟悉的老姐夫的味道，那是一种与酿酒作坊气味相近的味道。除了这味道以外，房里的一切都变了：用木棍绑着腿儿的紫檀方桌上搁着盛糨糊的碗和一个火柴盒模样的木头床子，墙角堆着摞得多高的火柴盒，那些小盒子一垛一垛地用纸绳精心捆好，无一不是老姐夫所为。我想，没有点儿技术哪里捆得好这些小盒子？老姐夫真是练出来了。除了桌子以外的地界儿都是尘土，厚厚的一层，家具已经看不出本来面貌，简陋的炊具显示出主人生活的拮据与清贫。床上的被褥杂乱不堪地堆着，满是水渍的黄纸由顶棚上脱落下来，很寒碜地吊在半空，与一个没有罩子的满是油污的灯泡遥相呼应着……

身后传来老姐夫的声音：啊，是小酒嗪子来了！

回头看，黑瘦黑瘦的老姐夫拎着酒瓶子，晃晃悠悠进门了。

我的鼻子一酸。

老姐夫则依然如故，在情绪上似乎并没有什么变化，问了我不少在学校的情景，又说我是难得来的贵客，无论如何不能马上就回去，他得请我好好吃一顿。我说还是回去吃，母亲那边已经做了打卤面。老姐夫说难得有人陪他吃饭、喝酒，也不是什么好吃食，家常饭罢了，要是我嫌弃他的饭不好就甭吃。让他这么一说，我要硬走，显得反而不好，想想陪冷清的老姐夫吃顿饭也是应该，于是，我就留了下来。

老姐夫见我不再执意回去，很是高兴，孩子一样地兴奋，拿碗拿筷，抹桌搬凳，这使我感到他留我吃饭是真心。

把那个酸臭的糨糊碗和丑陋的木床子挪开，我跟老姐夫相对而坐。老姐夫变戏法般地从一个印着穿旗袍美人的铁盒里抓出两把花生米来，撒在一个豁了口的浅碗里。老姐夫说，花生米必须搁在铁盒子里，还要扣严，要不就皮了，皮了的花生米实在是没有吃头儿，他从来不吃皮了的花生米。我说我也不爱吃皮了的花生米，老姐夫说会喝酒的人都是这样。

老姐夫的宴请不能说不丰盛，碟儿碗儿，大大小小摆了七八个，细观其内容，除了一碟花生米是主菜外，其余都是咸菜，而这些咸菜又都是由一块熟酱疙瘩变换而来：有丝有丁，有块有片，有淋了花椒油的，有和了芝麻酱的……

金朝的皇孙，谱儿摆得很大，穷架子不倒。

主食是棒子楂粥，不是老姐夫熬的，是邻居老孟媳妇熬的，送过来小半锅，在火上温着。老姐夫爱喝棒子楂粥，他说这东西是调和脾胃、疏通血脉的补品。但熬棒子楂粥需要工夫，得勤看着勤搅动，老姐夫当然没那耐心，所以他平日只能喝简单的棒子面粥而喝不上精细的棒子楂粥。

老姐夫喝酒，很斯文地嚼着酱疙瘩，将那花生米吃得很省，想必那是很珍贵的东西。喝了一口辣酒，我赶紧夹一箸咸菜填塞，咸得我直想咳嗽。闲聊间我问那个木头床子是不是糊盒的工具，老姐夫说就是。说别小看了这个木头床子，它其实就是火柴盒的底样，有了它，一万个盒子也如出一辙地相同，不会走样儿。说着老姐夫顺手抽出一片薄如纸的木片，在木床子上三折两绕就叠出了一个火柴盒，规矩方正，有棱有角，煞是可爱。这里应该说明，早先的火柴盒都是由薄木片制成的，大概是桦木吧，洁白柔软，用处极广，不唯火柴盒用它，连肉铺里卖肉也用它来包装，半斤绞肉，托在木片上，粉白衬着嫩红，肉香透着木香，是件很赏心悦目的事情。当然，后来为了节省资源，火柴盒变成了纸的，绞肉包装也换成了塑料的，就再难找到那亲切自然的感觉了。老姐夫见我对那些小盒子有兴趣，就细细地给我介绍糊盒的四道基本工序：圈框、糊底、折套、贴花，哪道工序也不能掉以轻心，否则就会出残次品，被验活儿的打回来重做。老姐夫说，别的活儿都可以返工，唯独这火柴盒返不了工，做坏了就是做坏了，改不过来了。我问糊一个盒能挣多少。老姐夫说，糊十个是四分钱。是啊，那时候一盒火柴才卖二分，一个空盒又能值多少呢？我说，以前火柴用过不少，倒从没注意过装它的盒子，用过也就扔了。现在看，一个一个地将它们精心糊起来，也真是不容易呢。老姐夫拿起一个糊好的小盒对我说，别小看了这么个不起眼的盒儿，它里面的学问大了。我问怎得学问大。老姐夫说，你看它，六个面，四长两短，两个大面分别为天和地，用古代算学“天元术”来计算，能解二元高次联立方程。六个面应“六合”之数，即天地四方，老庄说六合之外，圣人而不论，其实是它把什么都包容了……老姐夫慢慢地抿着酒，谈论着火柴盒包含的哲理，一副悠然自得、享受生活的轻松神态。三杯通大道，一斗合自然。灯光下的老姐夫变得遥远而朦胧，飘逸又空灵，突然地，我感到了自己的浮躁与浅薄，不知怎的，我为五格格的孟浪感到了惋惜。

我问老姐夫近日可曾见过五格格。老姐夫说她倒是常来，柜里那床里面三新的棉被就是她上礼拜送来的。说着他站起身，打开柜门让我看被子，这使我心里多少有了点儿安慰。老姐夫把新被收着，舍不得拿出来盖，却又要向我炫耀，其实他心里还是念着五格格的。我问老姐夫还练不练功，他眨着眼睛对我狡黠地说，外面在大炼钢铁，他们比我练得厉害。

六

五格格到底跟王连长结了婚。

1961 年，王连长作为金家的女婿，跟着五格格正式进入了金家大门。这是我们家第一位工农亲属，我的母亲不知道对这位革命的工农干部采取什么态度才好，不远不近地保持着距离。我知道，在她的心里，仍认可着偏院的老姐夫，老姐夫再不争气、再没能耐，也是金家的一部分，那气息和精神都跟金家通着呢，永远不可能分割出去。可眼前这个穿呢料中山装，说着一口陌生陕南话，对金家的一切物件、礼数都有着崇敬与好奇的人算是怎么回事呢？那么各色，那么别扭，那么不合章法。我们家老四舜镗说，如果命运按部就班，这主儿说不定还是大巴山里牛背上的牧童儿，鬼使神差地竟骑着牛进了北京，娶了皇上的亲戚，跟老子骑牛出函谷关一样，他也是得了道了。我的几个哥哥谁都不认可这位王连长，包括最憨厚的老七，他对连长也敬而远之，从不主动搭话。那时候，只要老四一回家，就要翻弄我父亲的留声机，翻过来调过去只放一张唱片——京韵大鼓《丑末寅初》，着重听的就是一段：

我只见他头戴着斗笠，身披着蓑衣；
下穿水裤，足下蹬着草鞋。
腕挂藤鞭，倒骑着牛背；
口横短笛，吹得是自在逍遥。
吹出了的山歌儿是野调无腔，
绕过了小溪旁。

我们谁听了这个段子谁都偷着乐，这无疑是在寒碜王连长出身卑微，顶多是个山区放牛娃罢了。要是老四们知道，王连长在家乡实际的生活还远不如唱儿里的“自在逍遥”的话，不知又要编派出什么段子来。以从没受过苦难的大宅门儿出身的公子哥儿们的思考，山里的穷小子，大概就和那《丑末寅初》里唱的是一样的。

让他们知道什么是饥寒交迫，难。

当然，老四这么折腾、这么评论，全是白搭。人家王连长和五格格根本就不在家住，人家有自己的机关宿舍，一切都是公家供给，连保姆都是公家给配备的。人家压根儿不在乎我们家放不放“野调无腔”的留声机。老姐夫从来没有评论过王连长，不但不评，还喝了五格格的喜酒，这是我们没想到的。那喜酒是王连长家乡的特产西凤酒，婚事过后，连长让办事员送过来两瓶，指着名说是给老姐夫的。老四让老姐夫把那两瓶酒扔出去，老姐夫说，好好儿的酒，干吗要扔？说着撬开瓶盖就往嘴里灌，老姐夫一边喝“西凤”，一边赞不绝口，说这样的酒只配给秦始皇喝。“秦王扫六合，虎势何雄哉！”没有这“西凤”，料嬴政也统一不了中国。

老四说老姐夫没出息，痛心疾首地哀叹：

“所愧为人夫，无酒致夭折！”

跟新姐夫不理会“倒骑牛背”一样，老姐夫也不理会“愧为人夫”。

五格格和她的新丈夫在外面干着革命，很少回到戏楼胡同的家里来，也很少顾及到年迈的母亲和正在读书的我。那时候我们都处在饥饿状态下，粮食不够吃，周身浮肿。学校停了课，美其名曰：劳逸结合。这样，很多的时间，我就待在了家里。

每天的饭食是以两计算的，粮票在那个阶段成了珍贵无比的东西，谁能送谁半斤粮票，那交情该是深厚得不能再深厚了，其价值比今天送一套房还高。今天的房是有钱就能买到的，彼时的粮票是踏破铁鞋也觅不来的。我每月的粮食定量是二十八斤半，这个数字至今记忆犹新，不会忘记。按说这个数量不少了，在今天谁能吃得了呢？但在当时就是不够吃，还不到二十号，粮就没了。每月二十四号是买下月粮食的日子，需早早就去粮店排队，寅吃卯粮，恶性循环，越不够越吃，越吃越饿。我的哥哥们回来探望母亲，从来都是小心翼翼的，躲过吃饭时间，怕母亲为难。哥哥们一走，母亲就掉眼泪，说儿子大老远奔回家来了，当妈的连碗热汤面也端不出来，怎么说得过去！可我知道，母亲是真端不出来，就是端出来了，哥哥们也不会吃。那时能接济我们的只有在协和医院工作的六格格舜镘，她每次回来，总能带回些出其不意的东西，有时候是“人造肉”，有时候是“小球藻”，还有一回给母亲兜回了两个人的胎盘，说那东西大补……

在我们家为吃而煎熬的时候，老姐夫那边出了岔子。

老孟找到我母亲说，去看看你们家的姑爷吧，是粮票让人偷了怎的，有一礼拜没动烟火了。

我母亲一听，大吃一惊，人要是一礼拜不吃饭还不死吗？

母亲让我和老七舜铨快过去看看，真有什么事赶早给五格格报信儿，说就是离了婚，也是夫妻一场，再怎么冤家到这个时候也不能计较什么了。

老姐夫的门虚掩着，我们进去的时候老姐夫正靠墙歪着，眼睛半睁，手脚冰凉，已经摸不到脉象了。老七喊了半天占泰，也不见有动静，扳过他的身子摇晃，只见鼻翼轻轻翕动，光剩了出气的份儿。老七是个书呆子，他哪儿遇到过这阵势，当下就慌了手脚，挓挲着手嚷嚷："快送医院！快送医院！"我说得打电话叫救护车，摇煤球的汉子说三两步的事儿，还要什么车？说着背起老姐夫就往协和医院跑。

在医院，老姐夫被几瓶子葡萄糖吊针催醒了。醒过来，虚汗淋漓的老姐夫看着瓶子上葡萄糖的字样，说不该用当年扎刘妈的针来扎他。我说，这回不是葡萄糖酸钙，是葡萄糖。老姐夫说都是美国出的货，中国没有葡萄糖，中国只有人参燕窝。老姐夫说他辟谷辟得正在精微之处，却被拉到这美国人的地方灌了一身葡萄糖，多大的功夫也禁不住这么折腾，这不是摧残中国人，这是摧残中国功法。我说协和医院已经不是美国人的了，一解放它就属于人民了。老姐夫说，那老根儿是变不了的，像六格格那样的洋奴才不是还在吗？你看那些护士，迈的步子都很美国，美国人把她们的血都换了。

因了个人偏见，老姐夫已经到了不讲理的地步。

七天没有吃饭的老姐夫回到了家，众人都说医院救护有方，说要没有老孟报信儿，老姐夫怕早就救不过来了。老姐夫对老孟却并不感恩，他说老孟是多事儿，讨厌得很。老孟媳妇不高兴了，说，您没看见您当时那样，游丝似的一股气儿，马上就要断了。不是我们把您送医院，您能有今天这精神？老姐夫说，这就是你们外行了，辟谷的人哪个不是悠悠一丝气？辟的用意之妙就在于微，达到一种似有似无，不绵而绵绵，绵绵而非绵绵的境界。不是死守，不是不守，是若即若离，似守非守，将生命活动限制到最低限度。让老姐夫这么一说，大家都有些糊涂，好人饿七天大概用葡萄糖也救不过来，这样的事情只有老姐夫才能行吧？即便没有葡萄糖，他可能也没事。

是医学科学的作用还是传统功夫的作用，说不清楚。

后来我曾经问过老姐夫，七天不吃饭究竟饿不饿。老姐夫说，三日小饥，七日微饥，十日之外就不感到饥了。到了三十日之后，大小肠皆满，也就是养了气了。我说，大小肠皆满，那里头是什么满了？老姐夫说当然是气。人是用不着吃饭的，食草者善走而愚，食叶者有丝而蛾，食肉者勇敢而悍，食谷者智慧而夭。唯有“食气者神明而寿”，这就叫辟谷。我不能接受食气能活的观点，我说我一顿不吃就饿得眼睛发蓝。但三十年后我不再坚持我的看法，社会上脑满肠肥的人太多，我也在为减肥而拒绝进食，为健康而饿肚子的时候。我常常想，也只有辟谷才能达到此目的。

但当时老姐夫是在饿得前心贴后心的情况下辟谷的，其情景就分外悲壮感人。困难时期由于老姐夫的时常辟谷，我便不时能分到老姐夫省下来的粮票(据说五格格也跟我一样，受到过老姐夫的关照)，吃着老姐夫的“谷”，眼泪常常淌下。

七

“文革”中，五格格夫妇双双被罢了官而遣返回陕南老家，在那“牧童儿”的家园，不是五格格过不惯，而是王连长过不惯了。大约有一年半吧，连长终于耐不住山里的清苦，带着格格偷偷返回北京，住进了偏院老孟住过的房子里。

其时，老孟已经走了，是横着走出院门的，是被红卫兵革命小将打死的。小将们说老孟是历史反革命孟轲的后代，是从邹县逃出来的恶霸地主，在家乡有十二条人命。这样的人是没有权利再生活在这个世界上的，所以，红卫兵就把他消灭了。尽管二十年后查明，老孟是个苦大仇深的贫农，十二条人命确有其事，不过那都是老孟的家里人，他们是死于日本鬼子和土匪之手，老孟本人也是受害者。人死了也就死了，再不能复生，可怜的是他那个会摊煎饼会做鞋的山东媳妇，一下子没了着落，凄惨惨的只知道啼哭。后来，院里摇煤球的保定人作伐，在山东媳妇跟我们的老姐夫之间说合，让两家合一家。老姐夫打不定主意，来跟我母亲商量。母亲说这是好事，老孟的媳妇粗是粗了点儿，但是心眼儿好，待人厚道，是个持家过日子的人。把她接过来身边有个知冷知热的人比一个人瞎混强，日后能生个一男半女的也是热热闹闹的一家人家儿。母亲心里明白，这时代也讲不成什么门当户对了，五格格能再婚嫁个大巴山的牧童儿，难道老姐夫就不能娶个沂蒙山的小寡妇？

说是娶个再醮的寡妇，但规矩不能乱，于是那个山东媳妇就被接到我母亲身边，被认做我母亲的干女儿，再由老姐夫从我母亲跟前将山东女人娶走。这么一来，一切就都顺了，老姐夫还是我们的姐夫，什么都没变。

应该说，再婚后的老姐夫生活得很幸福，他与他的山东媳妇平平淡淡过着平民百姓的安生日子。现在老姐夫天天可以喝到棒子楂粥了，老姐夫对这点相当满意。两口子靠给外贸工艺公司画鸡蛋生活，画样都是事先给出来的，他们不过照猫画虎地往上描罢了。经过处理的鸡蛋壳薄而脆，在那上边画人物、风景实在是不容易，但与糊火柴盒比，更富于技术性和艺术性，挣的也相应多了。

五格格和她的丈夫王连长在老姐夫的平静生活中回到了这座被分割出去的偏院，有关联又无关联的两家人，有来往又没来往。

在这段很逍遥又很散漫的日子中，五格格连着生了三个又白又胖的儿子，我母亲抱着沉甸甸的外孙子，亲也亲不够，哥哥们当了舅舅，再不说“牧童儿”的坏话。

山东的媳妇一直没有生养。

人们再一次提起了老姐夫的“添油法”，提起了老姐夫的禁欲修炼，交而不泄。

母亲为金朝的后裔而忧心忡忡。

王连长劝我母亲不必心焦，说他有治这毛病的绝好方子。母亲说，如是这样，务必给占泰治治，那是一个可怜的人。王连长说此事包在了他身上，让母亲来年听喜讯。

王连长的父亲从紫阳给儿子寄来不少干香椿，王连长把那些香椿都泡了酒，用老姐夫的青花大缸，泡了两缸。用的也不是什么好酒，就是胡同西口小酒铺八分钱一两的散白酒。浸泡过香椿的酒颜色鲜红，奇香，缸盖一掀，那股奇特的、让人说不出来的香味儿足以让任何人挪不动脚步。

酒缸就搁在院里的西墙根儿，半埋在土里，盖着用红布包着细沙的盖子。连长说，酒缸不能搁在房间里，那样会掺进杂七杂八的味道，酒缸必须埋在土地里，接着地气，湿润的地气浸透了酒缸，那酒就如琼浆玉液般地难得了。他家乡都是用这种方法泡酒，他们村的男人都喝这种酒。他们村长寿的男人就很多，他的祖父活过了一百零五岁，他的父亲已经七十六了，还能吆着牛上山。

王连长将泡好的酒给老姐夫端过去一碗，老姐夫喝了，目瞪口呆，半晌才说，他从没喝过这么香的酒，他这个酒鬼今日是长了见识了。

王连长送过两三次酒以后再不见动静，老姐夫碍着面子也不好去要，想了个主意，就是趁半夜人们都睡下以后，夹着个碗，蹑手蹑脚蹭到酒缸边去舀。老姐夫平时动作很慢，此时却不然，他以极快速度舀出一碗，然后一路小碎步，奔回南屋，把昔日那一步两点，绕着圈走八卦的矜持都抛到爪哇国去了。有时一回不够，还要两回、三回……

一天晚上，摇煤球儿的半夜起夜，看见老姐夫用碗在舀酒，第二天就把这事告诉了王连长。王连长嘀嘀咕咕地跟摇煤球儿的说了半天，摇煤球儿的从此再不起夜了，他置办了个夜壶。

还没有等到来年，只四个月，山东媳妇有喜了的消息就传到我母亲耳朵里。母亲问五格格，王连长究竟用什么妙方达到这样神奇的效果。五格格说，这样的事情也就是他们王家的人才有办法。王连长的老家在大巴山，那里产一种当地人叫做“鹿含草”的植物，林子里的公鹿在交配的时候，嘴里都含着这种草，是极有效的壮阳药。母亲说，我见老七画的画儿，那上头的鹿嘴里常常叼一棵灵芝，却原来是壮阳草，这倒是头回听说。五格格说，这种草，全紫阳，只在他们通河公社和平大队前进小队朝北的土里才长，其他地方哪儿也没有。母亲说，就是你公公寄来的那些香椿一样的干草？五格格说就是，说两斤那样的干草要是卖给供销社，能换回一头牛。母亲听了只是啧啧。

三十多年后我随剧组排戏到过那个和平大队，老乡们拿出“红酒”来招待，却没人敢喝？还在县上大家就知道了这酒的厉害，哪里敢招惹？有愣头小伙子自恃抗得住，喝了一口，问感觉如何，他说有股热气在小肚子里旋，继而朝下走，有种箭在弦不得不发的态势……众人哈哈大笑。

因酒而得子，这也就是酒仙老姐夫吧，别人大概用不着。

山东媳妇属高龄初产妇，自然要进协和医院，自然要六格格事事亲自参与。手术台上，一刀下去，掏出了金朝后裔的后裔，呱呱响亮的号啕里人人都是笑。老姐夫也笑，笑后又叹息——美国医院又放了他媳妇的元气！

五格格给孩子取名完晓鹿，意为孩子的到来全凭了“鹿含草”的功劳。

王连长提议叫完和平，以纪念他们家乡的和平大队。

老姐夫给孩子取名完酒送，意思不说自明。

报户口的时候，完酒送变成了完九颂。

三十三年后这孩子去了美国，自己改了个名字叫克莱尔·完，也很有意思。

八

老姐夫一直在幸福地生活着。细思量，他的一生，实在没有受过太大磨难和颠踬，这在生活于动荡中的中国人中的确为数不多。“文革”冲击得那么厉害，连五格格也在所难免，也没有老姐夫的事。母亲说，占泰人品格纯正，心地良善，故有神明护佑。老姐夫对他的幸运有自己的看法，他说，无思无虑，无嗜无欲，无秽无累，绝群离偶，神形两忘，烦恼自然也就不来侵扰了。

但据我所知，到了晚年，老姐夫无论如何也做不到神形两忘了，他时时在现实生活中浸泡着，达不到无思无虑的境界。究其原因也很简单，全是为了病，也不是什么疑难大症，是很普通的老年性疾病：前列腺增生。

据调查，百分之七十的老人有可能患有这种病症，但这病在老姐夫这儿却是极其严重了，六格格说这全是他自找，年轻时频繁的“交而不泄”，导致了今日的必然结果，也就是为那“添油法”“采战”之术而付出的代价。炼精化气，还精补脑，倘若知道后面还有这么多苦头为补充，老姐夫当年不知还添不添油？

初时，尿为双股，老姐夫对此并未介意，后来开始排尿不畅，开始尿中断，开始尿脓血，一夜间要起床七次小便。用老姐夫的话说是嘀嘀嗒嗒尿不下三两，也就半酒壶吧。在老姐夫给六格格这样叙述病情的时候，六格格不客气地说，您得把酒戒了，酒是扩充血管的东西，您的前列腺已经肥大得厉害了，还要让它继续充血，这不是自个儿跟自个儿过不去吗？老姐夫说，酒是活血化瘀的，我要用酒把那肥大给化了。酒有别肠，岂可以肌体而论？

老姐夫嘴硬是硬，但那病的折磨却不因为他的嘴硬而减轻半分。他常常站在那里半天尿不出一滴尿来，憋得他浑身哆嗦，出一身冷汗。山东老太太心疼老姐夫，急得四处求人。她问过了，这病没法治，连大医院协和也多是顺其自然的“保守治疗”。学医的儿子从美国来信说美国有手术治疗成功的病例，让他的父亲去美国探亲带做手术，老姐夫坚决不去。他说上头已然让美国人拉了一刀，下头是绝不能让他们再碰了，就是憋死，他也认了。又有王连长打听来情报，说前列腺手术痛苦难言，常人难以忍受。他为老姐夫特意去医院见识了一例这样的手术，回来说，1943 年他在甘肃被敌人抓了去，严刑拷打，压杠子灌凉水他都挺过去了。可惜敌人没给他来这一招，倘若敌人要给他做前列腺手术，他一准就会当叛徒，把什么都招了。

老姐夫一听，对手术、对美国更没什么好感了。

老姐夫带着病照样喝酒，和他在一块儿喝的还有王连长，两个人成了一对莫逆的酒友。离了休的王连长不愿回家，他情愿住在我们这个已经破烂得收拾不起来的家里。他说家里的气氛好，比他复兴路那大而无当的部长楼强。他跟老姐夫一人占了偏院的一间小屋，有山东老太太给做着吃，今天是棒子楂粥、炒咸疙瘩丝，明天是小酥鱼儿，摊煎饼，都是部级干部平日吃不到的，闲了还要听我母亲说说金家的旧事。王连长对历史感兴趣，也就对金家的旧事感兴趣，这也是大巴山和部长楼里所听不到的。

五格格跟徐霞客一样，成了专业旅行家，一年中有大半年在火车、飞机上，各地的小工艺品买了不少，只是没见写出一篇游记来。

这天，老姐夫的前列腺病又犯了，一头细汗地歪在床上，佝偻着身体倒吸着凉气，像一条离了水的鱼，在艰难挣扎。王连长看了心里老大不忍，想起家乡那条湍急的通河，河里有一种细而长的鲫鱼，捞上岸来就是这样的。那种鱼肚内有虱，剖开肠腔取出，有蚕豆大，色白，会蠕动，是一种鱼的寄生虫。他父亲常把那些虱炒来吃，说吃了排尿畅快，但是这种东西能不能治前列腺就不知道了。王连长把这话跟老姐夫说了，老姐夫就对那鱼虱很是向往，托王连长写信给他的侄儿，让给弄些来。

不久，一小包干枯的鱼虱寄到京城，还附带有一封信，说鱼虱多么多么地难搞，家里雇人捕鱼花了多少多少钱，眼下干什么动辄都是钱，没有“互相帮助”和“为人民服务”这一说了。王连长骂了半天“龟儿子就认得钱”，还是把钱给寄去了，对方要的不多，一百。

干鱼虱是炒不得的，老姐夫有老姐夫的处理办法。他跟王连长商量，小小鱼虱，吃到肚里，要分散到全身各处，走到病灶能有多少？不如研成细粉，用酒调了，采取局部外敷法，攻其一点，不及其余。王连长说是“集中兵力打歼灭战”。

把鱼虱研成粉末，这对磨惯了五行散的老姐夫实在不是什么为难的事情，可惜的是已经没有了汉朝的研钵，用媳妇的擀面杖将那些干枯的小虫擀碎倒也不太困难。总之，老姐夫并没有对他当年宝贝的失去怀有太多遗憾。

药膏糊上，第一个礼拜没有动静，第二个礼拜还没有动静，老姐夫说怕全是瞎掰了。王连长说，往往事情的成功就在于再坚持一下的努力之中。老姐夫就坚持抹药。到第三个礼拜头上，老姐夫空前绝后地尿了一大泡长尿，其痛快淋漓程度竟使得老姐夫热泪盈眶。老姐夫激动地说，撒尿是世界上最舒服的事情。

我的哥哥们也不知从哪里都钻出来了，听说老姐夫治好了“肥大”的病，他们一个个也都“肥大”起来。除了老二已死来不了以外，老三、老四又像当年求“添油法”一样，趋之若鹜，赶也赶不走了。

聪明的山东老太太拿出当年做鞋的本事，为老姐夫缝了一对相连的两个口袋，将抹上药的下体分别装入其中，既保持了药力又保持了干燥和卫生。王连长戏称这套装置为“一室一厅”。

我们的老姐夫呢，对酒更亲近了，不但上面喝，下面也喝，他的身上永远飘散着一股酒味儿。

我们都知道，他身上有“一室一厅”。

我哥哥们身上也有“一室一厅”。

前不久，我从西北探亲回到北京，见到老七舜铨，问及姐妹们的情况，他说，五格格游遍了中国，开始游外国了，她去了澳洲，她的二儿子为她娶了个金发碧眼的洋媳妇，生了一个半黄半白的串秧儿孙子。六格格也很忙。我问忙什么，老七说六格格在开公司，她是董事长，王连长是副董事长。我说，六格格一个老护士，能开什么公司？舜铨说，开的是医疗保健品公司，专卖那个“一室一厅”。我说，不就是那些鱼虱子嘛……舜铨说，哪里光是鱼虱子？六格格给“一室一厅”里装的药多了。我说，如果是这样，那专利还应该是人家老姐夫的。

老七说，他们也没亏了占泰，给占泰安了个名誉顾问。

我说我想看看当了董事长的六格格，也想看看当了顾问的老姐夫。

老七说，六格格的公司在西四，在路东那座很气派的大楼里。

我让老七跟我一块儿去，老七说他对公司没兴趣，他得画画。我拿出小时候在老哥哥面前的赖劲儿，缠着他跟我去。老七说，你甭磨我了，西四你也不是不认识，路东那个顶高的大楼就是，不会找不着的。

老七不去的态度很坚决，我只好自己到六格格那儿去了。

果然如老七所说，没费什么劲儿我就找到了六格格的公司。

六格格的公司果然很排场，她所占的只是大楼的一层，并不是大楼的全部，就这已经让我很是刮目相看了。我想不明白，崇尚科学、崇尚美国的六格格，什么时候转向投身于中国土方、偏方的研究，开始对中国传统文化感了兴趣？这位在协和医院任护士长的老姐姐，她的整洁、她的严谨、她的刻板、她的冷峻，使她与整个人寰割裂开来，与家族割裂开来，更与老姐夫那套神秘文化割裂开来。她很少回家，家里人也很少去她的住处看她。她那个永远飘散着来苏水味儿的、一尘不染的住处，除了我以外，大概没有人光顾过，很大原因是因为人们受不了她众多的有关卫生的规矩约束。

在妇产科干了五十年，在近乎"无菌"状态下生活了半个世纪的六格格，现在竟然能和革命老干部王连长联合在一起，研制"一室一厅"开办公司，进入商界，真有点儿出乎我的意料。

眼前的公司和六格格的住处一样，同样是一尘不染，大理石的地面光可鉴人，明亮的落地窗毫不含糊地收进了外面的天空和太阳，一股微香吹来，似花不花，似药非药，让人的神情为之一爽。

我向门口的保安说明了来意，保安很客气，打了电话，让我在沙发上等。我就坐在那个雅致的角落里，等待自己亲姐姐的接见。茶几上有画册，是宣传这个公司产品的画册，印制精美，设计很新潮，首页便是老姐夫的大照片，照片上的老姐夫长髯飘逸，眉宇之间透着自信与安然，一副活神仙的模样。配以某世孙和道教法名的印章，使人感到，有这样的人充任公司顾问，其产品文化的深远、根基的牢固、效力的卓群，是毋庸置疑的。我却感到别扭，深信这绝不是我自幼便与之厮混、结为腻友、情逾骨肉的老姐夫所为。这是经过某些人深思熟虑之后的一种商业炒作，而绝非老姐夫的初衷……我看了看周围的环境，岂止老姐夫，这里的一切都与我是相隔的。自己亲人的事业，怎的竟使我体味不到丝毫亲切之感？单说这“等”，便让人迷惑，董事长难道真就忙到连见自己妹妹的时间也挤不出来吗？过去，我父亲当镇国将军的时候，大宅门儿的门禁不能说不森严，就那，也没严到六格格公司的程度。那时，家里逢有谁来拜访，老张从来都是一溜儿小跑进去禀告，怎么见，在哪儿见，里边也很快有话传出来，体现着对来人的尊重。眼下莫名其妙地等了二十分钟了，还不见有被召见的迹象，难怪老七死活不跟我来。

又过了半天，有秘书模样的精干青年出来低声问我，您真是金总的妹妹？我没有回答，我已经不屑回答了。年轻人见我这模样，不再说什么，很恭敬地把我领进六格格带大套间的办公室。

六格格在打电话，她用眼神示意我坐下。

办公室的豪华与现代让我嫉妒，我开始为我西北的简陋的小书房而不平。那个狭小的书房还兼着卧室的功能，那是我这个年龄层次的知识分子应该得到的待遇。我想，我要是有这么舒服的环境，有这么大的写字间，我能写出一百部长篇小说来！当然，我永远不会有这么大的书房，也不会有人给我站岗，自然我也写不出一百部长篇小说来了。走了半生的路程，我已经走明白了。

六格格的电话打得很长，她在打电话的时候，头微微向一侧倾斜着，满头的银发不见一根杂色，细而长的眉在脸上轻轻一带而过，显出了她一丝不苟的个性和作为知识妇女的独立与精干。看着她已经略显松弛的脖颈和手臂上隐隐出现的老年斑，我想，她能保养成这样，当是不易。

终于放下电话的六格格将脸转向了我，投给了我一个家里人才有的笑，这对她大概是很难得的，但这笑给我的印象却是生硬而不自然。六格格说，让你在外头等了半天。我说，没关系，我别的没有，就是时间多。六格格说，你甭又跟我犯犟，我还不知道你？说着她走过来，跟我挤在一个沙发上，揽着我的肩说，外边的人都知道我的兄弟姐妹多，谁想找我，常常冒充金家人找上门来，下头的人也不敢拦，其实根本就不是那么回事。这些人不是要求赞助就是来拉广告，都是些小事儿，耽误我的工夫。他们以为直接找我事情会好办，其实我还不是得交到办事人的手里……

我这才明白，我的到来被人家误认为是拉赞助的了。

心里有些悲哀。

跟六格格没有说两句话，年轻秘书进来提醒说，跟美国 S. J 公司约定的见面时间快到了，今天是正式签约，不能迟到，王总已经在那边等着了。六格格让我跟她一块儿去饭店，我说不去。六格格说，你是作家，什么样的生活都应该体验一下才是。

我说，免了吧，我要去看看老姐夫。

六格格说，占泰嘛，他还是住在偏院儿里……

我想，老姐夫是应该还住在偏院儿里。

北京难得有这样晴丽的夜晚，天上有星在闪烁，仲春温湿的空气中传来槐花的清香。我在从小便熟悉的胡同里走着，已经可以望见老姐夫家那油漆斑驳的门。我的心里满是静谧与温馨，极其舒适惬意，人有这样心境的时候不是很多的。

“吱呀”一声，我推开小院的门，正如我想象的那样，老姐夫披着头发，穿着家常的衣裳，闭着眼，正在西墙打坐，他的身后是包着棉絮的十个青花大酒缸……

山东老太太在熬粥，一锅黏糊糊的棒子粒粥已经熬到了空前绝后的程度，正待起锅。

老姐夫因为我的到来而睁开了眼睛。

我们的老姐夫已经快八十五岁了。

…………

梦也何曾到谢桥

一

旗袍垂挂在衣架上，与我默默地对视。

已经是凌晨三点了，我仍没有睡意。台灯昏黄的光笼罩着书桌，窗外是呼呼的风。稿纸铺在桌上，几个小时了，那上面没有出现一个字。我的笔端凝结着滞重，重得我的心也在朝下坠。我不知道该怎样往下写，写下去会是什么……

精致的水绿绲边缎旗袍柔软的质地，在灯光的映射下泛出幽幽的暗彩，闪烁而流动，溢出无限轻柔，让人想起轻云薄雾、碎如残雪的月光来。旗袍是那种40年代末北平流行的低领连袖圆摆式样，古朴典雅，清丽流畅，与现今时兴的，以服务小姐们身上为多见的上袖大开衩儿旗袍有着天壤之别。

其实，这件旗袍的诞生不过是昨日的事情，与那40年代，与那悠远的北平全没有关系，它出自一位叫做张顺针的老裁缝之手。老裁缝今年六十六岁了，六十六岁老眼昏花的裁缝用自己的心缝制出了这件旗袍，自然是无可挑剔的上品，是他五十年裁缝生涯的精华集结，是一曲绵长慢板结尾的响亮高腔。

这一切都送给了我。

这是我的荣幸和造化。

今天下午，他让他的儿子把衣服送了过来。他的儿子是有名的服装设计师，是道出名来就让人如雷贯耳的人物。如雷贯耳的人物来到我这即将拆迁的戏楼胡同的寒酸院落，难免有着降贵纡尊的委屈，有着勉为其难的被动。从他那淡漠的表情，那极为刻薄的言语中，我感到了彼此的距离，感到了被俯视的不自在。

那儿子将衣服搁在我的床上说，你这件旗袍让我们家老爷子费的工夫忒大了，真不明白你是用什么招数打动他的。我听清楚了，那儿子跟我说话的时候用的是“你”，而不是“您”。这让我反感，让我有种说不出的厌恶。

那儿子说，我父亲已经有十多年没摸针了，他有青光眼你知道不？你们这些人，为了自个儿的漂亮，不惜损害别人的健康，自私极了。

我看了那儿子一眼，将衣服包默默地打开，旗袍水一样地滑落出来，我为它的质地、色彩、做工而震惊。

绝品！

那儿子不甘地说，你给了我们家老爷子多少工钱？

我用眼睛直视着那儿子，实在是懒得理他。他见我这模样，说，我知道，我们家的老爷子又上了一回当。

我说，多少钱，你回家问问你的父亲吧！

那儿子已经走到门口，出门前又回过身来郑重地说道，奉劝您一句，以后您再不要上我们家了，我父亲不是干活儿收钱、摆摊儿挂牌的小裁缝，就为您这件袍子，看来我还得买房搬趟家。

这回来人终于用了“您”，但这个“您”字里边，有着显而易见的挖苦和讽刺，噎得人喘不过气来。

门砰的一声关上了，听着气愤的远去的脚步声，我想，谁能相信这就是在电视上常露脸的那个著名设计师？镜头前的那高贵、那矜持、那艺术、那清雅都到哪里去了？一旦伪装的面纱撕下，他和街上摆摊儿挂牌的小裁缝有什么不同？那一脸的小家子气模样，甚至连小裁缝都不如。一个人的艺术水平到了一定境界以后，拼的是文化积累、人格锤炼和道德修养，我料定此君的艺术前程也就到此为止。他绝做不出他父亲这样的旗袍。

旗袍在衣架上与我默默地对视。

那剪裁是增之一分太肥、减之一分太瘦的恰如其分。其实老裁缝只是用眼神不济的目光淡淡地瞄了我一眼，并没有说给我做衣服，也没有给我量体，而只那一眼，便将一切深深地印在心底了，像熟悉他自己一样地熟悉我，这一切令我感动。

顺针——舜针。

我的六兄，谢家的六儿。

本该是一个人的两个人。

二

在金家的大宅院里，父亲有过一个叫做舜针的儿子，那个孩子在我的众多兄弟中排行为六，出自我的第二个母亲，安徽桐城的张氏。据说这个老六生时便与众不同，横出，胎衣蔽体，只这便险些要了张氏母亲的命，使他的母亲从此元气大伤，一蹶不振。这也还罢了，更奇的是他头上生角，左右一边一个，就如那鹿的犄角一般。我小时问过父亲，老六头上的犄角究竟有多大？父亲说，枝枝杈杈有二尺多高。我说，那不跟龙一样吗？不知老六身上有没有鳞？父亲说，老六没有鳞，有癣，浑身永远地瘙痒难耐，一层一层地蜕皮。我说，那其实就是龙了，龙跟蛇一样，也是要蜕皮的，要不它长不大。父亲说，童言无忌，以后再不许出去胡说，你溥大爷还活着，让他知道了你这是犯上……父亲说的“溥大爷”，指的是已经被关押在国外的溥仪，尽管他早已不是皇上了，父亲对他还是充满了敬畏。明明溥仪比父亲辈分还低，年龄还小，父亲仍是将他称为“溥大爷”。皇上是真龙，我们家要再出一条龙，那就是图谋篡位造反，犯忌！

所以，我们家的老六真就是龙，也不能说他是龙。

于是，我将有角的老六想得非常奇特，想象他顶着一双怎样的大犄角在院子里走来走去，想象他怎样痛苦地蜕皮，那角是不断地长，那皮是不停地蜕，总之，那该是一件很有意思的事情。

有一天，我在床上跟我的母亲探讨老六睡觉的姿势，我认为老六睡觉应该像蟒一样地盘在炕上，而不是像我一样在被窝里伸得直直的。母亲说，你怎么知道老六不是直直的？我说，大凡长虫一类，只要一伸直就是死了。母亲问这话从哪儿说起。我说，咱家槐树上的“吊死鬼儿”被我捉在手里，从来都是翻卷着挣扎，跟蛇一样的。拿我阿玛的放大镜在太阳下头一照，吱的一声，那虫儿就焦了，就挺了，挺了就是死了。母亲听了将我一下推得老远，说怪道我身上老有一股焦臭的腥味儿，让人恶心极了。我说，您搂着我还嫌恶心，我到底还是一个小丫丫，我二娘搂着老六都没嫌恶心，老六可是一条长癣的癞龙，那腥湿溜滑的龙味儿想必不会比槐树上的“吊死鬼儿”好闻。母亲还是不想靠近我，于是我就用头去抵母亲，企望我的脑袋上也能长出一对美丽的、梅花鹿一样的犄角。母亲闪过我那乱糟糟的脑袋，说其实老六头上并没有我想象中的大角，只不过他的头顶骨有两个突起的棱儿罢了，摸起来像两个未钻出的犄角。就是到死，也未见那两个犄角长出来。我愣了半晌，对“未长出的犄角”很遗憾，想象老六要是再多活几年，长到我父亲那般年纪，一定能生出很不错的角来。人和鹿是一样的，小鹿是不生角的，鹿到了成年才会生出犄角，西城沁贝勒家园子里养的鹿就是如此。

我们家有关老六的话题虽然不多，但都很精彩。传说老六落生时眼目大开，哭声深沉，遍身黑鳞，异相昭著。他是在偏院的北屋降生的，说是生时浓云密布，雷声轰隆，众人在其生母的昏厥中惴惴不安，不知这驾着雷霆而来的麟儿预示着这个家族的何种命运。我们家舅老爷私下说，看这天相，所来的料不是个等闲人物。金家是天潢贵胄，龙脉相延，该是不错的。然龙生九种，九种各一，其中必定有一个是佞种，但愿不要应在了这个老六身上。

老六身上的那层鳞苦苦折磨着他，使他痛苦不堪，需时时地将他浸泡在水盆里才能使他安静下来。听说那鳞乌黑发亮，有花纹斑点，时常成片脱落，很是吓人。二娘抱着老六去医院看过，老六这身皮把那些护士吓得躲得远远的，不敢近前。医院给开了不少药水，抹了只是杀得疼，根本不管用。舅老爷说，不必治了，凡有成勋长誉者，必附以怪异。他还说，他的父亲与曾国藩曾同朝共事，知那文正公也是终身癣疥如蛇附，每天用两手抓挠，必脱下一把皮屑，这实则是贵人之相。

老六两岁的时候，有一天白云观的武老道来我们家找父亲聊天，父亲着人将老六抱出来让老道看。老六一见老道，立时在老妈子身上翻滚打挺，大哭不止，一刻也不能消停。武老道捻着胡子坐在太师椅上冷冷地看，一口一口地喝茶，并不理睬闹得地覆天翻的老六。父亲只好让人把哭泣的老六抱走，老六的一路哭声直响到后院深处，许久不能止。父亲请老道对孩子的未来给予指点。老道说，四爷的茶很好，是上等的君山银毫……

武老道在京城不是寻常人物，据云能过阴阳，通声气，更兼有点金之术，奔走者争集其门。武老道论命相堪称奇验，京师某王爷曾微服请相，所示为光绪和宣统的八字，武老道看过后说，先者论命当穷饿以终，后者则有破家之祸。王爷初时以为荒谬，后来一细想，果不其然。现今老道对老六的前程既不肯点明，父亲也不便多问，越发觉得六儿子的神秘不可测。老道喝透了茶，才款款说道，令公子有胎衣包养，生虽有惊而命大，日主有火，盛则足智多谋，欠则懦弱胆怯，大畏财旺，若生在贫贱之家当贵不可言。父亲问如今生在金家又当如何。老道说，水一、火二、木三、金四、土五，戊见甲，当在三、八岁。父亲问三、八岁当怎样。老道说，四爷这茶没味儿了……

事后父亲将武老道的话学给老六的母亲听。二娘说，一个孩子家，三、八岁能怎么样呢？咱们的六儿眼瞅着虚岁过了三周，也没见有什么不好，他一个花老道，故弄玄虚地瞎说罢了。父亲说，还是要留神些才好。二娘说，留神自要留神，家里的孩子们咱们哪个又不留神了？只是不要看得太神圣太娇贵了才好，小孩子唯得中和才能健康成长，旺不得也弱不得，旺则不能任，弱则不能禁，只待至十五成人，才可以分别贵贱。现在抱在怀里就论前程，实实地是有些荒诞了。

话是这样说，但父亲对这个生有异状的儿子仍是情有独钟，常常将老六抱在膝上，抚弄着他那一对硬硬的角，说些“当今之世，舍我其谁”的屁话。彼时，家中的老七舜铨已经出世，而父亲对他那个弱得像猫一样的七儿子是连看也不看的。

老六不负父望，果然生得聪慧伶俐，讨人喜欢，特别是那对角更是提神，不知被多少好奇的人摸过。亲戚朋友谁都知道，金家养了一条龙，那时虽已进入了民国，可在那些前清遗老遗少们的心目中，何尝不盼着北京东城金家的宅院再像醇王府一样，成为又一座潜龙邸！

老六进出都随着父亲，他可以跟着父亲吃小灶，食物的精美远远超过了他兄弟姐妹们的淡饭粗茶。他还可以坐父亲的马车，并且他还要永远地一个人占据正座，让父亲打偏。他一个小人儿，坐在车上的威严神气，让所有的人看了都倒吸一口冷气，似乎他早已就这样坐过，连父亲也显得黯然无光、形容惭愧了。

于是就有了舜针是德宗转世再生的说法，神乎其神，跟真的似的。对此，父亲不予解释，在他的心里大概乐于人们这样说道。他讳莫如深的态度无疑是一种变相的推波助澜，在他的默认下，老六不是龙也变成了龙。

持坚决反对观点的是二娘。她不允许人们这样糟蹋她的儿子，她说儿子就是儿子，他还是个未成年的孩子，你们不要毁他。二娘是汉人，对一个汉族小老婆的话，人们尽可不听。娘儿们家就知道傻疼孩子，懂个屁！就这样，我们的老六有了不少干爹干妈，谁都希望能沾点儿龙的光，在龙还没有腾起来的时候他们是爹和妈，一旦真龙成了气候，封王封侯，那简单的爹妈岂能打发得了？未雨绸缪是必要的，临渴掘井是傻瓜干的事情，早期的投资是精明远见的体现。很难说在老六那些"爹""妈"的思维中，没有今日期货买卖的投机成分在其中。

"爹""妈"们送的钱财、物件大概够老六吃一辈子的。

玉软香温、锦衣玉食中的老六，因了他的相貌，因了众人的推崇惯纵，在金家变得各色而乖戾，落落寡欢地不合群，这使他的母亲时时处在哀愁之中。她虽然不相信武老道的胡诌，但却牢牢记着"这孩子应该生在贫贱之家"的断语。这个断语在她的心里是个时刻挥不去的阴影，她总预感到要有什么不祥的事情发生……

民国十年，我们的父亲漂洋过海去周游列国。对于父亲的远游，金家人谁也不以为然，因为这个家里有他没他是一切照常的。父亲在我们家里从本质上来说就是个尊贵的客人，不理财，不拿事，他所熟悉的就是吃喝、会友，起着门面的作用。父亲走了，孩子们在某种程度上得到了放松，是件求之不得的好事。

感到失落的是老六，失了依赖的老六有种无助的恐惧和孤独，他的心只系着父亲，没有别人。每每父亲来信，信中所关注的也只有老六，仿佛他的其他儿子们都是无足轻重的陪衬。当然，儿子们对父亲的来信也从来不闻不问。老六则不然，老六要让他的母亲把父亲的信一遍一遍地读，不厌其烦地听得很认真。这使人感到，老六与父亲的关系在父子之外又添加了某种说不清的情愫，不能细想，细想让人害怕。

春天的一个上午，天气晴好，金家的孩子们要在看门人老张的带领下到齐化门外东大桥去放风筝。孩子们托举着风筝，揪扯着线绳，你喊我叫，闹哄哄地拥出了二门。出门时被站在台阶上的二娘叫住了，二娘由屋里拽出了满脸不痛快的老六，将他推进孩子群中，让他和大家一块儿去放风筝。老六不想去，转过身就往屋里走，被矮他一头的老七一把拉住。老七刚缝上开裆裤没有两年，却小大人儿似的很能体恤人。老七说，六哥别走，我带着你。二娘说，让小的说出这样的话来，老六你羞不羞？老六低头不语。二娘说，到野地去，让风吹吹，把一身懒筋抻抻，是件再好不过的事儿了，你怎么还不愿去？说着二娘向老张使了个眼色，老张就将一个沙燕风筝塞给老六，连推带搡地护着金家的小爷们出了门，奔东而去。

二娘在廊下深深地叹了口气。

依着二娘的意思，是有意将老六混在金家的哥儿们中间摔打摔打，目前她的这个儿子过于细腻软弱了，这不是金家人的性情，也不是她的愿望。在她的思想深处，很怕真应了老六是德宗转世的说法。她嘴上说不信，心里也难免不在打鼓，把她的儿子和那个窝囊又悲惨的光绪皇帝连在一起，她这个做母亲的何以能心甘情愿！为此她希望她的儿子能粗糙一些，能随和一些，能平平安安地长大成人。她没有给人说过，夜深人静之时，她常常用手使劲地按压老六头上那两个突起的部位，她唯恐那两个地方会生长出什么意想不到的东西来。

那天，放风筝的一干人等热气腾腾地回来了。刘妈站在门口挥着个布掸子挨着个儿地拍打，拍哪个，哪个的身上尘土冒烟，呛得刘妈捏着鼻子不敢喘气。刘妈说，这哪儿是去放风筝，明明地是去拉套了，瞧瞧这一身的臭汗，夹袄都湿透了。末了，刘妈拽过冻得直流清鼻涕、浑身瑟瑟发抖的老六，拍打了半天，没见一丝土星。刘妈笑着说，这可是个坐车的，没出力。老张说，这小子有点儿打蔫儿，那帮驴们在河滩里疯跑，就他一个人在大桥桥头上傻坐着，喊也喊不下来。刘妈摸了摸老六的脑袋说，有点儿烧，得给他再吃两丸至宝锭。

金家虽是大宅门儿，对孩子却是养得糙，从不娇惯，这大概也是从祖上沿袭下来的习惯。金家的子弟是正儿八经的八旗子弟，老辈儿们崇尚的是武功，讲的是勇猛精进、奋搏无倦。到了我们的阿玛这儿还能舞双剑，拉硬弓，骑马撂跤。祖辈的精神自然是希望千秋万代地传下去，不颓废，不走样儿，发扬光大直至永远。这个历经争战，在铁马金戈中发展起来的家族，自然要求他的子弟也要勇武强壮，禁得起风吹雨打。所以，我们家的孩子们从小都很皮实，都有着顽强的忍耐力和吃苦精神，谁有头疼脑热多是凭自己的体力硬扛，很少请过大夫。遇有病情严重的，特殊的照顾只是冲一碗藕粉。病人喝下藕粉，也就知道自己的病已经到了极点，再没有躺下去的必要，该好了。下人刘妈充任着我们的保健医师的角色。刘妈带过的孩子多，经验丰富，她对小儿科疾病的治疗方法往往比医院的大夫还奏效。我们每一个孩子出生后，都穿过她用老年下人们的旧衣裤改制的儿衣。她认为，下贱才能健康，才能长寿，越是富贵家的孩子越应如此。她还认为，有钱人家的父母都是锦衣玉食，所以生下的小孩子百分之百内火大，不泻火就要生事，就要出毛病。为此，她天天早晨要给我们家的大小孩子吃至宝锭，一边喂一边念叨：至宝锭，至宝锭，吃了往下挺。

至宝锭的形状像大耗子屎一般，上面有银色的戳迹，以同仁堂的为最佳。同仁堂的至宝锭化成汤喝到最后有明显的朱砂沉淀，那是药的精华。刘妈必定要监视着我们将那个红珠珠一般的东西一点儿不剩地吞下去，还要将药盏舔净。如没有红珠，刘妈就要向管事的发脾气，说他弄虚作假，买的不是同仁堂的正宗货。

放风筝回来的老六在刘妈的安排下吃了两丸至宝锭，晚饭也没吃就睡去了。半夜忽然发起高热，浑身烧得像火炭一般。第二天，喝过了藕粉也没见退烧，人已经开始昏迷，说胡话，叽叽咕咕，如怨如诉，还哀哀地哭。刘妈说，这孩子该不是撞客了什么，东大桥那儿是什么地方？那儿是北平的刑场，是处决犯人的地方。这个六儿他不比别的孩子，他太弱……二娘听了，就让老张拎着两刀纸拿到东大桥烧了，想的是真有鬼魅，给些通融，让它且饶过我们家六儿。纸烧过，并不见老六病情有所好转，反倒从喉咙里发出呼呼的声响。二娘害怕了，让人请来胡同口中药铺坐堂的大夫为老六看病。大夫看过后说老六寸脉洪而溢，君火与相火均旺，旺火遇凉风热结于喉，是为喉痹，民间又叫闹嗓子的便是，不是什么大病。大夫开了当归、川芎、黄柏一类滋阴降火的方子，说煎两服吃下去就好了。

两服药吃下，老六并不见起色，咽喉症状继续加剧，常常喘不出气，憋得一张脸青紫，脖子的皮肤也被抓得鲜血淋淋。家里先后又请了几个大夫，各样方法使了不少，老六的病只是一日重似一日。二娘急得没办法，托人给在欧洲的父亲打电报，那人回来说联系不上，说那边朋友回电说，四爷上个月在法兰西，这个月又去了英吉利，漂漂泊泊毫无定踪，下半年能转回德意志也说不定。

老六病得在炕上抽搐、翻白眼，二娘急得在屋里一圈圈转磨，如今是想灌藕粉也灌不下去了。

舅老爷来家，二娘向舅老爷求主意。舅老爷见了老六摇头说怕是不好。二娘说孩子阿玛不在家，无论如何也得舅老爷做主，这是他阿玛最喜欢的一个，真有什么怎么向他阿玛交代？舅老爷说，再喜欢也不行，死生有命，富贵在天，打针吃药，救得了病却救不了命，这都是有定数的。二娘说，真就没办法了吗？舅老爷说，容我算算看。说罢摸出一把麻钱，在桌上一把撒开，上为艮，下为坤，合而为剥卦。二娘也是懂得易经的人，一见这卦象眼泪就扑簌簌往下直淌。舅老爷说，你也看见了，这是天意。老天爷要收他回去，谁也没办法，挡也挡不住。二娘说，舅老爷是高人，万望想个变通的法子，救您外甥一命。舅老爷说，我有什么法子？你看这卦，艮为山为止，坤为地为顺，顺从而止，上实下空，是困顿危厄之象。从卦上看，鬼在本宫，外方得病，更在上三爻，必是外感风邪。外宫也有暗鬼，伺机而动，上下有鬼，内伤兼外感，是为杂症。鬼动卦中，药力也难扶持，虽良医也不能救……

舅老爷说得没错，那天没过半夜，老六就被那二鬼挟持着奔了黄泉之路。

老六生生是被憋死的。临死前，他在炕上辗转反侧，怪声号嗬，真如一条喝了雄黄的大长虫，几个人也按捺不住。那时金家的孩子们各个敛声屏气，缩在自己的房内不敢出来，静听着偏院里发出的长一声短一声的哀号。老六折腾到天黑，渐渐地没了气息，挺了。直到偏院传出话说，六少爷走了，大伙儿才长长地松了一口气，有种如释重负的感觉，好像金家宅门儿里没有老六才是正常的。

二娘抚着僵了的老六尸身哇哇大哭，大家劝也劝不住。第二天，二娘让老张去白云观请武道长派几个道士过来作法事。老张去了又回来了，说老道没派来道士，却让带回一张画得花里胡哨的符，让贴在偏院的门口。老张传达老道的话说，什么法事也不要做，金家这个老六从根儿上来说就不是什么正经东西。老道没有道破它的来龙去脉就已经是很给它面子了。让它知趣一点儿，赶快上它该去的地方，别再祸害人。亲戚们此时谁也不再说什么“贵人自有天相”的话了。舅老爷说，一个未成年的孩子，没落住终不能算这个家里的人，给他一副薄棺材好歹葬了就是，也算他没白到世上走一遭。

那副寒碜的白皮棺材抬进院来的时候，二娘见了几乎心疼得昏了过去。她说从没见过这么破烂穷酸的棺材，连漆也不上一道，用这样的棺材来装殓她的儿子，让她何以心安！我母亲也说，这棺材太差了点儿，装街上冻饿而死的倒卧还差不多，装金枝玉叶的哥儿忒不合适，于金家的身份也不相称。二娘让管事的去换，被刘妈拦了。刘妈说，太太糊涂了，哪儿有空棺材抬进又抬出的道理？舅老爷的主意没错，太太忘了哥儿“应该长在贫贱之家”的话吗？命中注定就是命中注定的，还哥儿一个舒坦自在吧，让他顺顺当当地托生，比什么都好。

二娘不再坚持，眼瞅着四个杠夫抬着那口薄棺材吱吱扭扭地出了门。

老六死的那年是八岁，他没能过了阴历冬月初十他的九岁生日。

应了武老道“三、八岁”的预言，父亲当年还问过人家“三、八岁当怎样?”当怎样呢？就当这样。老道没有直着说罢了，天机不可泄露。

以现在的观点来看，我们家老六的死因当是白喉，是白喉杆菌引起的一种传染病。搁今天，配以抗生素治疗绝不至于引起死亡，就是到了老六最终的窒息阶段，只需将气管切开也不是没救。可在七十多年前，医疗条件有限，老六就那么匆匆忙忙、稀里糊涂地走了，想来让人遗憾。

最遗憾的是我的父亲。据我母亲说，父亲从国外回来以后，知道了老六的事情，大病了一场。经过那场病，父亲的头发全部脱光，终日迷茫恍惚，走路打晃儿，得两个人架着才能从屋里北炕走到南炕。对父亲这场很著名的病，北平的小报上有过报道，说他老人家因为失子悲伤过甚，得了伤寒。我后来想，伤寒的确是个很可怕的传染病，它是由伤寒杆菌而传染的，跟老六怕没有什么直接联系。那时候的人把伤寒跟老六挂在一块儿，实在是有些不伦不类。

三

我在这个家里长成一个混沌的小丫头的时候，二十多年已经过去，就是我们家最小的男孩老七舜铨，也进入了青壮年的行列，成了古城名画家。随着时间的消磨，人们对老六的传说已经淡而又淡了，金家已经没有几个人还记得那个忧郁的、早逝的男孩。

偏偏我是个爱幻想的孩子，在孩童时候，想象在我的生活中占了很大成分，我常想的人物就是那个神奇的、半人半龙的老六。他和母亲给我说的老马猴子，和大家时常谈论的院里的狐仙，和我所向往的一切神神怪怪一起，活跃在我的精神生活中，成为不可分割的一部分。

有一回，父亲领着我去一个叫做“桥儿胡同”的所在。以我粗通文字的水平，已经能认出胡同口墙上的蓝色搪瓷标牌，是“雀儿胡同”，不是“桥儿胡同”。而父亲偏说是“桥儿”不是“雀儿”，让我回家对母亲也务必要说是“桥儿”，不能说是“雀儿”，否则以后就再不带我出来遛弯儿。在北京人的发音中，“桥儿”和“雀儿”实在没有什么不同，前者是二声，后者是三声，往往说快了就“桥”“雀”不分了。但父亲则嘱咐我一定要将两个字分清楚，万不可弄含混了。

既然父亲喜欢，我心里也乐得真把“桥儿”当“雀儿”了。父亲去桥儿胡同没坐他那辆马车，坐的是三轮，我坐在父亲身边，听着身底下链条的啦啦响声，从小洞里看着车夫一弯一弯的背影，只感到困倦，想睡觉。父亲拍着我的肩说，别睡啊，留神着凉。我嗯了一声，并没有多少清醒。父亲说，马上就到你谢娘家了，你要听话，别淘，跟你六哥好好玩儿。我问哪个六哥……父亲说就是那个长犄角的六哥，还能有谁！我听了一激灵，困意全消。我说，真是咱们家的老六吗？父亲说，当然。

胡同很小，没有雀也没有桥，只有一堆堆的烂布，臭气熏天地堆在各家的房前、门口，让人恶心。事后我才知道，这些破布都是从脏土堆捡来的，靠收破烂儿收来的，晾晒干了，用糨子打成袼褙，卖给做鞋的鞋场。一块袼褙能卖八大枚，八大枚能买一斤杂面。这片地面，家家都打袼褙，家家都吃杂面汤，成了“桥儿”的一道风景。

父亲领着我来到一个略微干净点儿的小院里，院里北房三间，东房塌了，南面是一溜墙，有棵歪斜的枣树，半死不活地戳在那里。树底下有个半大小子在撕铺衬[①]，往板子上抹糨子，将那些烂布一块块贴上去。墙下一排打好的袼褙，在太阳的照耀下反射着亮光，冒着腾腾的水汽，显得很有点儿朝气蓬勃。

那半大小子见我们进来了，头也没抬，一双沾满了糨子的手，依旧灵巧地在那块板上抹来抹去，没受到丝毫影响。

父亲叫了一声六儿，半大小子嗯哪了一声，没有显出热情。

这时，从北屋里闪出个四十岁左右的白净妇人来，脑后挽了个元宝鬏儿，穿了件蓝夹袄，打着黑绑腿带，一双蓝地儿蓝花的绣花鞋不沾一点儿土星，浑身上下透着那么干净利落，透着那么精神。

父亲让我管她叫谢娘，我叫了，谢娘把我揽在怀里，夸我是个懂事的丫儿。谢娘身上有股好闻的胰子味儿，跟我母亲身上的“双妹”牌花露水绝不相同。相比较，还是这胰子味儿显得更平淡，更家常，更随和一些。

我喜欢这种味道。

我们被谢娘让进屋里，屋里跟谢娘一样，收拾得一尘不染，炕上铺着白毡子，被卧垛垛得整整齐齐，八仙桌上有座钟，墙上有美人画，茶壶茶碗虽是粗瓷，也擦抹得亮晶晶的，东西归置得很是地方，摆设安置得也很到位。

---

① 铺衬：老北京话，指糟烂的破布。

谢娘是个很能干的人。

从谢娘和父亲的谈话中我了解到，她对我们家里的情况相当熟悉，对我几个母亲的情况也是了如指掌的。我还听出来了，谢家搬到这儿的时间并不长，是父亲给找的房。谢娘还跟我父亲商量要把塌了的东厢房盖起来，说六儿大了，该有他自己的屋子了。谢娘说这些的时候，完全是把父亲当做了这家的主人，那份柔情、那份依赖和对父亲的那份神态，是我几个母亲都没有的。

父亲很舒坦地喝着一种叫做“高末儿”的茶。所谓“高末儿”，就是茶叶铺将卖剩的各类茶的渣子归拢在一起，以极便宜的价格卖出的一种茶。这种茶很香，可只能喝一遍，第二遍就没了颜色。父亲喝着这种茶，和谢娘说着话，所谈均离不开柴米油盐，离不开东家长李家短。父亲对这院房，对谢家的投入精神令我吃惊。在我的眼中，这完全是另一个父亲，一个陌生的、我从不了解的父亲。在金家，谁都知道父亲是个不管不顾的大爷，他搞不清我们院有几间房，搞不清他到底有多少财产，更搞不清他十四个孩子的排列顺序和生日。人们说四爷真是出世的散仙，洒脱得可以，言外之意则是“四爷真是糊涂得可以”。

“糊涂”的父亲索性以糊涂装糊涂，很充分地利用了“大智若愚”这个词。

见我很注意他们的谈话，谢娘显得有些不自在了。她将院里的半大小子喊进来，推到父亲跟前，让那小子管父亲叫“四爹”。

小子很不情愿地看了他妈一眼，嘴唇动了动，终没张嘴。

谢娘说，叫呀，没你四爹能有这个家吗？

那小子被逼不过，闷声闷气地迸出一个“四爹”来，连我也听得出，这个“四爹”叫得勉强极了，被动极了，很大程度他是冲着他的母亲叫的。我毕竟年纪小，对这个“爹”的含义相当模糊，在我们家里，没有人管父亲叫爹，我们都叫阿玛。现在桥儿胡同有人管父亲叫“四爹”，我只是觉得新奇。

被叫了四爹的父亲很激动，他把那个叫做六儿的小子拉到跟前，很动情地细细打量着。我敢说，我的父亲看我们中的任何一个都没有用过这种眼光，都没有透出过这种温情。单单在这个莫名其妙的小子身上，流露出了这么多的爱，让人不能不嫉妒了。

父亲让我管他叫六哥。

我说，我得摸摸他的那两只角！

父亲就叫六儿弯下身来让我摸，六儿低下头的时候狠狠地瞪了我一眼。我才不管他高兴不高兴，一双巴掌毫不犹豫地伸向了那个长得并不周正的脑袋。

在粗硬的头发中间，我摸到了一左一右两个突起，尖而硬，有半拉枣那么大。我很兴奋，用手捏着那两个硬疙瘩使劲地掐，六儿很粗鲁地用胳膊把我搪开了。我恼了，说我明明还没有摸好，他就这样，这次不算，我得重摸！

谢娘嗔怪六儿不懂事，说小格格要摸你就让她摸摸怎的了，也摸不坏；又说六儿挓挲着一双糨子手，也不洗干净了就进来，一股馊臭的味道，留神把格格熏坏了。谢娘说这些话的时候，六儿就愣愣地站着，一副傻相。谢娘对父亲说，不让他打袼褙，他偏要打，拦也拦不住。这都是受了近处街坊的影响，跟着什么就学什么。父亲说，近朱者赤，近墨者黑，还是得念书。学而优则仕，要想将来能出人头地，学问是第一的。说罢，他让谢娘明日打听附近有没有什么像样的学校，送他去念书。

六儿说，我不念书。

谢娘说，你这叫不识抬举！

六儿说，我不让人抬举。

谢娘说，是你四爹让你念的，你四爹能害你？

六儿不说话了。

谢娘让我继续摸六儿头上的两只角，我说不想摸了。

我对六儿脑袋上的两个硬包已经失去了兴趣。

父亲打发我和六儿出去玩儿，谢娘让六儿带我到小摊儿上买些酸枣面儿、铁蚕豆什么的零食，还特意嘱咐他，别让街上那些野孩子们欺负我。

六儿站在原地没听见一般，谢娘塞给他几张小票子，推了他一把。六儿说摆小摊儿的今天没出来。谢娘说出来了，她早晨看见了摆摊儿的老赵跟他媳妇推着车过去了。

我说我要吃酸枣面儿。

谢娘对六儿说，你就带小格格去看看，当哥哥就得有当哥哥的样儿，都这么大了，怎么还这么不懂事！

六儿用眼翻了翻我的父亲，父亲冲他温和地笑着，六儿一梗脖子，推开门出去了。

我紧跟着六儿出了北屋，他并没有带我去买酸枣面儿的意思，依旧蹲在南墙根儿打他的袼褙，连看也不看我一眼。我想着那酸枣面儿和铁蚕豆，心里就对他充满怨恨，一个又臭又穷的烂小子，有什么了不起呢？就是我们家的胖狗阿利也比他懂事，比他会讨人喜欢。

呸！我狠狠地往地上啐了一口。

他没理我，将一块块破布抹平整了，贴在抹了糨糊的板子上，一层又一层。

北屋的窗帘拉上了。

六儿的脸更阴了，他把手里的糨糊摔得啪啪响。

我想看看父亲和那个谢娘在窗帘的遮挡下做什么。孩子的好奇心驱使着我，我悄悄向那窗户迂回过去。

就在我刚刚贴近窗户，把舌头伸出来，要舔那窗户纸的时候，我的辫子被人揪住了。一双黏糊糊的手，毫不留情地拽着我的小辫，直把我拉到南墙。我疼得龇牙咧嘴，对脸色铁青的六儿喊道：你要干吗?!

六儿压低声音，恶狠狠一字一顿地说：我、要、操、你、妈！

在金家，没有人对我说过这样的话，也没有人对我表现出过这样的憎恶，这些令我惊奇。特别对“操你妈”意思的理解，作为一个大宅门儿里的小丫丫来说还十分欠缺。我说，我有三个妈，你操哪个？

六儿说，我都操！

从他那猥亵无耻的神态里，我推断出这不是一句好话，就一脚踢翻了他的糨子盆，将那些没有眉眼的破布扬得满院都是。发脾气是大宅门儿孩子的拿手戏，我们家的孩子不会“操你妈”，但我们家的孩子都会发脾气。我们要发起脾气来，能让天塌下来。

我呼呼地喘着气，掀倒了晾在墙根儿的所有袼褙，我在那些袼褙上使劲踩，又把那棵树踹得哗哗响，把糨子盆踢得在院里滴溜溜转。六儿叉着腰，冷冷地看着我在院里折腾，当我掂起半块砖，准备向着北屋的玻璃砸过去的时候，六儿过来干涉了。他拧住我的胳膊，把我的手使劲往后背。砖是扔不出去了，我伸出空着的手，冲着六儿那张讨厌的脸，自上而下，狠狠地来了一下子，立时，那张脸花狸虎一般，出现了几道血印。六儿不吭声，提着我的脖领子将我拎出了大街门……

父亲和谢娘走出北屋的时候，我已经安静地坐在树底下剥铁蚕豆了。谢娘看着六儿脸上的伤，问是怎么了。六儿没言语。

我说是我抓的。

父亲看着洒了一地的糨子说，你这个丫儿又犯浑了，这儿可不是你闹腾的地方。谢娘说，小格格倒是憨直得可爱，是我们六儿太古怪了。父亲指着我对谢娘说，你不知道这孩子的脾气，跟王八一样拗，家里任谁都怵她，采取惹不起躲得起的态度。不过我有时候还真爱看这丫头犯浑的样子，熊崽子似的。

谢娘听了就笑。

谢娘笑的时候从腋下抽出一块手绢，用它来捂着嘴，那张脸就只留下两个弯弯的细眼睛，很好看。她的这副模样让我想起了蹦蹦儿戏"小老妈儿在上房打扫尘土"里的小老妈儿。

那天我们在谢家吃的是炸酱面。跟我们家的香菇小鸽子肉炸酱不同，谢家的酱是用虾米皮炸的，面码儿是一碟萝卜丝、一碟煮黄豆。面是杂面，捞在碗里有一股淡淡的豆香，勾得人馋虫往上翻。六儿捞了一大碗面蹲在一边去吃了，他不跟我们一起坐，大约是觉得拘束。

我看见六儿从缸盖上头揪了一大头蒜，很细心地剥了丢在碗里，白胖胖的蒜瓣晶亮圆润，在面的搅拌中上下翻动，在六儿的嘴里发出嚓嚓的声响……

我说我也要吃蒜。

谢娘就剥了几瓣给我，说这是京东的紫皮蒜，是她留着做腊八蒜用的，让我留神别辣着。我们家也吃蒜，都是厨子老王用小钵将蒜砸了，刮在青瓷小碟里，润上小磨香油，远远地搁在桌角，谁要吃，拿过来用筷子点那么一下就行了，没见有谁捏着蒜瓣张着大嘴咬的。

我也学着六儿的样子狠狠地咬了口蒜，不管不顾地大嚼起来。没嚼两下，一股辣气直冲头顶，连眼泪也下来了，一张嘴已经分明不属于我。谢娘和父亲慌得丢下手里的饭来照顾我这张嘴。泪眼蒙眬中，我看见六儿蹲在门边，低着头无动于衷，照旧吃他的面。看他那冷漠神情，我恨不得再在那张脸上抓一把。

又吃了面，又喝了水，总算将那轰轰烈烈的辣压了下去。谢娘要将剩下的蒜拿走，我说，别拿，我还要吃。谢娘说，你不怕辣呀？我看了一眼六儿说，不怕。父亲说，我说这孩子拗，她就是拗，瞧，她的王八劲儿又上来了。

蒜的香是无法抗拒的，特别是那辣，更具备了一种挑战的魅力，吃过了这样的蒜，我才知道，我们家饭桌上那碟子里的物件，简直不能叫做蒜。炸酱面我吃过不少，却从来没有吃得这么酣畅淋漓、荡气回肠过。谢家的炸酱面是勾魂儿的炸酱面。

走的时候父亲将一沓钱塞给谢娘，谢娘死活不要。我和六儿站在一边，看着他们推让。我觉得他们俩的动作很像一出叫《锔大缸》的小戏。六儿大概没有这样的感觉，他咬牙切齿地靠在门框上运气。后来父亲把钱搁在桌上说，眼瞅着就立冬了，你得多备点儿劈柴和硬煤，给六儿添件棉袍，买双棉窝，别把脚冻了。

六儿插言道，我冻不死。

谢娘狠狠瞪了六儿一眼，六儿一摔门出去了。

谢娘最终当然留下了父亲的钱。

带着满嘴的蒜味儿，我跟着父亲坐车回家了。在车上，父亲对我说，回家你娘要问你吃了什么，你千万别说炸酱面。我说，不说炸酱面说什么呢？父亲说，你就说在隆福寺后头吃的灌肠。父亲又说，也别提桥儿胡同这家人，省得你娘犯病。我说，我绝不会提，我提他们干什么！父亲说，这就对了，要是这样，以后我就常带你出来玩儿，你想上哪儿咱们就上哪儿。想及六儿的嘴脸，我对父亲说，谢家这个六儿不是东西，他比咱们家的老六差远了。父亲说，你怎说他不是老六？他就是咱们家的老六托生来的，你没看他的眉眼、神态、性情跟咱家的老六整个儿是一个模子刻出来的，不差分毫？他也有角，比老六强的是他生在了贫贱之家，占了个好生日。咱们家那个死了的老六不傻，他是算计好了日子才托生来的。我问这个六儿的生日怎的好。父亲说，他是二月二呀，是龙抬头的日子，龙春分而升天，秋分而入川，这是顺。可咱家的老六，生在冬月，时候不对，他不弯回去等什么？

这个六儿是我们家老六托生来的，他与老六是一个人！这事让我不能接受。

我问父亲，六儿也是您的孩子吗？

父亲说，你说呢？

我说不知道。

父亲说，我也不知道。

那天回家，母亲在二门里接了我和父亲。母亲嗔怪父亲带着孩子一走走一天，让她在家里惦记。父亲只是用掸子掸土，不说话。刘妈摸着我的辮子说，我的小姑奶奶，您哪儿弄来这一脑袋糨子呀？我说是六儿抓的。母亲问六儿是谁，没等我张嘴，父亲接过来说，是东单裱画铺的学徒。刘妈说，他一个裱画儿的，裱我们孩子的脑袋干什么？真是的！母亲说，准是丫儿淘气了。父亲说，让你说着了。

父亲说完冲着我笑了笑。

看父亲“演戏”，我觉得挺有意思。

四

以后我常和父亲到桥儿胡同谢家去。谢家院里东房三间已经盖起来了，一抹青灰的小厦房，由六儿住着。树上的枣也结了，微小而丑陋，个个儿像是没长大就红了，急着赶着要去办什么事情似的。

我很快熟悉了我的角色。父亲之所以把他的隐秘毫无保留地袒露给我，是对我的信任，他把我当成了出门的幌子，当成了障眼的法宝。他带着我出去，我母亲能不放心吗？其实我母亲很傻，她就没想到我和父亲是穿一条裤子的，我早已为父亲所收买，成了他的死党。

父亲收买我的条件也很低，几个糖豆儿、大酸枣就封住了我的嘴。这使我从小就相信，吃人家的嘴短，拿人家的手短，这是放之四海而皆准的真理。

到谢家去的次数多了，慢慢地，我对他们的情况也多少有了些了解。谢家当家的男人叫谢子安，死了有些年头了，听说活着的时候做得一手好针线，是宫里内务府广储司衣作的裁缝匠。广储司衣作是司下属七作（音 zuō）之一，七作是染、铜、银、绣、衣、花、皮，应承着皇宫内部和主要宗室的衣物手使。慈禧时期衣作最繁盛，有匠役三百余人，到了溥仪的小朝廷，承职的也有二三十。我们家瓜尔佳母亲穿的蟒纹四爪命妇朝服，就是出自广储司的衣作。据我母亲说，谢子安本人是个很活络的人，聪明而善解人意，凭着别人不能比的手艺，他时常走动于大宅门儿之间，受到了宅门儿里夫人、小姐们的欢迎和喜爱。请谢子安做衣服的人都是有根有底的人家，图的是他做工精致、名气大。当然，人们也不乏有想了解一点乾清门里服装流向的好奇，诸如逊了位的皇上每天穿西装还是穿马褂，皇后衣服上的绦子兴的是什么花样，等等。随同谢子安出入大宅门儿的还有他的妻子，一个被大家称为谢娘的美丽小媳妇。谢子安之所以带着媳妇，是为了跟女眷打交道方便，避嫌。有做不过来的活计，谢娘也搭着手做，我父亲出门常穿的兜边镶着刚钻的外国缎一字襟坎肩和二蓝宁春绸夹袍就是出自谢娘之手。相比之下，谢娘和家里的母亲们更熟，往来也更密切。

那是皇上被赶出紫禁城的前一年，宫里发生了这么一件事：

有一天早晨，天阴欲雪，北风正紧，溥仪的贴身太监伺候溥仪起床，因为变天，要将贴里的小衣换作绒布小褂。太监将衣服在烘炉上烤热了，将小褂趁热恭进，为缩在被窝里的溥仪穿上。溥仪将手伸进袖筒，像被什么蜇了一样，呀的一声，猛然坐起，抽出胳膊一看，胳膊上已经划出了长长的一道血印。太监吓得立即翻检衣服，发现衣服的袖口别着一根缝衣针。这本是件微不足道的小事，搁溥仪这儿就成了了不得的大事，生性多疑的溥仪说这是有人刻意要谋害他，责令追查，严加惩办。追查的结果，就追到了裁缝谢子安的身上，算溥仪开恩，没要了谢子安的命，就这也受到鞭打四十、枷号一个月的惩罚。时值寒冬腊月，滴水成冰的天气，身受重伤的谢子安，在大牢里羞愤交加，没出十天就咽了气。

谢娘年纪轻轻就守了寡，为了生计，照旧走动于大宅门儿之间，揽些针线活。然而毕竟不如她丈夫手艺精湛，所承接的活计便渐渐有限；又因为丈夫横死，有人视为不吉，对她也就冷淡了许多。她所能走动的人家，到最后就剩了东城的两三家，我们家是其中之一。

我母亲们的衣服都是由谢娘承包的。谢娘给我的母亲们做活就住在我们家后花园的小屋里，有时一住能住半年，因为我母亲们要做的衣服实在太多。谢娘很懂得大宅门儿的规矩，在我们家做衣服的时候从来不出后花园一步，也不跟我们家的男人搭讪。低眉敛目，只是一人飞针走线，谁瞅着这个小媳妇都觉得怪可怜的。我母亲问过她有没有再往前走的想法，谢娘直摇头，眼圈也红了，说，太太您再别替我往这儿想了，那死鬼才走，坟上的土还没干呢……我母亲就不好再说什么了。

后来，谢娘到我们家来的次数逐渐减少，慢慢地竟变得杳无音信了。母亲们说，多半是嫁了人，一个年轻小媳妇，怎能长期守着？能寻个人家儿终归是好事，没人再来做衣服就没人吧……

我跟父亲到谢家的时候，谢娘已经不是什么小媳妇了，从相貌上看，她比我母亲还显老。我想父亲之所以肯和她亲近，愿意到桥儿胡同来，大概图的就是她的温馨可人，图的就是类似虾米皮炸酱这种小门小户的小日子，这种氛围是大宅门儿的爷们儿渴望享受又难以享受到的。已经拥有三个妻子、十四个子女的父亲，还要将精力偷偷摸摸地倾泻在桥儿胡同这座小院里，倾泻在姿色并不出众的谢娘和她那拧种般的儿子身上，究竟为了什么，这是我一直想不通的。

在金家什么心不操的父亲，在谢家却成了事无巨细都要管的当家人，连桌上的座钟打点不准，他都要认真给予纠正。我看着他在谢家的窗台下，光着膀子挥汗如雨地帮着谢娘和泥、搪炉子，谢娘亲昵地替他摘掉脖颈上的头发，我就想，这人是我阿玛吗？是金家大院里那个威严肃整的阿玛吗？

但是父亲很快活。

谢娘也很快活。

我当然更快活。

父亲在回家的车里常摇头晃脑地对我念着：一箪食，一瓢饮，在陋巷，人不堪其忧，回也不改其乐……我马上会接上一句：贤哉回也！

父女相视一笑。

金家知道父亲这个秘密的还有厨子老王，他常常秉承父亲的旨意给谢家送东西。老王是父亲的心腹，嘴很严，很讲义气。老王在我跟前从来没提过谢家半个字，我、父亲和老王对谢家的关系，用后来很著名的样板戏上的一句词儿是“单线联系”。能与某个人共同保守一个秘密是很刺激、很幸福的事情，那种心照不宣的感觉让我快乐，让我时时地处于兴奋状态。

谢家吸引我的另一个原因是那些袼褙。打袼褙是件近似游戏的轻松活，首先要将那些烂布用水喷湿，第一层尽量挑选整块儿的，用水贴在板子上，以便将来干了好往下揭。第二层才开始抹糨子，然后像拼七巧板一样，将那些颜色不一、形状纷杂的小布块儿往一起拼。要拼得平整而恰到好处是件很不容易的事，往往要经过一番周密的思考和设计，一张袼褙要打三层才算成功。这个过程是很有意思的，通过自己的手，将那一堆脏而烂的破布变成一块块硬展展的袼褙，再揭下来，一张张地摞在屋里的炕上，最终变成一斤斤香喷喷的杂面，就着大瓣蒜吃进肚里。想想真不可思议，神奇极了。

我对这个工作很着迷，开始是蹲在六儿跟前看他操作，后来是给他打下手，将布淋湿，将那些缝纫的布边撕去。后来慢慢从形状上挑选出合适的递给他，供他使用。六儿对我的参与呈不合作态度，常常是我递过去一块，他却将它漫不经心地扔在一边，自己在烂布堆里重新翻找，另找出一块补上去。开始我以为他是成心气我，渐渐地我窥出端倪，他是在挑选色彩。也就是说，六儿不光要形状合适，还要色彩搭配，藏蓝对嫩粉，鹅黄配水绿，一些乱七八糟的破烂儿经六儿这一调整，就变得有了内容，有了变化，达到了一种出神入化的境界。

六儿的袼褙打得精美绝伦。

六儿的书念得一塌糊涂。

六儿都十五了，还背不出“床前明月光”，他将“举头望明月，低头思故乡”永远念成“举头望明月，低头撕裤裆”。父亲纠正了他几次，均未改过来，看来是有意为之。

谢娘从附近收揽些针线活，以维持家用，穷杂之地的针线活毕竟有限，加之谢娘的眼神已然不济，花得厉害，做不了细活了，所从事的也不过是为些拉车的、赶脚的单身做些缝缝补补的简单活计；或是给某家的老人做做装裹什么的，收入可想而知。谢家之所以还能经常吃到虾米皮炸酱面，这多与父亲的资助有关。至于这院房与父亲究竟有什么关联，我说不清楚。六儿拼命地打袼褙，其中难免没有要摆脱虾米皮炸酱面笼罩的成分在其中，他要自立。他要挣脱出这难堪与尴尬，就必须苦苦地劳作，将希望寄托在那些袼褙上。

毕竟是能力有限，毕竟是太难了。

他很无奈，焦急而忧郁，命运的安排是如此的残酷无情，这是他与我注定不能融洽相处、不能平等相待的原因。

我那时不懂，后来就懂了。

我老觉得我很聪明，但后来的事实证明，我比起我的母亲来差远了。

我身上常常出现的糨子嘎巴儿和那不甚好闻的气息引起了母亲的注意。一天，我和母亲在老七舜铨房里，母亲摸着我那被糨糊粘得发亮的袖口说，又跟你阿玛去裱画铺了吗？我说，是呀。母亲问，都裱了些什么画呀？是不是老七画的那些啊？老七舜铨正在纸上画鸭子，他一边画一边说，我是不会把我的画拿出去让我阿玛糟蹋的，您看看丫丫身上的糨子，您闻闻这股馊臭的糨子味儿，料不是什么上档次的裱画铺。母亲问，你上回说的那个叫六儿的，他们家哥儿几个呀？我说，哥儿一个。母亲说，哥儿一个怎么会叫六儿呢？我说，因为他像咱们家的老六，他脑袋上也长了角。舜铨突然停了画，惊奇地看着我，一脸严肃。母亲问，那个六儿在哪儿住哇？我牢记着父亲的嘱咐，脸不变色心不跳地朗声答道：桥儿胡同。我特别注意了“桥”的发音，让它尽量与“雀”远离。母亲说，是雀儿胡同啊，那是在南城了。我慌忙辩道，您搞错了，是桥儿不是雀儿。母亲笑了笑说，上回你阿玛不是说六儿在东单吗，怎么又到了雀儿胡同呢？我急赤白脸地争辩道，是桥儿，不是雀儿！

我们家人都说老七傻，其实我比老七还傻。老七在旁边都听出破绽来了，直冲我瞪眼，我却还没心没肺地嚷嚷什么桥儿、雀儿。母亲不耐烦地挥挥手说，算了，你别跟我争了，我早看出来了，你是一只养不熟的白眼儿狼，我是白疼你了。我说，我怎么是白眼儿狼了？怎么是白眼儿狼了？

母亲叹了口气，神情黯淡，歪过脸再不理我。我还要跟母亲理论“白眼儿狼”的问题，老七从后头把我拦腰抱起，三步两步出了屋。我在老七身上踢打哭闹，让他把我送回母亲身边去。老七不听，我就往他的袍子上抹了一把又一把的鼻涕，唾了一口又一口的唾沫，直到他把我夹到后花园的亭子里，狠狠地撂在石头地上。

老七点着我的鼻子说，你胡说了些什么！我说，我怎胡说了？我什么也没说。老七说，你个缺心眼子的二百五，你还嫌这个家里不乱吗?！老七说“家里乱”是有原因的。不久前，他的“媳妇”柳四咪刚跟着我们家的老大金舜铻跑了，他心里烦，气儿不顺。我说，你媳妇跟着老大跑了，你去找老大呀，挟持我干什么？老七听了我这话气得脸也白了，嘴唇直哆嗦，反不上一句话来。我看老七没了词，越发来劲了，说，连自个儿媳妇都看不住，还有脸说我呢。老七想了一会儿，终于伸出手来，啪地抽了我一个嘴巴子。

真挨了打我反倒不哭了，我学着六儿的样子，显出一副无耻与无赖相，也像六儿那样一字一顿地说：我、操、你、妈！

老七愣了，他像不认识我一样地看了我半天，结结巴巴地说：你说……说……什么……我母亲她……怎么你了？

我很得意，我觉得六儿真是一个伟大的人物，他创造的这句箴言可以降服我们家任何一个老儿，我的那些虾米皮炸酱面可真是没有白吃。我把发呆卖傻的老七扔在园子里，自己晃晃悠悠转到厨房来。厨房里，大笼屉冒着热气，那里面传出了肉包子的香味。老王正在熬红小豆粥，豆还没烂，他正坐在小凳上剥核桃仁。我在核桃仁碗前蹲下来，老王把碗端开了。

我说，刚才老七打我了。

老王没言语，也没有表情。

我说，老七打了我一个嘴巴。

老王将一颗硕大而美丽的核桃仁丢进碗里。

我说，这事儿我跟老七没完。他说我给家里添乱……

老王说，小格格您到前头玩儿去吧，您也甭给我这儿添乱了。

我说，老王你客气什么？咱俩谁跟谁呀！

老王说，不是客气，是怕太太们怪罪。不管怎么着，老王也是下人，是伺候人的人，你们的事儿跟我没关系。

我说，老王你今天怎么变得这么生分？咱们俩平时的关系可是不错！

老王一边把我往外推一边说，谁敢跟您不错呀！您是《捉放曹》里的曹操，我是里头的陈宫，我不跟着您跑啦，我改辙啦！

我傻乎乎地问，我是曹操，那谁是吕伯奢，我把谁杀啦？

老王说，你把你阿玛杀啦！

我说，我阿玛跟老三上琉璃厂看古玩去了，他活得好好儿的。

老王说，今儿晚上他就好好儿不成了，你等着吧，有场好闹呢！

我说老王是替古人操心，说完瞅个空当儿，抓了一把核桃仁，撒腿就跑。

老王追出厨房跳着脚地嚷嚷，我大半天的工夫，让你一把抓没了！

那天，我一个人在院里进进出出，却没一个人理我，使我感到自己不是只好鸟。后来实在没事干，我就跑到老姐夫的院里去陪老姐夫喝酒了。

晚上，并没有老王说的"好闹"，父亲从琉璃厂买回来一个会闹鬼的洋钟，一到点，两个小鬼轮番出来打鼓，挤眉弄眼的，还会扭屁股。父亲说这是从宫里流散出来的物件，因为钟背后有英吉利敬献孝和睿皇太后的字样，推算起来该是道光时候的东西。母亲似乎也很高兴，让那俩鬼打了一遍又一遍鼓，还说其中的一个长得像厨子老王。

我没心思看鬼打鼓，我为肚子里的三个包子两碗粥一盘白肉而折腾，愁眉苦脸地弯在炕桌边上，没完没了地哼哼。刘妈说，这孩子今儿是吃撑着了，让老王给她沏碗起子水喝吧。母亲说行，又说以后我吃饭不能跟着大人们在一起混，得给我单拨出来，否则没数，说我像这样地撑着已经不是第一回了。刘妈一边搅着起子水一边说，要光是包子和肉也用不着喝这个，要紧的是她肚子里还有半肚子酒呢，下午在五姑爷那儿喝了个肚儿圆，不是我进去看见，她还喝呢！母亲说，这个占泰，真是的，怎的给个小孩子灌酒？我得说说他了。母亲说着，捏住我的鼻子，刘妈将那碗起子水毫不含糊地全灌进了我的肚子里，她们俩配合得默契而熟练，已经成了一套完整程式，这说明她们对我进行这样的摧残绝不是一次了。灌进我肚里的“起子”，其实就是苏打，发面用的，她们让我肚子里的包子们像面一样地起泡发酵，这招儿真是绝得不能再绝了。

喝了那又苦又涩的起子水，我回去睡了。

五

我照旧跟着父亲去桥儿胡同，照旧吃那炸酱面，照旧吃那廉价的糖豆儿、大酸枣。不同的是，六儿不打袼褙了，他拿起了针线。这么一来，院里树底下再没了他的踪影，他老在东屋的案子前为一堆堆布而忙碌，当然，那些布较他打袼褙的布有了很大进步。谢娘跟他一块儿干，谢娘是他的师傅，也是他的帮手。

他还是不理我，脸上对我的厌恶依然如故。

我对他当然也没有什么好印象。

我常想，要是别人大概会对父亲的援助感激涕零了，但六儿并不因这而增加对父亲的了解，清除他们之间固有的隔膜，这真是一个执拗的、奇怪的人。

这天，下着大雪，我和父亲又来到了桥儿胡同。

谢娘对我说六儿给我缝了一个好看的小布人儿，让我快过去看看。我说，那娃娃穿的什么衣裳呀？谢娘说穿的是水缎绿旗袍。我说如此甚好，我就喜欢水缎绿旗袍。谢娘说，那你还不去看，让六儿再给你做个粉红的短袄、琵琶襟儿的……没等谢娘说完，我已飞了出去。

六儿果然在他的房里，但没有缝小布人儿，他在缝一条裤子，又粗又短的土灰裤子。见我进来，他说，你来干什么！我说，我来看看。六儿说，我的屋不让你看。我说，你这儿又不是皇上的金銮殿，还不许人看了？六儿说，可我这儿也不是谁想进就进的大车店。我说我是来要我的小布人儿的，并没有想在他的屋里多待。六儿说没有小布人儿，让我哪儿凉快哪儿歇着去。我说，你这儿就凉快，我就在你这儿歇着，你把那个穿水绿旗袍的小布人儿给我！六儿说他不知道什么水绿旗袍。我说，你妈说有。六儿说，我妈说有你找我妈去，别在我这儿搅和。我认为六儿是故意跟我找别扭，看来不发脾气是不行了，就在我四处踅摸可以踢砸的东西时，谢娘在北屋大声说，六儿，你给她缝一个！

六儿看了看我，从鼻子里轻轻哼了一声，顺手摸起一块从裤子上铰下来的布头，哧哧哧就又剪又缝起来。缝着缝着，他又从线笸箩里找出两个小红扣钉上，终于，在他手里，那个灰不溜丢的东西有了形状，原来是只长尾巴的红眼耗子。我是属耗子的，六儿这不是骂我吗？我不干了。我说，小布人儿呢？绿旗袍呢？你弄了只耗子搪塞我算怎么档子事儿？

六儿说，给你只耗子就算不错了，你别给脸不要脸！

我说我要穿水绿旗袍的小人儿。

六儿说，耗子就不穿旗袍，连裤子也不穿。

我说，六儿你就缺德吧，你的那两个犄角压根儿就长不出来，你甭做当龙的梦了，你成不了龙，你永远是一条泥鳅，臭水坑里的烂泥鳅！

六儿说他从来也没想过要当龙，他连长虫也不想当。

我说，你以为你是谁？你根本就不是我阿玛的儿子！

六儿说，你以为我是你爸爸的儿子吗？我要是你爸爸的儿子那才怪了！末了又找补一句，给谁当儿子也不会给你们金家当儿子，我寒碜！

我揪了那秏子的尾巴到北屋告状去了。

北屋里，谢娘在哭，一抽一抽显得很伤心。我父亲揣着手，皱着眉，在屋里走来走去。看这情景，我明白自己再不宜浑闹，就乖乖地靠着炕沿站了。

外面，雪越下越大，又起了风，天气变得很冷，而屋里似乎比外面还冷。父亲只是低头叹息，谢娘只是低头垂泪，风雪交加中他们是死一样地沉寂。

末了，父亲说，她怎么能背着我这么干……

谢娘说，太太来了也没说什么过头的话，就让我替四爷多想想。

父亲说，那个姓张的就那么可靠……

谢娘说，是个实诚人儿，也喜欢六儿……

父亲说，他一个凿磨的石匠有什么出息！

谢娘说，总算是个手艺人。

父亲低着头又在屋里转，一言不发。半天，谢娘说，六儿大了，他懂事了，那孩子心思重。

父亲说，这孩子可惜了……

那天我们没有在谢家吃饭，谢娘把我们送到门口，神色凄凉，那欲说还休的神情使我不敢抬头看她。父亲也不说话，只是吭吭地咳嗽。我听得出来，那不是真的咳，他是用咳来掩饰自己。车来了，谢娘冲着东屋喊六儿，说是四爹要走了。东屋的门关着，父亲站了一会儿，见那房门终没有动静，就转身上车了。谢娘还要过去叫，父亲说，算了吧。说完就靠着车座闭了眼睛，显得很困，很乏。谢娘掀起车门帘，将那个灰布耗子塞进来，嘱咐父亲要给我掖严实了，别让风吹着了。父亲闭着眼睛点了点头，我看见，清清的鼻涕从父亲的鼻子里流出来，父亲的嘴角在微微地颤抖。我转脸再看谢娘，穿件单薄的小袄，一身的雪花，一脸的苍白，扶着车帮哆哆嗦嗦地站着，在呼呼的北风里几乎有些不稳。一种诀别的感觉在我心里腾起，我对这个南城的妇人突然产生了一种难舍的依恋。我知道，以后我再也不会到桥儿胡同来看谢娘了，那些温馨的炸酱面将远离我而去，那些五彩的袼褙将远离我而去，那可恶的六儿也将远离我而去。满天风雪，令人哽咽，我凄凄地叫了一声“娘!”自己也不知为何单单省了“谢”字。可惜，我那一声轻轻的呼唤刚一出口，就被狂风撕碎，除了父亲，大概谁也没听着。

谢娘慌忙将帘子掩了，我感觉到抱着我的父亲陡地一颤。

车走了，谢娘一直站在风雪里，默默地看着我们，看着我们……

那天，六儿自始至终也没有露面。

父亲一动不动地缩在他的大衣里。他不动，我也不敢动，我怕惊扰了他，我明白，他现在的心情比我还难过。望着忧郁、清瘦的父亲，我感到他很可怜，很孤单。于是，我把他的一双手攥在我的小手里，将我的温暖传递给他。

车过了崇文门，父亲睁开眼睛对前面的车夫说，上前门。

我说，咱们不回家吗？

父亲说，先上前门。

父亲到了全聚德，跟掌柜的说正月十三派个上好的厨子到我们家来做烤鸭，然后又到正明斋饽饽铺买了两斤奶酥点心，这才坐上车往家赶。

这两样东西都是我母亲爱吃的。

大雪扑面而来，世界一片迷茫，我真是看不懂我的父亲了。

六

日子一天又一天，平平常常地过去。

不能到桥儿胡同去，虽然给我添了一些寂寞，但并不影响我的快乐生活。至于六儿给我缝的那只红眼大耗子，早已被我丢得不知去向。有一天，我在厨房看见老王在用那只布耗子逗弄一只刚要来的小土猫，他在训练猫捉耗子的本领。小猫是送水的老孟给老王的，因为老王跟老孟说过，厨房的面口袋被耗子咬了窟窿，老孟是个记事的人，就给老王找了这么只猫。新来的小猫本来就认生，又被那只红眼耗子吓着了，一下钻进米面口袋的夹缝中，可怜巴巴地喵喵，不敢与耗子对阵。老王说，这倒怪了，猫怕耗子，还是只假耗子。我说，六儿太恶，缝的耗子也恶。老王说，那是因为你恶。我说，我怎会恶？我是一只还没长全毛的小耗子。老王说，你是一只耗子精。耗子精就耗子精，我认为对老王的话大可不必认真，他一个做饭的，能有什么真知灼见呢？

转过年冬天，又到了正月，又是一个大雪天。早晨，纷纷扬扬的雪花从高天之上飘洒而来，我在院子里仰着脑袋看天，冰凉的雪花落在我的脸上，转瞬又化为水。我突然诗兴大发，高声喊道：

燕山雪花大如席，
飞到金家大院里。
天白地白树也白，
晌午咱们吃烧鸡。

我把这首即兴创作的诗喊了一遍又一遍，图的是让父亲听见。我知道，父亲就在北屋里，正和母亲商量今天上吉祥大戏院听戏的事，听说吉祥下午有《望江亭》。《望江亭》是我爱看的戏，里边的小寡妇谭记儿很漂亮，一会儿换一套衣服，一会儿换一套衣服，让人眼花缭乱。如果父亲听了我的诗句，十分欣赏，一准儿会说，瞧，那诗做得多么好，带了那丫儿去吧。那样我不就捡了个便宜？

我的吟唱没有引出父亲倒招来了老七。老七说，你在这儿干吗呢？我说我在作诗，说着又把那诗吟了一遍。老七说，你得了吧，大下雪的，别在这儿散德行了，你这也叫诗吗？头一句照搬的是李白，三一句剽窃的张打油，就末了一句是你自己的，倒是很有真性情，终归也没离开吃。我就跟老七说了想看《望江亭》的打算。老七听了笑着说，你就是《望江亭》，还用得着再看《望江亭》吗？我问我怎的就是《望江亭》。老七说，您做的那首“咏雪”的诗，跟戏里那位纨绔子弟杨衙内做的“咏月”的诗如出自一个师傅般地相似，可见天下的蠢都是一样的。

我当然记得戏里那位衙内的诗：

月儿弯弯照楼台，
楼高小心摔下来。
今日遇见张二嫂，
给我送条大鱼来。

我说，你不觉得那位衙内的诗也很朴实易懂吗？他比你的那些“子曰”坦诚多了。我爱杨衙内，也爱他的诗。老七说，如此甚好，如此甚好……

我们正说着话，六儿脑袋上顶着一条麻袋跑进来了，见了我和老七，没说话，扑通跪下磕了四个头。我看见六儿的腰里系着白布，脚上穿着孝鞋，我知道，六儿是来报丧了。

老七问他是谁。

六儿说他是雀儿胡同张永厚的儿子。

老七问是谁殁了。

六儿说是他妈。

也就是说，谢娘死了！

我的身上一阵发冷，打了个激灵。

老七将六儿领进北屋，我的父亲和母亲还在谈论下午的戏。六儿按孝子的规矩给屋里的每一个人都磕了头。我特别拿眼睛扫了一下父亲，父亲无动于衷地坐着，表情平静得不能再平静了，他甚至还有心情让刘妈往他的茶碗里续了一回水。

母亲说，谢娘是金家的熟人了，咱们得了人家不少济，就是眼下我穿的这件狐皮坎肩儿也是谢娘做的，咱们应该过去看一看才好。母亲问什么时候出殡，六儿说让人算过了，就是今天下午。母亲说，从来都是早晨出殡，哪儿有挪在下午的？

六儿不说话。

刘妈在一边小声说，太太忘了吗，谢娘是再嫁……我在旁边听得清楚，便明白了，原来寡妇再婚，婚后出殡，那时辰是要与众不同的。错过时间，为的是让她先一个死鬼男人在奈何桥上白等，不让他们在阴间团聚，因为后边还有个活的。

打发走了六儿，母亲说下午让刘妈到桥儿胡同去一趟。刘妈说不认识，母亲就让我跟刘妈一块儿去。我痛快地答应了，在去听戏还是去桥儿胡同这两件事上，我之所以毫不犹豫地选择了后者，我是想，应该去送一送谢娘，就冲她那温和的笑、那喷香的面，就冲她在风雪中为我们的站立……

不能不送。

母亲派刘妈去也是派得很得体的。刘妈是下人，与谢娘的身份对等，我们既没抬了他们也尽了礼数。刘妈是母亲们的心腹，回来后肯定会将桥儿胡同那边的事情一五一十地向母亲描述清楚。至于让我去，明是给刘妈带路，实则是代表着父亲，给父亲一个脸面，母亲的心计是很够用的。我想父亲心里一定很不好过，以他和谢娘的关系，他是应该到场的，如今却要陪母亲去看戏，那种伤情，让人觉得心碎。

出门的时候，我特意在廊下多站了一会儿，想的是父亲能出来对我有什么嘱咐和交代，但是父亲没有出来。

下午，雪停了，我和刘妈冒着严寒来到桥儿胡同。车一拐弯，远远就望见谢家门口挑了烧纸，那纸在风里呼扇呼扇地飞，好像被系住翅膀的鸟儿。

谢家院里搭了个小棚，三两个吹鼓手在灵前吹打，乐声单薄草率，断续的音响在这凄寒萧瑟的小院里颤抖着，连得人的心也发颤。一个腰系白带子的木讷男人把我们迎了，也说不出什么话，两片厚嘴唇翻过来调过去就是俩字，“来了”“来了”。想必这就是六儿的继父，石匠张永厚了。刘妈问及谢娘后来的情况，张永厚说是昨儿擦黑儿咽的气，吃不下东西已经有一个月了。说着就把我们往灵前领。

我看到了那口沉闷的黑漆棺材，我知道那里面装着谢娘，装着可怕可悲的死！六儿跪在棺前，一脸的疲惫，认真地承担着孝子的角色，这个院里，真正穿孝的也就他一个人。一个女人，头上扎块白布条，见我们一走近，就开始了有泪没泪的号啕，不是哭，是在唱，拉着长声在唱，那词多含混不清。据说，这是谢娘的一个远房亲戚，丧事完后，谢娘遗下的衣物、手使将归其所有，这是她耗在这里不肯离去的原因。几个穿着团花绿衫的杠夫，坐在棚的一角，喝茶聊天，他们在等待起灵出殡的时辰。

我来到棺前，看到了里面的谢娘。

已经不是给我做炸酱面的那个媳妇了，完全变作了一具骷髅、一副骨架，骨架裹着一身肥大厚重的装裹，别别扭扭地窝在狭窄的棺里。谢娘的嘴半张着，眼睛半闭着，像是在等待，像是要诉说。刘妈说，怎能让她张着嘴上路呢？得填上点儿什么才好。趁刘妈去准备填嘴物件的空隙，我扒着棺沿，轻轻地叫了一声："谢娘！"我想，我是替父亲来的，谢娘所等的就是我了。如果有灵，她是应该知道的。

棺里的谢娘没有反应，那嘴依旧是半张，那眼依旧是半闭。

我该怎样呢？我想了想，将兜里一块滑石掏出来，这块滑石是我在地上跳房子画线用的，已经磨得没了形状。最早它原本是父亲的一个扇坠，因其软而白，在土地上也能画出白道，故被我偷来充作粉笔用。现在，我把这个扇坠搁在谢娘僵硬冰凉的手心里，虽然我很害怕，腿也有些发软，但想到谢娘对我诸多的宠爱，想到那温热的炸酱面，想到这是替父亲给谢娘一个最终的安慰，便毫不犹豫地做了。

刘妈用纸包了一个茶叶包，塞进谢娘半张的嘴里。

谢娘的嘴，被刘妈的茶叶堵上了，她再也说不出话了。

杠夫们走过来，要将棺盖盖了，我听见六儿撕心裂肺的哭喊"妈！——"我的眼泪也下来了，我跟他一起大声喊着"谢娘！"也肆无忌惮地张着大嘴哭。刘妈将我拉开了，说是眼泪不能掉到死鬼身上，那样不好。刘妈小声地告诫我："端着点儿！"她说，这是谁跟谁呀，咱们意思到了就行了，不要失了身份。

我不管，我照哭我的。

六寸长的铁钉，嘭嘭地钉了进去，将棺盖与棺体连为一体。六儿在棺前不住地念叨：妈，您躲钉！妈，您躲钉啊！……那声音之凄、情意之切，感动得刘妈也落了泪。我知道，随着这嘭嘭的声响，谢娘从此便与这个世界隔绝开了，我那块滑石也与这个世界隔绝开了……

杠夫们将棺上罩了一块红地儿蓝花的绣片，这使得棺木有了些富贵堂皇的气息，不再那样狰狞阴沉。几条大杠绳在杠夫们的手里，迅速而准确地交叉穿绕，将棺材牢牢捆定。杠头儿在灵前喊道：本家大爷，请盆儿啦——

这时，跪在灵前的六儿将烧纸的瓦盆捧起，啪地朝地上砸去。随着瓦盆碎裂的脆响，吹鼓手们提足精神猛吹了起来，棺木随之而起，六儿也跟着棺木的起动悲声大放。

灵前，自始至终，只有一个六儿，未免孤单软弱。他之所以叫作六儿，是父亲按金家子弟的排列顺序而定，暗中承袭着金家的名分。按说，此刻我应该跪在六儿的身后，承担另一个孝子的角色，而现在却只能在一边冷冷地看着，如一个毫无关系的旁观者。

棺木出了小院，向南而去。送殡的队伍除了那些杠夫以外，只有张家父子两人，六儿打着纸幡走在头里，他的继父石匠张永厚，抄着手低着头走在最后头。

乐人们夹着响器散了，回了各自的家。

远房亲戚说要赶紧收拾，不能耽搁，再不招呼我们。

我在路口庄严肃穆地站着，目送着送殡队伍的远去。在雪后的清冷中，在阴霾的天空下，那团由杠夫衣衫组成的绿，显得夸张而不真实……我想，我要把这一切详细地记下来，回去一点儿不落地说给我的父亲。这是我能做到，也是应该做到的。

不知此时坐在吉祥大戏院看《望江亭》的父亲，是怎样一种情景……

七

“生不能相养以共居，殁不能抚汝以尽哀”，这该是多么凄惨的感情缺憾，多么难与人言的酸楚。遗憾的是后来父亲从没向我问及过谢娘的事情，即便在父女俩单独相处的时候，我几次有意把话题往桥儿胡同引，也都被父亲巧妙地推了回来。看来，父亲不愿谈论这个内容了。所以，谢娘最后的情况，父亲始终是一无所知。

为此，我有些看不起父亲。

后来，父亲去世了。

我到桥儿胡同找过六儿。小院依然，枣树依然，他那个当石匠的爹正在院里打磨，我不知道那时候的北京怎会还有人使用这个东西。石匠已经记不得我了，我也不便跟他说父亲的事。打听六儿的情况，知道他在永定门服装厂上班，改名叫张顺针。

我在服装厂的传达室里见到了这个叫做张顺针的人，彼时他已是带徒弟的师傅了。张师傅戴了一顶蓝帽子，表情严峻，进来也不坐，挓挲着手在屋当间站着。我说了父亲殁了的事，本来想在他跟前掉几滴眼泪，但看了他的模样，我的眼泪却怎么也掉不下来了。张师傅说，您跟我说这样的事儿有什么意思吗？这倒是把我问住了，我停了一下说，当初您到我们家说令堂不在了的时候，是不是也有什么意思呢？张师傅看了我一眼，从那厌恶的眼神里，我找到了当年六儿的影子。我说，当初我父亲是很爱您的，他对您的感情胜过了我所有的哥哥。张师傅哼了一声没有说话，任凭着沉默延伸。谈话无法继续下去了，我只好起身告辞，没等我出门，他先拉开门走了。

我回来将六儿的态度悄悄说给老七。老七叹了口气说，怎的把仇结到了这份儿上？兄弟虽有小忿，不废懿亲，更何况还有个父子相亲的情分在其中。既是这样，也只好随他去了。

第二天早上，有人送进来一包衣物，说是一姓张的人让带来的。金家人打开一看，原来是一包长袍马褂的老式装裹，无疑这是送给去世的父亲的。我知道，这是六儿连夜为父亲赶制出来的。说是无情，真到绝处，却又难舍，这大概就是做人的两难之处了。金家没人追究这包衣服，大家谁都明白它来自何处。母亲坚决不让穿这套装裹，她说父亲是国家干部，不是封建社会的遗老，理应穿着干部服下葬，不能打扮得不成体统，让人笑话。

母亲的话有母亲的道理，在父亲的遗体告别式上，穿戴齐整的父亲，俨然是社会名流的“革命”打扮，一身中山装气派而庄重。那是父亲参加各种社会活动的一贯装束，是解放后父亲的形象。至于那个包袱，在父亲入殓之时被我悄悄地搁在了他的脚下。我知道，这个小小的细节除了我的母亲以外，在场的我的几个哥哥都看到了，但大家都不约而同地睁一只眼、闭一只眼。他们都是过来人，他们对这样的事情能够给予充分的理解和宽容。

到底是金家的爷们儿。

与六儿相关的线索由于父亲的死而斩断，从这往后，再没有理由来往了。“文革”的时候，我们听说六儿当了造反派，是的，他根正苗红的无产阶级出身注定了他要走这一步。在我的兄长们因这场革命而七零八落时，六儿是在大红大紫着。我和老七最终成为了金家的最后留守，我们提心吊胆地过着日子，时刻提防着红卫兵的冲击。而在我们心的深处，却还时时提防着六儿，提防着他“杀回马枪”，提防着他“血债要用血来偿”的报复。如若那样，我们父亲的这最后一点儿隐私也将被剥个精光。给我们家看坟的老刘的儿子来造了反，厨子老王从山东赶到北京也造了我们的反。唯独六儿，最恨我们的六儿，却没有来。

后来，我从北京发配到了陕西，一晃又是几十年过去。随着兄弟姐妹们的相继离世，六儿在我心里的分量竟是越来越重，常常在工作繁忙之时，会从眼前闪过六儿的影子。有时在梦中，梦见他顶着一头繁重的角，喘息着向我投以一个无奈的苦笑。惊慌坐起，却是一个抓不着的梦。老七给我来信，谈及六儿，是满篇的自责与检讨。他说仁人之于弟，不藏怒，不宿怨，唯亲爱之而已。他于兄弟而不顾，实在是有失兄长的责任，从心内感到不安。老七是个追求生命圆满的人，而现今世界，在大谈残缺美的同时，又有几个人能真正懂得生命的圆满？——包括六儿和我在内。

八

来北京出差，在电视台对某服装大师的专访节目中，我突然听到了张顺针的名字。原来这位大师在介绍自己的家传渊源，向大家讲述从他祖父谢子安起，到他的父亲张顺针，他们一直是中国有名的服装设计之家。他之所以能成为大师，绝对有历史根源、家庭根源、社会根源以及本人的努力……我听了大师的表白，只感到不是说明，是在检查。这样的套路，每一个出身不好本人又有点儿问题的人，在“文革”时都是极为熟悉的。现在换种面目又出现了，变作了“经验”，只让人好笑。

依着电视的线索，我好不容易摸索着找到了张顺针的家，当然已不是昔日的桥儿胡同，而是一座方正的新建四合院。今天，在北京能买得起四合院的人家，家底儿当在千万元以上。也就是说，贫困的谢娘后代，如今已是了不得的富户了。想起当年武老道“若生在贫贱之家，前程不可量”的断语，或许是有些意思。

朱门紧闭，我按了铃，有年轻人开门，穿的是保安的制服，料是雇来的门房。我说来看望张老先生，看门的小伙子问我是谁，我说是张先生年轻时的朋友。那小伙儿很通融地让我进去了，他说老爷子一人在家快闷出病来了，巴不得有人来聊。

院里有猛犬在吠，小伙子拢住犬，告诉我说，老爷子在后院东屋。

来到后院东屋，推门而进，一股热腾腾的糨子味儿扑面而来，靠窗的碎布堆里，糨子盆前低头坐着一个花白头发的老人，这就是六儿了。

见有人进来，老人停下手里的活计，抬起头，用手托着花镜腿，费劲地看着我。眼睛有些混浊，看得出视力极差，那模样已找不出当年桥儿胡同六儿的一丝一毫。

我张了张嘴，那个“六儿”终没叫出来，因为我已经不是当年使性较真儿的混账小丫头，他也不是那个生冷硬倔的半大小子了。我们都变了，变了很多很多。该怎么称呼他，我一时有些发蒙，叫张先生，有些见外；叫六儿，有些不恭；叫六哥，有些唐突……后来，我决定什么也不叫。

我说，您不认识我了吗？

张顺针想了半天，摇了摇头，笑容仍堆在脸上，他是真想不起来了。

我说我是戏楼胡同金家的老小，以前常跟着父亲上桥儿胡同的丫丫。

听了我的话，对方的笑容僵在脸上。我估摸着，那熟悉的冷漠与厌恶立刻会现出，尽管来时我已做了最坏的心理准备，可心里仍旧有些发慌。但是，对方脸上的僵很快化解，涌出一团和气和喜悦，亲热地让我坐。

我将那些碎布扒开，挑了个地方坐了。

张顺针说，咱们可是有年头儿没见了，有三十年了吧？

我说，整整四十四年了。

张顺针说，一眨眼的事儿，就跟昨儿似的。您这模样变得太厉害，要是在街上遇着了，走对面也不敢认了。说着，顺手从他身边的大搪瓷缸子里给我倒出一碗浓酽的茶来。我喝了一口说，您这是高末儿。

张顺针说，能喝出高末儿的是喝茶的行家。现在高末儿也是越来越难买了，不是我跟"吴裕泰"的经理有交情，我哪儿喝得上高末儿？

我说，您还在打袼褙？

张顺针笑着说，您看看，这哪儿是袼褙？这是布贴画。这张是"踏雪寻梅"，这张是"子归啼夜"，那个是"山林古寺"，靠墙根儿摆的那一溜儿画儿，都是有名字的。

经张顺针一说，我才在那些袼褙里看出眉目来。原来张顺针的这些布贴画与众不同，都是将画面用布填满，用布的花纹、质地贴出图画的效果来，很有印象派的味道。他指着一幅有冰雪瀑布的画对我说，那张布画还参加过美术馆的展览，得过奖。

我说，老七舜铨也是搞画的，您什么时候跟他在一块儿交流交流，您老哥儿俩准能说到一块儿去。

张顺针说，你们家老七那是中国有名的大画家，人家那是艺术，我这是手艺。

我说，老七可是一直念叨着您呢，他想您。

张顺针说，谢谢他还惦记着我，其实我们连见也没见过。

我说，怎么没见过？见过的。

张顺针问在哪儿见过。

我说，那年在我们家的院子里，您上我们家来……天还下着雪……

我本来想说出“报丧”二字，怕伤他自尊心，只说是下雪，让他自己去想。

张顺针还是想不起来。在他思考的时候，他的头就微微地颤动，我看到了他稀薄的头发下那两个明显而突起的包。那曾经是父亲寄予无限希望的两只角。

张顺针见我对着他的脑袋出神，索性将脑袋伸过来，让我看个仔细。他说，不是什么稀罕东西，让医院看过，骨质增生罢了。遗传，天生就是这样。

我说，我们家的老六就是这样，他还长了一身鳞。

张顺针说，长鳞是不可能的，人怎么能长鳞呢?

我觉得再没有什么遮掩迂回的必要了，几十年的情感经过长久理智的熏陶，像是地底潜流中滴滴渗出的精华，变得成熟而深刻。亲情是不死的，它不因时间的相隔而中断，有了亲情，生命才显出它的价值。我激动地叫了一声：六哥！——

张顺针一愣，他看了我一会儿说，别价，您可千万别这么叫，我姓张，跟金家没一点儿关系。

我说，您跟我死了的六哥是兄弟，您甭瞒着我了，我早知道。

张顺针说，您这是打哪儿说起呢?

我说，就从您脑袋上的包说起，您刚说了，这是遗传。

张顺针说，可有包的不一定就都是你们金家的人；反过来说，你们金家也不一定人人脑袋上都有包。

我说，您甭跟我绕了，我从感觉上早就知道您是谁了。

张顺针说，您的感觉就那么准吗?您就那么相信自个儿的感觉?

我说，当然。

张顺针笑了笑说，一听见您说“当然”，再看您这神情，我就想起您小时候的倔劲儿来了，好认死理儿，不撞南墙不回头，现在一点儿也没变，还是那么爱犯浑。实话跟您说，您父亲是真喜欢我，就是为了我脑袋上的这俩包。可他心里清楚极了，我不是他儿子。

我的脑子突然变得一片空白，不会思索了。

阿玛，我的老阿玛，是您糊涂还是我糊涂啊！

张顺针说，您父亲老把我当成你们家的老六，把我当成他儿子。

可从我们家来说，无论是我娘还是我，从来就没认过这个账。

我无言以对。

张顺针说，现在回过头再看，您父亲是个好人，难得的好人……

我说，谢娘也是好人，像妈一样……

张顺针半天没有说话，停了许久，他说，我娘那辈子……忒苦。

我和六儿就这么坐着，坐着，彼此再不说一句话。

我机械地喝了一口水，已经品不出茶的味道。后来又聊了些无关紧要的闲话，我说我要告辞了。

张顺针让我再坐一坐，他大概是不愿意让我以这种心情离开。他问我什么时候回陕西，我说大概还得半个月，剧本还有许多地方要修改。张顺针问我是写电视的还是演电视的，我说是写电视的。他说还是演电视的好，将来我在电视里一露脸，他就可以对人说，这个角儿他认识，打小就认识，属耗子的，是个爱犯浑的主儿！他说，据他考证，耗子是可以穿旗袍的，迪斯尼的洋耗子可以穿礼服，中国的土耗子怎么就不能穿旗袍呢？

我说是的，耗子可以穿旗袍。

九

十天后，张顺针就让他的儿子给我送来了这件旗袍。

水绿的缎子旗袍。

曲罢一声长叹

曲罢一声长叹，叹宵光何限。共倚雕阑，蒹葭雾锁云程断。空对着影珊珊，月映琅玕，惨凄凄树咽秋蝉，冷飕飕落叶声残，泪眼孜孜相看。离愁两地何日接幽欢。

一

悠悠箫声浸润在清凉的夜色中，吹的是《满庭芳·梦中缘》中的一段。那细腻清丽的曲调，将门外喧嚣的声浪隔断，把世界变得水一般静。小院里树影婆娑。东侧粉墙依然，西侧紫藤依旧；只是那粉墙已然斑驳，紫藤已显零乱。月光下，显出难以掩盖的破败来。

花厅亮着灯，箫声从里面传出，使人有隔世之感。然而利用游廊巧妙改建成的小厨房和里面散溢出的肉末儿炸酱的香气，则给这《满庭芳》平添了一层戏谑浪漫之气。

《满庭芳》曲牌属北曲正宫，曲调当顺畅柔美，极少跌宕。今日这箫却吹得晦涩匆忙，宫商错乱，似辗转不安的狐兔，又似断续纷杂的急雨，浮躁中还多了几分难耐。

我提着行李，绕过曾是开满芍药花如今却变作下水池的土台，钻过晾满各色衣衫的铁丝，向灯光走去。花厅的门虚掩着，门缝里透出久违了的气息，这气息无时无刻不在这个家族的各个角落存在着，虽然时光荏苒，世事更迭，却仍旧顽强执拗地存在着，熏染着来到这里的一切人和物。尽管我身着90年代的服装，进门前也是满脑子的“建设有中国特色的社会主义”，但自进入这箫声与月色相融的小院，浑身的燥热便立即退去。沸腾活跃的思考也仿佛化作固定的符号，在脑海中淡化、隐退，浸来的是淡淡的哀愁和悠久的凝重。我惊叹角色的转换竟会这般快捷，甚至惊叹离家、回家，回家、离家，这几十年来风浸尘淫，对我竟无多改变……

我在门口久久地站着，看着坐在绣墩上的吹箫人，看着他身后巨大的画案，还有那粉墙与紫藤。我做女孩的时候，他便在这里吹，在这里画，如今依然如故，多少年了啊！

我叫了声七哥，箫声倏然而止，舜铨回过身来看见我说，噢，是舜铭吗？我说是，就走过去坐在他对面的椅子上。舜铨比我上次见时又老了一些，皮肤上已有皱纹出现，稀疏的头发也再寻不出一根黑发。然而细高的身材依旧挺拔，儒雅持重之气依旧贯穿于举手投足之间。

他长得很像他母亲。

祖父给后辈们留下的占了半条街近三百间房屋的偌大府第，还有东直门外长着百余棵高大白果树的大片坟地，在我记事时就已所剩无几。后来经“文革”浩劫，更是山穷水尽，四壁萧然，连吃饭也成了问题。所幸后有政策的落实，部分房产和查抄物品的归还，才使我们有了这五间花厅和这座荒废的小院。旧时，小院是花园一隅，其能幸存是因我母亲和舜铨一直住着。前面的正房和庭院早已被拆毁，代之以某单位的家属楼，朱红的大门和精美的石鼓也早不知去向了。

老七舜铨在金家兄弟中是与我接触最多的一个，从我在这座宅院中降生到离家，在我的生活中始终有他的影子。“文革”中，我的哥哥们几乎没有谁逃过了劫难，舜铨也被剃了阴阳头，一条街一条街地游斗，我便跑前跑后地跟着，在心灵上同样承受着高帽木牌的重压和皮带的抽打。什么也不为，就因为他是我的哥哥，因为他是个不会害人也不会防人的人。他对谁都温良恭俭让，对谁都抱以孩子般的纯真，包括那些烧他字画的红卫兵。他曾商量着请求人家，能不能把他的画烧了而将张大千、溥心畬、徐悲鸿等朋友的画留下？红卫兵说不成。他说那就只好烧了，以他之拙作，能与这些精品同化庄周蝴蝶也算幸事。

舜铨每天晚上都吹箫，顶着阴阳头的时候也吹，所吹多是清末戏曲家张坚的《梦中缘》，“离愁两地何日接幽欢”。听到箫声，母亲便摇头叹息，说老七又想柳四咪了。

我的归来使舜铨很高兴，他问我西北是不是已经下雪了，榆林还有没有骆驼等等，我一一作答。昏黄的灯下，兄妹相聚，语言虽淡，却渗透着挚爱亲情。聊了很多无关紧要的话以后，舜铨突然跟我说，舜镐回来了。

我的心情一下变得有些紧张。舜铨看了我一眼说，老大是从台湾经香港过来的，在北京只待三天。

我问是否携着夫人。

舜铨嗯了一声。

舜锫是金家长子，如果清廷依旧，该是父亲镇国将军爵位的继承人。

但这位长子却早早地造了反。作为一名热血青年，他也曾真诚地追随“革命”、反叛封建家庭。但他加入的是国民党，后又进了军统，最终成为国民党军界一名炙手可热，双手沾满共产党、进步人士鲜血的人物。外界无人知晓他还有过金舜锫这样一个名字，这个名字在他的档案中或许还能查到，然而他那众所周知的“大名”，在我们家里却从未被任何人叫起过。“文革”中最让舜铨吃苦的就是舜锫了，那时候他在台湾干“反共救国团”，干得正上劲儿。

见我的思路抛锚，舜铨补充说他是听政府部门来电话通知才知道的。他以为老大会回家看看，看来老大没这个意思，从走出这个家门到现在，他已经有五十多年没回来过了。舜铨说，这次老大回来似乎也是怕别人知道，他不想兴师动众。

我说，他当然不想兴师动众了，他金舜锫罪孽深重，劣迹昭著，这回政府能让他回来，也是给了很大面子。料他无颜见故里亲朋，更愧对父母亡灵，偷偷摸摸，连家也不敢进是必然的。

舜铨没接我的话，这样的话满是孝悌思想的他是说不出来的。

舜铨说，叫你从西北赶回来，一来是见一见舜锫，再怎么说他也是我们的大哥，你是老小，你更应该主动些；二来那个匣子也该打开了，如今，金家舜字辈的人只剩下了我们三个，这个匣子这时候不开，怕是再没机会了。

舜铨说的匣子，是指 1998 年在拆毁西院套间时在夹墙中发现的一个小匣子。当时舜铨给我写信，说此匣系民国二十六年父亲由法国回来翻盖西院房屋时所藏，内装何物，尚是未知。既然翻出来了，便是到了该出来的时候，目前该匣暂由他保存，以后俟机打开。

这次我一进门，舜铨又提到匣子，并起身将一镶嵌螺钿的楠木匣由柜中取出，用布擦拭了，放在灯下，小匣立时熠熠生辉。匣上精致的小铜锁虽已锈蚀变绿，却仍牢牢锁定在环扣上。舜铨说趁着三个人都在，打开它，也算他对我们有了交代。

舜铨的妻子丽英和女儿青青端着饭由小厨房进来，见我在桌前坐着，吃了一惊。丽英放下碗说，您怎么悄没声儿地就回来了？下午让青青去车站接了，没接着，以为您坐明天的车呢。我说，没什么行李，用不着接，又不是不认识家。青青说，姑爸爸越发显得年轻啦，您瞧瞧我妈，都成了老太太啦，连花衣裳都不敢穿，到底比不上姑爸爸。青青这个现代青年也直呼我为“姑爸爸”，想必是受了她父亲的教诲。满族人常将家中长辈女子的称呼男性化，以示尊重，正如光绪称慈禧为“亲爸爸”一样。舜铨大约也常在女儿面前说你姑爸爸如何如何，她便也自然而然地叫“姑爸爸”了。丽英要去厨房再添两个菜，我说不必了，炸酱面挺好。丽英就请示丈夫，舜铨说，舜铭不是外人，不必再另炒菜了，坛子里有泡好的糖醋白菜，可以上一碟，那是她在外头吃不到的。我问糖醋白菜是谁做的，舜铨说当然是他，那骄傲自得的神情就像个小孩子。这糖醋白菜是我们家传了三四代的保留食品，即取白菜心切成菱状，再与雕成梅花形状的红胡萝卜同用白糖和上好白醋腌制，封存坛中，随吃随取。吃时再配以鲜绿香菜，红绿白相间，酸甜适口，好看又好吃。

四个人就围坐在灯下吃饭，饭菜虽简单，餐具却精美，这怕也是舜铨对昔日贵族风范的唯一保留了。丽英对我很客气，也很拘谨，说话也总是“您、您”的，让我很不自在。

丽英原本是东城织袜厂的工人，现已退休在家，容貌不佳，身段也略显粗短，文化水平只有小学毕业。她与老七舜铨结婚的时候我还在北京，因为老三、老四捣乱，结婚的喜宴竟不能在家里举行，被迫改在船板胡同丽英的娘家。就这，还砸了人家的暖壶。我母亲知道，舜铨对这门亲事是极不满意，也是极不情愿的，但终因形势所迫而同意，做了个孝顺儿子。丽英虽与舜铨年龄相差甚远，却很知足。且性情温顺，不仅对我母亲菽水承欢，扇枕温席，尽心侍奉；对丈夫也知冷知热，黾勉从事。每每念及她的这些好处，都使我称谢不尽，感激涕零。

母亲去世，青青降生，舜铨时已年近六旬。

舜铨老来得女，爱惜备至，惯纵异常，挥墨作画时亦常抱至膝上，笔端顺着孩子嘴巴走。青青说芭蕉下的大公鸡得背着小鸡，于是站在岩石上引颈长鸣的公鸡就立刻敛羽收翎，背上驮着一只小鸡雏，就地刨食，变作一副英雄气短、儿女情长之模样；青青说过桥的老头儿要坐在树上吃桃，拄杖穿袍的老先生便“马齿长而童心尚在”，丢了拐杖很麻利地上了树……

“三中全会”以后，舜铨的生活似乎平静而清闲，用他的话说是“围炉而坐，煮沉水，斗旗枪，写青山，临墨妙，悠悠自得其乐也”。然而我仍从那“自得其乐”的字里行间体味到了他心灵的孤寂与情感上的空缺。今日在饭桌上，从丽英对面条的响亮吸吞和热烈咀嚼中，我又一次看出了这对夫妇的差距与隔膜，这个差距不是一代可以跨越的。我走出了这个家门，使我丢掉了某些矜持和习惯，但老七舜铨不行。老七舜铨从未走出过这个家，从未走出过这种氛围。即使有社会交往，也是在他那极有限的书画小圈子里周旋而没有其他。舜铨对书画很有研究，尤擅长于工笔重彩。他常说，画忌六气，一曰俗气，如村女涂脂；二曰匠气，工而无韵；三曰火气，有笔杖而锋芒太露；四曰草气，粗率过甚，绝少文雅；五曰闺阁气，苗条软弱，全无骨力；六曰蹴黑气，无知妄作，俗不可耐。舜铨的画据美术界人士评论，认为袭郎世宁之风却又比郎气骨浑厚、纵逸潇洒。无论从构图还是着彩上，都显示出极高的天分与功力。徐悲鸿在北平初建国立艺术专科学校时，曾请舜铨佐力，金七爷名声由此在古城更为大噪，求画者门庭若市，一纸到手，视若拱璧，收藏家们更是以得舜铨画为美事。然而后来，舜铨的画渐渐被人们淡忘了，他的悲剧在于走不出自己，走不出禁锢他的家庭圈子。张大千、徐悲鸿均游历外洋，走遍九州山水，得河山之真谛。就是恭亲王后裔，人称王孙画家的溥心畬，亦是留学德国，取得两个博士学位的大儒。舜铨的与社会脱节，钻进象牙塔闭门造画，使他的视野、画风、魄力受到了极大局限，无甚长进，最终也只被人们认为是绝佳的“文人画”而已。

二

吃完饭，我和青青在她的房里聊天。青青让我猜她爸爸的小匣子里可能藏有什么宝贝，我说一定是金条、金刚钻之类的啦。青青说，要是那样我爸就发了，问题是这个匣子分量不重，摇起来也没声响，好像没您说的那些东西。我说，那就是遗嘱了，你爷爷的遗嘱。青青说，最好不是遗嘱。您想想，匣子在民国二十六年就砌到墙里去了，您可是这以后才出生的，遗嘱上真有东西，可是没您的份儿啊！

这真是我以前所没想到的。我不得不佩服这个十几岁女孩的精明，小小的孩子，竟在这里巧妙地给我垫了一砖。我甚至怀疑，今晚这段关于小匣子的谈话，是她和她的母亲早已设计好的，以无意间的提出给我暗示，将我推入名不正言不顺之境地。小家子气的精心算计，让人觉得可笑。同时也觉得穷苦时候的关切与相依已变作了永不再来的回忆，让人遗憾。我看着青青，她长得像她的母亲，除了皮肤，丝毫没有这个家庭的任何特征。我想到，按辈分她该排到“衍”字，却怎么不伦不类地叫了“青青”？问她的名字是谁取的，她说是姥姥，由姥姥又扯出大舅、二舅、老姨等住在船板胡同的一大家子人。青青说她舅舅们为这个匣子天天往这儿跑，动员她爸爸打开。可她爸爸死活护着，不但不让开，连碰也不让他们碰。她爸说了，这家里还有大爷和姑爸爸，必须等聚齐了才能开。三个人一日不齐他等一日，一年不齐他等一年，十年不齐他等十年。青青说，您说我爸傻不傻？

我听了很动情，掀起门帘看了看隔壁的舜铨，他已经躺下了，毕竟是近八十岁的人了，还能等十年吗？

我来到舜铨床头，躺下了的舜铨见我还没有睡就说，早点儿歇着吧，明天还要到王府饭店去看老大，你们是头一次见面。我说金舜铻大概不知道我是谁。他想了想说可能，又说我不该一口一个“金舜铻”，舜铻毕竟是大哥，我这样没规矩，让外人听了笑话。

我对这位素未谋面的大哥没有好感，听母亲说他魁梧伟岸，相貌英俊，可对谁都是冷而又冷的。有一回报上刊了他的戎装照片，他的母亲瓜尔佳氏不满地点着报纸说舜铻这个名字叫坏了，“铻”者，剑也，命中注定他要阵马风樯、干戈一生的。要是依了她的主意不叫舜铻而叫做舜钫，岂不就成了鼎彝之家的主器吗？

解放前夕，我们家发生了一件伤透了我父母心的大事：我的三姐舜钰，与舜铻同为瓜尔佳母亲所生，系北平地下党员，那是一个刚烈的、有主见的女子。1947 年蒋介石发出“戡乱”动员令，逮捕了大批共产党及进步人士，舜钰也在其中。初时，家里人都以为舜钰没什么大不了的事情，或许关个三两天就给放回来。父亲甚至还说，就得让国民党收拾收拾三丫头的脾气。一个女孩家，今天开会，明天讲演，成天不着家，野得没了章法，将来怎么得了！二娘张氏却不这样看，张氏说事情不会像父亲说得那样简单，只是“收拾收拾”就能了断的，恐怕这里边牵扯的背景很大，让父亲赶紧去国民党监狱要人。我们的父亲是个对自己的孩子很不上心的父亲，他既放纵自己的孩子们使其为所欲为，又不允许我们荒腔走板，这实在是很难控制的。说穿了，一切都需在父亲既定的圆圈里折腾，出了圈父亲则一概不认可，不通融。我们的老五为装叫花子，被收进乞丐收容所，父亲坚决不肯去收容所领人；二格格嫁了不该嫁的人，父亲毫不留情地将她逐出家门；三格格舜钰也是一样，父亲认为进监狱活该，是她咎由自取，让她自己去教育自己。

舜钰进去没有半个月，从里边传出话来说被戴上了脚镣手铐，只有死刑犯才有这样的装扮，看来案子是重得很了。父亲仍是认为没什么，他认为，金家是世家，当局还能把他金四爷的女儿怎么样了！形势越来越严重，人们说三格格在监狱里受了刑，被打得皮开肉绽，惨不忍睹。我的母亲抱着我去探视过，监狱不允许相见，母亲回来大哭了一场，说，那大铁门，那电网，那荷枪实弹的兵，注定了三格格不会有什么好结果。一个鲜亮活泼的格格，眼看就要断送在国民党的手里了，怎么得了？母亲的哭声传到老七舜铨屋里，舜铨扔下画笔来到正房，扑通一下跪在父亲跟前，声称，如若父亲不出面救三格格，他便不起来。父亲也倔，说，你这是干什么，将我的军吗？你要跪就跪着吧，别以为我会改主意。老七舜铨就跪着，直直地跪了一天。并不是老七的精神感动了父亲，而是老七的行动影响了父亲正常的生活秩序。为三格格的事，父亲不得不硬着头皮，亲自到南京找到参与“戡乱”工作的大儿子舜铻，让他念及手足至亲之情，予以营救。舜铻对父亲说：将受命之日即忘其家，一切当以国家为重，不能徇私情。舜钰所以有今日，全怪她自己，家中弟妹尚多，当以此为鉴，警之。

舜铻跟父亲在南京打官腔的时候，舜钰在北平已被押赴德胜门外，秘密杀害，尸骨解放后才被找到，重新安葬。

那次“戡乱”，所杀甚众，仅十月份在上海、北平、广州等城市，惨遭杀害者就有两千余人……

金舜铻可谓“大义灭亲”！

如果说老大对三格格的做法尚有国而忘家、公而忘私、各尽其主的成分在其中，可以暂且不记嫌他那些直接的间接的血债的话，那么他对老七舜铨的所作所为，则直接说明了这位所谓公而忘私者，实则是个寡廉鲜耻的自私小人。

柳四咪是金家上下都熟悉的一个女子，40 年代随着黄四咪的介入而与金家相来往。同为话剧演员，黄、柳二咪的性情不同，命运也就不同。黄四咪跟我们家老二、老三、老四同时打得火热，花蝴蝶一样在金家飞来飞去，不肯落下；而柳四咪则倾慕舜铨的绘画与为人，虚心拜师，被收为女弟子。

舜铨授课在后花园花厅，除让弟子揣摩临写古画外，还观物写生，常在园中折下应时花卉，插入案上瓶中，教授弟子以万物为师，以生机为运，一花一萼，谛视熟察，以得其所以然。柳四咪谨遵师命，除了对花的观察以外，对插花的大红双耳瓶也大加赞赏，反复把玩，爱不释手。此瓶出自五大名窑之一的钧窑，钧瓷有“入窑一色，出窑万彩”之神奇。唯其烧制捕捉不定，难以把握，故成功甚少，有“黄金有价钧无价”之说。此双耳瓶是咸丰年间的宫廷赏赐，古朴典雅，剔透晶莹，有人曾用“红似朝霞欲上时”赞誉此瓶，推为瓷中之宝。后来舜铨见柳四咪爱之竟慷慨相赠，在家中引出不小风波，这事前边已经说过。

柳四咪除聪颖漂亮外，更有一副好嗓子，唱得一口好昆曲。学画之余常在花厅吟唱，唱方成培的《雷峰塔》，唱吴梅的《风洞山》，唱得最多的是张坚的《梦中缘》。舜铨不唯京胡拉得好，箫也吹得绝妙，凤吟鸾鸣，珠喉婉转，管箫依依，流荡在假山花坞间。扑鼻风荷，沁心雪藕，清歌一曲，飘飘欲仙。于是画者不在画，歌者不在歌，一切都变成了巫山之会的滞雨凝云。

对此家中并无干涉，公子偷香，文人窃玉，乃为风流之举，且由他去。但柳四咪不是天桥唱大鼓书兼做“半开门儿”的姐儿，也不是在小场子唱落子举着笸箩要钱的怯妞儿，她是个演文明戏、拍过电影的星星儿。她与舜铨的交往是男女间的正常恋爱，不是逢场作戏的轻薄之举。当婚娶的议题由舜铨向家中提出后，首先反对的就是他的母亲。

二娘认为，天潢贵胄之后与戏子柳四咪相结合属悖礼之事，万万行不通。二娘说，倘若老七舜铨纳的是妾，则另当别论。现在明明地是要娶夫人，弄个没根没底的戏子，算怎么档子事！舜铨跪在他母亲跟前哀求，一再解释柳四咪是艺术家而非艺妓，其母亦不通融。说能在人家园子里大亮歌喉的女性即便为良家女亦是缺少训导，大逾闺阁常轨，实不足取，这事再不要提了。

舜铨无奈，找我母亲商量。我母亲后来告诉我，当时她为舜铨出的主意是与柳四咪一同离家出走，非此不能征服顽固的二太太。舜铨与柳四咪也极赞同这个主意，商量结果，柳四咪携舜铨之信先行投奔南京的舜锫，请他暂为安置，舜铨赶还一批画债，而后驱车南下，在南京与柳四咪团聚。届时伉俪携手，遍游江南，双宿双飞，“作一场闲快活”。

然而，后来的事情却完全出乎舜铨，也出乎我母亲的意料。

一个月后，舜铨兴冲冲赶到南京时，柳四咪已重牵彩线，别赴巫山，由舜铨的恋人变作了舜锫的夫人。内中奥妙没人能说得清楚，但外在的变化却是谁都看得明白的。我母亲后来分析说，舜铨尽管儒雅绝俗、风度翩翩，终究比不上仪表堂堂、风流倜傥的舜锫。舜铨憨厚懦弱、孤冷沉静；舜锫豪放不羁、英气逼人。相比之下，当然是舜锫更能获得女孩子的欢心。总之，舜铨那次由南京惨败而归，情景十分凄惨。败在别人手下，尚有余勇可争，偏偏是败在亲兄长手下，实在让人有些为难了。古有“器与名不可以假人”一说，却未言所爱不可以假人。在亲情与爱情相侵时，老七舜铨弃后而取前，不与老大争论，孑然一身返回家中，将满腔愤慨与哀愁倾注于紫箫之中，那箫自此便日日是《梦中缘》了。

这次老大的“偕夫人来”，无疑对舜铨有所触动，这点，那浮涩的箫声已让人体会到了。我不能想象，一对劳燕分飞的恋人，白首相见，是怎样一种情景？也不能想象，长离久别的兄弟，蓦然聚首，会有怎样的情形……

窗外，树影婆娑。

我久久无眠。

三

约好是上午十点钟去王府饭店，七点半钟，青青的大舅、二舅和老姨就来了。

她的大舅开了一辆黑色“皇冠”，说是今日上午他们局长不用车。

丽英从吃过早点就跟老姨在屋里试衣服，试了半天也没见出来。

舜铨在西间专心地描他那幅“樱花鹪鹩”，两位舅爷则品着花茶在客厅喷烟。他们说，明年这片地界儿便要拆迁了，花厅房屋虽老，可内里这些雕花的硬木隔扇却是难得的精美工艺品，需提前拆了卖掉，免得毁坏了；又说这桐油浸过的方砖地在京城亦不多见，砖也得先处理了……

他们的谈话口气令我不快，显然这二位全然没有把坐在一边的我放在眼里。我看着他们，产生了一种被侵犯的愠怒和屈辱。倘若他们知道，他们身后那斜放的蛛网尘封的大字是出自道光皇帝之手；倘若他们知道院里那口堆放杂物的六尺“茶叶末大缸”是当年圆明园勤政亲贤殿前的旧物，不知在惊喜之中又要作何打算，大约会有更为宏大的经济策划出台吧？老哥哥在里间埋头作画，苍白的头颅与粉艳的樱花小鸟相映，细眯的双眼分明已为笔下那三只亲昵的雀儿攫住，那安详、超尘脱俗的神态，让我羡慕，也让我悲哀。

丽英终于穿着一身褐色套装走出房门，脖子上多了一条亮闪闪的金链。她走过去让舜铨看，舜铨认真地看了半天，最后说好。我很是不解，凭他的审美情趣和对色彩的严格选择，他应该看出其中不当，黑黄的皮肤配以褐色的服装以及那条俗不可耐的链子，使人越发显得黯淡苍老，站在那里连光线也暗了一截儿。可舜铨却说好，或许他对人生的感悟又比我高了一筹，即便两位舅爷提出“卖大缸”之类言辞，他也会淡然一笑，说，随他去！

是啊，他经的事比我多多了。

九点三十分，一群人打狼似的出了门。见到门口的“皇冠”，舜铨无论如何不肯上去，说不可以借来之物为自己壮行色。依他的本意是要乘公共汽车去赴约，说这样才与他的身份相符。最后在众人的劝说下他终于让步，答应拦截一辆黄色“面的”。

“面的”停下，司机瞅着站在路边的一干人等说坐不下，大舅说后头还有“皇冠”。舜铨听了吃惊地问：都去吗？丽英说，都是亲戚，自然应该都见见，大爷又不是经常回来的人。舜铨指着丽英的几个弟妹说，他们去干什么呢？丽英说，怕你有什么顾及不到的啊……丽英的妹妹说，要是姐夫不愿意，我们不去也行，我……我就不去啦……

那二位舅爷则抱着胳膊毫无退缩之势。

我明白亲家兄弟姐妹的心劲儿，深切感觉到了随着时代变化越变越复杂的社会关系。这个复杂不是人员的复杂，是人物心理的复杂，是付出与得到的权衡，是有利可图的钻营，是厚颜无耻的追逐。在舜铨的坚持下，众“随员”暂作鸟兽散，最后到达王府饭店的只有我和舜铨夫妇。

舜镈并没有在大厅里等候，我打电话与房间联系，一女性冷冷地说，上来吧。我特别注意到她连“请”也没用，这种让我们“报门而入”的做法颇带下马威味道。我想，这要真是那个柳四咪，也未免太绝情，舜铨毕竟是她的“恩师”啊！

在电梯上，我没有把自己的感觉告诉舜铨，不愿让他再为情感伤神，况且还有一个丽英站在那里。

开门的是个很富态、很有风度的妇人，从她那没有表情的面孔上，我见到了显而易见的傲慢与骄矜，便料定她唱不出细腻缠绵的“叹宵光何限”，舜铨更不会与她去“共倚”什么“雕阑”——她不是柳四咪。

我看舜铨，舜铨的表情比她更冷，更傲。

我该呼之为大哥的人坐在沙发里，他欠了欠身子，或许是站不起来，或许是不想站，只给人一个点到为止的礼貌。我想，这大概不是金家的礼数。

舜铨叫了大哥，我也叫了大哥。

任何人也听得出其中没有任何感情色彩，就像在街上问路，将对方呼之为“大哥”一样，泛泛的一种称呼罢了。舜铨将我和丽英做了介绍，舜镭说没想到家中这个叫舜铭的小妹妹已经这样大了，问我是哪年开始读书的，我说解放那年。他问什么解放？是不是四五年的光复？我说不是，是新中国成立，蒋介石逃到台湾的那一年。他说，你们大陆都把那一年叫“解放”？我说，叫解放。舜镭说，我们不叫“解放”，我们叫“沦陷”。他又问我是不是“中共”，我说是。他说中共造出来的人都是一个模式，他见得多了，不用谈话，拿眼一看就知道。我说，当然，你也有几十年的经验了。舜镭说，你的脾气很倔，不愧是金家的人，这个家里还有一个更倔的，叫舜钰，你听说过吗？我说，那是三姐。舜镭说，你的气质很像她……又说，她那个中共可称得上是你的先辈，你得好好向她学习。我说，那是自然。舜镭停了一下说，不过话又说回来了，信守不渝固然可嘉，却是连命也不要了，细想也是有些划不来。我说，不是她不要命，是你们不给她命。舜镭说，舜钰赍志而殁，虽为遗憾，但她在大陆却是流芳百世的大忠臣，你们的烈士陵园有她的位置，北京的忠臣簿里不是也有她的一笔吗？我说，依您所言，三姐的英烈名分乃是国民党所赠，这实在是该替三姐和被害的百万无辜谢谢您了。

并非如报上经常所载，海峡两岸亲属相见，抱头痛哭，倾诉离别之苦，使观者也为之泪下。我们家的亲属相见除了冷淡以外，更多的是话不投机。

舜镭回身介绍那女人，说叫林乡远，他的夫人，台湾彰化人，国大代表、政治家。果然不是柳四咪，我松了一口气。舜镭又提及舜铨的好友溥心畬，说溥心畬到台湾后住在台北临涂街，小门小户，与旧时恭王府有天地之别。闲时常常思念北平故旧，想念舜铨和他泡的糖醋白菜。舜铨说现在北京恭王府花园已经修葺一新，他的老友如果有机会可以回来看看。舜锫说溥心畬在1960年便已故去了，舜铨听了很难过。舜铨讲述了兄弟姐妹们的先后情况，说到先后故去的老三、老四和六格格，竟因哽咽而一再停顿。我注意到，他在讲到舜钰时只是轻轻一带而过，为的是怕舜锫再度难堪，其用心之良苦，实让我惊叹。他的一生只用一个“儒”字便可以概括，对父母、对兄弟、对恋人、对朋友，一概是严于律己，宽以待人；讲的是中庸之道，做的是逆来顺受，知足安命，与世无争。唱了一辈子的《梦中缘》，今日却连柳四咪几个字也不敢提……

我真是觉得老七窝囊极了，也可怜极了，在某种程度上，他连舜锫也不如。

舜铨最后提到了楠木匣子。舜锫接过话茬儿说他对匣子和匣子里的内容不感兴趣，那里面无论是财宝还是训示，他都不接受。从离开家起，他便与这个家庭断绝了任何经济的、人情的往来，自然也包括这个封入夹墙的木匣子。舜铨又征求我的意见，我说由七哥全权处理吧。

林姓大嫂取出一个信封，内装两万美元，交与舜铨说，这许多年你们为舜锫吃了不少苦，也不是什么补偿，权当是当哥哥的一点心意……

这一回，舜铨十分不快，他将信封置于桌上，起身说，我虽不富，然凭一技之长足以养家糊口，大哥这钱还是收回去吧。金家“舜”字辈，你我兄弟十四人，除早殇者外，成人者十又有三，十三人所走道路不同，结局亦各相异。如今，在世者也就你、我、她三人了，十三个兄弟姐妹，虽山水相阻，幽明相隔，但亲情永存，血脉永连，这情谊绝不是两万块钱所连结的！

一席话，将舜铻说得尴尬至极又无言以对，他猛地站起来，带着军人的风度，脊背也训练有素地挺着，棱角分明的脸上显出难以克制的不快。我不怀疑，时光若倒退几十年，他会大喊一声：来人，给我拉出去毙了！这样的事他不是没干过。

此时此刻，我对舜铨简直是敬佩极了，这才是中国真正的儒！大儒！

但是，舜铻并没有说出什么激烈的话语，他只是淡淡地说了一句：看茶。

在老北京的规矩中，主人说“看茶”，内涵就是“送客”的意思，明白的客人便知道“该告辞了”。偏偏这时丽英出来打圆场，让舜铻不要生气，说舜铨在“文革”中因大哥也是受了不少苦，整日游斗，还被剃了头，他心里有委屈，希望大哥能理解。现在侄女还小，将来难免还有仰仗大哥、大嫂的时候……舜铨打住丽英的话头，回身对我说，咱们走吧。我说，走吧。就站起身，紧紧地跟在舜铨后面，毫不犹豫地朝外走去。久别弟兄的相见，竟是这样简单、短暂。

我们走出门的时候，舜铻低低地叫了一声“老七——”那声音已分明有了缓和。

舜铨止住脚步，却并不回头。

舜铻说，我现在是代别人求你。舜铨似乎意识到了什么，缓缓地转过身来，见舜铻手里捧着那个大红双耳瓶，正定定地立在那里。

舜铨一愣，紧接着跌跌撞撞向那瓶子奔去，那失态的急切，为我所少见。舜铨从舜锫手里接过瓶子，颤抖着，抚摩着，长久地凝视着，两行清冷的老泪潸然而下。

我明白，这就是那个很有名的钧瓷双耳瓶了。本来在柳四咪手中，如今完璧归赵，只是不见“还君明珠双泪垂”的柳四咪。瓶口用黄蜡封着，沉甸甸的有些分量。舜锫说，四咪托我把这个瓶子和她带给你。她朝思暮想的就是回到花厅的书案前，看你画画，听你吹箫，如今是如愿以偿了。当舜铨得知瓶子里装的是因不堪思乡之苦而去世的柳四咪的骨灰时，他紧紧地将瓶子抱在怀里。

我被家族中这个陈旧的爱情故事深深打动，从心底为这对情人唱道：

……空对着影珊珊，月映琅玕，惨凄凄树咽秋蝉，冷飕飕落叶声残，泪眼孜孜相看。离愁两地今日接幽欢。

四

返回西北不久，我接到了青青的信，说那个楠木匣子被她舅舅们撬开了，并没发现任何珍宝，也未见任何遗嘱性的文字，只有十三个油纸包，里面包了十三撮头发，上面分别写着舜锦、舜镕、舜镈、舜钼、舜钰、舜铨什么的，那些头发都是细细的胎发，用红丝线扎捆着……正如她所分析，匣子里的头发唯独缺少舜铭姑爸爸的，因为姑爸爸那个时候还没出生。她的舅舅们对匣子里的头发十分不解，说这个家从上到下，几代人都有精神病。青青说，她父亲的健康状况大不如前，每日除了吹箫就是画画，底气不足，箫已吹得连不成曲，依旧吹；眼神不济，画也多成一片涂鸦，依旧画，任谁劝也不行。城建部门几次催促搬家，朝阳门外新建的小区已为他安置了四室两厅，他却死活不搬，说除非咽气，才能离开这座小院。政府部门鉴于舜铻大爷的关系，也不好贸然采取措施，就这么拖着。

果然，没过多久，我便被一纸电报叫回北京——舜铨病重。

五

夜深沉。

炉中的火已经乏力，将残的煤显出了通体透明的红，映得沙锅也变得温馨可爱，使溢满空间的苦涩花香平添了几许暖暖的人情。

纸窗外，雨声淅沥，晚秋的寒意趁着夜色悄然袭来，直抵胸臆。我往炉里夹了一块煤，斜倚在窗前西炕上的舜铨轻轻地咳了几声，那咳带着明显的克制与压抑，听了让人揪心。我问他要不要喝水，他说不。我走过去为他盖被，他问我那篇《景福阁的月》写得怎么样了。我说已写好，交给《中华散文》编辑部了。他说颐和园的景福阁早先叫昙华阁，光绪年间重建才改成现在这个样子，为赏月听雨之地，名之所来，取自《诗经》“寿考维祺，以介景福”一句，景福者，大福也。舜铨说，书还是要多读的，要博学详视，遍采广询，不可单纯钻文学，做单一的作家难免失之于浮，要做学者，这样才能除去迷惘与迂腐，增添笃实与深思，成为通博的大儒，那文学之业自然是水到渠成了。我笑了，说，七哥设定的目标，不说今生，怕是来生我也达不到了。他说，不难，铢积寸累，受之以虚，得之以勤，没有不可达之境……未说完，又咳嗽，脸憋得发青。我轻轻为他捶背，透过薄绒衣，触及他的肋骨，骨的尖利引起我一阵心酸——

如此人物，不知当今世间尚存几人?

舜铨的病已被诊断为肺癌晚期，医生说，再拖也拖不过一个月……消耗性的疾病把他弄得很苦，也把大家搞得很累，不分日夜地照看护理，东西南北地奔走找药，谁都不忍放弃这最终的努力，谁都明白已经无力回天。我由大西北匆匆赶到北京，说是照料病人，实则是来送终，为手足中唯一尚存的七兄送终。尽管为同父异母之兄妹，也是骨肉相关，血脉相连，内心凄苦自是难言。舜铨一去，家庭中舜字辈将仅存我一人，再无人督我攻读经史，一切当好自为之……

十几平方米的小屋堆满了杂物，这些物件自老五的儿子金瑞搬出小屋后再无人动过，蛛网尘封，破旧不堪，难寻出一丝亮色。三合土的地面，砖砌的土炕，在现代化城市的北京已属凤毛麟角；而在东城，这座古旧废园的一隅，却奇迹般地存在着。

这座我家高祖所盖小屋，原来是为府中辟邪而用，却不想住了几代十几口人。辛亥革命后，小屋曾经一度空落，改做堆房，不用之物一并塞入。后来姨祖母自戕屋中，老二舜镈吊颈于屋外，便更无人涉足。日久天长，窗残纸破，门户歪斜，鼠亦来，虫亦来，诡谲幻怪，飞鸟惊蛇，实在让人有讳莫如深之感。以后又有舅姨太太和母亲等人轮番居住其中，方使小屋有今日之景象。近日为城建所计，又拆迁在即，动员搬家，让搬入朝阳门外金台路小区四室两厅“三气”齐备的现代化公寓，说是那边有铝合金窗，全封闭阳台。青青的舅舅们说，新屋较这四面透风的危旧花厅和小土屋一下进步百年，搬家对金家人来说实在是一步跨入社会主义现代化的大好事。

在七嫂丽英与侄女青青的热切企盼中，舜铨却说出要老死旧宅，死活不搬的话来。舜铨的脾气无人拗得过，搬迁计划暂时搁浅，因为谁都知道他将不久于人世。丽英的两个兄弟早已看中花厅的楠木雕花隔扇，并已与某涉外工艺商店谈妥，以不低的价格售出。正是为拆隔扇，将病中的舜铨移居西北角小屋，以便静养。房将不存，要隔扇何用？虽然是祖宗留下的东西，但祖宗所留数不胜数，至今所存又有几何？何苦为隔扇伤神？

扶舜铨重新躺好，我将火上的药锅端下，把药汤滗了，倒在碗里晾着。棕色的药汁在昏暗的灯下显得分外浓酽，我心头不禁冒出“绿蚁新醅酒，红泥小火炉”的诗句。白乐天以酒待客，我以药侍兄，情景毫无关联，气氛也迥然相异：彼时天将欲雪，此时苦雨绵绵；彼时朋友相聚，此时骨肉将离。伤感之情随着淅沥的雨声愈积愈难耐……只是让人想哭。

拆卸隔扇的声响由花厅传来，呼呼斧凿，如敲击在心。我看舜铨，那张脸虽憔悴，却是出奇的静。从那平静中，我悄悄地感觉到了沉重，感觉到了秋的肃杀与生的苦累。

为了便于住人，舜铨身后的窗纸被重新糊过，细腻的纸张散发出樟木箱子的味道，凭气味我断定，这是家中那批保存多年的宫中御用宣纸。这批纸因无字，“文革”中才幸免于难，虽经年历月，除颜色微微有些泛黄外，质量依然柔韧无比。听舜铨说过，因为是御用宣纸，制造便更为讲究，从选料到洗料、切料、打浆、抄纸、烤贴，前后经数百道工序，制成需一年时间。这批宣纸采用的是天然日光漂白，不用强酸强碱，所以纤维损伤少，强度极高，作为“旧纸”存放，洇墨性能更佳，用来泼墨作画，层次丰富，皴、擦、烘、染都能显出理想效果。

父亲和舜铨都是书画界名人，对这些纸甚为珍视。之所以没有动用，据说与宣统三年宫中纸案有关。传闻当时皇太后隆裕的总管太监张兰德，伙同颜料库太监，私自将八万五千张上好御用宣纸偷偷调包，拿出宫去换钱。为此隆裕大为恼火，传散差，给张兰德一顿好打，并下令严查此案，一时宫内宫外人心惶惶。这些纸是否与此事有瓜葛，难以讲清，为避嫌疑，遂予封存，并且一封就是若干春秋。

不想昔日存留之纸，今日却被舜铨之妻丽英派上了用场——糊窗户。本是传自大内，该大展风采的精品却抹上稀面糊，粘贴在窗棂之上，做遮风挡雨之用。纸命如斯，令人感叹。

为照顾方便，我在小屋内另支一折叠钢丝小床，与炕沿成直角放置，二者之间隔一旧式太师椅。直背的椅子很硬，坐上去并不舒服，且一条椅腿已折断，随时有塌散之势。我坐在椅子上调整了一下姿势，椅子立即吱吱作响，发出脆裂的呻吟。舜铨说到那边拿个垫子吧，我说不用。我说记得这把椅子是有过棉垫子的，还罩着蓝布罩儿。舜铨说我没记错，不过那罩儿不是蓝布的，夏秋为锦龙缎，冬春为黑狼皮，内中所实亦非棉，而是南海鹤绒。我问南海鹤绒是什么，他说大概就是鹅绒吧，又说祖母就是坐在这把椅子上逝去的。祖母无疾坐逝的事我知道，已被人们颂为传奇多次讲述，但我一直搞不清楚祖母是带着怎样的心情和情绪，毫不拖泥带水地离开这个世界的。这位出身显贵、性格刚愎的蒙古族祖母，做事向来果断清晰，自尊自信中透着暴戾与威凌，所以连她的死也这般干脆利落，与众不同。

1915 年 12 月 21 日，袁世凯称帝的第九日，祖母坐在这把椅子上抽水烟，看照片。照片是她的两个儿子由日本寄来的。祖母有四子，我的父亲排行第四，届时正与他的三哥在日本求学。三伯父在早稻田大学攻读法律，我父亲在东京帝大攻读古典文学，都是名牌大学名牌专业，这也是祖母高瞻远瞩的有意安排。自 1902 年至今天，近百年间，大学每年都有一场轰动东京的足球赛。比赛时双方兴师动众，校舍皆空，举校助威。金家的三爷、四爷为各自球队出力，虽是亲兄弟亦水火不相容，一有结果，立即将战况报知北京的母亲，博老太太一乐。

每有照片到来，祖母都仔细观看，在那站成一排的人群里寻找儿子。照片中，儿子头顶的辫子已不见踪影，儒雅万分的长袍马褂也换作了陌生的球衣，脚上穿着白鞋，长筒花袜子扯得老高，最使她不解的是人人都穿着短裤，精胳膊露腿的还扯着一面小得不能再小的三角旗子。那旗子看质地比大清的龙旗差远了，那么多人却还为它去争，足见是件很新派儿的事情。

老祖母对一切新派儿的事情都感兴趣，但她对袁世凯的“立宪政体”“新官制”“巡警部”等一律持反对态度。清朝被推翻，袁世凯复又称帝，老祖母对他更是深恶痛绝，到了恨之入骨的程度。

12 月 21 日这天，灶上做饭的厨子向祖母讨问明日冬至的饭食内容，祖母说，这还用问吗？历年都是一样的，白肉、青韭羊肉煮饽饽、鸭汤白菜火锅。祖母说，明天是冬至，以往宫中是要大祭的，有皇上时，赶下晚儿坤宁宫的煮白肉就分下来了。现在大清帝国虽变中华帝国了，白肉咱们还是要吃的。祖母说的白肉，是宫中每年祭典所用之物。祭祀时皇帝站在坤宁宫中央，太监们抬进活猪，将白酒灌进猪耳，猪便摇头晃脑，这样表示祖宗神灵已经“领牲”，然后将活猪放下锅去，煮熟，这便是宫中的白肉了。煮熟的白肉被切成块，分送亲族权贵，以纪念先祖艰苦征战的生活。故宫坤宁宫煮肉的大锅至今尚在，每为参观者不解，觉得皇宫正殿安大锅有点儿不伦不类，若说它是祭祀所用，便一切了然了。

煮白肉我儿时亦常吃，佐以多种作料，煮焖半宿，切为薄片蘸酱油吃。那肉晶莹透明，肥瘦相间，醇香无比。这种吃法大概是满族人特有的。

在厨子与祖母商定好第二天的吃食，退到门边正待转身时，我的大爷进来了。大爷手里捧着一个白纸卷，兴冲冲的。大爷趋身走到祖母跟前，祖母正微笑着把我父亲和三伯父的照片往桌上搁，大爷说，儿子今天也有件让母亲高兴的事儿。说着将纸卷递过去。祖母展开纸卷，原来是袁世凯颁发的“文虎勋章”表彰状。祖母见状，便有些变色，大爷没有注意到这点，仍滔滔不绝地讲述袁世凯授勋时的盛况。祖母对着表彰状视之良久，用手点了点上面的印，要说什么却未道出，就闭上了眼睛。

祖母归天的消息传到前头时，厨子还没走到厨房，他不相信刚才还吩咐做煮白肉的硬硬朗朗的当家老太太会霎时就殁了。他赶忙朝后跑，到厅上见老太太气息已绝，众人正呼天抢地乱作一团，唯独大爷还举着那张纸站在一边发愣。父亲的嫡妻瓜尔佳氏劝大爷赶紧把纸收起来，主持大伙儿办事，大爷仍木木地站在那里。

事后家里人说，祖母之死是气憋的，长子为袁世凯谋事已为不肖，又弄出个什么“文虎勋章”来，气也把老太太气死了。所以大爷一生没有一男半女，成为绝户也是报应。

祖母的葬仪在外观上看很俭朴，这也是她的精明之处。而祖母棺内随葬物之丰，是外人所不知的：除祖母平时所爱之物外，宫中赏赐铸有“福”“寿”字的金镶银小锞子放了四十九个，还有玉雕的佛像、玛瑙的念珠、青金石的佛塔，那件价值万金、压金银丝的诰命夫人朝服自然也得穿去……难怪安定门的杠夫们抬起那口外表无任何特殊装饰的棺材时说，老太太怎这么沉？

解放后，北京要扩建，东直门外的祖坟属迁移范围。我曾与一些亲戚们去太阳宫迁坟，亲眼见到了祖母这些丰厚陪葬。祖宗坟内起出的物件，凡参与迁坟的子孙们就地瓜分。我曾幼稚地动员大家捐献国家，但没人理睬我。我微弱的声音回荡在青暗的石碑与古老的墓穴之间，在凝重与苍旧中显得漂浮不定、苍白无力。

祖宗的财宝，在被刨出的瞬间便宣告了丢失；祖宗的骨殖，却是一块不少地晾在干硬的风中。

那时看坟的老刘还在，他拉了拉我的衣裳说，小格格您别说啦，没人听，赶快抓紧着给自己划拉点儿东西吧，待会儿就什么全没了。老刘跟我说话的时候怀里抱着个瓷罐，罐子绿色的彩釉在昏黄的日光下有些怪诞，有些虚幻。我说这是什么，老刘说罐子。我说我看怎么不像，老刘说它就是个罐子。

当时西北风正紧，我们说话的这会儿工夫太阳很快被沙尘遮盖，天空愁云惨淡，狂风激扬戾怒。我看见弟兄叔侄的眼睛已经发红、发直，彼此间谁也不认识谁了，露出毫不掩饰的憎恶，甚至谩骂与厮扭。细细推敲，杀气腾腾的人众都是有血缘关系、未出五服的至亲，血型大部分为“O”，宽额细眼是他们共同的特征。这些宽额细眼的人们在光天化日之下，在祖宗的石碑前扭作一团，互不相让……

我在祖父厚重的墓石上坐下，身边摆放着他结实粗壮的骨殖。那颗头骨，具有同样宽阔的前额，眼不再细长，变作一双深邃冷峻的空洞，在悲怆的风尘里无言地注视着他亢奋的子孙。我没见过祖父，但此时此刻，却与他有了一种跨越时空的感应，这种靠血缘而不靠语言的交流，是一种心的沟通，他把他的感受准确无误地传达给了我。

我沉沉地叹了一口气。

与我的身份、年龄极不相符地叹了一口气。

祖父身后的一个小土坟也被掘开了，没有石券，薄薄的棺板也朽烂不堪，细小微黄的骨殖零乱地扬撒在墓坑中，不见陪葬，只有一支残破的骨簪，压在被尸肉血水浸泡过的烂糟糟的纺织品残片下，羞怯怯地似要向人诉说什么。我问老刘这是谁的坟，老刘说是姨太太的。姨太太即是姨祖母了，是祖父的小妾，来自苏州的一个江南女子。

姨祖母在我们家里生活了近五十年，儿子们呼之为姨妈，孙辈们呼之为姨太太。这个姨非血缘之姨，而是对妾的俗称，姨太太悲凉一生，至死也没将这个“姨”字去掉。我诧异姨祖母棺木的劣质与陪葬的寒碜。老刘说，当年这副棺木刚出东直门二里，没到坟地就散了架，临时找来草绳捆扎，才得以继续前行。棺木未到墓园中途落地，为送葬之大忌，你父亲为此在坟地唱戏三天，一来冲秽，二来慰藉亡灵。坟地唱戏，招摇太过，外人以为葬下了什么大人物，未出一月，棺柩便被盗墓者掘出，骨错尸移，一通儿翻检，最终连个铜钱也没找到。

盗墓者从未见过如此简陋的墓葬，气恼之余，暴尸荒野，扬长而去。后有野狗争食，犬吠声惊动老刘，才急急赶来，将已然肠肚掏空、骨肉不全的姨祖母草草埋葬了。而祖母的棺木埋葬已近五十年，仍弹之有声，坚硬无比；姨祖母所葬不过数年，棺木已然无形，碎若木片，这鲜明的差异使姨祖母在家族中的位置一目了然。

我对姨祖母的命运愤愤不平。

祖宗的骨殖分别装入被称为“火匣子”的木匣中，用大车拉往蓟县黄花山重新安葬。那里将起一座大坟，祖宗们生矜迹于当世，死同宅乎一丘。也可谓共得其所了。

黄花山墓地的排场虽不及太阳宫，但气势是太阳宫无法相比的。新墓从选址到立碑，诸事全由舜铨操办。所以太阳宫哄抢财宝之时，舜铨正在黄花山掘坟坑，立石碑，修墓圈。去黄花山之前他嘱咐我，要操心着父母亲的遗骨，顺序不要搞乱了，居中是父亲，左侧为嫡母瓜尔佳，右侧为桐城张氏母亲……

祖宗们的骨殖被抬上车，向黄花山起运的时候，已是风定月明，清辉满野。激战后的祖茔棺碎碑残，一片狼藉。月色中，北方燕山余脉，势如降龙，形似侧垒，以此之象本当主三公九卿之贵，不知怎的却跑了风水，使祖先迁移中安宁难保，遭此生吞活剥下场，连看坟老刘也摇头叹息。

大车缓缓离开坟地，老刘追赶了几步，将怀里的罐子递给我说，虽不值钱总是祖先遗物，留个念想吧。我迷惘地看着这个绿罐，不知带回它可派什么用场。老刘说，这是从你祖父的棺头取出的，里面装着祭奠时灵前供奉的各样菜肴。出殡前，子孙们用竹筷一人一箸将菜夹进去，然后用油纸封好，随棺一起埋入土中，让老人慢慢享用。我接过罐子搁在车上，回身见老刘已冲着渐渐远去的大车跪了下去，将头碰在刚刚被翻腾过的土地上。老刘是我们家第三代看坟人，他的祖父与我们的祖父有着不错的交情，我们家在购入坟地时多购五亩，作为产业赠送刘家，以为看坟酬劳。百余年来，刘家为金家祖茔兢兢业业，添土、排水、修墙，竭尽勤勉，无一丝懈怠。我知道，随着祖宗们的离去，与刘家多年保持的关系亦将随之消失。秋天，老刘不会再带着儿子来给我们送老倭瓜和大白菜；春天，舜铨也不会再带着我溜溜达达地来乡间为父母扫墓，喝老刘儿媳妇煮的黏黏糊糊的麦仁粥了。

六

窗外，夜雨森森；屋内，舜铨安然酣睡。

熬好的药终是没喝，已经凉透。看他熟睡的模样，我不忍心叫醒他，对癌症病人来说，睡觉比吃药更珍贵。我回来后立即建议，将舜铨送进医院治疗。丽英说他哪里肯，逢有汽车从门口过他都是一脸惊恐，以为要拉他去医院，那像小孩子怕离家一样的情景让人看了心酸，不好再强求。我说人命关天之事，怎可都依得垂危病人！丽英似有难言之隐，许久才说，姑爸爸不知，舜铨这病一针药就是上千，那点儿死钱，眼见着已经光了。我言七兄何以落魄至此，他的那些画呢？当初舜七爷的名声可是无人不晓啊！丽英说那些画“文革”被抄被烧，所剩无几，加之日常所用，多由此出。他又没进过国家单位，连退休金、医疗费也没有，每月只靠她织袜厂的退休金度日……我痛责自己的粗心，一直以为舜铨以卖画为生会过得很不错，而今书画界不是出了很多大款吗？以舜铨之功底，绝不会养不活自己。但我忽略了舜铨严格的画风，忽略了他擅长的是一丝不苟的工笔花鸟。在当今，时间以金钱计算，在一切都变得很匆忙的时候，谁会有心细赏他笔下的那鹌鹑的细羽、那海棠的嫩蕊……看着鬓间已出现数缕银丝的丽英，我觉得有些对不起她。我向来觉得她与她的娘家人过于凡俗，过于实际，与飘逸儒雅的舜铨不是一个档次；殊不知儒雅到了老病交加时，可以依赖的便不是飘逸而是实际了。

我踱到门前，倾听外面凄切的雨，檐水滴在石阶上，杂乱无章，恰如我纷乱的思绪。漫漫长夜，守候沉疴在身的亲人，是人生必经的历程，是一种苦涩的幸福，也是一种无奈。炉上的壶盖发出噗噗的声音，壶嘴也泛出呜呜的声响，恍惚间，又加入了某种和声，隐约听去，其声嘤嘤，其情切切，似子归夜啼荒山，如孤鸿哀唳沙滩，时疾时徐，时隐时现，呜咽不绝，渐微渐杳……我打开房门叫丽英来听，却见花厅灯光已熄，想是人已睡去。沉寂的院落中，塞满了如同呼唤人名的秋雨，砭骨的风令人从心底发颤。转身进屋，猛听得炕上有两个生命的呼吸，我骇得屏住气息凝视着沉睡不醒的舜铨，火光映照下，那脸已分明变了形象，变得遥远又陌生。这一切告诉我，园中的小堆房不只笼罩着一个人的梦——那位不堪孤寂、忧郁、疾病折磨而自己割断血管的姨祖母，就是以同样的姿势躺在舜铨的位置，带着对人世的无限忧愤与绝望，恨恨离去的。

这个家中，我唯一见过的祖辈就是姨祖母了。听说这位姨祖母年轻时有着惊人的美丽容貌。父亲从日本回来探亲时带过一架德国照相机，给家中每个人都照了相。唯独“忘”了姨祖母，致使这个家包括祖母的巴儿狗在内，每人都有照片留下，姨祖母却一张也没有。只是全家为祖母出殡，在灵前照的一张全体相中，我才在后排的角落里寻到了这位江南妇人。彼时姨祖母虽已人过中年，又是缟衣素裳，却依然风姿绰约，引人注目。亲族中女眷甚多，俊美者亦不在少数，但北地胭脂终归不胜南朝金粉，与姨祖母相比，都缺少韶秀清丽之气。

姨祖母被祖父由八大胡同的清吟小班买回来时二十有六，而祖父已是须发皤然、步履蹒跚的老翁了。美丽的姨祖母被祖父用一乘青布小轿由妓院抬来，以汉人的装束在家中出现时，竟令全家上下几十口人都惊呆了。下人们说，祖母的巴儿狗见到姨祖母非但不咬，反而从祖母腿上跳下来直立在姨祖母对面向她拜拜，可见狗也喜欢漂亮的人。

姨祖母给祖母磕头，祖母冷着脸问她叫什么，姨祖母说随奶奶怎么叫都行。祖母说，猫儿狗儿还有名呢，恁大活人怎会无名？有问不答也忒不懂事理了！姨祖母一言不发，只低头不语。初进门便领教了大太太的淫威，以后日子可想而知。有人说姨祖母就是不懂大宅门儿的规矩，哪儿有上头问话不直接回的道理，明摆着等着挨训。也有人说，窑子里的花名儿怎好报给老太太听，污老太太耳朵更为不敬。

祖父原以为纳一小妾本不是什么大不了的事情，但是祖父忽略了祖母孤傲要强的性情，祖母为此事与祖父大闹一场。祖母说，纳妾非为子嗣便是荒淫。汝已有四子，足可顶立门户，何苦又多此一举！祖父也是个倔强之人，一怒之下住进京西潭柘寺，日日与老和尚谈论经文，再不回家。祖母说祖父既喜光头，她不如也效仿和尚，剪断青丝以博他所爱。说到做到，祖母追到潭柘寺，当着祖父的面将头发剪去，口口声声要效乾隆皇后那拉氏，以剪发之举谏皇帝幸民间妓女。

据《清鉴纲目》记载：“三十年闰二月，帝在杭州，尝深夜微服登岸游。后为谏止，至于泣下。帝谓其疯病。令先程回京。”用乾隆本人的话说：“朕恭奉皇太后巡幸江浙，正承欢恰幸之时，皇后性忽改常，迹类疯迷，蹈获过愆，自行剪发，因俗所忌……”相隔一百六十余年，性质完全相同的两起剪发事件，却以完全相反的结局告终。那拉皇后以“性忽改常，迹类疯迷”，于第二年死去。死后竟无穴安葬，棺椁放置皇贵妃地宫中，每年清明、中元、岁暮、冬至和忌辰亦无享祭。敢为皇后说话的御史李玉鸣也同时被罢官免职，放逐伊犁，终不得回。锦县生员因上书不平被斩。刑部侍郎阿永阿被远谪大北，戍黑龙江。刑部尚书金汝诚被摘去顶戴，回家“尽孝”……乾隆三十二年宫廷因剪发引起的轩然大波终以皇后的大败而告终。

而我家宣统元年的剪发风波却是以祖母的胜利而结束：不给姨祖母如夫人的名分，将其贬居偏院，院门上锁，钥匙由祖母收存，子侄辈及闲杂人等有事无事均不得靠近，一日三餐与下人同等饮食，由墙上转桶传进。后来人们从祖父的朋友处得知，祖父之所以敢置祖母的醋雨酸风而不顾，接姨祖母进门，很大原因是倾倒于她那口绵软苏白和柔肠百转的昆曲。然而姨祖母自进家门即被锁入偏院，与祖父偶尔相见也一改过去做派，敛气吞声，谨言慎语，时刻不忘谦卑地位，更不敢开口吟唱。祖父大为恼火，却又奈何不得，很快对姨祖母失去了兴趣，由她去自生自灭。

许多年后，我的五姐随丈夫回娘家居住，就住偏院，姨祖母又被移往后花园小屋，照旧与家人不通往来。所不同的是，饮食由舜铨的母亲张氏差刘妈去送。作为桐城世家出身，比这位婆婆还要大的儿媳，与清吟小班出身的姨祖母自然没有共同语言，那鄙视也是毫不掩饰的。再后来，姨祖母也可走出房门去厨房与用人们共同用餐，但吃归吃，她从不与任何人搭讪，默默地来，默默地走，无事从不走出后园小屋。所以外面的人，很少有人知道家中还有姨祖母这样一个人。

正因了姨祖母的年轻，才使得我与她在这个家族中有了短暂的相聚。母亲说我尚在学爬时便由姨祖母看护，那时她下肢已瘫，终日靠在窗前的土炕上，观树影的移动，数雀儿的飞落。每当我被母亲抱到她身边时，她那双僵冷的眼神才有了些许生气，对她来说我毕竟是个活物，一个于她无害的活物。她自进入这个家门，终究还能做些有益的事情——看护孙女。我在幼时的懵懂中能给一个行将就木的老妇人以喜悦和安慰，这不能不感激我贫苦家庭出身的母亲，她以“南营房的穷丫头”才有的善良与爱心，将我送至姨祖母身边。母亲离去前，还用长枕头将炕沿堵了，为的是怕能滚善爬的我万一掉到地上，姨太太无法把我“捞”上来。

在这条炕上，我跟姨祖母滚了多少个日月，不知道。听母亲说姨祖母不知害了什么病，口腔的肉一块一块往下掉，全身糜烂，脓血满炕，除了我的母亲，连后花园也无人进了。难熬之时，姨祖母拼着力气喊：疼啊——来人看看我！——那声嘶力竭的凄惨呼唤在后花园飘荡数月之久，没有人进去，更没有医生的到来。不堪病魔煎熬的姨祖母，最终用剪刀挑破了双腕的血管，任那血慢慢地流，慢慢地渗进身下的土炕。

一直到流尽，渗透。

我长大后，曾探询过姨祖母的姓名、籍贯，这也是我的祖母初见她时曾经问及又遭到拒绝的。遭到拒绝，在祖母心中多少是个遗憾，尽管这遗憾对祖母微不足道，但对姨祖母来说则无疑捍卫了另一个家族的名誉与自尊。她从未对任何人谈及她的家世与出身，不过年轻轻即被卖入娼家，足见其家境的贫寒与悲惨，内中隐痛想必难与人言。只是我的母亲告诉我，有一次姨祖母与她聊天时无意中提及，说在家做女孩时小名叫作“随风”。我总觉得这个名字太怪，不像人名，特别不像女孩的名字，问母亲是否记错。母亲说绝对没有，是姨太太亲口说的，“随风”，而不是什么别的。口误总是有的，更不可忘记姨祖母有着一口令祖父倾倒的苏白，咬字不清的情况不能不考虑。

我将这些故事写成了一篇散文。

七

中午吃饭之前，舜铨的妻弟们向我谈到了舜铨死后骨灰的存放问题。两位舅爷郑重其事，我却心不在焉。

我再一次对丽英说起昨晚园中有人夜哭，丽英说那是“蓝梦卡拉OK”的音响。那家歌舞厅隔音设备极差，夜静之时，鬼哭狼嚎，什么语声都可以听到，附近居民已告到工商管理部门多时，仍不见采取措施。好在大家都要搬迁，犯不着跟他们较真儿，由他们嚎去。

舅爷们又跟我说骨灰的事。说这些话的时候，我看着坐在一边的丽英与青青，感到舜铨的离去对她们是早了点儿，这也是这对年龄相差过大的夫妻无可挽回的一步。

拆去隔扇的房屋连成一片，显得衰败空旷，一座即将被拆的旧屋，正如一个趋向死亡的老人，使人觉得它已名存实亡。昔日那无处不在的灵气，那给人以依赖的踏实，早已消失殆尽，荡然无存。

我说，还是把七哥送医院去吧。丽英无言。大舅爷说，已是不治症，现在也没有安乐死，将来青青母女还要过日子……我明白了大舅爷话中再清楚不过的意思，这使我盘郁心头许久的辛酸热热地升起来，泪水充盈了鼻腔。我屏住气息，将那苦涩之水咽了下去。想舜铨一生，辛勤作画，与世无争，也曾有过艺术的辉煌，也曾有过人生的佳境，而如今谁识京华倦客？回首悲凉，都成梦幻……

舅爷见我无言，又指指桌上当年我由祖坟抱回的绿釉罐，说姑老爷骨灰，将来可否置此？

我一惊，没想到连骨灰盒的开销也算计到了，思考如此周到、精细，非头脑冷静之人而不可为，看来家中并非人人都悲伤到昏天黑地的份儿上。骨灰盒的价格想来不过数百元之事，我与舜铨穷是穷，终还没落魄到买不起骨灰盒的地步。我说不可，此罐由祖父棺前掘出，内装残羹剩饭，霉烂不堪；后虽返家，又被充作沤花肥泡马掌之物，污秽难闻。舜铨清爽洁净一生，终了怎会委屈此物之中！青青说，古色古香的，菊花一样的造型，挺可爱的呢，我用洗碗液浸泡了好几天，不脏。父亲前几天跟我说过好几回，让我把这个罐子擦洗出来，说最近可能有用，我想他恐怕也有这个意思。我说，你父亲若真有这想法，自然会明确提出。若未言明，骨灰盒所用之资连同火化费用、住院费用，全由我承担。大舅爷立即跟上说，有了姑爸爸这句话我们心里就多少有了底儿，都说姑爸爸一次的稿费抵得上丽英数月的工资。姑爸爸与姑老爷手足情深，这种挚爱亲情我们当好好学习呢。当然，也不能一切全依赖姑爸爸，众亲戚也会齐心协力的……

我明白自己是钻入另一个家族的圈套了，我将在舜铨这件事上被大大地敲上一笔，这实在是始料不及的。我们这个家庭在历史上出过不少工于心计、察见渊鱼的人物。到我这辈，却怎变得如此木讷呆傻、不谙世事！小家小户出身的丽英姐弟，自有着小家小户兄弟姐妹间的提携与关照，有着小家小户的精明与狡黠。这一点无论我或舜铨，都不是对手。就是从这个家门走出的，在政治上能翻云覆雨、左右大清帝国命运的人物与舅爷们相对，怕也多会败下阵来。我开始怀疑舜铨所留大批藏画的真实下落……

为了证实舜铨是否有将自己装入绿罐的意向，我决定将罐子抱到小屋去，摆在他的窗台上，让他日日可见，不会没有说法。我抱起罐子踏着积水，穿过荒凉冷落的小院，感到了怀中的绿罐在细雨中似乎发出凄切沉闷的喘息。

舜铨正在炕上坐着，见我手上的罐子，高兴地说，噢，你把它拿来了。说着接过去，细细地抹拭。

我想说骨灰的事，却终张不开口。

舜铨说，这个罐啊，从你拿回来那天，我就知道它不是寻常东西，故意冷落着它，为的是让它悄没声儿地、完好地保存下来，八百多年的岁月，如今该派用场了。

我问他可派什么用场，他笑而不答。

我说那就卖了它，八百年的东西能值不少钱。他说，以钱而计便玷污了国宝，怎能俗到如此地步？此绿菊铁足凤罐产于宋建炎二年官窑，因泥胎配制特殊，罐底露胎部分呈赤铁色，质硬似钢，击之发金属音。其色与绿菊色相近，来自天然，与哥窑的豆绿和清朝雍正御厂仿烧的豆青又不同，绿中暗含水汽，流光溢彩，变化无穷，极为罕见，是宋瓷绿水釉中仅存精品。一窑百件，成者有二，一大一小，大曰龙罐，小曰凤罐，官窑所制，大部分专为皇室。物以稀为贵，仅此两件作为传世，再不烧制。建炎三年，金兵南侵，高宗仓皇南逃，所遗甚多，绿菊铁足龙凤罐在所难免，由此落金人之手，流入北国。后因长期辗转，下落不明，瓷史虽有记载，终未见龙凤罐实物，作为研究南宋官窑的重要实物资料短缺，实为遗憾。不想启祖父之坟，使凤罐重见天日，这实为中国陶瓷界一大幸事。可惜，以后运动接连不断，瓷罐虽在，总无机会献出。今我来日无多，想必大限之日便是凤罐曝光之时。他说已给有关文物部门写了信，希望不日派人来家取罐。舜铨说 1930 年，中国有个叫朱鸿达的人，曾依据宋《咸淳临安志》所指官窑地址搜集瓷片编印成书，于 1937 年出版了《修内司官窑图解》一书，所集众多瓷片中，独缺铁胎绿菊釉，今所献绿菊铁足凤罐，当补此空白。

我问凤罐何以会到祖父之手。舜铨说他也讲不清楚，祖父一死，再无人识货，仓促间抄来做棺前祭物，也算是跟陶瓷界开了一个不大不小的玩笑。祖父殁于辛亥革命前夕，那时整个大清王朝一片混乱。袁世凯放出风来，要将诸皇亲驱进皇宫，关押在北五所的空房里，断绝一切联系，不共和便不放人。这样一来，各王公近支纷纷逃避，醇王缩在府中再不上朝，肃王避往日本人占的旅顺，恭王去了德国人占的青岛，庄王住进了天津租界，大部分与清廷有瓜葛的人也躲进了东交民巷……有人劝祖母赶紧携家人择地躲避，祖母说，国公爷际在弥留，要死便死在自己家中，谁见有抬着病人逃难的？若死外面，即使葬于祖坟也寻不回自己家门了，何苦？再说，今日之势，躲避岂能奏效，覆巢之下焉有完卵？依着咱们的心，当然盼着铁打江山一辈辈传下去，可目前要钱没钱，要兵没兵，连王爷都跑了，只一个小皇上在撑着，让那孤儿寡母又向谁要主意去？只要京畿不起兵祸，太后、皇上不受伤害，大清江山能善始善终，共和就共和吧。1912 年 2 月 13 日，皇帝的退位诏书在北京各家大报纸全文发表，老百姓欢天喜地地拱手相告："改朝换代了，是共和的天下了！"在皇帝"必为列圣在天之灵暨皇族、宗支、王公、亲贵等所共谅也"的哀告中，祖父逝去。北京东城家中，留守者仅祖母和稀里糊涂的长子。江山已无，家亦难保，在一片忙乱中，祖父的丧事办得十分草率，凤罐莫名其妙葬入太阳宫墓地自然在所难免。

我为舜铨对身外之物的洒脱而敬重而释然，以他一生之经历，所得与所失，岂可用八百年的罐子所能了断？

我想起骨灰存放的事，便有意把话往身后之事引。我问舜铨还记不记得看坟的老刘。他说怎会不记得，要活着今年该有一百零七岁，怕是早已作古了。"四清"时他的儿子刘建民来过，为那五亩地划成分的问题他给刘建民写过一个证明，说五亩地系我家坟地，刘家租种，按时交租，属租佃性质。"文革"时刘建民又来，是来算剥削账的，带了一车农民造反队战友，一通儿摔砸掠抢之后，打断了舜铨两根肋骨。舜铨认为，他以一纸证明、两根肋骨，给刘建民撑足了面子，总算没负刘家百余年看坟辛苦。可是刘家儿子以后再没来看过他，这使他很难过。

舜铨接着说，太阳宫的坟地虽形、势俱佳，终归离城太近，祖宗不得安宁。况且风水气脉不是长久不变的，天道盛衰，也非人力能定。后来所葬的黄花山，地广人稀，远离闹市，背靠蜿蜒奔涌的瑞昌山脉，脚抵美丽富饶的淋河平原，雄浑壮丽，坦荡开阔，是块难得的风水宝地。天地间阴阳造化俱有本源，积得一分阴德才得一分享用。他在“文革”中能大难不死，我在西北黄河滩能转危为安，皆倚祖宗荫庇，与祖坟所选穴位也大有关联。他说自“文革”后再未去祖坟祭奠过，但祖坟的情景却时刻萦绕在心，群山雄峻，旷野凄迷，老树无言，草衰阳西……

“金凫几经秋叶黄，暮鸟夕阳摧晚风……”

我明白，舜铨印象中的祖坟景致，实则是宋朝无名氏名画《秋山游眺图》的一部分。这个对艺术追求了一辈子的画家，至今仍没有走出中国国画的意境，没有挣脱传统艺术观念的束缚，对祖坟的虔诚与对中国文化之美的感动，作为情感体验和艺术造诣而互为混淆，达到了迷狂的程度。果然，舜铨最终提出死后回到父母身边的愿望，并希望此事由我和他的女儿青青共同操办完成。他说，青青还年轻，正在上学，然而作为这个家中的传人，黄花山她不可不去……舜铨在说这些话时不像说他自己，而像在谈论别人，语调缓缓，平静坦然。他像窗外一枚即将辞枝的黄叶，离别之际向同伴们轻轻道别，在沉默的睇视中得到深切的理解，然后轻轻地飘落下去，心满意足地化作尘埃……

八

我去医院联系舜铨入院事宜，因考虑是自费，院方给予很大通融，就这亦需先预交押金八千元。医院的人说，这种病到现在程度，本不应收住，在护理方面力量牵扯太大，现在护士又奇缺，考虑病人是个德高望重的画家，家属又确有困难，收也就收了。但钱是需要大量准备的，八千元只是底金，另外还需三日结账一次，按治疗、护理情况交款。

我一一点头答应，咬着牙说，钱我们不在乎。

出了医院门我就给西北的丈夫打电话，让他速筹三万元，两日内电汇北京。他说三万元岂是两天能凑齐的，就是借他也要跑几家。我说两日期限已够宽松，七兄的病可是以时计算啊。他仍表示有困难，说是单位卖房，才交过房款，熟识的几位朋友囊中都颇拮据。我在电话里发了脾气，说他是冷血动物，不谙手足之情。他说，你这是怎么了，干吗这样，我又没招你？我开始哭，将压在心头的抑郁一并释放。丈夫迟迟疑疑地问，你哥哥是不是已经死啦……负责公用电话的小姐不耐烦地说，有话快说，要哭坐到那边椅子上哭去，后边的人还等着使电话哪！我料定小姐与我丈夫一样，都属独生子女范畴，他们没有兄弟姐妹，自然体会不到相濡以沫的手足分离是多么的惨痛，它比与父母相离更让人难以接受。失去父母是大悲大痛，兄弟相离则是渗入心骨的钝痛，是说不清道不明的凄凄楚楚，更是兔死狐悲的怯怯惶惶。

回家的时候，顺便去东安市场北门丰盛公买乳酪，这是舜铨平日爱吃的。儿时，父亲常带着他和我来这儿喝酪，吃奶油炸糕。那时的丰盛公是个院落，绿门脸儿，不是现在这般模样。父亲去世后就是舜铨带着我来，一人一碗酪，一人四块炸糕，完了还要添一碗八宝莲子粥，直吃得弯不下腰，才拉着我的手顺金鱼胡同慢慢遛回去。遛到东四牌楼，我就又开始“饿”了，必得让舜铨领到回民老马的摊儿上喝一碗素丸子汤，才肯回家。逢到我嘴上沾有汤迹，他便会弯下腰来用手帕细心地替我擦净，然后拉起手再走，那情景不像兄妹倒像父女。如今，昔日冷清的金鱼胡同已变作宾馆商店林立的大街，东安市场也大改往日模样，变成一座辉煌灿烂的商城，而丰盛公已无处可寻……我忽然觉得极累，便靠在东安市场的门柱上，呆愣愣地看着进出市场的男男女女，有空手的，有携物的，好像大家都很有钱，都活得惬意而自在。唯有我，像被美好生活甩出来的倒霉蛋儿。

回到家里已经亮灯，舜铨的屋里坐着一个陌生的男人，我以为是文物部门来的人，朝他点了点头。孰料那人张口叫了我一声：“大表姐！”一下把我推入五里雾中，半天回不过神儿来。称我为表姐者南方口音，面孔白皙，身材微胖，穿戴极普通，眼镜后面是一双俊美有神的眼睛，称呼我的时候那双眼便亲切坦诚地望着我，没有骄矜与张狂，也没有卑琐与不安。我告诉来人，我不是什么大表姐，若真该做谁的表姐也排不到“大”的份儿上。对方很诚恳地说因为从未有过往来，许多事他搞不清楚，这次来北京，就是想把一些该弄清楚的事弄清楚，冒昧上门，实在是失礼之至。原来他是想写封信来，但三言两语又说不明白，所以就自作主张地来了。

我这时才看见舜铨的炕头放了束淡粉的菖蒲花，系着缎带裹着塑料纸。能选鲜花作为初次见面礼物者，当不是俗人。舜铨正在看一本《美文》杂志，那上面有我写的一篇散文《太太与姨太太》。

来人指着杂志，说他是读了我这篇文章才费尽周折找来的。我问为什么要找我，是不是文中对谁有所冲撞？来人说他姓李，叫李成志，小名福根，祖籍苏州，后移居吴江，又转张家港，现在南方办着一个公司。从我的文章上来看，他应该是我们的亲戚。我说我们这个家族几辈人都在北方生长，若论婚嫁也都是长江以北，与江南素无关系，怎会有亲戚在南面？我也从来不曾做过谁的表姐。福根说，我料想表姐不明白其中原委，所以才把这本杂志带来，您的文章上是这么说的……说着，叫做福根的人把杂志推到我面前，用手指点着其中一段让我看——

> 母亲说姨祖母在家做女孩的时候小名叫"随风"，我总觉得这名字太怪，姨祖母是南方人，南方人"风""凤"不分，传讹在所难免。及至不久前读到清人小品"珠玉随风，书香满纸"两句才猛有所悟，能以"随风"二字为女命名，必是书香门第而非草舍人家，既是如此人家为何又使女儿落入娼家？这个谜至今难解，怕也永远解不开了。

福根说，今天我来，便是为表姐解谜而来，"李随风"乃我姑祖母。曾祖生有四女一子，长女珠玉、次女随风、三女书香、四女满纸，祖父名惠章。曾祖乃苏州一落魄文人，屡试不第，一直坐馆乡间，光绪二十八年冻饿而死，曾祖母亦追随而去。四位姑祖母皆由亲戚做主，早早嫁人。二姑祖母嫁与苏州利昌祥绸缎店掌柜朱可卿做偏房，朱可卿鸦片烟瘾颇大，姑祖母过门未及二年，朱家破败迹象便渐露渐显，加之大夫人的不能相容，在朱可卿去外地采办货物之时姑祖母被卖与人贩，带往北方。因此您文中提及的姨祖母随风即是我的姑祖母随风，这断然不会错的。

我认为这个推断未免虚妄荒唐，近百年的事情谁能说得清楚？况且姨祖母有意割断一切联系，未留下任何身份证据，怎好轻易妄断谁谁就是其后人？退一步说，真就是其后人又便如何？一个妓女出身的小妾，究竟能给后人添多少光彩呢？我真被眼前这位南方人搞糊涂了。凭着一册杂志、几段文字，便千里万里来冒认祖先，神经怕是不太正常。

舜铨一直在看杂志，读得很仔细，他对姨祖母的了解不会比我多。作为女眷，我虽年小也因母亲与姨祖母有过接触，而舜铨与她连见面的次数也是极其有限的。来人见我们尚存疑虑，不太热情，就取出身份证请验，又取出南方某名牌大学毕业证书让看，随即掏出的还有工作证、工会会员证、机动车驾驶证等，都摊在桌子上以示诚意。他说他理解我们的心情，他这样突然出现在家里自称亲戚，搁谁也不能一下接受，但他实在压抑不住认亲的强烈欲望，他太迫切需要知道姑祖母的一切了。前几年有“寻根”一说，他现在既已知道“根”了，就该来找。如若他的祖父在世，得此消息，也会像他今日一样，不顾一切地来寻找姐姐，以图一聚。

丽英已做好了饭，让青青来唤，来人也没有走的意思，只好相邀共同进餐。

福根与我一同来到花厅，两位舅爷已坐在饭桌前了。饭是简单的热汤面和外面小铺买来的烧饼，用来待客实在拿不出手。好在来人不在乎饭食的简陋，很随和地端起饭碗跟舅爷们搭讪着。舅爷们管他叫老李，他说都是一家人，只叫他小名福根就挺好。福根说，今天来得仓促，也未给青青带什么礼物，当表舅的太不像话。说着从兜里摸出个信封交给青青，让她去“买糖”。丽英以极快的速度瞥了一眼信封，从薄厚大小就判断出里面是一张百元的票子。青青也摸出信封的质量，嘴上说着“谢谢！”将那信封随手折了，装进衣服口袋。福根说，不是表姐一篇文章，南北两个家族实难相聚，应该好好庆贺一番。丽英说，那就明天吧，明天我做打卤面，用大海米打卤，招待福根。福根说，团聚讲的是气氛，与其让表嫂忙碌不如出去吃，不知附近有什么好饭馆？丽英思忖着来者的财力，真点出好馆子来对方无力支付岂不尴尬？倒是二舅爷来得快，他说东边豁口全聚德烤鸭店就挺好，他那边是全聚德，咱这边也是“全聚得”。大家都说不错，就订在明天中午去全聚德吃烤鸭。丽英嗔怪福根怎的不早来走动走动。福根说这要问表姐了，她早写出那篇文章我不早就来了，还能等到今天？不过，今天来了，也不算晚，能见到姑祖母生活过的地方，见到伴随姑祖母走完人生道路的亲人，也是冥冥中的一种缘分。舅爷们说那是，又问这次进京在何处下榻，可要家中安排住宿？福根说公司在北京有办事处，他来之前已预订了房间，离此不远，很方便。

福根与舅爷们变得很熟络，一顿饭吃完，除我之外，一家人已“福根、福根”地叫得很顺口了。

我觉着无话可谈，便要回到舜铨那边去。福根说时间不早，也该走了，再三约好明日午饭时间，才在众人簇拥下走出大门。

回到小屋，我把菖蒲花插到绿菊铁足罐里，搁到窗台上，说这个姓李的真怪，来认咱们这门八竿子打不着的穷亲，还要明天请吃饭，该不是吃错了药？舜铨说这件事他还想不太清楚，现在社会变化太大，不是十几年前了，够得着够不着的亲戚都躲得远远的。从道理上看是没有胡认亲的，特别是没有胡认祖先为妓为妾的。舜铨又嘱我对待李先生勿弄傲慢轻侮之色，一切顺其自然，这个家至今已一无所有，再无任何值钱之物可招人算计。李先生真有所图，怕是什么也捞不到了。我说，我总觉得这事儿巧得不合逻辑，我偶读清末文人笔记，记下其中“珠玉”“书香”两句，南边就真冒出“随风”“满纸”四位姑娘，倘我再将后两句续完，那就怕要闹出一个班了。舜铨说，看来人做派举止也是个文化人，是知书达理之辈，非市井无赖，即使人家认亲认错，在言语上也不能慢待讥讽。大贤何所不容？不贤何其拒人？况且这个家对不起姨祖母，禁锁多年，烂棺薄葬，其后人若真认真起来，我等也无语相对。我说，您真信他是姨祖母的什么后人？舜铨一笑，说，亲朋之间，居心宜直，用情宜厚。后人与非后人，亲戚与非亲戚都无关紧要，古今如梦，何曾梦觉，不妨糊涂一些，不必那般小家子气。

后来又说到他的病。我说眼见秋声已尽，寒气逼来，小屋简陋破败，难抵严冬，不如住进医院，待来年春暖花开再出院迁入新居。舜铨说躺在西炕，观遍梧桐落叶，听尽园中秋雨，是人间难寻的佳境，这种福分不是谁都能享谁都会享的。虽家道不富，淡饭粗茶，疾病缠身，然天下事岂能尽如人意？心境顺恰，尽其在我，随遇而安，乐亦在其中。房屋虽破，乃先祖遗之，君子居之，何陋之有？

看着迂得可以的舜铨，我好气又好笑，心想，只要西北的钱一到，立即把你请进医院，不去也得去。“粗衣淡饭好些茶”，这些福分你“老夫”尽管享了，然“齐家治国平天下”，此等事还需“尔曹任之”，由不得你也。

大街门响，那是舅爷们的离去。

丽英端来热水，给舜铨擦脸洗手，又端来热粥，坐在炕沿一勺勺喂进，照料之精心，我自愧不如，毕竟是二十年的夫妻了。青青趿着一双湿鞋由花厅奔过来，一进门就扑上炕去，将一双湿脚塞进她父亲的被窝，被她母亲狠狠骂了几句。

我踱出门来，站在檐下怅望灰暗沉寂的天空，满园落叶瑟瑟风，人生秋凉无数，此度秋凉怎却这般难熬难耐？

九

在全聚德与福根的相聚是愉快的，丽英和舅爷们对福根态度的热情也是显而易见的。

福根对我仍将他呼为“老李”并不在意，倒是对青青将他唤做“表舅”很为动情。说他兄弟六人，无一姐妹，自无人呼之为舅，今有京城的外甥女声声呼唤，极让人心热，真是再珍贵没有了。于是青青便“表舅、表舅”地叫得更勤。饭桌上，福根问得最多的是她姑祖母的事，长相如何，性情如何，是否缠足，等等。有些事我实难张口，诸如家族中对她的冷淡与虐待；而有些事我尽可夸张，例如她的美貌与温顺。福根问他的姑祖母在看护我时那模样是否依旧动人，我说那时尚小，无有记忆，就连依稀的梦影也寻不到了。福根听了就大呼遗憾。

吃完饭上点心的时候，青青用纸包了几块点心，说是带给她的父亲。福根对丽英说，表哥病得这样为何不早送医院？丽英眼中有隐隐泪光，我赶紧说已联系了，这几天就准备送他住进去。福根说还是赶早住，今年秋天北方雨水多，冷得早，肺病的人最怕天寒，真有不测，后悔也来不及了。倘若住院钱不够，他可以由公司支取，公司是他们兄弟几人开的，为表兄治病是大家共同的心愿，责无旁贷。丽英就转过脸来看我，舅爷们也停止了咀嚼，静等下文。我说七兄的病已是不能再拖延了，这是要急速解决的大事，我如今只此一位兄长，自然看得比什么都重要，住院需一笔押金，不知老李可否先为垫付？我丈夫的钱寄来立即偿还，最迟也不过一周吧。福根说我太见外，没把他当成亲戚看，这笔钱对于他们公司实在算不得什么，何苦又如此认真？我说情归情，为使病人心静，钱还是算借，否则我们于心不安。福根说既然非要还，那就还，什么时候有钱什么时候还，不必着急。

下一步的工作是动员舜铨住院。

淫淫秋雨已经停歇，园中的潮气都渗进低矮的小屋，使屋内生着火炉还觉阴冷。福根经常来陪舜铨说话，端汤送水极尽亲戚本分，使病中的舜铨很感动。福根讲话也很艺术，并不直接谈住院搬家的事，而是跟舜铨聊过去，聊这个家族百余年来的盛与衰。福根语虽多出野史，毕竟是读过一些书的。他对美国人卡尔所著《清宫见闻记》最感兴趣，说书中描写慈禧太后容貌颇详，不知是否确实？说着从兜里掏出本子，翻到抄录的一页读道：

> 伊乃一美丽和善之妇人，度其年事，不过四十而止（实际已六十九岁），面貌之佳，适与其柔荑之手、苗条之体、黑漆之发相得益彰。盖太后广额丰颐，明眸隆准，眉目如画，樱口又适其鼻，下颌极广阔，耳官平整，齿洁白如编贝，嫣然一笑，姿态横生，令人自然欣悦。太后精神之焕发，神采之照人，可知其平日居气养体之道，绝非常人所及。

舜铨听毕说，难为你会费心把这些记下来，学化学竟对史料酷爱如此，非亲眼见真不能信也。又说，那位慈禧与我家素无瓜葛，彼时她深居宫中，欲见颇难，不仅我父亲没见过，就是祖父也只是有数地见过三五回。祖母虽有被召进宫去的时候，也是随着诸福晋们陪着说说话儿，哪里敢往太后脸上随便乱看？太后是否如文中述说那般美丽，不敢揣度。福根说，慈禧的娘家人总有在者，不知对此有何论说？舜铨说，慈禧娘家人今在何处已不知晓，从来与我们没有过往来。至于慈禧娘家，倒听祖上传闻太后本人曾有过抱怨，说“自余髫龄，生命极苦，以余非双亲所爱，尤觉毫无乐趣，吾弟所欲，余必欲之，至于予者，靡不遭呵斥”，可见关系也一般。福根说，六十九岁的老妪，让人平心揣之，竟如四十许美妇，必有养颜之秘方。据说慈禧每十日饮珍珠粉少许，每日清晨饮用太监送来的一盅名贵中药加花露制剂以养颜。您祖母常入宫室，想必或谈过此事，或有方子传出？

舜铨说，未曾听说过。

福根也不再问，又将话题扯到他姑祖母身上，说姑祖母因其容貌美丽而屡遭磨难，想必也是驻颜有术的。舜铨又说不知。福根问他姑祖母所葬何处，舜铨说蓟县黄花山。福根说如此他应该去凭吊，以慰姑祖母离乡背井、思乡思亲之苦。舜铨对福根的想法很支持，疲倦的脸上也有了激动的红晕，他对我说，舜铭，你当与李先生同去，黄花山祖坟有三十年无人祭扫了。衣食者，人之生利也；埋葬者，人之死利也。生且有礼有节，死何独不管不顾？你祭奠之时当禀告父母，说我不日即归葬于彼，可于父母膝前尽孝矣。我说去黄花山怕不太容易，那里山荒路远，又不通车，恐要做长途步行的准备。福根说这不是大问题，他可以找辆车来，自己开车去。我说早年去时只有十多岁，如今许多年过去，地点怕已记忆不清。舜铨说墓冢颇大，碑石亦高，墓圈四周尚有石墙，碑顶有蟠龙雕刻，碑前有青石案卷供桌。四十年的风雨侵蚀，损坏难免，但搬是搬不走的。我说既然七兄如此热心，老李又有车相助，我就跑一趟，其实心里是没底的。舜铨说，碑石阴面正对瑞昌山，山顶上有巨石，如展翅欲飞之鹰，碑石阳面面对淋河石桥，两点连线取其中便是祖坟，祖宗有灵当助你一臂之力。此事本当儿子所为，无奈儿子不争气，病入膏肓，实在是不孝得很了……说着，说着，脸色便很惨然。我赶紧答应去认真寻找并详尽记录祖坟情况，使他放心。福根说去祖坟与舜铨住院都是事不宜迟，若表哥能尽快入院，他明日即驱车前往。

舜铨想了想，终于答应了。

十

我没想到福根竟开来了一辆深蓝色的日本“巡洋舰”。那辆车七转八拐开进胡同的时候，引出不少街坊，特别是人们看到助手席上坐着一位抱摄像机穿红坎肩的小伙子，便都以为电视台来采访画家舜铨，围着车叽叽喳喳地看热闹。

我问福根怎么弄出这么个人物来。福根说是雇来的，今日一整天他得为我们服务，让他照什么他就得照什么。我再看那红坎肩，抱着机子一脸恭敬，绝不像那些嘴里嚼着口香糖，说三句话就瞪眼，牛皮哄哄的摄像师。于是知道花钱雇的与请上门的竟有如此大的差别。福根说，我看表哥对祖坟的事甚为上心，为满足他的念想，才特地找来摄像，将祖坟的情况录下来放给表哥看，让他如身临其境一般。南方人的精细与周到令人佩服，我深感不能与之同日而语。丽英要照顾舜铨，青青要上学，舅爷们对坟的事没兴趣，也各自去上班，能去黄花山的只有我与李福根。

我名是去祭扫祖坟，实则是为来日舜铨的骨灰安葬打前站。

福根名是去拜谒姑祖母，实则干什么我说不清楚。花这么大代价去寻觅一个扑朔迷离的姑祖母，这事总让人觉着蹊跷，觉着不可思议。

车出北京，穿通县，过三河，向东疾驰。京郊富裕起来的农民早早奔了小康之路，红瓦白墙的小楼鳞次栉比，柏油路一马平川地宽直，较之数十年前我乘胶轮大马车晃晃悠悠走过的坑坑洼洼的黄土路，简直是两重天地。然而越行，我对此行的结局越不抱乐观态度，心里便躁躁的，不想说话。福根的兴致却很高，一边开车一边跟红坎肩用家乡话说笑，那些话十分难懂，听之如外语一般。我想，祖父若因了这样的语言而将姨祖母接进家门，他老人家对语言的欣赏水平也未免太糟糕了。

看福根与红坎肩的亲热与熟稔，我开始想，这个人究竟是不是雇来的？

中午时候来到黄花山。那山果然雄伟，奔涌自北而来，临了在淋河平原上掀起一个高浪又戛然而止，抛洒出一抹缓坡，渐渐向南泻去，让人一看便心旷神怡，意兴大发。我跟红坎肩换了位置，坐在前面目不转睛地盯着山麓，寻找舜铨所说刻着蟠龙帽的石碑和墓圈。汽车沿着山脚土路缓缓前行，见前面有一片红墙黄瓦建筑，下车打问，说是清东陵。福根就要把车朝东陵开，说也说不定祖坟就在那儿。我说别去了，依我们家的级别连风水墙都进不了，还是折回去再找吧。又调头朝回开，三个人的眼睛都朝坡上看，唯恐落下一处所在。红坎肩说，那碑说不定“文革”时已被推倒砸碎，所以不能只想着竖立的碑，也得顾及到地上的石头。于是停停走走，走走停停，车开得更慢。两趟下来，仍无所见，我已失去信心，坐在路边焦躁地往肚里灌矿泉水，红坎肩对车上那盘《永别光辉岁月》十分喜爱，一遍遍地反复播放：

麻木对苍生只懂不说话，难道赤子之心灵要被人作弄……

半通不通的歌词，如吼如泣的沙哑摇滚，让人心烦。我几次压制了去关掉机子的冲动，尽量离那车远些，尽量不去看那闭眼摇晃的红坎肩，尽量不听那震耳欲聋的噪音。

猛然，福根抓住了我的胳膊，激动地对我说，你看，看山顶上那只石头鹰！

在福根的指点下我认准了那只鹰，认准了鹰嘴的方向，顺着方向下延，见到了近在五十米处的桥，但不是舜铨所指的石桥，是已装有水泥栏杆可并行卡车的公路桥。桥上卡车拖拉机轰鸣不绝，驴车马车穿梭不息，桥下河水混浊凝滞，秽不可闻，桥头商贩凑集，市井般热闹，哪里有什么凄迷旷野、无言老树？将鹰嘴与桥连成一条直线，寻到它的中点时，我不禁目瞪口呆了，在本该是祖坟的位置，巍然屹立着一座——水泥厂！

没有带蟠龙的石碑，也不见石砌的墓圈，唯有喷灰扬尘的烟囱和上上下下繁忙的搅拌声。我分明觉得那不是搅拌石头，是在粉碎祖先的骨殖。几代祖先，灵无迹，物无痕，魂化逝，魄消亡。这就是祖坟！这就是我祖宗的长眠安息之地！

福根将已不会思维的我塞进汽车，直奔水泥厂而去。

这是个私人企业，传达室的老头儿不敢阻拦锃光瓦亮的“巡洋舰”，车便照直开进厂区，嘎的一声停在厂长办公室门前。红坎肩扛着机子刚一露头，一个男人立即从屋里奔出来，老远就伸过手准备握。有人拉开车门，我木然地被请进办公室，坐在铺着线毯的人造革沙发上。那个自称厂长的人被红坎肩的机子唬住了，不知这一行男女所为何来，急着喊着让沏茶。一个抹口红、描眉毛的怯妞儿先端来一大盘炒葵花子，然后才送来茶。

福根喝着茶，半天不说话。

厂长站在一边，越站越发虚。

半天，福根才慢慢地说，我们是来跟厂长谈件要紧的事情的。厂长说，尽管谈，尽管谈，不必客气。说着把散着香水气味的名片给每人发放一张。福根将自己的名片递过去，厂长接过一看，大惊失色说，原来是成志集团的李总裁到了，失敬失敬！你们的广告我天天在电视的黄金时段看到，没有大气魄、大资产的集团，占不了中央台一频道！

我这才想起，李福根还有李成志这样一个名字，这许多日竟忽略了成志集团与李成志的关系。那在黄金时间频频播出的广告，已在全国家喻户晓，让人看得厌了。福根见我看他，歉意地一笑，说，表姐喝茶歇着，让我跟他们慢慢说。他转身对恭立在一边的厂长说，这次来黄花山纯属私事，是来祭奠祖坟的。厂长说，不知贵祖葬在何处？福根用脚点着地面说，就在这儿！厂长说，总裁真会开玩笑，这屋里怎会有您家祖坟，会不会是记错了啊？福根说，别的可以记错，祖坟岂有记错的道理？今天来便是跟厂长要祖先骨殖来了。厂长搔着脑袋愣了半天说，我年轻，过去的事儿知道得不多，这个厂是我父亲建的，我把他找来您跟他说……

厂长一溜烟儿跑出去找他爸爸，院里站了不少观众，有说海外华人来认祖归宗的，有说厂子破坏了文物古迹，上边下来兴师问罪的，也有说成志集团来合资办厂的……

来了一个挺精神的老头儿，是原厂长谢汝成。谢老汉一进门便坦率地承认原先这里是有几座大坟，又说这一带坟很多，早时候，黄花山连同瑞昌山、鹰飞倒仰山南北一百二十五公里、东西二十公里为皇家陵区，光带琉璃瓦的就有二百多座，周围所葬更不计其数。不知李总裁找的是哪座？福根说，就找建在你们厂里的墓。紧接着又改口说，你们厂建在它上面的墓。谢老汉说，这些坟是不上文物统计的坟，怕无据可查了。

福根说，怎么叫无据可查？

谢老汉说，康熙二年在东陵风水墙外建红桩火道，立红桩九百六十根，火道外二十丈另立九百六十根白桩，使百姓易于观视，不得越入。乾隆年间桩外十里又立新桩，上书“后龙风水重地，凡木桩以内，军民人等不准越入，如敢故违，严拿以重治罪”。这样一来，陵区越发大得没边儿了。解放以后，特别是“文革”以后，只对东陵风水墙内有建筑的陵墓加以保护管理，至于黄花山附近的坟陵，虽处于界桩之内，但荆棘丛生，残破无主，从未见人吊唁过。其实就是墙内那些王爷、公主、忠臣等等，也没见有后人来探视过。圈内按文物加以保护，圈外则按无主坟加以处理。土地是国家的，个人即使掏了钱也只有使用权，没有占有权。建厂之初，厂区内共拆大坟七座，哪位是您祖上，至今也说不准了。建厂时是登了迁坟启事的，让坟主在一月内迁移，逾期不迁，当作无主坟处理，就地深埋。李总裁当时恐怕没有留心报纸，才有今日之憾。

福根看了看我，我低下头去。

福根问老汉记不记得有碑上带蟠龙的大坟。谢老汉说七座坟都有大碑，碑上都刻有蟠龙，“文革”时皆被砸碎，后来齐整些的被老百姓拉回去砌了猪圈，垫了墙基，完整的一块也没有了。福根说，七座坟都无主家来认吗？谢老汉说，都无人认领。福根问那些骨殖深埋何处。老汉指指烟囱，又指指厂房，又指指院墙。从那迟迟疑疑无准定向的手指，我推断出，父母及祖先的遗骨是被扬了……

我的心已变得极沉重，不是为故去的先人，是为活着的兄长。

大约我的脸色难看，谢老汉和他的儿子问我是不是病了。我说是晕车。找不到祖坟，这种事作为集团总裁的福根也没遇到过，他问那父子俩怎么办。父亲说没法子，儿子也说没办法。又说甭说骨头找不回，连山上的石头也找不回了，近五分之一的石头已变作水泥，卖往全国各地……我想起了沿途所见那些新盖的小楼……

福根问能不能在山上再立块碑。谢老汉说，立碑除非在山顶，半坡上保不齐什么时候又会被挖。可把碑立在山顶又不合章法，老例儿说祖茔葬平地要选高处，葬山地要选低处，山地之气脉在山脚，否则生气就会脱散，于子孙不利。明显地，谢老汉说这番话是不愿得罪李总裁，并非真心要立什么碑。我说走吧，厂长就让描眉女子像搀扶奶奶一样把我搀出门去。福根发动汽车，拎机子的小伙儿早已钻进车中，摄像机自始至终也没打开过。我说要顺着坡一个人走走，福根说成，就开着车在下边路上远远地跟着。

曾经来过的山坡，曾经隐蕴过祖先气息的土地，此刻变得如此陌生，如此严厉。大块的堆满山坡的乱石，是炸山的遗迹；丑陋干枯的树根，是砍伐后的纪念。头顶变斜的秋阳，脚下蹬起的浮尘，烧水泥的浓烟，带着令人窒息的噎呛，裹挟着细沙，铺天盖地，将山川笼罩。这便是舜铨思念的灵秀之所，是他梦中的归处。然而这荒山秃岭、崎岖山路，就是梦魂也会不堪其跋涉之艰难，不堪其无休无歇的困扰啊！

山的转角处有一座坟，坟的基底砌着青石，坟前石碑纵然残旧也还直立。福根开着车已先到了，远远望去他正低头在坟前默哀，红坎肩举着机子前前后后地拍摄。我赶忙走过去，细读碑上的文字——

保圣夫人瓜尔嘉氏之墓

碑后有小字——

兹尔瓜尔嘉氏，夙著贤声，久事宫掖属。朕冲幼保抱需人，维我圣祖母简之，傅姆之中，知尔谨厚，俾视朕躬。尔奉命恪勤，夙暮匪懈，凡善调护，审卫养、时衣服、节饮食、候寝兴、防疾苦，于礼皆尔职也……

康熙四十年四月二十八日立

我对正在郑重三鞠躬的福根说，这不是我们家的坟，这是康熙奶妈子的坟。福根说，我想你们的祖坟与此相差不会太多，摄了像回去让人看，只要不照那字，谁也不会来细细查过。我说，我们自己的祖坟自然自己知道，为什么还要拍回去让人看，做这偷梁换柱的把戏？福根说，至少要让表哥看吧，他在家可是眼巴巴等着呢。我说，这事儿你骗不了他，也瞒不了我，摄像者是你下属，你们是一起的，你们来黄花山自有你们的目的，为这目的竟牵强附会，冒认亲戚，你们……福根说，表姐怎这样多心？我们是亲戚毋庸置疑，您在文章里写得明明白白，我在见面时也说得清清楚楚，怎能是牵强附会？我说，你身为集团总裁，遮遮掩掩，扮作布衣，钻入我家，巧言令色，以博信任，能说是光明磊落吗？福根说，我一进门就告诉了你们，我叫李成志，怎能说不光明磊落？表姐这样无端怀疑实在让人伤心。我说，事到如今，你们还是给我实话实说，不要玩儿什么花样。李福根说，是这样的，我们成志集团公司开发了新产品“宫廷驻颜口服液”，为宣传起见，言所用配方来自清宫，就是慈禧太后每日饮用的中药制剂与花露。您祖上内眷常出入宫廷，将方子带出使之流传后代是顺理成章的事。我确有四位姑祖母，并非妄说，其一也确被卖入京城。见您写的姨祖母文章，当下料定确是其人，遂寻至北京，以续亲戚之好，驻颜的配方传到手中，便是货真价实的“宫廷”了，从检验那一关看也是师出有名，依之有据，不是妄说。我说，转了半天还是妄说，我们家从未有过什么药汁，那些太后妃子谁爱驻颜谁驻颜，谁爱喝口服液谁喝口服液，与我们无关。红坎肩说，它却与成志集团有关，这件事弄成了可以在泰国、菲律宾开分公司，那里原料丰富，劳力低廉，一年下来利润相当可观。表姐、表哥若认下此事，算作百分之十五干股，足不出户，白白拿钱，何乐而不为？

我问他，你是谁？

红坎肩说，集团副总裁。

我想说些“有奶便是娘”之类的话，但念及舜铨“勿弄傲慢轻侮之色”“不可慢待讥讽”的嘱咐，便忍下了。

十一

回到家里，小院静悄悄的，一种不祥的预感攫住了我。我急奔小屋，见屋门大敞，被褥零乱，不见舜铨，只那束菖蒲还在罐中寂寞地开放着。我又折向花厅，屋里只有大舅爷在用抹布擦拭躺在地上的隔扇。他见了我说，姑老爷今天下午突然大出血，已经送到医院去了，丽英和青青守在那里……

没等他说完我就朝外跑，在大门口他追上我说，谁都得有这一天，迟早的事儿，真有什么，姑爸爸可得想开点儿，您要是乱了，丽英母女俩就更没了主意……

大舅爷还说了许多，我已听不进。

急匆匆赶到病房，舜铨情况已稍有缓和，蜡黄的脸上遍布着胶布和进进出出的管子，斜立在床头的蓝色氧气瓶有着拒人于千里之外的坚硬与冰冷，连串的气泡，滴滴的血浆，这一切告诉我，床上的舜铨暂时还没有从生命的行列中退出。

丽英的脸是苍白的，一双眼已哭得发肿，在抢救舜铨时她肯定有过呼天抢地的大恸。青青坐在床头，目不转睛地看着她父亲，父亲病情的急剧发展毕竟来得太突然，小孩子第一次感到了生命的残酷与不可捉摸，那双与她母亲极为相像的眼里充满了恐怖和不知所措。

丽英三言两语讲了怎么回事，又讲多亏福根事先开出的三万元支票，在这样的时候，李家亲戚能帮上一把，这恩情是一辈子也忘不了的。

舜铨睁了一下眼睛，眼神散乱而茫然，竟没有认出站在病床边的我。青青俯下身去使劲叫爸，我说，不要打扰他了，让他静静地歇着吧。青青说，万一他要去了呢？我说，去了就去了，给他一个轻松，一个无牵无挂的松心。青青说，可是我爸不能去，李家表舅还托我爸写字呢！我说，人都这样了还写什么字！青青说，反正我爸不能走！丽英不愿意我们再说下去，厉声制止青青。青青说，姑爸爸也不是外人，我二舅说了，爸爸写不了字让姑爸爸写也行，只要写出“宫廷驻颜口服液”几个字，下面标上咱们家原来那长长的姓氏，后头是舜铨题还是舜铭题都一样。我说，既然舜铨与舜铭都一样，那么青青题也可以。青青说，我的名字太现代，不古老。都赖我姥姥，本来按辈儿排我排到“衍”字，可我姥姥不认那账，非管我叫青青，现在吃亏在眼前了吧……

我感到了事情的复杂，把青青拽到走廊里，让她如实交代。在青青的讲述中，我终于搞清了下午的事：吃热汤面那天，福根给青青“买糖”的信封在福根离去的当晚被打开，并非是想象中的百元钞票，而是一张印字的白纸，八千元的数字赫然填在醒目之处。几个人都是头一次见识支票，其激动程度可想而知。那晚，我与舜铨在小屋里谈论老李冒认亲戚时，丽英和舅爷们正在花厅里商量支票的处理办法。二舅爷说，人家说了，是给青青买糖的，这钱的所有权当属于青青，可以让她妈妈代为保存，留待以后上大学用。姑老爷、姑爸爸那边就甭打招呼了，权当是孩子的私房钱。第二天去全聚德吃饭，离家之前福根向丽英说出让舜铨为他们的产品题字的想法，丽英们才明白，八千元并非单纯“买糖”之资，尚有他用。但钱到手如肉吃进嘴里，岂肯轻易吐出？再者，写字者是她的丈夫，这个主多少还做得，便一口应承下来。今日下午趁我去黄花山，便备好笔墨至舜铨病榻前，让他题写“宫廷驻颜口服液”。舜铨不写，还给丽英以训斥。丽英便哭，说钱已收了花了。舜铨听了这番话盛怒难抑，一手掀翻了炕桌，浓浓的墨汁濡染了一炕。舜铨说他清白磊落一生，谨守规范一世，今病且殆矣之时，怎可做这不明不白、欺上瞒下之事？这字他就是死也一字不写。言毕，抚胸剧咳，气往上涌，鲜血由口鼻喷涌而出……

没等青青讲完，我已泪如雨下，转身进门，奔至舜铨床边，攥紧了他那只剩下皮包着骨头的手，我的老哥哥啊……

经过抢救，舜铨的生命得到暂时延缓，可以斜支起病床坐几分钟了。福根也常来看他，每次来都带着鲜花，不惟送舜铨，还送医生和护士。所以自舜铨住进医院以后，病房里和医护办公室里永远是鲜花盛开。

总裁已非昔日书生装扮，而是一身名牌，考究入时，头发一丝不乱，派头儿撑得很足。在他的主持下，舜铨被安排进高干病房，享受着特级护理。谁都知道，这里住着成志集团总裁的亲戚，他乘坐的那辆“奔驰”也为医院所熟悉，只要那辆车一进大门，就有人来通报舜铨，“大奔”来啦，您的大款亲戚又到啦！舜铨对福根很客气，二人相对，照旧谈笑风生，这使我对舜铨肃然起敬，唯其有看透人生的眼力，才会对人采取如此宽容通达的态度，这是我所不及的。

舜铨跟我一样，从未呼过总裁为福根，所不同的是我将他称为老李，舜铨将他称为李先生。

小院的拆迁工作已经开始，先是花厅，最后便是小屋。那个浸润过鲜血与墨渍的土炕，在推土机的轰鸣中玩具一样塌毁消失时，我似乎听到了一阵呻吟和似有似无的歌唱。又是“蓝梦歌舞厅”吧，我对自己这样说。

一日午后，福根探视完毕才走，舜铨对我说所欠李先生住院费用一定如数还清，否则他住在这里不踏实。我说西北的钱已到，昨日已全部偿还。舜铨听了，沉默良久说，舜铭，难为你了。我说，七哥您怎说这样的话！舜铨说，想我缠绵床榻之时竟一贫如洗，有妻不能养，有女不能教，反靠弱妹接济，诚为兄长之憾也。数十年来，以卖画糊口，日常岂有盈余？抑或有也不过鼠尾之脓、车辙之水……我说七兄不必忧虑钱的事，舜铭在一日，便有兄嫂侄女一日。兄长数十年养育之恩时刻不敢忘怀，报之犹恐不及。舜铨说他病这几日，竟想起父亲给他讲的李鸿章一件事来。他说，李鸿章垂危弥留之际，恶卧京城贤良寺，其时有俄国使臣，在窗外恫吓催促，予以难堪。死之前一点钟，俄使尚来催促画押，可叹中堂大人至死不得安生。不想，今我命危，亦有人索字，虽不似俄使威逼恫吓的催促，也是先斩后奏的挤对。舜铨说，我平日常笑李中堂晚年做一日和尚撞一日钟的弥缝偷安之举，却不料数日前李先生言有车去黄花山，我听了竟怦然心动，趋近迎合。痛自惩责，亦为好利之心。老了老了，真可谓下流矣！

我看舜铨有些激动，就变换话题，说文物部门已经来电话联系过，他们对铁足凤罐十分重视，周三负责人亲自来取，说是还要来医院看望您。舜铨说，罐子一定要妥善存好，万勿有何闪失。罐子取走之前，不要对其他人谈及此事，更不要谈论它的价值。既已答应捐献国家，不可再有变更，不轻言诺，诺必践之，即是如此。又说，舜铭以后写文章勿再将家事宣告于人，以免招事。

我说记下了。

舜铨说他很累了，让我扶他躺下。他已是十分虚弱，躺在那里连眼也睁不开了。望着深陷枕中几乎只剩下一张皮的头颅，那宽阔的前额、深陷的眼窝，是那么熟悉。我想起了在太阳宫祖坟见到的祖父的颅骨，他们是何等相似……或许是心灵的感应，舜铨睁开疲倦的眼，懒懒地问了两个字：祖坟？……我说祖坟很好，碑也在，桌也在，石头鹰和小石桥都还在，那儿的景致绝美无比，四野静谧，山色空蒙……

我奇怪，此刻怎么涌上心头、冒出嘴边的都是谎言，而这些谎言一经心血的洗礼，都变作了绝对的真实。舜铨的目光变得出奇的明亮，他很高兴，轻轻吟道：帝高阳之苗裔兮，朕皇考曰伯庸……皇览揆余初度兮，肇锡余以嘉名……又说，人生难免一死，所幸有祖宗坟茔，有那山紫水明，骋目抒怀的灵地……长眠父母身边……听秋虫……鸣唱……观草际……萤……飞……

舜铨的声音渐渐低缓，微笑在那张孩童般稚气的脸上，弹出了优美的绝调。

我闭上了眼，不忍见那渐渐淡了下去的微笑……

抬头望去，窗外是一片深秋的蓝天，有云从天上掠过。晴丽的天空让人有种捉摸不透的深远，有种难以诉说的情愫。

一阵酸涩，一阵惆怅。

是啊，该结束的终归要结束。而在其最后消逝之时，却难免有那么一丝牵心动脉的疼痛，有那么一阵难以撒手的依恋……

毕竟是旧家难舍，毕竟是手足情深。

后　记

写后记是件画蛇添足的事情。

但是，有些话又不得不说，书外边的意思跟书里边的意思毕竟不尽相同。

这部作品写了北京金家十四个子女的故事，也写了我自己。

它是由九个既相关又游离的故事，像编辫子一样，捋出了老北京一个世家的历史及其子女的命运历程。其中自然有不少我的情感和我的生活的东西，有人说我是在写自己，在写家族史，这未免让人尴尬。文学作品跟生活毕竟有很大差距，很难严丝合缝地对应起来。这点，我想，熟悉我的家世的人和我们家那些知根知底的朋友，以及我的那些在世的老哥哥老姐姐们当是最清楚的。

我们家是旗人，祖姓叶赫那拉，辛亥革命后改姓叶。叶赫那拉是一个庞大而辉煌的姓氏，以出皇后而著名，从高皇帝努尔哈赤的孝慈高皇后到景皇帝光绪的孝定景皇后，叶赫那拉氏中先后有五位姑奶奶入主过中宫。至于嫔、妃之类就更不在话下了。那拉氏一族中还有一位著名的人物就是纳兰性德，这位三十一岁便逝去的词界才子，一生写了那么多动人心弦的辞章，是我们满族叶赫人的骄傲。今日将其《采桑子·谁翻乐府凄凉曲》一词的词牌、词句作为本书书名及章节名，一方面是借其凄婉深沉的寓意，弥补本书之浮浅；一方面也有纪念先人的意思在其中。

我的祖先入关后即被朝廷安置在北京东城，后来虽然搬了几回家，可终没离开过东边这块地界儿。按清朝典制，哪个旗在北京什么地方住是有严格规定的，不许随便乱挪。那时候的北京，东贵西富南穷北杂，风情极不相同。我们家人口多，规矩也多，我的祖父做过官，似乎没什么本事和作为，我们虽然将他呼之为老祖，但他对我们只是一个简单的符号，谁也说不出他的更多情景。家里有前清时候留下来的照片，我们的老祖端坐其中，威严肃整、器宇轩昂；女眷们美丽端庄、丰容盛髻，显示出了这个家族的精神。

与我同辈的孩子按大排行来排一共十四个，十四个孩子均按“广”字相排，取名也很有讲究。我与我同父异母的大哥大约相差了三十多岁，我出生的时候我的父亲已经六十多岁了，六十多岁的父亲可以说是个很老的老阿玛了，理所当然便对我多了几分惯纵和宠爱。在叶家的女孩子中，有小名的只有我一个，我被全家人叫作“王八丫丫”。据说王八的性情是很倔强的，它一旦咬上了什么，绝不会撒嘴。我之所以与王八相连，被冠以王八称号，脾气秉性大概多与此物相近。我的小名在较我大几十岁的哥哥姐姐们中间广为流传，一直叫到今天。我的孩子已经到了结婚的年龄，我在娘家还被人称为王八丫丫。儿时是戏谑，是喜爱；到了今天，便成了亲情，成了对过去岁月不可追溯的吊唁。三哥在临终时，挣扎着给我写了一封信，信的末尾深情地说，丫丫，你是我从小抱大的啊！

听着这一声声呼唤，只让人动情。

小时候父亲到哪儿去，参加什么活动，都爱带着我。别人说我是他孙女，这话我很不爱听，我父亲也不爱听。我能在这样一个大家庭里显得活跃而灵动，与我那些严谨的哥哥姐姐们大相径庭，这与我在家庭中所处的位置不无关系。后来叶家子女中只有我从事文学创作，用他们的话说是属“不入流”的职业，这大约也是我的性情所致了。无规矩不成方圆，我们家到了我这儿已经压根儿谈不上什么规矩了，所以我在他们眼里也就成了极没出息的“不伦不类”。

1968 年我走出北京，来到陕西，这使我有了与京师完全不同的生存环境和人生体验。再后来我到国外去留学，那完全陌生的领域又使我与中国文化彻底拉开了距离，从另一个角度来审视我们的民族与文化，这些无异于给我开辟了一片更为广阔的视野。90 年代中期，我从国外回来后，许多情景都有了很大改变，当然，这之中更大的是我个人观念的改变。1994 年我成了“待业中年”，这与我不受羁绊、桀骜狂狷的性情有关，看似是被人推上了绝路，其实不啻是另一种生机的转折。承陕西作家陈忠实及省委宣传部孙豹隐的推荐，承贾平凹等大力支持，我进入了西安市文联，从事专业创作。我至今感念文联的知遇之恩，感念我这些可贵的文学朋友们——当然我也感念那些扇我一巴掌又将我踹出大门的人。

生活的色彩是丰富的。

也就是调入文联以后，创作才有了起色，如树上的果子一样，大约也是到了该熟的时候，我写作的一些作品开始受到了读者的关注。

那些尘封已久的人和事，个人的一些难忘的体验，常常不由自主地涌上笔端，这似乎不是我的主观意志所能左右的。应该说我赶上了好时候，我们的文学处在一个创作空前自由、心灵非常舒展、文艺的路子越走越宽的时代。我的单位让我什么心也不要操，就踏踏实实地写小说，争取拿出好作品来！

我为这种理解和支持而感动。

我同样为我所处的时代而感动。

中国几千年建立起来的道德观、价值观，深入到我们每一个人的骨髓中，背叛也好，维护也好，修正也好，变革也好，唯不能堕落。在改革开放多方位、多元化全面变更的时代，中国的文化传统也不是静止的，它也处在动态的发展之中，人们的观念在变，人们的行为也在变，因文化所圈起的一切，终会因文化的发展、变化而导致的文化态度的变化而分裂，而各奔东西。这是我写《采桑子》的初衷。我力图将对文化、对历史、对社会、对现实的关怀纳入这种初衷，纳入一种文化和传统家族文化的背景，使它们形成一种反差而又共生互补。这其中，我个人的经历、文化习惯以及北京东城那座大宅院所赋予我的一切，同影响我们的这个时代一样是不可回避的，它在适合的土壤和空气中自觉不自觉地走入了我的作品。这些不能不说的生活体验和感情积累，是我在以后才有的新的感受和思考，这种思考大概和一直生活在北京的我的亲人们已经完全不同，有了很大差异。我是在写北京，写浸润北京一代又一代人的命运和事情，但我已不属于北京，至少我的心态已不属于北京。

我能够在陕西存活下来，能够在这里发展、生存，成为一个作家，这当归于陕西人海纳百川的宽广胸襟和他们的善良与朴实。陕西恢宏的帝王之气与厚重的人本之气是上天给予陕西作家得天独厚的馈赠，这是任何地域都无法替代的。古老的土地有周秦的大度、汉唐的气魄，土厚水醇，崇尚实际。西安以它的宽厚、诚挚、热情接纳了我，这也是我的福气和造化。

在这里，我要感谢全国各地喜欢我作品的读者，感谢全国各地的文学朋友和文学刊物。《采桑子》尚未完稿时，部分章节曾在一些刊物刊出过，这次承蒙北京十月文艺出版社错爱，使全稿得以付梓，其间编辑同志付出了大量的心血，在此一并致谢。

我会努力地写作，以回报生活和朋友们给我的一切。

叶广芩

1999年6月于西安

图书在版编目 (CIP) 数据

采桑子 / 叶广芩著. — 北京 : 北京十月文艺出版社，2022.1（2025.1 重印）

（叶广芩文集）

ISBN 978-7-5302-1806-8

Ⅰ. ①采… Ⅱ. ①叶… Ⅲ. ①长篇小说—中国—当代 Ⅳ. ① I247.5

中国版本图书馆 CIP 数据核字 (2021) 第 064515 号

采桑子

CAISANGZI

叶广芩 著

出 版 北 京 出 版 集 团

北京十月文艺出版社

地 址 北京北三环中路 6 号

邮 编 100120

网 址 www.bph.com.cn

发 行 新经典发行有限公司

电话（010）68423599

经 销 新华书店

印 刷 河北鹏润印刷有限公司

版 次 2022 年 1 月第 1 版

印 次 2025 年 1 月第 3 次印刷

开 本 880 毫米 ×1230 毫米 1/32

印 张 14.5

字 数 320 千字

书 号 ISBN 978-7-5302-1806-8

定 价 58.00 元

质量监督电话 010-58572393

如有印装质量问题，由本社负责调换。